炸裂志 阎连科

上海文艺出版社

图书在版编目(CIP)数据

炸裂志/阎连科著.—上海：上海文艺出版社，2013.9
ISBN 978-7-5321-5052-6

Ⅰ.①炸… Ⅱ.①阎… Ⅲ.①长篇小说-中国-当代
Ⅳ.①I247.5

中国版本图书馆 CIP 数据核字（2013）第 211955 号

出 品 人	黄育海	陈　征
策　　划	陈　丰	姜逸青
特约编辑	杜　晗	
责任编辑	谢　锦	
封面设计	董红红	

炸裂志

阎连科 著
上海文艺出版社出版、发行
上海绍兴路 74 号
新华书店经销　山东临沂新华印刷物流集团印刷
开本 650×958　1/16　印张 24　插页 2　字数 290,000
2013 年 9 月第 1 版　2013 年 9 月第 1 次印刷
ISBN 978-7-5321-5052-6
定价 39.90 元

告读者　如发现本书有质量问题请与印刷厂质量科联系
T：0539-2925636

目录

第一章　附篇 1
一、主笔者说 3
二、《炸裂志》编纂委员会名单 4
三、编纂大事记 5

第二章　舆地沿革（一） 7
一、自然村 9
二、社会村（1） 10
三、社会村（2） 12

第三章　变革元年 19
一、万元事件记 21
二、变革之碑记 25
三、轰烈悲怆记 27
四、新貌参观记 32

第四章　人物篇 35
一、孔明亮 37
二、程菁 40
三、胡大军 43
四、孔东德和他的儿子们 49
五、孔明耀 61

第五章　政权（一）　65

选举　67

第六章　传统习俗　81

一、哭坟　83

二、喜帖　88

三、听房　95

第七章　政权（二）　103

一、村改镇　105

二、家政　110

三、镇容　112

第八章　综合经济　117

一、工业工人　119

二、农业农人　120

三、特殊行业　125

第九章　自然生态　137

一、鸟雀　139

二、杂树　154

三、河流　158

四、动物　161

五、昆虫　165

第十章　深层变革　171
一、难途　173
二、阵痛　180

第十一章　较量　189
一、较量　191
二、胜利　199

第十二章　防卫事宜　205
一、英雄事　207
二、英雄归　217
三、英雄泪　219

第十三章　后工业时代　227
一、军武与女性　229
二、后工业时代（1）　232
三、后工业时代（2）　236

第十四章　舆地沿革（二）　261

第十五章　文化、文物与历史　267
一、现实文化史　269
二、文化变迁史　273
三、心史记　286

四、文化与文物　295

第十六章　新家族人物　299

一、朱颖　301

二、孔明亮　305

三、孔明耀　311

四、娘　313

第十七章　舆地大沿革（一）　317

一、超级大都市（1）　319

二、大宏图　329

三、超级大都市（2）　338

第十八章　舆地大沿革（二）　341

一、沿革前奏　343

二、沿革中曲　349

三、超级大都市（3）　361

第十九章　主笔导言（尾声）　373

第一章　　　　　　　　　　附篇

一、主笔者说

尊敬的读者们，请允许我在这类似"编者按"的主笔者说中道出几点事情的真相来，倘是这些事端、想法败坏了你们的胃口，请你们骂我而不要批评那些"志委会"的其他同仁们。

1、我答应放下手中正写的长篇小说来接手这部《炸裂志》的编纂和撰写，除了我是那块土地养育的儿子外，我承认炸裂市给了我一笔使我哑然到只能在梦中大笑的巨额报酬也是一种动力或潜动力。请读者谅解我，我确实需要那笔钱，就像有太多男性荷尔蒙的人需要女人样。市长派他的秘书到京城见我说了那句话："阎老师，市长说想要多少稿费你开口，只要你不把市里的几家银行搬回你们家，什么条件都可以。"我被这话打中了，击垮了，被真金白银俘虏了。请不要问我为撰写这部志书到底挣了多少钱，我只能说写完这部《炸裂志》，我一生都不用为钱字着想了，换房、豪车，乃至用钱去买名誉和地位，都已经不值一提了。

就这样，我答应担任新《炸裂志》的主编、主笔了。坦诚地说出这些来，是想说在撰写这部《炸裂志》时我是下了真功夫，不仅仅是为读者和整个炸裂市，还为写在合同上的那笔巨额可观的钱。

2、在动笔写这部《炸裂志》前，我的三点要求是得到市长孔明亮和全体编委会成员同意的。这三点要求是：①我只采用我相信的材料和事实，可以拒绝任何人强加给我的事例、事件和要求；②我是一个小说家，小说家最大的意义是个异化。我要用我个人的方式去写志史，而不是墨守成规地照搬照抄传统中的志史体例与记载法；③请给我配一个聪明、可爱的女秘书,最好是刚刚毕业的文科大学生。

3、这部《炸裂志》无论炸裂市怎样印刷和出版,我作为它的重要作者和炸裂市共同拥有其版权,但在炸裂市不再予以印刷后,我可独自享有印刷出版权和署名权。

4、凡根据这部志史引发的外语翻译(包括港、台繁体字出版)、影像改编、网络转载或连载及其他外延作品、产品的署名权和收益权,都归其主要作者阎连科所独有,炸裂市和其他编委会成员不再享有这些署名权和收益权。

凡此种种,不一而足。

亲爱的读者,我把这些不该示人的东西都写在这儿了,如同一个君子把他的龌龊展摆在了阳光下。阅读吧。骂我吧。——无论你们中间的谁,任何一个人,都可以站在贞节牌坊的高台上,手揽清风,头顶阳光,骂我是个婊子、娼妓和最没有骨性气节的小说家;骂我至死把我淹葬在你们如海似洋的唾液里,但在你们把我淹葬前,我还有一个请求,就像一个死刑犯还有最后要说的一句话——

看看这部志史吧,哪怕仅看其中的数页、十数页,那都是给我的死墓献的花!

二、《炸裂志》编纂委员会名单

名誉主任:孔明亮　炸裂市市长

执行主任、主笔:阎连科　作家,中国人民大学教授

副主任:孔明光　市师范大学教授,原《炸裂县志》编委会主任

编委委员(以姓氏笔画为序):

孔明耀　炸裂市著名企业家

陈 一 市师范大学教授

何昭金 市高中特级语文教师

苏殿实 市教育学院讲师

杨 丰 工作人员

杨锡成 工作人员

季进进 市文化局干部，民俗学家

赵 鸣 市文联摄影艺术家

欧阳芝 女，工作人员

绘图：罗照林

校对：金菁茅

财务：梁国栋、党雪苹

三、编纂大事记

1、2007年8月，市政府决定重新修订、编纂炸裂市市志，并确定将《炸裂市地方志》简称为《炸裂志》；

2、2007年9月，成立《炸裂志》编纂委员会，由市师范大学教授孔明光为编纂委员会副主任；

3、2007年10月，编纂委员会召开第一次会议，在原有县志基础上开始正式编纂工作；

4、2008年3月，材料搜集工作基本完成；

5、2009年3月，完成编纂初稿，并打印成册，下发县属各部门征求意见；

6、2009年12月，《炸裂志》下厂印刷；

7、2010年2月，正式印刷完毕；

8、2010年10月，为使《炸裂志》流传广泛，市政府决定高价聘请作家阎连科对《炸裂志》进行重新编写，使其成为一部旷世奇书，为炸裂由村到镇、由镇为城，再由城发展为市和超级都市的演变树碑立传，为那儿的英雄、人杰、人民歌功颂德；

9、2010年10月10日，作家阎连科回到家乡，正式接任《炸裂志》编纂委员会执行主任，开始工作；

10、2010年11月末，阎连科经过大量阅读、调查、访问和思考，提出新的《炸裂志》撰写意见，要求完全以个人方式书写志史，并最终得到市长允诺；

11、2011年2月，阎连科拟出新的《炸裂志》结构框架；

12、2011年10月，开始《炸裂志》正式编写；

13、2012年3月，阎连科到港都大学国际作家坊完成《炸裂志》主要部分；

14、2012年8月，《炸裂志》完成初稿；

15、2012年9月，《炸裂志》交炸裂市政府和各阶层人员阅读审定，引起一片哗然，声讨和咒骂连连不断，使之成为炸裂私传私阅的一本市志奇书；

16、2013年，《炸裂志》最终得以华文出版，而炸裂市领导、干部、百姓，上上下下，知识分子与普通民众，几乎全部拒绝认同这部荒谬、怪谈之市志，从而掀起前所未有的地方抗史之大潮。

第二章　輿地沿革（一）

一、自然村

宋

北宋之时，京都汴梁（今开封）以西三百五十公里为古都洛阳。洛阳西南七十公里为嵩伊县，县中伏牛山间，主峰旁侧有地热酝酿，火山喷发，烟雾数月不散。始间人们不懂地质地壳，所以谓之地裂或地炸。环绕火山周边之民众，因地裂而纷纷迁徙生存。有人从火山口处逃往上百里外的耙耧山脉，耕地劳作，久居为安，渐成村落，始称炸裂村，为地裂、地炸迁徙而纪念。

元

村落初成，人口近百，因炸裂村前有伊河之水，后有耙耧山势，村前平地开阔，始有农人至炸裂相聚，以物换物，以银购物，初成乡村之小集微市。

明

炸裂村人口大壮，五百有余，以孔姓、朱姓为主，多称孔朱圣人之后代，但无家谱可考。然村落集市日成有规，每月初一、十一、二十一为乡村集市之日，人们云集于此，买买卖卖，构建生活。

清

清时社会由盛至衰，中原兵变四起。李闯王兵闹河南，曾在炸裂与清军交战，使炸裂及炸裂周围村民遭劫遭洗，粮畜时遇抢掠，加之曾经连年大旱，稼禾无粒，百草无花，于是炸裂民不聊生，逃难西去陕西、甘肃及新疆，村庄几无人烟炊灶，近于灭村毁土。

民国

人去人回，炸裂再又草屋烟火，村庄再旺，生生不息，人口重兴。据当时嵩伊县志载，炸裂人口数百，因水近道畅，又成耙楼山脉一村落集市，风尚勤俭，民生良好。民国中期，因邻县发现特大煤矿，有铁路延伸而来，在二十里外设下车站，这儿便弃静奔繁，物流便利，自然村落逐渐失去而成为社会村落之组成。

二、社会村（1）

一九四九年新中国成立，炸裂村的历史开始成为一部新中国发展、震痛的微缩史。它历经了土地革命之打土豪、分田地的惊异与狂喜，曾经有过把一户朱姓地主的妻妾三个分给三个长工的真事发生。其中一个姓孔的长工——孔明亮市长的爷爷，分得了地主的三姨太，他在洞房花烛之首夜，将三姨太抱至床上，不敢去碰她的仙体肉身，只是跪在床下，一直磕头至东方晓亮，那三姨太最后看他确实厚诚古朴，才下床把他拉上床去，替他宽衣解带，安抚他伏到自己身上。自此一夜，炸裂才有了孔明亮的父亲孔东德，有了这一脉孔姓的旺族和

《炸裂志》的轰轰烈烈与传奇。解放后,合作化把分给农民的土地重又收归集体之创举,使孔市长的爷爷坐在田头号啕大哭,三天三夜,哭声不止,引来了几乎各户土地的主人——村民们都到田头为失去土地而哭泣,而他的奶奶三姨太,却在那田头捋着头发笑了笑。久笑不语,意味深长。然炸裂之"哭俗",也就源此而初成(下有详述)。接下来,在"三反五反"中,炸裂村有人把山野的杂树砍去做了锄把与木凳,因此被判刑入狱,痛打劳教,事件触目惊心。那一时期,孔东德把合作社的农具不慎弄坏,便被以破坏社会主义农具罪而送进班房大牢,自此成为孔家最深之创伤,也为本志史开章书写准备了笔墨。

一九五八年,全面实行人民公社化,炸裂村成为人民公社下的炸裂大队所在地,从此更加密切地与这个国家经历着共有的荣誉与伤痛。

一九六六年,"文化大革命"轰然爆发,以孔、朱二姓,形成炸裂两大派系。而第三大姓,程姓人家,则坐山观虎,平静日月。革命在炸裂成了宗族斗争,再由宗族矛盾,演变为阶级斗争。十年革命,十年混战,有人死去,有人牢狱,有人耕种而糊口。孔明亮的父亲孔东德,则因弯腰锄地时,后背上有鸟粪下落,那鸟粪被汗水浸湿,渐化开来,在他的白衬衣上形成为一幅地图,而他又半月不洗衬衣,那鸟粪地图,就日日扛在背上,终于被人发现,报告给村长朱庆方。朱庆方觉察情势严重,上报公社,再报县里,孔东德终于二次入狱,被判重刑,在监狱劳改不止,直到有一天他从狱中出来,悄然回村,炸裂村才进入了一个新的时代之轮回。

《炸裂志》才有了新的落点与起笔。

三、社会村（2）

初冬时节，天寒地冻，人都猫在屋里，树都枯枯冷着。麻雀在檐下团团簇簇。整个炸裂，都被宁静所包裹，沉静而安息。

孔东德从监狱回村了。他回得陡然悄然，无人知晓，在家苦呆一月，未曾出门半步。说起来，人已五十二岁，十二年的牢狱生涯，没人知道他在哪儿刑监受难，没人知道他在监狱做了什么，受着何样的人生与罪苦。自一月之前，他夜半敲门，带回了满屋的惊愕和妻儿们的满面之泪水，还有的，就是他们家的死闷与沉寂，彼此之间，除了问说想吃什么，想喝啥儿，其余的，没有丝毫的只言与片语。

他是死刑。都以为他已经死了，可他却活着回来了。头发全白，人瘦得干枯如枝，若不是眼珠会动，坐在家里，确如死了一模样。

倘若躺着，那就果如死了，再无活人样了。

可在死寂的半月后，他的脸上又挂了活人气色了，把儿子们叫到屋里床前边，开了惊天之口说：

——"世道变了，以后大队不叫大队了，还叫村。"

——"土地要重新分给农民了，可以重新营商生意了。"

——"在炸裂，朱家、程家都完了，该是我们孔家的天下了。"

四个孩子望着他，如一群都已长成等待出窝的狗。老大孔明光，老二孔明亮，老三孔明耀，老四孔明辉，一排儿站在床边上。而床下生着的一盆槐柴火，油香味在屋里漫弥飘散，把所有人的脸上都抹下淡黄润润的光。墙上的壁虎，听到了孔东德的秘语，回头望着五十二岁却老如古稀的他，壁虎那微圆的眼里，是两滴漆黑明白的豁然。在孔东德的头顶上，它把寸长的尾巴摇得如见了主人的狗。东面墙角的灰蜘蛛,也听见了孔东德的话,它朝这边望着时,因为把头抬得过高,肚子都翻了起来了。

"你们都出去。"孔东德这样说着,用手朝门外指了指,半个月来从未有过的笑,薄金一样贴在他脸上,"你们现在都出去,朝着东西南北走——别回头,一直走,碰到啥儿弯腰捡起来,那东西就是你们这辈子的命道日子了。"

孩子们不说话,以为父亲是疯了。

可父亲这样连说三遍,最后有些求着他们时,老二孔明亮,才给老大明光闪去一道眼神儿,带着弟弟明耀和明辉,离开火盆、凳子、父母、壁虎和蜘蛛,朝门外试试探探走去了。

这一去,千变万幻,世界不再一样了。炸裂的志史开始新的单元了。

孩子们离开后,一直坐在床边的母亲盯着男人说:"你疯了?"

男人道:"我想喝瓶酒。"

女人说:"你不像从前了。"

男人说:"我们家要出皇帝了,但不知这四个孩子谁会当皇帝。"

女人就温顺地去给男人找酒做着下酒菜。她的温顺也是他的下酒菜。回来半个月,他没有碰过她。他似乎早就不想男女之事了。可这时,当也已六十岁的女人将要出门时,他又猛然从后边追上去,一把将她抱回到了床铺上,让那床铺承受了早已忘记的撕裂和尖叫。

村子里,夜半三更,月光如水。

各户檐下的麻雀们,团在窝里,偶或发出嘤呜嘤呜的叫。有一种夸张的静,铺在村街上,像坟场落在村落里。孔家的四个男孩儿,从家走出来,很快来到村街的十字路口间,老二明亮说,我们分开吧,朝东西南北走,碰到啥儿就都立马捡起走回来。

四个人就都朝东、西、南、北走去了。

老大东、老二西、老三南、老四北,如一窝在静夜中四散开来的鸟。村子依山筑座,东西主街长,南北街巷短,十字街又靠村东边,老大、老三和老四,很快就走穿街巷到了村外边,只有向西的老二孔明亮,在村街上走得笔直漫长,夜深久久,除了月光、空气和狗吠声,他在迎面什么都没碰上。

可在他以为什么都不会碰下时,有户人家的门响了。

门楼是村里独一无二的瓦门楼,宽大的双扇柳木门,刚涂过一层红油漆。那竹裂吱吱的门响声,也是红颜色,有股刺鼻烈烈的漆香味。这是老村长朱庆方的家。门开后,他的女儿朱颖从家里走出来,刚走几步到门口,就看到大她几岁的孔明亮,从迎面朝她款脚款步走过来。

他们都轰隆一惊站住了。

片刻后,下边的话,响在他们一生的传奇里。

明亮说:"操!我遇到骚鬼了。"

"没想到我会最先碰见你。"朱颖有些意外地说,"三更半夜,你去哪?"

"就到这儿。"月光中,孔明亮恶了朱颖一眼睛,又狠狠接着道,"我本来想翻墙到你们家,把你爹活掐死,把你强奸掉。可现在,我又不想了。"说完他就回转身,大步地沿着村街朝东走,到十字街和向东的哥哥,向南向北的三弟、四弟去会合,脚步快捷,踢满沮丧,有说不出的要想爆裂的东西溢在脉管里。可在那欲炸欲裂的血脉中,还有一丝说不出的快活在里边。他想要大吼一嗓子,把深睡的炸裂都吵醒,然就在他想要唤要吼时,听到从身后追来的朱颖对他先唤了:

——"孔老二,我倒天霉啦,偏偏一出门就撞上你!"

——"我没有别的出路了,撞上你我只能嫁给你。"

——"嫁给你,这辈子我都要把你们孔家捏在我手里!"

　　朱颖的唤,像闪电从后边蹿过来,孔明亮循着声音转过身子去,看见程家的妞儿程菁提着一个灯笼从一个胡同走过来。姓杨的葆青用火机照着从另外一条胡同走出来。村里的二狗狗,也拿着一个手电筒,在地上照着找着走出来。

　　突然间,村子里四处灯光,一世明亮,脚步声由稀到密,仿佛流水由浅到深样。所有的人,都在灯光下边走,都在灯光下面找着什么样。十字街那儿已经云下很多人,都在说国家出了大事情,和皇帝驾崩一样大的事,不然不会把叫了几十年的公社改回到乡,把大队的名称改为村,把生产队的称谓改为村民小组了,又把归属国家的土地重新分到农民手里去。还殷殷切切鼓励人们都到集镇市场做生意。起原先,做生意是要抓走游街判刑的,可这一夜间,却又一猛愣地鼓励人们从商营生了。

　　地舆沿革名称都变了,一如张姓改为李姓了,世界要天翻地覆了。

　　因为朝代更替,改地换天,炸裂人都说他们在前半夜里睡着时,做下一个共同的梦,梦中有个枯瘦精神的人,六十或者七十岁,从监狱逃出来,到床边摇着他们的肩膀或拉着他们的手,让他们赶快都到村街上,一直前行,不回头,不旁顾,最先碰到啥,那啥儿就是他的命道或预兆。有人不相信,梦醒后翻个身子接着睡,睡着后又继续做着那个梦,三番五次,都是那从监狱出来的人,要把他或她从梦中摇醒来,让他们赶快到街上笔直笔直地走。碰到一枚硬币或一角毛票儿,那就是你这辈子经商能赚很多钱。碰到女人掉在地上的一件物碎儿,那就是他有上好的婚姻或者打不退的桃花运。人们就都纷纷从梦中挣出身子来,趿着鞋,提上灯,走出屋门、院门来到村街上,交流着他们做的梦,交流着他们刚到村街上看到碰到的物事和怪异。就有人在那人群中，兴奋地举着一毛钱或者一元钱，说他一出门就在路边捡钱了。有人拿着一段红头绳，或谁家姑娘丢的塑料发卡儿，问人说他们捡了这些是啥儿预兆呢？

还有那姓程叫着程菁的女娃儿，刚刚十几岁，她也做了那样的梦。也依了梦引从家里拿着电筒走出来，在路的中央捡到了一个透明的皮套儿，雪白色，手指状。她不知道那皮套物碎是啥儿，预兆什么呢，就挤进人群举着那套儿，问大人们那是啥儿货，有见识的男人就都哈哈笑着说，那是男女床上用的避孕套儿时，程菁显得兴奋而好奇，还想问男女在床上做啥儿要用那套时，她娘的一条胳膊从人缝插进来，一耳光打在她脸上，把她从人群揪走了。

人群中爆出了哈哈哈的笑。

孔明亮没有挤进那满是灯光和哄笑的人群里。他不知道一直正西首先碰到仇家的朱颖预兆是啥儿，将来会是怎样的景光和物事。朱颖在他后边追着的唤声让他刻骨铭心、捉摸不定，如同他到了一扇屋门前，拿起一串钥匙却不知该用哪一把。他就那么迟疑地站在十字街西的路边上，犹豫着，觉得脚下有一样东西骨硬骨硬地硌着脚，想要捡起来，又怕是一枚普通到毫无意义的石子儿。不愿去捡时，那物什又在脚下锥刺刀割地动着扎着右脚心。于是间，弯腰把那东西捡在了手心里，紧紧地握着不松手，不去看，把目光投到面前十字街心的人群上。

人群间，各种灯光拥堵相撞，影碰影的声音像铁皮擦着铁皮一样响。这时候，明亮看见大哥带着三弟、四弟从人群那边过来了。他们三个人的脸上都是粲然的笑，仿佛这一夜，一出门他们都碰到了他们最是渴求的愿望与意外。

就是这时候，孔明亮借着灯光，把紧握的右手打开了。他的右手心里出了一层汗。那汗把他手里握的东西染湿了。他手里的那东西,是一枚四方四正的长状公章,包在一张白纸里,被它的主人弄丢了,由孔明亮捡到了手里边,成了他的大好前程了。

第三章　　　　变革元年

一、万元事件记

一切都来得唐突和意外，如从梦中到来的洪水般。人们开始分田种地，在自家田头栽播瓜果与蔬菜，自食后也把多余的挑到集上去售卖。

消失多年的集市又元气恢复了。

炸裂村前的河滩地，因为开阔又成了集市场。鸡、鸭、猪肉和木材，土特产和来自城里时新的衣物及鞋袜，都会在阳历每月遇一的日子里，摆满河滩与河流的大堤上。最为要紧的，是政府下了文，要培养和树立"万元户"。要让一小部分人率先富起来。

人们就都发疯了。喂猪牧羊、养牛饲马，做编织、伐木材、买家具、盖新房，都企望自家率先富起来，拿到政府下发的无息款，让脸面风光，心花怒放，成为人中人，杰中杰，过上梦寐以求的好日子。

老三孔明耀，在春天当兵了。那一晚，村人皆都沿着梦道朝前走去时，他一直朝南走，一出村就看见有拉练的军车从村头拖着枪炮开过去，他就知道他要参军离开炸裂了。果然冬天过去后，春季招兵已经不再考虑你家的成分和政治史，只要你嘴里能说出保家卫国的大话儿，身体没问题，也就可以当兵了。

也就当兵了。

大哥当了小学教师去。因为他不仅初中毕业，字也甚好，且顶顶重要的，是他那一夜刚离开十字街，在月光下就看到一段粉笔头。他不认为粉笔就是他的命,又继续朝东走,一直走到一段山梁上,除了连续不断地捡到月光下的粉笔头,他一路上什么也没碰到和捡到。如此着,他的命运就得粉笔着。也是好命道,上上签。本已二十八周岁,因为父亲在监,已为犯人家属,他是一直没有找到对象的。可现在,他成了乡村的知识分子了,很快就有了姑娘看上他。很快地,就结婚成家,过上稳妥平静的日子了。

现在,该轮着老二孔明亮的婚事了。

父亲说:"你该结婚了。"

"结婚能让我在银行存够万元吗?"老二问父亲,嘴角挂着不知是嘲弄谁的笑,然后就朝门外走出去。不种地、不卖售,也不做编织,就那么饭后走出去,饭时走回来。父母让他去劳作任何事体他都在嘴角挂着笑,嘲弄地哼一下,就从家里、村里消失了。

老二是有雄心的。别人种地做着小本生意时,他每天都从村里若无其事地走出去,到村后的沟壑拿出两个箩筐和麻袋,再到几里外的山梁那边铁道上,等着从西山运煤和焦炭的火车过来时,顺手牵羊把那煤和焦炭从火车厢上朝着车下扒。天际空旷碧蓝着,山野上的庄稼都醒转过来了,绿出一道幕景展摆在山脉上。他独自守在山坡间,盯着从山下爬上来的火车头,喷着浓烟,像一个烧了一堆湿柴、可以沿路走动的巨大灶台从山下吭哧吭哧朝着山上爬,坡势渐陡,速度渐缓,那火车终于到了如同人行时,孔明亮就从道边田头走出来,举起备好的长竹耙,把焦炭从火车厢上扒下来。雁过拔毛着,每一节车厢都可抓下一篮半袋的西山焦。待那焦炭、黑煤一篮一袋积有一车了,从山窝间的一蓬草下把煤炭运到县城一卖就是二百、三百元。到夏天,原来火车道边的草地都被扒下的焦炭砸黑时,孔明亮在炸裂率先存了一万元,成了政府最为赏识的劳模万元户。

他去县城开了三天致富的标兵会。

从县城回来那一天，是由乡长陪着入村的。乡长叫胡大军，他把炸裂村的村民全都集中到村里十字街的路口上，六百多口人，四个村民组，老老少少，女女男男，一皆儿都被钟声召唤着，到十字街的空旷里，把那空旷填满塞实后，乡长将一朵大如海碗似的红花戴在孔明亮的胸口上，把依着银行存折放大到半扇门板似的巨大存折硬纸举在半空中，让所有的村人都看到了那存折上边大如人头的"孔明亮"三个字，和"1"字如梁、四"0"如碗的"10000"来。

村人都惊了。

哑然如山了。

殷勤人家最多存款还不到千元时，孔明亮竟就果果真真存了一万元。黄昏的夕阳从西山脉铺就过来时，人们在夕阳中盯着那巨额存折和面如朝阳的孔明亮的脸，看见他眼中的兴奋和嘴角挂着嘲弄谁的笑。乡长说，请孔明亮同志上台介绍他的致富经验时，孔明亮望着村人们，样儿谦逊地说了一句话：

"没啥儿可介绍，就是两个字：勤劳！"

乡长接着就把"勤劳"二字做了诠释和发挥，说勤劳是人类富足之魂灵，金银之库房，只要有一双勤劳的手，就是瞎子和瘸子，也是可以在致富的道上奔跑和驰骋。接下来，麻雀准备回窝了，鸡猪和狗猫，也都要从村头各自回家饱食上床了。乡长就把目光从人群头上扫过去，找到人群最后缩在那儿的老村长：

"你能在年内致富存够万元吗？"

村长朱庆方，把头低了下去了。

乡长问："你有没有决心到年底让全村出现十个万元户？"

朱庆方抬头瞟瞟乡长的脸，把头低得更低些，差一点让头夹在两腿间，钻进地面里。乡长就把头扭到身边孔明亮的这一边，说兄弟，你年底能让村里生出多少万元户？孔明亮上前一步后，看看乡长，望望村人们，把拳头朝自己的胸膛上连擂三下，又跃到一块吃饭坐的石头上，信誓旦旦朝着村人们说，到年底十二月，村里一百二十六户人——他如果当村长，不让一半六十三户村民家家成为万元户，他自愿在村里头下脚上走三圈；甘愿把自己的存款分给各户人家老百姓；甘愿从炸裂消失掉，从此再也不回炸裂来。

炸裂人就当场疯癫了，个个都兴奋得想要蹦起来，掌声和海潮一模样。一个村都在令人后怕的兴奋中，轰轰隆隆着。回窝的鸡，不知村里发生了啥儿事，重又从窝里走出来，在院里团团转着咕咕地叫。房檐下的麻雀和鸽子，都又飞出来落在院墙和房坡上，作为观众在十字街见证观演一台从未看过的戏。乡长当场宣布了撤去老村长朱庆方的职，让年轻的孔明亮，做了炸裂村变革元年的新村长。因为天色将晚，乡长宣布完又讲了一些话，就赶着天色朝二十里外的乡里匆匆走了。

在乡长走了后，新任村长又做了三桩事：一是重申了他的执政纲领和目标，保证村里家家富裕，年底有半数人家成为万元户，明年家家都是万元户，后年家家都告别草屋住进新瓦房；二是请各户人家不要走，都要看着他父亲孔东德，朝仇家朱庆方脸上吐口痰；三是村里人在他父亲朝朱庆方的脸上吐痰后，谁若也过去朝朱的脸上、身上吐口痰，他孔明亮就给谁十块钱，吐两口就是二十块，吐十口就是一百元。

朱庆方就那么僵僵地坐在夕阳的最后一抹中，脸色霜白，目光呆滞，从口袋中取出村委会的公章递给新任村长孔明亮，把屁股下的一个凳子挪出来，递给身边的女儿朱颖不说话，只把眼皮耷下来，蹲着等待痰液的雨水落过来。

女儿朱颖在边上大唤一声说："爹！"

朱庆方没有睁眼吼着道："让他孔家吐！让他孔家吐！"

唤着把双眼闭起来，人们就都看到从监狱出来后很少出门的孔东德，到朱庆方面前立下来，哆嗦的嘴角挂着笑，"呸！"一下，果真把一口恶痰吐到了朱庆方的额门上。

接下来，孔明亮从口袋取出了一厚沓儿十元一张的人民币，跳到更大的一块石头上："谁吐一口我就发他一张钱，吐两口我就发他两张钱！"还把那钱在手里抽得噼里啪啦响，等着有人去朝朱庆方的脸上、身上吐痰去。

只有静，没人吐。落日在静里粉成湿在水面的绸。

——"吐不吐？吐一口我给二十块！"

——"真的一口二十块？"

那个叫二狗的年轻人，笑着问着孔明亮。

孔明亮就从石头上跳了下来，递给了二狗二十块。二狗便拿钱笑着过去朝朱庆方身上吐了一口痰。又给二十块，又吐了一口痰。他连连呸吐，明亮也就连连给钱。人们就羡着喜着都去朱庆方的身上吐痰了。咳痰呸吐的声音在黄昏如是雷阵雨，转眼间，朱庆方的头上、脸上、身上就满是青白灰黄的痰液了。肩头上挂的痰液如帘状瀑布的水，直到所有村人的喉咙都干了，再也吐不出一滴痰液来，朱庆方还蹲在痰液中间一动不动着。

像用痰液凝塑的一尊像。

二、变革之碑记

朱庆方被痰液呛死了。

给他换着葬寿衣服时，单单为他洗痰就洗了五担水。事情都是他的独生女儿朱颖承做的。为父亲擦身子、洗容面、换衣服、买棺材、请人挖墓和安葬，这一切都由她料理。

那一夜，村人吐痰时，朱颖听见父亲在痰雨中对她又说了那句话："别管我，让他们吐！"她就一动不动地看着村人们，都过去朝爹的头上、脸上吐，只是在心里数着、记着哪些人朝爹的脸上身上吐了百口、几十口的痰。哪些人吐得少一些，只吐了几口、十几口的痰。直至人群散尽，爹像跪的一段树桩倒下去，她才过去把爹从痰堆拖着、抬着往家走。到自家大门口，要拖着死尸过那门楼、门槛时，才看见帮她抬着爹的是孔家最小的儿子孔明辉。门楼下的电灯被人拉亮了，光亮落下来，她看见明辉的脸上纯净疚愧，像一张白纸被水湿过一样柔软和脆弱。"是你呀！用不着！"这样冷一句，她就把明辉抬尸的手推到一边去，自己连泥带水地把死尸拖过大门槛。而被拒之门外的孔明辉，这时立在门楼的灯光下，直到朱家大门关上后，都还僵在原地没有动。

朱颖把父亲埋在了他被痰水淹死的那地方——村十字街的正当央。这是公众之地，村人的吃饭场，当然不该有一个墓堆在那突兀着。人们议论纷纷，报告给新任村长孔明亮。孔明亮出来拦阻时，朱颖对孔明亮说下那样一句话：

"姓孔的，别忘了你出来沿梦西走那一夜，碰到的第一个人就是我！"

明亮站在那儿，回忆着那一夜他碰到朱颖时，朱颖在他身后闪电一样唤着的话，又听到朱颖朝孔明亮半是嘲弄、半是伤痛地说："埋完我爹我就离开村。有一天我不能让你孔明亮跪着来求我，我就不再回这把楼山脉的炸裂来。"

孔明亮不再阻拦把朱庆方埋在村中央。他向村人解释不愿阻拦的理由是，念起他是村中的老村长，就让他埋在那儿吧。葬埋朱庆方的那一天，是在他被痰水淹死的三天后。来葬埋他的人，恰是那些用痰水淹死他的人。在他的身上吐了最多口水痰液的，也是安葬他最为出力流汗的。二狗一共在他身上吐了一百零六口痰，他却从挖墓、殓尸、抬棺、下棺、落土，没有一样不亲身躬卑的，且埋完后还在那坟前说了一句话：

"欠你的也都还你了。"

宽一米，高二米，厚半尺的青石墓碑也是二狗从几十里外用车拉回的。在把朱庆方最后入殓安葬前，朱家依照朱家的境界和想象，在死尸的身上覆盖了旗帜，还念了充满激情、境界的追悼词（之后人们知道那悼词是孔家的老大孔明光撰笔的美文）。在埋了死者后，把青色墓碑从一面自制的旗帜下面揭开时，人们都看见那墓碑上是这样一行字：

最忠诚的老党员朱庆方之墓

从此后，一个写照着一个时代的人，就从这个村庄消失了。他的女儿日后在村庄、镇上、市里的呼风与唤雨，不知道于他是更大的悲哀还是荣耀和芒光。离开村庄那一天，朱颖选定的日子是爹的七日祭。她在那坟前、碑前磕了头，烧了纸，毅然离开村庄后，连头都没回，脸色凝重，目光毅硬，唯一做下的，就是路过孔家大门前，站定脚跟看一会，她以牙还牙地也在那门前吐了一口痰，然后直到走出村，步上山梁子，消失在梁道上，她的脖梗和身影，都是硬的坚毅的，像一块石碑朝山外移着走动着。

三、轰烈悲怆记

炸裂村计划用两年时间让全村人都住上瓦房的宏愿，其实是一桩保守和守旧。事实上，这个过程只用了一年半。孔明亮带着全村人到后山梁上扒火车，卸货物，钱来得如雨水朝着每家人的院里落。从夏天到冬天；从雨天到雪天，人们风雨无阻，勤勤恳恳，无论是白天或晚上，雨天或晴天，都有人守在后山正上坡的铁道旁。已经摸清了铁路上经过耙耧山脉喘嘘而过的列车的全部规律和行情。从北向南，爬上山的火车一般都是拉着矿石、焦炭和木材，从南向北来的火车都是拉着北方人要用的日用品，如电缆、水泥、建材和橘子、香蕉、芒果等在北方罕见的鲜果实。半年光阴，偷卸火车的炸裂村，就人人有数了，度过了农民不成体统的一盘散沙期。人们成了队伍，有了规矩，有了上下班的作息时间表，也有了术语和分配钱物的情理与数码。

　　村长孔明亮，不让任何人的嘴里说出一个"偷"字来。大家说"偷"都说"卸"，问候从山那边回来的人，都是"今天你卸了多少货？""都卸了啥儿货？"问走出村子去卸货的，都是"上班啊？""轮你上班了？"人们开始觉得这有些掩耳盗铃的滑稽和可笑，可当孔明亮真的在每月月底给村人发钱时，凡嘴里说过"偷"字、"贼"字和"窃"字的，都果真会扣掉百元、二百元的工资时，有关偷盗、贼窃的话就从炸裂消失了。没有人再相信他们每天是去偷火车。建筑在离火车道二里外沟谷里的库房内，码满了从火车上卸下来的苹果、橘子、电线、焦炭、牙膏、香烟、肥皂和各种南方加工成的时新衣服、鞋子和七七八八、千奇百怪的物品与异货，转手到城里、市里销售后，孔明亮就把每月的基本工资和多卸多得的酬劳加在一起发给村民们。先是一户人家每月能挣几百元，后来就是数千元，乃至上万元。八个月后，春天到来时，人们看到每年三月路边的白色槐花开放那些天，一团一团的槐花都是灰褐色，雪白成了北方土地的颜色了。泡桐树上喇叭状的粉淡倒变成雪白了，如葬礼上的雪白飘在半空中。人们都惊异，都出来站在路边看那变了颜色的花。这时候，二狗从山的那边跑回来,大唤着不好了,不好了,有人从火车上掉下来摔死在了道基上。村人们就都朝着梁上跑,再也不管槐花变灰、泡桐花变白那事情。

孔家一家正在围桌吃着饭。日子已经相当殷实和富满,请来了保姆洗衣做饭,只是因为母亲的头上有白发,就不让她在灶旁和河边奔波了。七八口人,十几个菜,关门在院内围桌吃着饭,日常间也和过年一模样。冲进来的孔二狗,当的一下钉在孔家院中央,说了一句莽撞而又平常的话。

——"村长,又一个!"

孔明亮慌忙把筷子扔在饭桌上:"谁?"

"村西朱庆方的侄儿朱大民,他是朱颖的叔伯哥。"二狗说着去饭桌上抓起一个硕大的白馍咬两口,又慌慌端起村长喝剩的半碗汤,咕咕地顺下卡在他喉间的白馍后,才从容地说出后边的话:"那笨伙,爬上火车后,发现那一节上装的全是呢料西装和名牌服,在车上对我唤着说——发啦!遇到好货啦!就开始一箱一箱把衣服朝着车下扔。可扔到第九箱,火车已经爬上山顶该要下山加速了,我在下边追着火车唤着让他快些跳下来,他说他又发现了一箱红领带,卖西装应该配着领带卖。当他把那一箱领带也从车上扔下来,准备从车厢梯上下跳时,火车已经下山飞起来,他跳下来就躺在道边上,血像喷泉一样朝外溅。"说完这些时,二狗直立在孔家院里的一颗泡桐树下边,下落的雪白色的桐树花,刚巧落在他端的村长的汤碗里。

孔家一家人,都盯着带来死讯的二狗的脸。父亲脸上荡过一层波纹似的笑,从饭桌上起来朝屋里走去了。大哥脸上的木然和平静,像没有听到啥儿样,把面前盘里的一块肥而不腻的熟猪肉,隔着母亲夹到了新媳妇蔡琴芳的碗里去。只有坐得离二狗最远的小弟孔明辉,筷子从他手里惊落了,脸上显出了极厚一层缺血的白,有汗从他透亮的额门渗了出来了。

"咋办呢？"二狗问。

"按烈士。"明亮想一会儿，吩咐二狗说，"你去买最好的棺材和最大最厚的纪念碑。"说着从身边树杈上提起一件军用大衣披在肩头上，又把一个馒头掰开来，把几块瘦肉夹到馒头里就朝门外走。到了村西死者家里时，死者的父母已经在大门外哭得摇地动天，一下一下朝着被从山那边抬回来盖着很多卸货得来的崭新的衣服、布匹的死尸上扑，想要扑上去把儿子从死处唤回到生处里。人们拦着他们老夫老妻俩，说死了就死了，也是烈士呢。可他们，不听这些话，又要朝那担架上冲，纠缠不断，哭唤声扯天闹地。这时节，村长明亮就来了，军大衣在他肩上像他披着很厚很厚的战袍样。

人群为村长闪开了一条道。

朱大民的父母忽然不哭了，望着村长，他们的眼里有着仇视的光，似乎想要扑上去把村长撕碎吃在肚子里。

村长平平静静从人群穿过去，掀开盖在死者脸上的一件西装看了看。他的脸被看到的景象捆打一下子，仿佛一个耳光打在了他脸上，白一下，嘴角抖了抖，很快又恢复到常态里，用粗重平静的话语对那两位老人说：

"大民是烈士。他是为全村人的富裕死掉的。"

老人盯着村长说话的嘴。

"村里厚葬他。把他埋在村里十字路口的最中央，和他叔——也是我叔朱庆方埋在一块儿，让全村的人今后都要学着他。"

那对老人好像听不懂孔明亮的话，可望着他脸上的青仇白恨淡薄了。

"下个月，村里就统一要把所有的草房都盖成新瓦房。"似乎是为了解释老人脸上的疑问样，孔明亮把事情说得简单而明了，"等你家儿媳妇从娘家带着娃儿回来后，就对她说我说了——给村里统一盖房要最先翻盖你们家里的。你们家里不出一文钱，盖房的钱全由村里出，还把你家孙子从小养到十八岁。不到十八岁，不让你家儿媳改嫁行不行？实在要改嫁，不让她把孩子带走行不行？"

两个老人脸上便由悲渐喜了，笑像日出一样挂在他们脸上了。待孔明亮要从尸体边上离开时，忽然他们朝他跪下来，连连磕着头，说明亮侄儿你是这么好。这么好的村长我们从来没见过！孔明亮就又回头安慰老人几句话，说让他们放宽心，凡为村庄致富卸货死了的，家家是烈属，他们的父母将会比儿女活着过得还要好。说那些围观的人，该吃饭了去吃饭，该到山那边卸货的就上班去卸货，留下安葬死者的，别忘了把盖着死尸的衣服收起来，将那衣服上的血渍洗一洗，交到库房重新卖到城里去。

也就把死者朱大民，以最隆重的方式安葬了。

农历三月初九那一天，村人们放假歇息，除有在山那边留人守库外，其余连火车上拉的外国香烟（每箱几千元）都不再扒车卸货了。全村人都来安葬死者，像全村人都来参加婚礼和喜庆。用了最厚最大也最高价格的好棺材，还用了最为透明润滑的大理石刻了纪念碑，碑上刻着碗口大的一行字："致富模范朱大民烈士之墓"！然后是鞭炮炸鸣，唢呐声声，让村里凡比烈士岁小辈低的，都要披麻戴孝，哭声连连；凡比他岁大辈高的，一律都戴黑袖套、手持小纸花。棺材上覆盖旗帜，墓碑前摆满花圈和挽联，并由村长的大哥孔明光，写了追悼词，在全村人的悲伤喜悦中，由村长把那悼词念了念：

朱大民同志生于一九五六年，自出生之日起，就历经大跃进和三年自然灾害之大饥荒，后又经过文化大革命，食不果腹，衣不遮体，后逢国家开放之良机，他勤于劳作，肯于吃苦，靠双手致富并为村民集体富裕而努力，最终因公殉职时，年仅二十八周岁，不愧为国家之英雄，致富之表率……

如此云云。

孔明亮把悼词念得庄重而铿锵。虽然他满嘴都是耙耧的方言和方言中耙耧山区的炸裂地方话，可炸裂人还是都被那话振奋了。下葬朱大民的棺材时，全村人都唏嘘掉泪，又人人挂笑羡慕着。直到太阳当顶，墓边上的一棵老榆树，原来世代都开青银色的榆钱花，这时全都开成墨玉的颜色时，人们才都收了工具，看看天空，想起午时十二点，山那边会有一列火车拉着北方特有的蘑菇、金针菇和猴头菇运到南方的餐桌上。想到一箱野猴头也是数千元，还有可能在哪节车厢上，时来运转地碰上一箱几箱天麻和野人参，就都慌慌地丢掉手里葬埋的工具，朝山的那边走着和跑着，去抢赶十二点左右的火车卸货了。

村里便又安静下来着，只余了老人和孩子。

还有十字街上先是被痰液淹死的朱庆方的墓，后是卸货摔死和分货不均、打架伤命者的墓。那些墓上都有野草生出来。朱庆方的墓上还开了许多小白花。前后新旧，十字街的路边上，共有十六个墓，分掘两侧，夹道迎送着炸裂人的急脚快步和进进出出的村人们。

四、新貌参观记

两年后，仅就七百天，炸裂就不是炸裂了。

炸裂村的草房转眼间消失殆尽，变成了一片瓦屋了。有人家是仿旧的青砖瓦屋，也有人家是时尚的红色机砖机瓦屋。村子里充满了新砖新瓦的硫磺味。东西向的主街上，还都铺了水泥地，栽了电线杆，街道和城里的街道一模样。县里组织全县村以上干部都到村里参观时，炸裂各家门前都摆了花，房后垒了新砌的猪圈、羊圈、牛马棚子和别的养殖业的畜栏与养殖窝，把从邻村租来、借来的猪羊牲畜关在那窝那圈里。一些充当蔬菜大王的人，早半年就在山坡路边的田地里，搭出塑料大棚来，把那畦地侍弄好，种出旺极、绿极的菠菜、芹菜、西葫芦和城里人忽然爱吃的苦瓜菜。也从城里买回一大车、一大车的新鲜蔬菜来，摆在村头和门口，演着准备进城卖菜的乡村戏。到了日升数竿后，县长就带着全县上百人的乡长、村长参观团，浩浩荡荡开着汽车进村了。

参观团把汽车停在村头上，第一桩事是徒步走向十字街，给为炸裂富裕献出生命的烈士们致哀献花圈。第二桩，才是在村长孔明亮的领带下，到各家参观新瓦房和农民家里的电视机、洗衣机、有用没用的电冰箱和崭新崭新的自行车和摩托车，还有跑运输富裕起来的拖拉机。那时候，孔明亮是全县最年轻的村长和全省最年轻的致富带头人，日后回忆起那一天新貌参观团的到来时，他都还充满着傲然和豪意，脸上的笑，如同开在九月灿黄艳丽的野菊花。他领着大家到十字街的公墓三鞠躬，对大家说，之所以要把为致富死去的人埋在村中央的十字路口上，是要人们和子孙每每路过这，都记住他们的祖辈为吃好、穿好、住好付出的努力和牺牲。"吃水不忘打井人，饮水思源情常在。"他还向县长和市里来参观的干部背了两句对联上的话，之后就领着参观团，到一户户准备好的人家去参观，向他们介绍各户致富的经验和故事。直到参观团最后离开先一步富起来的村人的房屋和家舍，到了村长孔明亮的家里去，那些乡长、村长都才真正呆住感动了。明白了孔明亮的不凡不容易。

所有的人，都未曾料想过，全村人都住上新房瓦屋时，孔村长家里还住着解放前盖的草屋子。三间上房的草屋和院里相对而立的四间麦秸草屋房，古旧在村东头，散发着新苫草的麦芽香。

　　参观的人，都在那房前惊住了。

　　县长在那房前流了泪。

　　一片感慨在村长家里如一湖聚起来的水。屋子里没有电视、冰箱和洗衣机，也没有新近走进村里人家的沙发和城里人爱坐的竹藤椅。只有旧条案上摆的祖先的牌位和伟人的挂像及那像的两边间，用金粉写就的红对联：

先天下之忧而忧
后天下之乐而乐

　　这么古朴诗韵的话。这么古朴清素的人家和干部。县长那时啥儿都没说，吃了村长母亲煮的一碗荷包蛋，擦了挂在眼上的泪，就领着上百个乡、村两级干部回到了村头上，看着那些外乡的乡长、村长全都上了大轿车，蜿蜒着下了耙耧山道离开村，才最后把孔明亮叫到自己小车旁，盯着孔明亮的脸，说了让明亮飞黄腾达的话：

　　"你今年刚刚二十六？"

　　孔明亮点了头："过了二十六。"

　　"你能带动周边村庄都富吗？能了我就提拔你立马当乡长。"

第四章　　　　　人物篇

一、孔明亮

孔明亮是决计要带领相邻的几个村庄富将起来的。乡长、县长已经答应他，先把距炸裂最近的两个村庄带富后，人均年收入过了多少钱，都和炸裂一样住瓦房，就立刻提拔他当副乡长，日后再当正乡长。左边的村庄刘家沟和右边几里的村庄张家岭，也都从行政上划归属于炸裂了。炸裂村原来只有一个自然村，六百多口人。现在是三个自然村，十四个村民组，一千九百五十六口人。村委会就设在村前河边的一块空地上，盖了两层楼，砌了红围墙，大铁门上挂了庄重的大招牌，上书"炸裂村委会"——如西瓜一样大的字。

已经给那两个村庄的每户人家都无偿分了上千元，让他们能养猪了养猪，能种菜了种菜。而且还把那两个村庄的年轻人，都带到二十里外另一个山坡上的铁道边儿去卸货，教他们在火车爬坡时，如何在坡上、崖头把车上的焦炭用铁钩抓下来；如果那货车车厢上没有铁厢盖，货都露在大天下，又怎样才能一钩儿把一箱、一筐或一袋的货物在树上吊起来。还又让炸裂的年轻人，都当师傅带徒弟，教他们如何追爬火车和卸完货后顶着逆风轻轻跳下来。

最为要紧的，是让那两个村庄的每户人家都和炸裂村民一模样，签下扒火车卸货的保密合约和死为烈属、绝不追责的合同书。事情就这样，人就轰隆一声富将起来了。那两个村庄原有破皮囊似的穷日子，转眼就风吹袋鼓地胀起着。就有人家很快成了万元户，准备要盖新的瓦房了。

炸裂所属村人的岁月与日子，如着严冬已过、春天到来般，一夜醒来，各户人家院内的树上，村里的街上，村外的乡野，哪儿和哪儿，山内里的这儿和那儿，万物花开，八方芽绿，满世界都是桃红李白了。乡长因为有了炸裂这典范，据说立马要调到县里去当副县长。县长因为在全省抓出了万元村，且村里家家都在两年内住进了新瓦房，那黄土穷壤间，一片瓦屋的照片配着文字在领导手里翻来倒去地看，有大领导还把那照片在夜晚带到家里去，让他的夫人、儿女们，看着感叹着。据说某领导那一晚因为那一张照片多吃了三个金银小馒头，多喝了半碗黑米粥，于是县长就被传到首都汇报发展的景光了。

　　总之说，一发而系全身的事情发生了，一如一个窗口的明亮，让世界都变得光明而辉煌。可事情恰恰却赶在这个节眼上——这年秋天时，这个国家的火车提速了。炸裂人不知道事情是怎么变化的，那些路过后山梁上的火车，无论是客车还是货运车，忽然间在那爬坡时，都不像先前那样气喘吁吁、慢慢腾腾了。它们突然间，都有了气力和速度，宛若一个老人的返老还童般，猛地就健步如飞了。上山爬坡也如履平地了。事情是在炸裂人有一天扒车卸货十分钟内摔死了五个人才被发现的。才知道那儿所有路过的火车均被提速了，让人再也不能扒车卸货了。

　　而更为糟糕的，是秋前朱庆方的女儿朱颖回了村。两年多前她离开村子时，穿着耙耧人都爱穿的自己缝制的笨衣裤。两年后，她回到村里时，竟穿了一身说是每件都要上千元的洋衣服——她的布衫、裤子、围巾和鞋袜上，都印着炸裂人无人能识的英文字，尤其她到哪都要穿在身上、不系扣子的灰色呢大衣，有块鲜红的外国商标，还缀在左袖的外袖口。她在村里招摇过市，把带回来的香烟和巧克力，无论见到谁，大人和孩子，都要整包、整盒地递过去。

　　她是在向炸裂挑战和宣誓。

　　是在向孔明亮挑衅和证明。

让孔明亮不可理喻的,是她根本没有通过村委会,没用村委会的证明和公章,她就从县里取得了一块宅基地的土地证,从秋前到秋后,就在村委会的边址上,盖起了比村委会的二层楼房还要高出一层的三层楼。村委会的楼房都是裸砖砌成的,她还在她家的楼砖墙上贴了一层白瓷片。村委会楼房的玻璃都是白玻璃,她家楼房的玻璃都是茶色红玻璃。在她家新楼完工那一天,炸裂村十分钟内从火车上摔死了五个人,在村中埋了那五个烈士后,孔明亮独自坐在村委会的办公室里发呆时,朱颖出现在了他办公室的屋门口,脸上挂着泛红的笑,倚在门框上,那灰色的毛呢大衣,被她的肩膀挑得一边高,一边低,像城里百货商场橱柜里的模特没有把衣服穿正样。这当口,落日西去,村中静谧,在孔明亮和会议室一样大的办公室,那偌大的办公桌和可以旋转的真皮办公椅,还有桌上的电话和故意摆在那儿以示威严的夹了什么的文件夹,正面墙下的沙发和沙发头上从县城花市买回的铁树和元宝树,地上的花纹地砖以及拖把擦过的水印痕,都在朱颖的比衬下,显出了土气和软弱,没有了威力和说服力。她就那么背着落日站在门口上,披肩发落在她的大衣外,脸上是晨露样的皮肤和落日色的光,盯着呆在那儿的孔明亮,她淡淡笑着问:

"发愁了?不知道该咋儿致富了?"

明亮抬起头。这是她回村第一次来找他。第一次这么近地和他说着话。第一次让他听到她的话里多少含有替他想的意思在里边。他就那么抬头望着她。她就从门口走进来,站在他的桌前边,把话说得柔软酸疼着。

——"火车提速了,以后再偷不知道会摔死多少人,会让村里十字街的四边都成为坟场也埋不下。"

——"一年内,你没有办法让刘家沟和张家岭都像先前炸裂那样富起来,你就别想当乡长。乡长就别想当县长。县长也别想调到市里当市长。"

——"我有办法让他们富起来。有办法让那两个村庄在明年家家都住进瓦房、楼房里。"

落日从窗口透进来,在那两间屋子里,落满了红意和她那夹了城里语色的耙楼话,像一片的火苗在他眼前跳跃着。他看着她的脸,猛地发现她比离开村子时候漂亮了。那时候,她的漂亮是庄稼花,这时候,她的美里满是城里人的盆景和经过修饰的阳台花,在她不知怎样变细变长的眉毛间,有着诱人的风妖和孽气。

"怎么富?"他问她。

"你要娶了我。"她笑着,"我二十三、你二十七,都该结婚了。我在外边可以随便嫁个比你好的人,可沿梦出来那一夜,我首先碰到的就是你,我这辈子不能不嫁你。"

在她脸上死死盯了很大一会儿,明亮忽然笑一下:

"你以为我不知道你在外面做啥儿生意吗?——鸡——你是妓女、婊子你以为我不知道吗?"

如同地震样,朱颖身子晃了晃,然后对他说:"这次你没答应我,下次你就该跪着求我了。那时候,你跪着来求我,怕我朱颖也不会答应嫁你了。"说完她就转身朝外走,脚步和来时一样轻盈和诗意,棕红色的高跟鞋,磕磕地敲着地上的花纹黄色砖。直到她走后,整整一年的时间里,那磕磕的声音都还响在孔明亮的深脑和独自呆着、想着啥儿的猛然间。

二、程菁

已经临了十七岁的程菁在村委会里做秘书,工作是擦桌扫地,通知人来开会和给村长倒开水。

朱颖从村委会的院里走去时,她盯着朱颖脚下的红皮鞋,决计有一天也要买双红皮鞋,在村委会里进进出出和朱颖一样也有磕磕磕的声响来。可就在朱颖走去那一刻,她看见村长镶在窗口的方脸成了菊黄色,仿佛出汗过多虚脱一模样。她慌忙提着一瓶开水走进去,想要给村长倒杯水,可到屋里又见村长的脸色不是菊花黄,而是春来叶绿的菜青色,且那目光中,还有一种厚极的失落帘在眼幕上。村长已经把脸从窗口扭回来,看着面前程菁的脸,像看着一个他从来没有见过的姑娘样。

程菁去给村长面前的杯里倒着水。

村长一下抓住程菁的手,用哆嗦的声音说:

"你过了十七吧?"

"还没呢。"

程菁朝后退一步,把手从村长的手里抽出来,就从村长办公室里逃走了。到院里她听到村长在她身后的唤:"你以为你有朱颖的能耐啊?——去你哥的坟上看一看,我能让你哥的坟上连棵野草都活不成!"

在村委会的院里木呆一会儿,等村长的话音消散后,程菁出了村委会。村委会的南边是一片小树林,她从那林地绕到村委会后边的小路上,到村里穿街往家里走去时,看见一户杨姓人家新盖的房,高大漂亮,和庙堂一模样。看见了一户姓朱的,想要儿子去村里做电工,母亲每天去村长家里贿送菠菜、芹菜、母鸡和鸡蛋,恨不得把家里有用没用的,都送到村长家里去。程菁看见她时,她也看见程菁了,还很巴结地对程菁笑了笑。程菁也对她笑了笑。可程菁走到十字街口那片坟地时,她脸上没笑了,想起了刚才村长的话。哥哥就埋在十字街西南角的最边上,是第二批去火车上卸货死了的。她是因为哥哥死了才被照顾到村委会里去做秘书的。烈士的妹,照顾她,村人和村长都觉得理应着。她每天上班都从这十字街上走,从只有一个朱颖的父亲——老村长的坟,到这儿已经一片几十个的坟,她都已经习常了。经过坟地如经过一片房屋样,都懒得扭头多看一眼了。可今天,再次经过时,她扭头去看了,冷惊发现那儿除了几个新坟都还是花圈和光光秃秃的黄土外,其余十字路口四角的老坟堆——也不老,最多的也就埋在那儿三几年。可这些坟墓经了雨,经了季节和年头,都坟草萋萋,如深颜色的一堆漆。白花红花和深黄深黄的野菊在那坟上开得欢天喜地、载歌载舞,连秋蜜蜂和秋蝴蝶,都在那坟头上蹦蹦跳跳,又说又笑着。程菁发现哥的坟头上,没有蝴蝶和蜜蜂,孤静得如是荒野中一块野土石。她就在那十字街上站住了脚,愣一会,从别的坟间朝哥的坟前走过去,到近了,就看见哥的坟头上的草——野菊棵和抓地龙,还有村里人都特意往那坟上栽的迎春花——其余坟墓都草青花开着,浓烈的香味如桂花铺天盖地般,就是到了夏天来至,春日去往,迎春花都已过季谢落,可那坟地的迎春却还依旧灿灿黄烂,永开不败着。

景象就这样。程菁看见所有的坟头都草青旺旺,只有她哥的坟上没有青草与花棵,死寂光光,连蜜蜂蝴蝶都不朝那坟上落。

过一会,程菁从哥的坟前离开了。沿着来路很快又回到村长孔明亮的办公室,看见村长提着一件布衫正要离开时,她横在村长的面前憋出了一句话:

"我过完十七了。我是大人了!"

村长看着她说话时额门上急出的汗像水珠一模样。他拿手去她的额上擦了汗,感觉她浑身的哆嗦如鼓槌敲着他的手,且不等他说啥儿话,她就回身关了门,开始在他面前解着自己的衣扣儿,以至于她慌乱急切,还把她脖下的一粒黑扣扯掉在了地砖上,像乒乓球样跳着滚到了沙发下。那依旧从窗里信步走来的光,这时有了跑着的脚步声,在屋子里叮里当啷,晃晃乱乱,这里亮一块,那里暗一块,但终究有一块光亮是从程菁的脸上照到了她的胸前去。孔明亮也就借着那块光,看见程菁嫩白淡青的胸脯上,那还没有发育成形的物,如没有发酵蒸开的馍儿般。他拿手去那馍儿乳上摸了摸,拉了她衣服把那硬嫩盖了起来了。

"你还不到十七呢——以后吧,乡长叫我抓紧到乡里去一趟。"明亮说着就急急朝着门口走。当他打开屋门,光亮泄过来靠在他的身上时,他又回过头来望着程菁说:"去你哥的坟上看看吧,你哥的坟头开了很多花。"

村长就走了。

程菁一直呆在村长的办公桌子前,直到从院里响来脚步声,直到这天的黄昏如期到来后,她穿好衣服,重又往着村里、家里去,重又来到十字街口上,看见哥哥的坟上原来枯干的草,果然全都开了花,盘飞了很多蜜蜂、蝴蝶和啁啁啾啾黄鹂鸟。

三、胡大军

· 1 ·

乡长胡大军,坐着朱颖用身子挣钱捐给乡里的小轿车,朝着炸裂开过来。

冬时候,太阳黄爽朗朗,悬在头顶上,像燃了火的金子烧在山脉上。胡乡长带了副乡长,几个人坐着新轿车,在耙耧山上奔驰着。望着车窗外的光,谁的脸上都是金灿灿的红,一触一摸会有颜色掉下来。胡乡长的脸，志得意满、红光灿灿，一路都在无声咯咯笑着样。老县长要到市里去当市长了，答应力荐他到县里做县长，因为他在全县抓出了炸裂这样的致富示范村——而这示范村，朱颖也是为它出过大力的。他今天就是要到炸裂再去开一次致富现场会，要给朱颖竖起一块表彰纪念碑。

• 2 •

一年前，火车提速了，炸裂人再也不能去铁道边上卸货了，富裕的脚步骨折一样停下来。胡乡长和孔明亮急得口不进食，夜不寝梦时，最后乡长一咬牙，一跺脚，就让乡里派了几辆大卡车，等在炸裂村外路边上，又和孔明亮在村里开了一个动员会，说市里来乡里招工了，指标全部给了炸裂村，凡村里十八岁以上、四十岁以下，能走动爬动的男人和女人，想到市里挣钱的，愿望一月去挣三千五千的，都可以扛着被褥、行李到那山下去坐车。

全村的青年男女便哗地一下都去了。

人走了，村落像过了忙季的麦场一样空。可那人挤人的几车炸裂男女们，被乡长和村长亲自送到几百里外市火车站旁的一个角落里，将卡车停在一个僻静处，乡长和村长下了车，给每个炸裂人——尤其是刘家沟和张家岭的人，都发了一张盖有乡里、村里双公章的空白介绍信，说你们想咋儿填就咋儿去填吧，想在这市里干啥你们就去找啥儿工作吧。男的去给盖楼的搬砖和提灰，女的到饭店去端盘子去洗碗；哪怕去找朱颖做了鸡，当了鸭，用自家舌头去帮着人家擦皮鞋、舔屁股，也不准回到村里去。说发现谁在市里呆不够半年就回村里的，乡里罚他家三千元；呆不够三个月回到村里的，罚款四千元；呆不够一月回到村里的，罚款五千元。若谁敢一转眼就买票回到炸裂去,那就不光是罚款了,是要和计划生育超生一样对待的。

说完这些话,乡长和明亮就坐着卡车离开市里回去了。然后呢,然后那炸裂人就水珠落在海洋般,融在人海了。偶然间,也有事情发生着,多不过是在市里集体做了贼,被人抓到了,收容所里装不下,被市里的警察用警车押着送回到了老家里,胡乡长就得出面请那警察吃顿饭,敬杯酒,走时再给警察送些土特产。

警察说:"他妈的,你们这个乡是专门出贼呀。"

胡乡长就在每个贼的脸上掴了一耳光。

警察说:"再抓住他们就该判刑啦。"

胡乡长就把土特产装在有铁栏杆窗户的警车上边了。

车走后,只剩下乡长和那几十个贼,乡长就横着眼睛问他们:

"偷了啥?"

"街上的井盖和钢管。"

"还有啥?"

"城里人家的电视机。"

乡长就一脚踹到那个年龄最大的贼王肚子上,说他妈的,学着炸裂村的人,别做小事情——井盖、钢管能值几个钱?电视机一天降个价,便宜得和萝卜白菜样,这也值得你们去偷吗?说都滚吧,都给我滚回到市里、省会,南都、北都那些地方去。做了贼我不罚你们,可两年内你们必须在村里办出几个小工厂——要办不出几个厂,再被押回来,我就让你们全家人戴着高帽游街去。那些贼,那些刘家沟和张家岭的年轻人,挨了乡长的骂,又从乡长手里接过乡里、村里的空白介绍信,到家门口没有回家省下亲,就又坐着长途汽车回到市里了。从市里转乘火车到了省会或别的都市了。

还遇上一些事,警察是不往乡里、村里押人的。市里的警察用电话通知乡长去市里领人去。你不亲自去，市里不光不放人，还把有些情况活脱脱地请客上菜样，摆在报纸上，播在电视上。那当儿，事情冷猛被动了，乡长就不得不亲自出面到省会或九都市的哪家公安局，一入门，就看见刘家沟和张家岭的十几个姑娘们，一排儿蹲在一堵院墙下，每一个都精赤条条，裸了身子，只戴了乳罩，穿个红红绿绿的三角裤头儿，在日光下展摆着她们的水身子。

乡长把目光在她们身上搁一会，有个警察走来了，在他面前恶恶吐了一口痰。

问："你是胡乡长？"

乡长说："对不起，给你们添了麻烦了。"

人家骂："操，你们乡是专出婊子是不是？"

乡长说："我回去让她们每个人都挂着破鞋游大街，看以后她们咋还有脸在这世上做人吧。看她妈的日后嫁人还能嫁给谁。"

也就把人领走了。让她们穿好衣裳，跟在身后，从那局里走出来，像老师领着学生从学校走出样。穿过一条街，又穿过一条街。一回头，见她们个个都还队伍在身后边，乡长便盯着她们说："都还跟着我干啥呀，跟着我有饭吃还是有钱花？都去跟着朱颖去。朱颖现在从南都回来了，她在省会开店哪。"

姑娘们就怔怔望着胡乡长，又彼此看了看，便重又散到那市里，花花绿绿，像一片开在市街上的花。只是在她们和乡长告别时，胡乡长才像她们的父亲那样责怪了她们几句话。

——"有能耐你们像朱颖一样自个当老板，让外乡、外县的姑娘跟着你们当鸡儿；有能耐你们去把那在我面前吐痰的警察整一整，让他妻离子散，家破人亡，你们去做那警察的老婆去。让他一辈子没有好的日子过。"

——"都走吧，都给我滚去吧。半年内，你们谁要不能把自家的草房变成大瓦房，不能把土瓦房变成小楼房，那你们才真是婊子哩。才真是野鸡哩。才真的给炸裂村和耙耧的父老丢了脸，才真的没脸回家见你们父母、爷奶哩。"

姑娘们远远听着乡长的话，看着乡长那质朴得和土一样的脸，转身走掉了。走着她们进城的路，绽放着她们青嫩嫩的花，去结她们丰硕的人生果实了。

· 3 ·

眼下儿，刘家沟、张家岭和炸裂一样都已经富得果实累累了。村里不光有了电，有了路，有了自来水，还有面粉厂、铁丝厂、铁钉厂、机砖厂和正在建着的流水作业的石灰窑。人们的日子是电闪雷鸣一般富了起来的。原来在九都给人家垒鸡窝、砌灶房的小工儿，转眼间就成了包工头儿了。原来在理发馆给人家做着下手的，入了夜，要去侍奉男人的姑娘们，都去跟着朱颖学了艺，先徒弟，后师傅，最后在朱颖的帮携下，到别的城市另立门户了，最不济也是理发馆的妖艳老板了。侍奉男人的情事就轮到别的姑娘了。事情就这样，把炸裂人追鸡赶鸭样都赶到城里去，一年后，村里就有些城里模样了。从刘家沟和张家岭的村街望过去，街岸上的瓦房、楼房和炸裂村是一模一样，各家都是高门楼，石墩儿狮，门前有着三层五层的石台阶。

咋就不在炸裂村头给朱颖竖块大碑呢？没有她那些村野的姑娘能让村里变富吗？何况朱颖不光让刘家沟和张家岭的姑娘家里都富了，还给乡里捐了一辆新轿车。

就通知各村的村长都到炸裂去开现场会。孔明亮去县里媚上了，胡乡长就到炸裂亲自动员各户的村人们，擦了屋，扫了院，收拾了正街和胡同，迎来了他村他庄上百人，尾在乡长身后边，先去参观了刘家沟的厂呀窑的,后来参观张家岭的家禽和畜牧。边走着,边问着,随着每个村干部的意趣和奇好,想到哪家看了你到哪家看,想问哪家谁了你问哪家谁。

末了乡长就带着人马到了炸裂村委会旁边的朱颖家。看见朱家像一座新式的庙院出现在那儿,一亩地,竖着坐西向东的三层楼。那楼房是朱颖家只住了半年嫌土就又改造修建一遍的。楼砖都是半青半灰的仿古色,窗子都是如木雕一样的钢花儿。钢花中还不时地镶着一些红铜和黄铜。院墙呢,因为有铁艺,就成了城里公园的围墙了,墙下又都种了树,种了草,虽然是冬季,可那本就长不高的地龙柏和卧塔松,还有本就四季碧翠的冬青树、越冬草,就在那黄苍苍的冬日缀下许多蓝绿色。就都竖在那楼下,各人嘴里响出一片"哎哟"、"哎呀"、"天哪"的惊叹后,赶在落日之前参观完毕了,便都依恋恋离开了朱颖家,往村头去给朱颖竖碑了。

村头有一块大场地,平坦着,正在马路入村的口道上。就在这村口,乡长给朱颖竖了碑。碑是大理石的青石碑,一尺厚,八尺宽,一丈二尺高,上面刻了海碗大的字。

碑的基座已经放入地坑了。

在那碑坑的四周不光填了土,还又用水泥浇了一圈儿。空气中有一股清清新新的泥灰味。太阳悬在头顶上,全乡的村干部们都立在日光里,或席地坐在自己的一只棉鞋上,端端地盯着乡长的脸,看着乡长一张一合的嘴,听着乡长的讲话声:

"你们说,你们村有谁像朱颖姑娘那样呢?你们知道不知道?朱颖刚到城里才是一个理发店的服务员,可现在,朱颖在省会开了一个娱乐城,一次洗澡能容下九百个男人和女人,每天挣的钱都能买几辆小轿车,或者盖下一栋小洋楼!"

"咋能不给朱颖立碑呢?"乡长说,"她不光让自己家里盖了楼,还帮乡里出去的一百多个姑娘家家都盖了瓦房和楼房。"说,"不光让这上百个姑娘家家盖了瓦房和楼房,还让刘家沟和张家岭两个村庄通电、通水、通了路。这钱都是从哪儿来的呢?——都是朱颖捐的啊,都是朱颖动员上百姑娘集资出的哪。"

"还有一桩事,"乡长停顿一下子,瞟瞟下面的干部们,把嗓子扯得更开些,"朱颖说她在明年开春要把从乡里到村里的泥沙土路铺成柏油路。把土路修成国家级的公路呢,你们知道修这路得花多少钱?"

乡长唤:

——"得百万千万啊!"

乡长说:

——"我作为一乡之长,没别的报答朱颖这姑娘。我只能给朱颖姑娘竖这么一块碑。"

一堵墙似的巨大石碑就竖了起来了,所有来的人,就都看见那大碑上篮子一样大的十个字:

致富学炸裂

榜样看朱颖

就都对着那巨碑鼓了掌。鼓得谁人手掌都流了一片血。

四、孔东德和他的儿子们

・1・

渴求着春天再来时,桐树还开它的粉色花,杏树还开它玉白色的花。可春天真的到来后，孔东德看到在村里十字街所有坟头栽的迎春本应率先泛绿开花时，迎春却不再泛绿、不再开花儿。河边、井边的柳，也不吐绿芽了。没有倒春寒，天象一天暖一天，人都完全脱了棉衣了——依着往时候，这时节都已过了清明，临了谷雨，怎么也该春满人间，一世界绿景和花红，然却这年季进农历三月间，春绿却还迟迟不肯走出来。

这春间的一日早，孔东德想着春天的事，把他养的一对八哥挂在村中央朱庆方的坟头柳树上，开始学着城里人一早在公园行拳走舞的样，在那坟前十字路的空地里，开始运动他的胳膊腿。他也不真的是要锻炼身体、延年益寿、贪恋世界的美好和妙生，只是这几年都这样走过来，证明着他人生美好，岁月安雅，虽然前半生朱庆方让他坎坷蹲监，可现在他笑到了最末后，而你朱庆方，却早早躺进坟里了。

就把那一对八哥每天起床都提来挂在朱庆方的坟头上，在这十字街上锻炼运动，接受着所有村人起床路过时，早早的问候和祝安。天是渐暖了，动一会身上会有汗水浸出来。脱掉一件夹衣服，没有挂在近旁的一棵树身上，而是故意穿过几个坟，挂到朱庆方那已挂了八哥的树枝上，还有意走上坟身去，在朱庆方的坟肚坟腰上踩几下，才从那儿走回来，重又锻炼着。

空气醒人呢，有潮润凉爽袭过来。朱庆方的坟，每天早上都被孔东德踩来踩去，那坟前有了一条小路儿，坟堆上干结硬实，清明隆起的新土都已经又被他踩流在了地面上，使那坟堆低矮，像随意堆着的一堆土。有一天，他看着朱庆方坟头石碑上"最忠诚的老党员"不顺眼，就用泥巴把那字糊上了。又一天，他看那竖着的石碑也不顺，就让村人去把那碑推倒，可推到一半时，他又让村人歇了手。

"就这样——好坏他也算来世上走过一遭儿，把碑留着吧。"那石碑就从此斜在坟前边，要倒未倒的样。孔东德觉得这样看着那坟那碑更舒服,像朱庆方永远在他面前低头跪着样。像朱庆方的坟是孤坟野鬼样。他就每天起床到那十字路口做着这些事,想着自家的好日子,大儿子是老师,现在还当了小学副校长;二儿子是村长和这村里的皇帝样;老三在部队,不是军官,可却是团长的警卫员,提干当官注定是早晚一天的;老四在城里读高中,成绩甚好,下年就该赶考大学了。

时运相帮,也料定是可以考就的。

他没有哪儿不顺心。倘若不是朱庆方家女儿朱颖在城里挣了钱,盖了楼,还有乡长在梁上的村头路口竖那么一块巨壁碑,孔东德在这世上可谓连一丝一毫烦恼都没有。

可乡长胡大军,几个月前就那么给朱颖竖了一块巨壁碑,尽管那碑上的第一句话是"致富学炸裂",第二句才是"榜样看朱颖"。且朱颖天好也是炸裂人,也得在村长——他儿子孔明亮的领带下,可这还是让孔东德觉得喉间如鲠了一根刺。他当然不能去把乡长竖起的碑推倒——再说乡长可能要当县长了——那就把朱颖这婊子姑娘她爹墓碑上的字给糊上吧。当然不能把乡长竖起的巨碑上的大字泥糊掉,那就把那婊子她爹的墓碑推个将倒未倒,斜成下跪的样。

终于地,孔东德觉得万事诸顺,像把喉间的刺给拔下了。

他就这么在这坟前锻炼身体,哼着小曲,手动脚舞地挥挥胳膊腿。天天这样子,天天的晨时都到这儿来,向那坟里的人宣告着他的胜利和畅快。直到今早这一天,他又在十字街的空地锻炼时,忽然发现坟头上的迎春在三月底末还没泛绿开出黄花来,偶有几棵本已泛绿的杨柳树,都已吐了小芽儿,这时那小芽在没有倒春寒的气暖里,都又干枯萎缩着,绿又退回到了枝条内。

孔东德的心里有些不安了。

他想到明亮昨天从乡里开会回来,给他说的县、乡两级想变革,要在炸裂做试点，实行民选村长的事。想到民选村长也有可能把朱颖选为村长时，他心里震一下，挥动的胳膊僵在了半空里。扭头望望朱庆方的坟，听了几句八哥在那坟头"我比你好！我比你好！"的叫，又和路过这儿的村人点头说了话，接纳了人家的问候和请安，孔东德收起锻炼和架势，朝朱庆方的坟墓走过去。

借着路上无人时，他在那坟上撒了一泡尿，把尿全都撒在朱庆方坟头仰脸的部位后，他穿上衣服，提上"我比你好！"回家了。

• 2 •

果然要民选。

果然乡里提的候选村长的名单是两个人：明亮和朱颖——这婊子！

孔明亮的眼圈有了黑晕边。他跑乡里，走县上，买了许多好烟佳酒送上去，最后事情还是无可改的样。狭路相逢，他就和朱颖在选村长的道上撞着了，要一比强弱了。从早上天将亮，到午时太阳走顶间，孔明亮都在算计三个村庄谁家会投他的票，谁家会投朱颖的票。他明白，炸裂人每户人家都如不会裂缝外泄的一桶水，一定是说投谁一家人就都去投谁的。他就从四弟的作业本上撕下两页白净的纸，一张上写了"村长"二字和他的名，一张写了"婊子"二字和朱颖的名，从炸裂村算到刘家沟，又从刘家沟算到张家岭，最后得出的结论是，大凡炸裂村的人，多投他的票，而刘家沟和张家岭的人，多投朱颖的。因为是他让炸裂富将起来的，而朱颖让那两个村庄富将起来了。具体到户头人头上，是有一百零五户、五百二十五人会投他的票，有一百六十五户、八百二十五人会投朱颖的。

竟然他落选。

孔明亮丢下那两张纸,从屋里走出来,站在院落里,再回头时看见那两张白纸如两片死人后的白色坟纸在空中飘舞着,后来那坟纸成了雨云雾,飘一会散开不见了。把目光收回来,又去望望平南那日光,眉头皱成结团儿,用舌头舔舔干裂的唇,想着心事间,父亲从上房出来了,到门口看看挂在那儿的鸟笼子,过来站到儿子的面前问:

"你知道你选不上村长吗?"

孔明亮望着父亲不说话。

孔东德就从自己手里递给儿子两张写满字的纸。明亮接过那两张纸,惊奇地看到,那两张纸也是写着"村长孔明亮",另一张上写着"婊子朱颖"四个字。且在"村长孔明亮"那张白纸上,写了一堆各村户主的名,在那一堆名下用红笔写着:"共有105户,525人";在"婊子朱颖"那张白纸上,有更大一堆一片户主的名,在那一摊一堆的名下边,用红笔写着:"共有165户,825人"一行字。

和孔明亮的算计一户一人都不差。

孔明亮盯着那两张纸,脸上呆愕了,直到父亲连问两句"你选不上村长知道该咋样选上吗?"他才醒转过来,点了一下头,又摇了一下头。惘然中,好像又听到一句"跟我来"的话,便看见父亲转了身,朝上房走回去,低矮浑圆的肩头儿,像两个球样朝着前边滚。他便踩着父亲的脚印儿,跟着朝父亲住的屋里去。

· 3 ·

依着父亲的安排,孔家干戈大动起来了。用拖拉机去县城买了一车麦乳精、饼干、香烟和甚好的酒,回来分类装兜,家里户主抽烟的,就送烟和酒;有老人年事已高的,就送补养品。且由明亮亲自出阵,带着大哥孔明光、四弟孔明辉,弟兄三个先到炸裂那些在铁道上卸货死了人的家里去，把礼品放到桌子上，问寒一些话，说暖一些话，最后就很直切了。

——"要选村长了，还是请你家都投我的票。"

——"怎么说我们都姓孔，我们孔家做了村长，还是比那外姓好。"

——"你家宅基地是比别人小了些，等我这次选上后，首一桩事，就是给你家划一块大的宅基地。"

又到另外一家去，依旧是放下厚礼说了那些话，又据实情修正一些话："老人还在病床上？咋就能不去医院啊！"并不管病家实情是怎样，就亲近热烫地把病人抬下来，差人赶快送往医院去检查，还把医病的钱塞到人家手里边。

完了炸裂各户的事，便又分头去刘家沟和张家岭。为着让户户人人都投孔家的票，孔东德和三个儿子也都军马上阵，把拖拉机上的礼品运来停在梁道上，让大儿子去有学生读书的家里礼惠与拜拉，明亮去那些有女儿在外跟着朱颖风流的家户里，孔东德去那老弱病残家，四儿子留在梁道上，守着剩下的礼品等着他们回来提，直到把那票礼都送完。

孔明亮就去那有女儿在都市被朱颖带着风流挣钱的家。一进院，先看看那新起的楼屋和院落，连说几句"好房子！好房子！"，再到屋里楼上楼下看一看，对人家说你可以在这装个水龙头，在那摆一张大沙发，最后从楼上走下来，坐在客厅里，喝下主人递过来的大茶碗，面带笑容，寒暖皆问，到那户主心热感化后，又单刀直入血淋淋地说：

"你知道你女儿在省会干啥吗？"

那风流女儿的父母皆都不语了。

孔明亮就板起面孔来："做婊子！做婊子挣钱还不如我们去后山

火车道上卸货哪。选村长时请你家都投我的票，待我续任村长后，首一桩，就是把你女儿从城里叫回来，帮她找份好工作，又轻松、又体面，钱也挣得多，然后给她找个好婆家，好好过日子！"

那做父母的就都尴尬感动了，脸上原来被人揭疮的疼痛和僵持，也都丝丝柔润了。答应着必投孔明亮的票，说家里虽然是富了，住了新楼屋，可对朱家姑娘的怨，却是在心里从未剔除过。就从这户走出来，在门口又说些嘱托保证的话，又去梁上提了礼品到了下一家。下一家因为算得为书香之门第，要着面子尊严的，明亮就不那么血淋淋地单刀直入了，还是看了院子和楼房，说了很多楼房、院落好的话，最后坐下来，慢条斯理，问寒嘘暖间，对人家说你不要听信别人说你家姑娘是跟着朱颖在外做那风流的事，我前不久才在省会见了她，她在一个工厂里，靠手艺力气才给你家盖了楼。那户主父母就脸上挂有尊严了，说我们也不信她会在外面去做那样的事，怎么着她也是个有着养教的。

"可朱颖干着风流倒是真的呢，"明亮说，"明明朱颖是婊子，可不知怎么的，上边还让她当了村长候选人。"

"没人会选她。"人家极肯定地道，"反正我们除了你明亮，打死我们都不会选她当村长。"

这家的事情也就成定了。选明亮做村长必就无疑了。也就走出来，到新楼新院的大门口，拉着婶呀伯的手，说下诸多嘱托的，又往梁上走。那车上算好人家，一户一袋的礼品还有一部分，三朝两日就选举，趁朱颖没回来，赶在天黑之前必得全部送出去，家家户户拜托到，把要投给朱颖的票全都拜过来，这样炸裂就是孔家的炸裂了。孔明亮就可实现他的人世大梦了。

· 4 ·

在刘家沟和张家岭中间的一道梁道上,老四孔明辉等着父亲和大哥、二哥一趟一趟来车上提礼去拜票,就像等着岁月的日出日落样。他觉得车厢里花花绿绿的礼,全都兜在一个一个网袋里,堆在那儿像一群鸟雀被关在一个笼子里。他想让那些鸟雀全都赶快飞出去,各回各家,他也就可以轻松了,回到家里写他的作业了。他并不希望真的考上大学呢,可他觉得把作业写好,老师每次在讲台上拿着他的作业,不吝不啬地赞美着,也像贿礼一模样,虽然常常让他有些羞怯地低着头,可每次事后同学们都在注目他。那一片羡慕的目光,还是让他安慰和心悦。他年龄还尚小,在别人要冲刺人生、成家立业的事情上,他还没有想过那些事。嘴唇上连胡子的影儿都没有。那些长胡子的同学们,都说他长了一端女儿像,白白净净,淳朴得如从未有过风污草沾的女儿胸。

他就是这么一个孩娃儿,中学生。

周末回来看看家,取些粮钱,就赶上父亲和哥们正在力拼力打地准备选村长。大哥是老师,大他十二岁,他认为他是和大哥最可同语的,毕竟都在学校里。可他问大哥:"二哥非要当这村长吗?"大哥很惊异地看着他:"没有你二哥当村长,将来的炸裂会是孔姓吗?"

他不明白二哥当村长和他读书有何样的葛连和纠缠,和大哥教书有何样葛连和纠缠。但他明白那是父亲最求望的一桩事,也是二哥最甘愿兴致的一桩事。也就跟着父亲、哥们拉着一车票礼到这刘家沟和张家岭之间的分水梁道上。看着那一梁相隔的两个村,几乎家家都是新盖的楼房和瓦屋。在初春已到、绿却未至的山脉间,那些村落、房屋像在一片光秃秃中突兀而起的一堆堆的颜料般。他大不明白,村落怎会在轰然之间富起来,日子仿佛气吹一样胀鼓着,人都有钱了,穿着时新了,连走路都挺拔快捷了。

的确的,所有的炸裂人,为了钱,似乎从来没有停脚慢慢走过路,日日都在你追我赶地奔跑着。一切都是动的慌张的。只有山脉和天空还是那样静止着,一成不变着。孔明辉就那么静静坐在山脉间,一会在路边看看爬在草尖上的昆虫和飞雀,一会跨到拖拉机的驾楼里,看看那仪表、离合和手刹,把那么复杂的东西摇摇动一动,直至他看到父亲和哥们分别从刘家沟和张家岭款款走回来,笑脸如艳日,才发现车厢里的礼品不知何时一袋也不剩,明辉才又从拖拉机的驾楼跳下来。

他好像刚才还在那驾楼睡了一小觉。

看着一家人脸上都艳阳喜喜,亮如紫光时,明辉也就喜喜说:"妥当了?妥当了我们去街口好好吃一顿。"一家人难得有这好心情,都坚信炸裂势必还是孔家那天下,连草动和风吹,也都由着明亮说了算。明亮不发话,就风也不吹草也难动的。也就去了村委会前面一家名为"香翠阁"的酒馆里。酒馆里还有别的村人们,闲散客,年轻人,那里充满了白的酒气和红柔红柔的肉香味。他们一见村长就都发狠说,选村长时谁要敢投朱颖的票,夜里就去一把火烧了他们家的屋。明亮就狠瞪他们一眼睛:"反了你们呀,民主选举你们知道不知道?"那些人就不再说话了,只在那儿敬着村长偷偷地看。孔东德就招呼他们过来一块吃。也都感感激激坐来了。都让四弟明辉来点菜。在校学习好,那就随意点。点下很多菜,说吃不完了打包带回去。最后孔明亮也就拿着那点菜单子看一阵,又站到酒楼柜台前,望着柜里的酒品和饮品。开店的是村里在铁道边卸货摔死家里的,被照顾家眷让她在村委会前边街口轻巧酒馆着。生意好,好得如日日婚宴般,吉祥喜庆,财源如滚,那女人的就想多亏男人卸货摔死了。多亏村长孔明亮让她开酒馆。村长一家到这来吃饭,她像碰到皇帝路经下榻样,红粉喜悦在周身汩汩潺潺地流。见村长站在柜前望着她柜台里的酒饮品,她就赶过来递了村长一句话:

"要喝啥村长你自己拿,这儿没有了我去别的地方买。"

村长说:"你没想过把这店开得再大些?"

女人就笑道:"这已经让我家里吃喝不愁了。"

村长的脸上立马有了不悦色:"没想过你就别开了。你要想着有一天把这小酒馆开成大酒楼。把大酒楼变成城里、市里的大宾馆,让那宾馆里有客ань、饭店、游泳池和电梯、保安、商场啥儿的,还有戏园和电影院——就和电视里的宾馆一模样。"

女人怔怔看着村长的脸,半晌没能说出一句话。

村长又不高兴了:"看啥儿看?你不认识我?"

女人慌忙笑着点了头:"兄弟,我哪能不识你,家里孩子还向你叫叔呢。"

村长就又问:"刚才我说的你都记住没?"

女人连忙着:"记住了,记住了——有一天要把酒馆开成大宾馆。"

村长满意地默下一会儿,自己去柜里取下十瓶烈性酒,过来又盯着女人问:"刚才我四弟一共点了多少菜?"

"十二个,"女人说,"四凉八个热。"

"上二十四个菜。"村长大声道,"让师傅把他的手艺全都拿出来。"

酒馆女人又微惊一下子,醒了神,慌忙去后厨交代着。天近黄昏了,落日呈着粉红粉淡色。村长说完转过身子时,一抹日红从门口扑进来,让村长的脸上闪了祥云的光。村长的脸就成了祥云了,犹如庙里的神像镀了金的粉。大家这时望着村长时,都惊奇地从凳上站起来,不太能信这个村长就是那个孔明亮。孔明亮就是那村长。连他大哥孔明光、四弟孔明辉,也都惊得不再认识了,僵在那儿说不出一句话儿来。

只有父亲孔东德,还依旧故我地坐在那盯着儿子看,脸上的喜悦如贴上去的一张大红门联纸。

孔明亮抱着一捆二十瓶的高度烈性酒,过来顿一下磕在桌子上,用低沉粗重的声音说:"今年炸裂还是一个村,村前只有这一条商业街,明后年,我要让炸裂成为一个镇,让乡委会从柏树乡那儿消失掉,从此柏树乡就归我们炸裂镇来管了——镇委会就扎在我们吃饭这地方。再过三五年,炸裂镇就不再是镇了,它是炸裂城。县城就搬到我们炸裂这儿了,我们这儿的繁华和那市里差不多,跑着的公共汽车和小车,多到没有红绿灯,那小车大车就会叮叮咚咚撞在一块儿,公安局每天处理交通事故都来不及。"

人们就都望着孔明亮的脸,期望从他脸上望出破绽来。可中等身材、敦实浑圆的孔明亮,脸上的庄重与肃穆,滴水不漏,严谨得如山脉对地下河的封锁样。别人就都思绪不上后边的话,只是望着他,像一个人从梦里走出来,飘飘悠悠站在他们的床前边。大哥孔明光,似乎想要弄清弄明一些啥儿事,过去拉着二弟孔明亮的手,可弟弟孔明亮,如遭了疑怀和讥嘲,一下把大哥的手打到了一边去。四弟孔明辉,望着二哥吓得站起来,朝后退了小半步,倒先用手把自己的嘴给捂起来,似乎生怕自己说出一句和二哥相撞相击的话。

父亲孔东德,竟就忽然哭起来,呜呜地哭着说,有明亮这个儿,他再多蹲十年监狱也值得。且为儿子的那番话,哭得趴在饭桌上,肩膀抖得如同筛糠般。景象的急转和大变,使大儿子孔明光和小儿子孔明辉,完完全全不知道这世界在一转瞬间发生啥儿了,都呆若木鸡地立在酒馆餐厅的窗口前,让夕阳无尽止地红着照过来,使他们的脸都通红如羞，泥塑在那一方一隅的窗光里。还有村里的那些闲散年轻人，也都僵着木呆着，一如闪电雷击后的几尊泥塑像，没有原样表情了。一动不动了。

然而着，孔明亮却是依旧灵动活样的，明白事态世相的。他不屑地看看哥和弟，嘲弄地瞥一眼村里的人，走过来扶着父亲抽搐的肩，说了一句慰天慰地的话：

"爹，你好好活——你啥儿都能看得到。"

待父亲不再抽搐伤哭了，村长明亮就又扭头望望村里那几个年轻人，交代说以后活着多在世上学些事，等村子成了镇子、成了县城、成了都城，你们都是创业那元老，都要当处长、局长和庭长，别他妈到时候啥都不会干。不会说话，不会处事，连批个文件、组织个会议都不会。到那时，你们就别怪我不讲情面，不把大的生意、重要的职务给你们！交代着，期许抱怨着，说话间，老板娘就端着几个炒菜上来了。炒菜的热气上升上来，遮住她的脸。明亮扭回头，隔着那蒸汽对着那黄脸大声唤：

"二十四个菜不够，你给我最少炒出三十六个来，七十二个来。最少摆出十个宴席来——我要请炸裂村每户人家的户主来吃饭，要请全村的人们都来吃宴喝酒——要他们都知道，不要几年间，炸裂就会变成镇子、变成县城，和那市里一样繁华富裕着！"

· 5 ·

孔家父子们宴罢回家时，月亮至着中空了。村街上的路灯和月光，争着耀照把村街映成白天的样。满街都是新砖瓦屋的硫磺味，还有半夜的清寂和微风。父子四个提着没吃完的饭菜往家走，路上明亮问明光：

"发票开没有？"

大哥明光说："开了，多开了几千块。"

"还可以再多些，以后我一签字就报了。"这样说着话，明亮随跟在父亲后，回到家门口，就同父亲和兄弟一道见了那意外——原来下午全都送出去拜票的礼，竟有一半被村人借着夜寂又送回到了大门口。没有退到家里去，就都隐名悄悄堆在门口上，月光中，像堆着一大堆的南瓜蔬菜样。父亲愕在那一堆退礼边上不动弹。明亮和兄弟也都站在那退礼边。溶溶的月光下，能听到光在门口的走动声。忽然的，一家人都不约而同吐了一个字："天……"四弟弯腰提起一兜看看又放下："退回来了我们自家吃。"明亮冷四弟一眼睛，朝那一堆礼品上踹一脚，闻着香烈的饼干糕点味，想到的第一默念是："你们找死啊，竟敢退回来！"接下来，他就想到在部队的三弟明耀有真枪，能借我一天该多好。可把目光转到父亲身上时，父亲竟又说了一句和他的想念完全撞在一起的话：

"给老三明耀发电报，看他能不能回来一半天。"

老大孔明光和小弟孔明辉，都不解地望着父亲的脸。可孔明亮再望父亲时，脸上就满是月光遮不住的愕异兴奋了。

五、孔明耀

明耀从部队回来了。

他高了许多，壮了许多，威武如可以奔跑的马。进村时，提了黄的旅行包，走在村街上，脸上兴奋红亮，见谁都点头、递烟和发糖。男人烟，女人孩娃是小糖——这是所有耙耧人外出荣归的习俗和规矩。烟的贵贱，糖的好坏，是你在外成败荣辱的明证物。明耀回来给村人发的是那时回家最昂贵的烟，传说中只有国家领导才可买到吸到的。明耀给村人就发那样的烟。女人孩娃的糖，村人并不觉得那是最好最甜的，味微苦，可那包成圆状、长状、三角状的金色糖纸上，一皆儿都不是中国字，都是洋码儿，于是人们知道巧克力是怎样一种物品了。对孔明耀的归来愈发感到充满传奇了。他从村街上走过去，春天为他开着花，为他披着嫩绿和鲜红。村街上的北方槐，也都为他顶着一树繁花，开成大红的玫瑰和白芍药，飘着腥白烈红的花香味，在日光里为他闪着柔亮柔亮的光。

他已经几年不回了，穿一身蓝制服，黑皮鞋，踏踏踏地从村街走过去，东看看，西看看，和所有的熟人都说话，叫伯唤婶，说长道短，过去后所有的村人就都想，我家的姑娘嫁给他该有多好啊！该有多好啊！

孔明耀回到村十字街以南的孔家旺族了。

剩下的就是满街的议论、猜测和朝孔家跑来跑去的脚步声，及至过了时辰，到了午饭后，人们那花杂情妙的想念就没了。就看见孔明耀再次从家里走出来，身后跟了无数的孔姓人，男的女的，少少老老，个个脸上都没了先前和润的光。都是绷紧脸面，目光里半含了杀气和愤怒。男人们跟在他的身后边，女人、孩娃们跟在男人身后边，一群一股，簇拥着从部队探家回来的孔明耀。且在那人群中，二狗还用衣服夹裹了一支土猎枪，武着脚步，踩着明耀的脚点，如踩着一场武戏的音乐般。

这次从孔家出来的孔明耀，没有穿他回村穿的蓝制服。他换上了他在部队穿的新军衣，还扎了棕红色的牛皮武装带。村人们不知他在家里和父亲、兄长们说论了啥，总之他这次一出来，村里的空气就僵滞不动了。天气也和他的脸色一样有些阴。脖颈衣领上，那两块新领章，是种血红色，挂在那儿让人总想到人头落地的事。父亲和哥们，没有谁跟在他后边。四弟明辉在城里读书压根不知他回来。他就那样从家里走出来，径直到十字街口上，看看身后、面前的人，挂着冷笑说："听说村里要选村长了？民主选举好啊，你们想选谁，那是你们的权利，谁都从你们手里夺不走。"然后他就要过二狗手里的猎枪看了看，用手绢拍了拍，拿枪对准天空随意瞄了瞄，又笑着自语说："听说刘家沟和张家岭村都富了盖了新楼屋，我们去他们村里看看吧？"

炸裂人们就都欢呼着："先到刘家沟！先到刘家沟！"人群便越来越大，滚成黑压压的团，拥着推着年轻的军人孔明耀，还又主动地为他闪着道，出村朝三二二里的刘家沟荡动过去了。

日过平南，山脉上慵懒和暖。当几十、上百的炸裂人，汹涌卷荡到刘家沟的村前时，早有消息传到了刘家沟。于是刘家沟人便关门闭户，如将要遇到一场枪血样。可又发现景况并不那么样，只是说孔明耀从部队探亲回来了，要到村里看看他家亲戚呢，还见人都递烟递糖时，又都把门闪开来，也就见那穿着军装、扎了腰带、提了猎枪的孔明耀，已经从亲戚家里走出来，被更多的人拥着团围着，看他在一户新盖了三层楼房的人家大门前，持枪对着天空瞄了瞄，"砰！"一声，开了一枪，待天空、树梢的飞鸟全部消失后，他收枪吹吹枪口的烟，用手绢擦擦枪柄和枪管，把枪托往地上一顿大声说："民主选举好啊，你们想选谁就投谁的票！"然后又往张家岭村动动荡荡过去了。

他走后，在那枪声的余音里，刘家沟所有的绿叶全都枯萎了。所有正开的春花也都凋谢了。所有的村人都成为哑巴不再说话了。

张家岭其实是和刘家沟相邻相靠的，中间有一条土道连接着，又有一条河水隔断着。在张家岭村孔家没亲戚，孔明耀不需要到亲戚家里送点礼品坐一会，他只是说，有点小事要去看看张家岭，看看张家岭的变化和那蘑菇一样新盖的楼房群。就带着从一百变成二百、从二百滚成三百的大人群，集会着从刘家沟开到了张家岭。到了村街的最中央，在人群你挤我、我推你的簇拥中，站到一块还残留在村的碾盘上，看看那些各家的楼房和瓦屋，问问这座是谁家的，家里人干啥就盖起楼房了。问问那家房上有尖顶琉璃瓦的楼，说不错啊，和他在外边见的别墅一模样，然后又举起屯好药的猎枪来，瞄着那一家尖楼顶上镶的瓦制灰鸽子，把左眼闭起来，食指钩在扳机上，又是"砰！"的一声枪响，那房上的瓦鸽便碎了下来了，树叶也落了，花草都枯了，就都听见明耀在村街大声说："民主选举好啊，你们想选谁就投谁的票！"接下张家岭的天空便下了雨夹雪，不一会工夫就大地结冰霜白了。

那年春，在孔明耀走了后，刘家沟和张家岭，都因天遭冷寒，树枯苗死，庄稼几近颗粒不收。倒是炸裂村和他们只有一梁之隔，风调雨顺，粮食多得吃不完。

第五章　　　　　政权（一）

选举

· 1 ·

一场民主一场雨，把炸裂的什么地方都湿了。

朱颖从省会回来是在选举的前一天，雨过天晴，空气新锐，有一辆轿车把朱颖送到梁顶村口上，她看了看乡长为她竖在那儿的巨壁碑，就从那儿款款进村了。

进村时是上午十点钟，水泥街上被雨水洗得溜光洁净，有潮气冷在路面上。把路上的石子、砖块都冷成了灰白色的冰。为选举，商贩都不去镇上、县城商贩了。耕的也都不去田里锄草施肥了。人都在村街聚暖晒太阳，等待着一场前所未有的民主选举轰轰隆隆砸落在炸裂村。这时节，候选人——年轻时新的朱颖就从省城回来了。轰地回来了。这次回来的朱颖和前次回来的完全不一样。前次回来是为了翻修她家刚盖起就觉过时的楼样儿，衣着扮相完全和村人不一样，涂口红、描眉毛、画眼睫，头发染成棕红色，惹得所有村人、鸟雀都朝她睁大眼，以为她不是炸裂人，而是城里、市里的女妖儿——可这次，她回来是为了选村长。她的扮相和村人一模样，头发又回到了黑色里，皮鞋的跟，也低到半高间——人着地面了——穿了短毛裙，红毛衣，像是城里人，也像富了以后的村里人。进村时她碰到的第一个人是个男娃儿。她把那男娃抱在怀里边，给他塞了一张一百元的票，说阿姨在外忙，没顾上给你买东西，想吃啥儿你就自己买去吧。又遇到一个十几岁的小姑娘，她扯着那姑娘的手，塞给她两张百元的票，说姐没给你买裙子，到城里喜了啥儿裙，你就自己去买吧。她一路发钱走过去，少者一百，多者三百或五百。做派像是孔明耀，又和明耀持的枪器大不相同着。她的枪器是钱币。是百元百元大把分撒的钱币。从村街这头到那头，不知道她到底发了多少钱，直至她到十字街上父亲的坟前跪下磕了头，用真钱当做纸冥烧了一大堆，许愿喃喃地说了一些啥，又一路散钱消失在一条胡同里，使村街上所有的人们都弄不明白这个年月村间到底发生了啥儿事。正在发生着啥儿事。还要发生啥儿事。

之后在她消失的片刻宁静中，站在十字街上几十上百的炸裂人，不知谁唤了一句"朱颖回来了——朱颖回来给各家各户发钱了！"于是着，所有的人就都朝着朱家的新楼拥过去。炸裂人就在这一天，看到了银行夜不闭户，让人随手取拿那美望。发现了朱颖进村没有穿啥时新服，却在家里挂着一件用红黄绿蓝几色钱币构成图案的披风衣，且那钱不是印制在布上的钱币印染图，而是真的钱币，粘在衣面上，只是衣服手艺好，钱币如画样裱在衣服上，挂在朱家客厅的衣服架子上，还有朱颖别的衣，毛衣、衬衣、内衣、风衣、裤子、鞋袜上所有的图案和底色，都是真的钱币制作裱贴上去的。二十几年后，炸裂由县改为市，新成立的炸裂发展博物馆中的镇馆之宝，就是朱颖这些钱衣服。

她是为了赶制这些钱衣才从省会迟到回来的。

接下来的一天间，朱家那三层楼的楼屋里，就成了炸裂人的展览馆。男男女女，少少老老，也包括往日和孔家甚好、仇远朱家的人，都借着理由要到朱家来一趟，看朱颖带回来的把百元大票制成的花草和树木、蜜蜂和蝴蝶，镶贴成各种图案的各种衣服和妆饰，挂在衣架上，展在墙壁上，或在人们手里你传给我，我再传给你。朱颖不像孔家样，为了村长拜票买一拖拉机的礼品一户一家地送。她谁家也不去，就等着各户人家来参观。那一天，朱家门前的路道上，村头的梁道上，源源不断，络绎不绝，说的都是朱颖和她钱衣的事。都是民选村长的事。

人们就悄悄对朱家姑娘说："还是你当村长好。"

朱颖连连摆着手："都选明亮吧，我是被乡长、县长从省会逼将回来的。"

"你富成骡马，也得让我们活成一只肥的家雀嘛。"人们抱怨着。

"那我市里、省会的生意谁来管？"朱颖反问时，一脸都是因小失大，为当村长烦泼呢。

人就有些失落了，越发想要选她了。她就那么在屋里的楼上楼下、客厅院里，忙前忙后，为村人们倒水说解，给那些在村里还有些穷相的，掏出三百五百元，接济他们的日子和愁怅。那些和她一道在外风流拼打的姑娘们，刘家沟、张家岭，还有耙耧山脉别村他户的，也都来到朱家替她张罗着。都说朱颖姐，你千万可别当村长，你回来当个屁村长，我们在外边咋办呢？那工厂、那商店，那最好、最大、最繁华的娱乐城，还不三朝五日都关门？然后间，前一拨参观的人从朱家走出来，后一拨儿走进去，又都那样希望忧忧地说。午时朱家在家烧了很多家常饭，让来参观钱衣的，都在家里吃，一直到下午，到傍晚，到日色西去，院里静安下来了，朱颖把她那些钱衣全都小心地收叠起来后，一转身，看见门口站着挂了一脸冷笑的孔明亮。他像一尊对人世满脸嘲讽的青石雕塑样，在楼前门口边，落日荡在他脸上，如一薄红色照在厚的青上面。院子里栽的石榴树，全都开着苹果花。还有一棵桃树不仅开着石榴花，还开着海棠和茶花。有花叶落在瓷砖地面上，景况诗得很。人像诗中用错的词。孔明亮就那么塑着左看看、右看看，最后又有一抹冷笑飘在嘴角上，默了许久才对朱颖说：

"回来了？"

朱颖也笑着："这钱衣不是展给你看的。"

明亮收起笑："钱比枪厉害。"

朱颖说："不进来坐了你走吧。"

他们像说话，像吵架，分开时明亮从院里朝着门外走，朱颖像送他，又像为了出去把大门闩闭上，把一天的烦乱都关在门外边。可孔明亮走到大门口，在朱颖准备关门那瞬间，他突然又回头说了一句话。

"你这么婊子还想嫁给我？"

怔一下，朱颖停顿一会儿用很轻的声音说："我真的是婊子。可我明天当上村长了，你会跪到面前来求我。"

"你以为村人会选你？"

"他们不选我，他们是选钱。现在我有很多钱。"

孔明亮不再说话了。心里很深的地方震一下，低了一会儿头，又突然从门外朝着院内走。朱颖不让他进来，他就挣着身子朝着院里挤，两个人你推我搡很大一会儿，明亮终于推开朱颖站在了朱家院中央。黄昏已经赤脚蹒跚地到来了，院里好像有春之馨香，还有夏季那热暖。鸟声叠叠，一群雀子就落在石榴树和院里的桃树上。他们彼此在院里瞪着眼，孤绝冷冷地望了很大一会儿。

"你走吧，"朱颖说，"再站一会儿你就该求我了。"

"你退选——把村长让给我！"孔明亮用目光逼着她。

朱颖笑一笑："你是求我吗？"

又停顿一会儿，明亮笑一笑："你不退选等我选上我会整死你！"

也笑笑，朱颖突然问："那一夜走梦你除了出门碰见我，你还捡到了啥？"

明亮没有说，只是在那儿僵着又站一会儿，最后终于转身开门朝门外走过去。朝相邻的村委会那儿走过去。整整一天间,他都在村委会的楼上瞅着朱家大门口,看着那络绎不绝的人。这次他离开朱家大门,要走回到村委会的院子时,又听到朱颖在他身后大声地唤:"你又错过向我朱颖求婚的机会啦——一错再错,你会后悔得要去墙上撞死哪!"

随后间,传来了朱颖很重很沉的关门声。

· 2 ·

一夜间,炸裂的脚步声都如冰雹一样寒当当的响。有人去孔家,有人去朱家,也有人从孔家出来又跑到朱家去。这是这个村开天辟地的选村长。是县长要当市长前,汇报到省里的一桩大举措。炸裂人不知道,为此老县长做了多少上传下达的汇报和设置,是要把这次选举作为礼物带到市里,献给省里的。

也就要选了。

来日上午十点钟,把炸裂下属的刘家沟人、张家岭人全都召到炸裂村前的河滩地。依着河的鳞坝用各户的门板搭了会议台,台上放了一排桌,桌上铺了新红布,台额上挂了大横幅,写下"炸裂村首届民主选举大会"十一个字,事情也就端庄了。有记者、有警车,还有县上、镇上十几位观察员。把一个投票箱子放在主席台的最中央,给每个十八岁以上的村民都发了印着孔明亮和朱颖名字的选票纸,让人们同意谁就在他(她)的名后打上一个勾,依次拉开走到台子上,把选票丢进选票箱的缝口里,也就民主了,你的事情也就结束了。余下的,就是等着点票、计票,宣布候选人的票数多与少。

多的也就当选了。

没有啥儿了不得,这样的事情炸裂人也是经过、见过的。所不同的是，先前都是选队长，而今大队改为村，都来选村长。那时选是同意谁就往谁的碗里丢豆豆，而今是不记名的投票箱。那时都是自己组织选，而今是县长、镇长和警察都来组织和监督。

县长和镇长是早上天色毛亮就坐着车子到了村里的。为了避嫌还不到候选人家里去吃饭，自己带了豆浆、油条就在那车上吃。村人是从早上饭后就开始朝着会场里赶，一群一股，拉拉拖拖，如看戏一样各自手里提了小凳子。到了十点钟，从四面八方赶来的群众云集到齐了，上千人云在了河滩地，大喇叭就宣布民主选举开始了。老县长做了选举动员，说了很多关于民主与选举的话。镇长宣布了选举规则，还把投票选举和法律扯在一块儿，说了这样是违法、那样是犯法的事。接下来，轮到候选人竞选演讲那一节，孔明亮把大哥明光在半月前写好的稿子在台上嘶破嗓子念一遍，台下的人好像都在认真听，又好像都压根没有听，嗡嗡的声音仿佛有成千上万的苍蝇在会场上空飞，整个会场就像夏天的粪池样，成了苍蝇们的大舞台。明亮朝台下瞟一眼，看见面前有妇女在抱着她的孩子拉大屎，还用那生硬浅黄的选票当屎纸。那一刻，他恨不得走到台下朝那妇女脸上掴去一耳光。明明县长讲话时，台下鸦雀无声，寂静如死，到了镇长讲话时，台下虽然有了嗡啦嗡啦声，但讲什么还是可以让台下听个清明的。

可到了孔明亮，这声音就如波如涛了。

他拿着稿纸扭头看看身边的县长和镇长，见县长正被记者采访着，就趴在镇长的耳朵上说："让警察维持一下秩序吧！"没想到镇长又趴在他的耳朵上："念吧，就是走个过场嘛。"也就又嘶着嗓子大声吼着念着了。他演讲中的勃勃雄心——要让每户人家抽屉桌的一个抽屉一年四季都塞满钱，要让炸裂村在未来几年变成镇、再过几年变成城的蓝图宏愿那东西，在嘈杂的人声中，如云一样飘走了。念

完稿纸后,他从台上回来坐在镇长边,想要抱怨一句时,镇长反倒抱怨说:

"你的稿子太长了。"

他愕然。

望着镇长的脸,看见镇长的眼珠一刻也没有离开过坐在他身边的朱颖的脸,正想在心里骂一句郎猪、嫖客的话,明亮猛然觉得脚下如地震一样使他有些站不稳脚跟了。他冷猛地发现,朱颖的动人和勾魂,原来全都凝在她的眉眼间。红毛衣,直筒裤,半高的皮鞋和肉色袜,还有她围在脖上又搭在前胸后肩的长围巾,何等的得体和好看,虽然都是从城里、市里学来的新尚和洋气,可她眉间那股撩拨男人的情表和光彩,那从她眼里射出来能击倒男人的那束光,却是别人和城里女人都没的。镇长在不停地看她那润白红亮的两眉间,就像看一处女人昭然天下的隐处样。就是这一刻,明亮有一种被震倒的感觉袭上来。有一种站不稳的软瘫缠在他的脚脖上。慌忙倚势坐下来,听见有人宣布让朱颖上台发表她的竞选演说词,看见她像风样从镇长面前走去时,她看了镇长,镇长也看了她一眼,彼此那目光,在半空汇一下,朱颖就款飘飘地走上前台了。

孔明亮这时的唯一想法是,我完了,败在这婊子和镇长的眉来眼去之间了。为了挽住那还没有最后败来的局,他让自己镇定下来,想看看朱颖念稿或演说时台下的吵嚷有没有自己演念时候的吵声大——到现在,那吵声给他双手带来的汗水都还捏在他的手心里。他就盯着等着站到台前的朱颖开口说话儿,像等着一场雷阵雨。可是朱颖站在那儿就是不开口,生生过去一会儿,又过去一会儿,直到她用沉默把台下的吵嚷压下后,待台下的目光都因为她半晌不语,盯着她,等她开口将要厌烦时,她忽然从口袋取出一大把有数万元的钱票从台上扔下去。那钱票风花雪月,在半空飘得眉来眼去,人们都还没有从中回

味过来时,她在那一刻,才用她华润朗朗的声音朝台下庄重地唤着许诺道:

"我当上村长了——要让各家的钱都花不完,就像我这样从家里朝着门外撒——"

就完了。

她的竞选演说从开始撒钱到一句唤话的结束,前后不到二十秒。等台下的人都疯狂地冲到前台来捡钱抢钱时,她就从台前回到了台中央。在孔明亮还没有回过神儿时,台上台下的掌声就风吹云动地卷将起来了,电闪雷鸣,似乎长有一天一夜二十四小时,那掌声都未息下来。之后大喇叭适时地宣布开始投票了,请村民按照事先说定的公平次序,开始在各个村民组长带领下,都到台上去投票。

就像一场演出剧。此前孔明亮为选举所做的一切,在县长、镇长和警察的目光及大喇叭的唤话中,如一股炊烟被风吹走了。孔明亮从台中央起身坐到台子角,望着朱颖和镇长、县长说着笑着朝台后的一片树下的茶桌走去时,朱颖就像已经选上了样,陪着他们像领着她的熟识客人般。

婊子和郎猪!——他这样在心里咒骂着,有一股孤独的仇恨从心底升上来。他极想冲到台上把那投票箱和桌子掀翻掉,及至看见父亲、哥哥还有特意从县城高中回来为他投票的四弟,他又觉得事情还没完,人们并不一定真的选朱颖。

她毕竟是婊子。

有谁不知道她是在省会做那风流生意呢?

说好人们投票和点票间,领导和候选人是要离开票箱闪躲的,都到后台的茶桌那儿去候等,可孔明亮这时就是不想去。不想和他们呆在一块儿。朱颖像一个巨大的金斑母蝴蝶把那些男人招走了,他想他该恨朱颖,就像一堆苍蝇围着粪飞时,他更该厌恶的是那一堆粪。可不知为啥儿,他骂朱颖婊子如同挂在嘴上的话,可到了必恨这一刻,他恨将不起来。他忘不掉她眉间那勾魂撩人的表态来。抽了一支烟——从准备开始选举他就开始抽烟了。抽着烟,望着远处井然次序到台上投票的村民们,他看见有一只喜鹊叫着本要落在他身边树上的,可欲着落下时,却又飞走了。竟落到那边朱颖头顶的一棵树身上,欢唱了很久才又飞开去。县长和镇长,还指着喜鹊和朱颖说了很多话,笑声黄辣辣地荡过来,像针刺一样扎在孔明亮的脑子里。他们睡过没?都一定去过朱颖的娱乐城里吧?让那儿的姑娘给他们洗澡、擦背、按脚,最后他们就抱着哪个姑娘躺到床上去。孔明亮很肯定地这样想。想只有这样才合乎县长、镇长热她冷己的事态来。不然间,怎么会他们在那儿又说又笑,就没人想起把他这个候选人也叫将过去呢?右前投票的人,很多投完票开始朝着村里走。日又平南,到了午饭时,村民也是要回家烧饭吃饭的。望着那些回走的村人们,呆在树荫下,花花团团的光亮落在孔明亮的脸上和身上,他觉得身上一阵热、一阵冷。朱颖到底和镇长、县长睡过没有的念头老是如刺一样扎在他的头脑里,血淋淋,拔不掉,这让他有些坐卧不宁了。本来不关他的事,她又不是他媳妇,不是他对象,可这一刻他冷猛地灵醒到,只要他们睡过了,那今天他这村长就势必败选了。败选了,那每日每夜都在他的热望中渐欲渐高的大楼也就坍塌了。他的人生就哗地完结了,如在河边堆起的一堆澡泡噼噼啪啪破裂了。活着也没意思了。日子也没趣味了。他就不知道下一步该怎么一天一天过去了。他是为了把村子变镇、镇子变城才来到炸裂的。偷扒火车时,他几次都差点从车上掉下摔死在路基上。炸裂是因为他才富将起来的。到现在,全村人都楼屋瓦舍了,只有他孔家还住在原来的一院草瓦旧屋里——虽然是戏意,可都是为了村长和这炸裂的努力呢。可眼下,那婊子——就因为她长得好,会风流,铁路提速他不能领着村人卸货致富了，她就可以带着钱衣回到村里和他一争高下来当这村长了。

他妈的！——朝树的根下踢一脚，孔明亮看见那最后投完票的村人们，离开河滩往村里走去时，朱颖领着县长、镇长也往村里走去了。

要吃午饭了。

于是间，孔明亮也朝村里独自走去着。

· 3 ·

没回家，孔明亮去了村委会。

空空的村委会中除了他和村秘书程菁姑娘外，还有的就是四月才有的阳光和满院子都是随春而来的野麻雀的叫。他坐在空大的村委会的办公室，过分显高的楼屋顶，让屋里的沙发和花草，都觉得自己低矮和萎缩。程菁也穿了红毛衣，直筒裤，半高的黑皮鞋，人也纯净灵秀到了了不得。可村长孔明亮，就是觉得她的脸上没有朱颖那股撩拨勾人的味。他没有回家去吃饭，不知程菁从哪儿给他端来了一碗捞面条，他就坐在办公室的桌前吃。要吃时，他又盯着程菁突然问：

"我要让你嫁给我你会高兴吗？"

程菁说："县长、镇长分散到村里各户吃饭了，说这是他们了解基层的好机会。"

明亮又问她："说实话，你觉得县长、镇长和朱颖到底睡过没？"

"点票就在河滩会议台子上，"程菁说，"饭后票就点过了，村人们返回会场就宣布你和朱颖谁的票数多。"

孔明亮就一下把面条碗僵在嘴边上，不说话，盯着大屋里的空静和落寞。程菁站在他面前，脸上满是为他落选的担忧和惆怅，像做错了啥儿偷偷瞟着他。"去河滩地那儿跑一趟，探探情况抓紧回来跟我说。"待明亮把饭碗放在桌子上，对程菁这样一句后，程菁就点头慌慌出去了。

程菁第一次从滩地那边传回来的话儿是："孔村长，你和朱颖的票数差不多，你还比她多几张。"

第二次："朱颖的票越来越高了，她已经比你多了五十张。"

第三次："现在票点一半了，你是二百零一张，她是四百零九张。"

第四次，程菁姑娘汗淋淋地从外面风进来，脸色黄白，头发汗湿在额门上，立在孔明亮面前欲说时，明亮对她摆了手，让她不要说。就那么沉静一会儿，他咬咬自己的下嘴唇，差一点就在那唇上咬出血，才又让她到邻居把朱颖请到村委会里来。说是请她来，仿佛下了天大的决心般。决心下定了，他人就没有力气了，倒在靠椅上，浑身软得要从椅上滑下来。可是程菁出去很快就又回来了："她让你到她家里去。她说你请她就该去找她。"孔明亮就在那椅上怔呆着，眼里满是空洞和虚茫。过去一段天长地久的时光后，他悠长地叹口气，从桌子那边慢慢走出来，在程菁的头上摸了摸，摸出一股醉人的发味和洗发水的香，又在她的额门上亲一下，然后就朝门外绵软无力地走，还又回头依恋地瞅瞅村委会的三间大房办公室，像皇帝被逼宫后不得不离开他的大殿般，浓重的伤失雾一样罩在他脸上，还有屋子里。

也就一步一伤地离开了村委会。

"我咋办？"程菁追到村委会的院外问村长，"朱颖当了村长，她还会让我当这秘书吗？"

淡下脚，想了好一会，孔明亮回身用很轻的声音笑着说："我怎会不当村长呢，你这张乌鸦嘴，我怎么会选不上村长呢？"又回身朝着朱颖家里去。中间也就几十步的路，他走得沉缓迟暮，几次都想立脚转回来。可也终是没有转，让炸裂的历史径直朝前了。日光在头顶如浇流下来滚烫的水。汗从他的头上朝着脖子下边流。程菁在后边一直望着他，忽然后悔他在村委会里几次想没人时把她的身子要了去，可她终是扭着闪躲着，没有把自己给了他。现在她看他将要不当村长了，走路蹒跚，病病恹恹，七老八十岁的样，就庆幸没有把身子给过他。也又觉得还是给了好，有啥儿了不得，不就一副皮囊身子嘛。然现在，他要下台了，再给他也不是给着村长了。站在那儿望着想，直到他拐进那方院落的门楼里，程菁都没有想明白到底该不该把自己的身子送出去。

朱家院落里的光，明亮热烫，使人周身都是黏津津的汗。孔明亮很想用冷水洗把脸，把自己冰一冰，再到她的面前去。进门后，他扭头朝着院里瞅，看见她在院墙边下用为浇花浇树预备的龙头在洗碗，水流哗哗的，也就站住了。"你咋不在灶房洗碗呀？"这样问一句，没见她扭身回头来，以为是自己那样想了想，并没问出口，就又鼓着力气大声问："你咋不在灶房洗碗呀？"

朱颖还是没有扭头回他话，像压根没有听见样。

其实间，她知道他在她身后。门响时她就知道他来了，但她就是不理他，和压根不知有人进了院子样，直到他把那话问到第三遍，她才洗过锅碗，转过身，对着他像看一头垂死的骡马般，见他面色枯黄，额门上的汗珠滚球一样滴滴答答落。河滩地那儿的大喇叭开始广播了，通知炸裂村的村民们，吃过饭赶快到会场去开会，点票马上就结束，马上就宣布谁当第一任民选村长了。大喇叭里的声音又粗又重，说话磕磕绊绊，每一个字都如不连贯地朝外砸着的粗粝石头般。待那喇叭的声响完了后，明亮和朱颖都从那声音中挣出身子来，在院里彼此望了很大一会儿,最后还是朱颖憋不住她的志得和嘲弄,抿着嘴却还有浅笑从她的牙缝、唇间挤出来。

"是来求我退选吧?"她问着朝着屋里走。

他跟在她的身后边:"你咋不和镇长、县长一块吃饭呢?"

"来不及了,我决心当这村长了。"

"跟我说句实在话——朱颖,你到底和镇长、县长睡没有?"

"灶房龙头坏掉了。"她把洗过的电饭锅和碗筷放在灶房内,"你已经把机会错了过去了。"

"我知道你比我的票数高。"孔明亮追在她的身后边,"我只想知道你和镇长、县长到底有没有那关系。"

"大喇叭都催着群众开会了,"朱颖说,"我们俩得赶紧到那会场去。"

他一下拦在她面前:"把村长让给我,我啥都答应你。"

她站在那儿瞟瞟他:"你能答应我啥儿呢?"

"我只要你告诉我一句话,"他急切得嘴唇有些抖,"你到底和镇长、县长睡过没?"

她逼问:"你能答应我啥儿呢?"

"我娶你。"

"能跪下来给我发誓吗?"

他就望着她。

"跪下发誓呀!"

他就终于跪下来:"你让我当村长,我们立马就结婚。结了婚,我主外,你主内,炸裂村就是咱们家的炸裂村。在村里你想干啥就干啥。"说完他抬头望着她,感觉到她家地上的瓷砖硬得和铁样,硌着他的膝盖骨,像他跪在一柄刀刃上。外面的喇叭又响了,点着他和朱颖的名,让他们赶快都到会场去,一时三刻就宣布票数、宣布谁来当村长。明亮不管喇叭里的话，就那么呆跪着，目光求哀哀地看着朱颖的脸，看着她那撩勾人的眉间浓态来。朱颖倒是仔细听了大喇叭里的唤话后，才又低头瞅着他，慌慌拉着他说道："我知道你早晚得有这一天——快走吧，一宣布啥儿都来不及了呢。"

第六章　　传统习俗

一、哭坟

· 1 ·

宣布孔明亮当选村长后,他忽然想起村里人有一年没有到山脉坟地去哭了。那有伤悲忧痛都要到自家坟地大哭的习俗都忘了。也不一定真的哭,就是走到那儿向祖先跪着倾诉发泄一番的事。孔明亮忽然就想哭。想到坟地痛痛快快地哭一场。朱颖得了八百二十票,他有四百一十票,刚巧是她的一半儿,且投她票的都是年轻人,多也不过四十岁。投他票的都是老年人,五十、六十以上岁月的,说到风月妓事都要啐痰的。可村里的年轻人,没有谁不喜她流水一样的钱。凡家有女儿者,都说在外边——南方打工挣着钱,却又几乎都是跟她做着风月的事,挣那风流钱。这一些,都是家家心知的,不去说破它。横竖房子楼屋盖了起来了,富将起来了。嘴上不说朱颖的好,心里还是念她好。就都投她票,选她为村长,也就有了高他一半的票。

宣读票数是宣读孔明亮当选村长的,得票八百二十张,宣读朱颖四百一十张。台下先愕然,继就掌声了。你掌他也跟着掌。掌声中,县长、镇长都来祝贺孔明亮继任炸裂村的民选新村长。喇叭里有音乐。会场外边有鞭炮。他还到台前鞠躬感谢所有选他的人,保证说让炸裂三年二年就奔进城市样的繁华里。朱颖来祝贺他当选新村长,像城里人那样在台上握着他的手,却又小声硬令道:"我们过几天就结婚!"他像接受祝贺的样,握着她的手,感觉她的手又软又柔,连一丝硬茧都没有,使他手里像握了一团白棉花。因为那手的热软,也使他未加多思，就点头承诺要结婚。

就在这一刻，他心里突然想到两年村里没有沿袭哭俗了，该到坟上去好好哭一场。就在会后留镇长、县长吃晚饭，还让市里的记者拍照片，镇长、县长都说要到镇上、县上忙着别的去，也就送他们上了车，看着小车、大车朝耙楼山外开过去，会场上的村民都朝各自家里回。落日疲惫地朝西挪移着，世界转眼就从盛况落寞下去了。寂静铺延开来着。河滩上除了拆着会议台子的人，再没别的人影儿。谁家坐坏的凳子索性就扔在滩地上。还有丢掉的鞋，孩娃们的弹弓和木玩具，纸叠的鸽子和不知为何撕了、扔了的选票纸，狼藉一地的乱。孔明亮就和朱颖站在路口目送镇长、县长的车，直到那车越来越远，模糊如跑在夕阳中的马，朱颖才转过身子来，很认真很认真地再次对他说：

"我想立马就结婚。"

明亮脸上挂着惨淡的笑："看样子你真的和镇长、县长没有那关系。"

"你不想结婚吗？"朱颖说，"结婚多好啊。"

"我想赶快到祖坟上哭一场，"明亮说，"好久没哭了，得给祖先说说村里的事。"

有人从会议台上唤着他们俩，问些啥儿话，他们就朝着要拆的会议台上走。明亮在前边，朱颖在后边，走着走着朱颖就快起脚步来，追上明亮像城里姑娘那样挎着明亮的胳膊了。这时候，明亮头晕得想要倒在地面上，可那胳膊却又绳一样缚着他，使他想走想倒的可能都没有。

就愈发想要到祖坟前边大哭一场了。

· 2 ·

孔家的坟地在村后几里外的一道山梁下，坐南朝北，阳光一整天都照在坟地上。祖辈十几代、几十上百的圆坟头，每个坟头都有柳树或柏树，像山脉上突兀在山坡的一片林地般。落日西去，有微细微细的走移声。四月山坡上的小麦地，也都绿出厚的颜色来。静得很，也有些虚无在那空静里。不知为啥儿，孔明亮连任了村长就想哭。他就独自悄悄地踩着落日来到坟地里，老远望着坟地的一片林，还没有走到就泪流满面了。及至到了坟边上，待从坟地吹来的风细凉柔柔地抚着他的脸，也就终于无可忍地呜呜哭起来，伤心如几岁的孩子般，瘫在祖先的坟堆前，受了天大的委屈样。坟前因地里的小麦已经从冬日的伏状进了春天挺腰硬脖了，一棵棵地撑着腰身子，转着脖儿看那明亮的哭。没有谁明白他为啥就要那样哭，为啥想要哭。明亮自己也不知，横竖就要哭。有春醒的野兔站在边上望。乌鸦也落在坟头树上听着看着他的哭。看他嘶哑粗沙的大哭声，像泥水浑荡的河流把整个山脉、田野都哭得模糊浊黄了。肩膀也抖着，泪从捂在脸上的手缝挤出来，放大悲声，却又有些孩子在大人面前娇宠的样，直哭到忽然不想再哭了，落日将要西尽时，听见心里有个声音说，不哭吧，明亮就戛然而止地不哭了。擦了泪，还有沾在手上的浊鼻涕，觉得心里因为刚才的痛哭而变得轻松和豁达，有一道很强的光亮照在他心里。想要趁着那光的力量看见一些啥，拿定主意去做些啥儿时，起来身，却看见哥哥明光和四弟明辉也半蹲半跪在他的身后边。明光的眼上有泪珠，却是没有哭出来。明辉没泪也没悲，只是那么沉静着。太阳终是落去了，最后的亮色在明辉的脸上成了润玉的红，素洁古朴，好像他人是假的样，原是在炸裂村可以走动的玉塑像，四方脸，开阔肩，双唇柔厚呈着湿润的红。他个子也高了，整个人如果不是短发和衣服，也许就是一个姑娘呢。

孔明亮盯着明辉不说话。

大哥却在脸上抹一把泪，又笑着走上来："今天你比朱颖多了一半票。"

把脸从四弟脸上扭到大哥的脸上去，明亮几乎是未假思索就对大哥说：

"我和朱颖快要结婚了。"

惊一下，孔明光盯着孔明亮，像从此不再认识这个弟弟村长了。

"爹会同意吗？"

"我同意。"

再默一阵子，四弟似乎是为了打破沉静般，很喜兴地说："三哥今天来信说，他受到表彰了，一表彰就该提干了。"

明亮也就喜惊着，又盯着明辉看一会儿，脸上挂了笑，拍拍膝盖和屁股上的土，开始朝着坟地外面走。大哥和四弟跟在他后面，漫长的沉默，如幕布样罩在他们弟兄的头上和中间。太阳光是说失就失的，在一滴短小的工夫间，山脉的道上暗灰而静谧，脚步声鼓槌般敲着地壳的鼓。可也就在这眨眼中，月亮从一片云后走将出来了。可以看到炸裂有很多村人都从村里走出来，都要到自家坟地哭一场。也不真的哭，就是沿着习俗的路道朝前走一走。每年清明后的一个月，各户人家在祭祖之后的某一天，都再到坟上哭一场，和祖先默说默说心里话，一年间就会心畅事顺了。也便都听说村长今天去坟上默说痛哭了，就都陆续从家走出来，到各家的坟上延宕那哭俗。有很多的脚步声。也有很多从静夜中走来的灯光和说话声，随后就听到谁家在路边坟地呜呜地哭，还有呢喃不清的诉说声。接下来，前后左右，近近远远，山坡上，沟壑间，有坟的地方就都有灯光了。都有哭声了。悲天伤地，凄凄楚楚，哭得呜呜啦啦，仿佛各户人家都有不尽不止的冤屈样。

弟兄仨，就在那哭声中朝着村里走。

到了村中的十字街，以为村人都到祖坟地里去哭了，村里会空静死寂的，可却又看到，还有村人没有去到山野祖坟里，却在新坟地的十字街上祭哭着，烧了纸，点了香，让草香的焚味在村街暖暖地流。近过去，也就看见那近处袭着哭俗的是朱颖。她在爹的坟前跪着烧了三炷香，摆了三碗供，对爹清晰大声地说：

"我马上就要结婚了。你放心睡去吧，以后炸裂就还是我们朱家的炸裂了。"

"我马上就要结婚了，以后炸裂就是我们朱家的炸裂了！"

孔家弟兄便立刻收住脚，看着那哭场，听着朱颖对她父亲说的话，像看着朱颖拉开了一场大戏的幕，后边就有宕宕起伏的出演了。接下走出来的是程菁。她和她娘一道儿，挎了竹篮，篮里装了烧纸和供品，手里拿着手电筒。手电筒的光明在月色上漂来荡去着，像一大块圆状的黄绸滑在地面上。她们从孔家兄弟面前走过去，程菁娘还立下和明光、明亮说了亲熟的话，拿手在孔明辉的脸上摸了摸，说这孩子咋就一转眼长成大人了？倒是最该说些啥儿的村委会的秘书程菁见了新任村长孔明亮，只是轻轻点了一下头。从宣布明亮当村长，她都没有在明亮面前出现过。可这一会她又出现了，她到他面前既没有如村俗一样叫一声"明亮哥"，也没有公事一样唤声"孔村长"，她躲着明亮的目光走去了。要出村往自家坟地去哭了。

明亮有些意外地用目光追着她，直到她走开几步远，又回过头来时，两个人的目光才在月色中遇到一块儿，她才莫名其妙地问：

"我还当村委会的秘书吗？"

"当然呀，"他朝她靠过去，"怎么啦？"

"你一定要娶朱颖姐?"她说着朝朱颖那儿望了望,也正看见朱颖朝着这边望。

"马上就结婚,"明亮说,"不好吗?"

"好的呢——我就是想到坟上哭一场。"这样说着话,程菁眼里有了泪,就催着母亲赶快走。她们母女就溶进了月色里,像两片黄叶落在了秋天般。这时节,朱颖也从父亲的坟前那儿走过来,拉着明辉的手,望着孔明光,把大哥、大哥叫得那个亲,就像她已经和明亮结了婚,已经是了孔家人。

二、喜帖

父亲孔东德,听说明亮要和朱颖结婚时,把正提在手里的鸟笼摔在了门口前。鸟笼散开了,笼里的鸟食罐儿碎在地面上。一对八哥儿,终生受宠,而这突来的惊吓,让它们尖叫一声飞走了。

从此再也没有飞回来。

孔东德在那房檐下,正用一片竹子清理着笼里的鸟粪时,明亮站在他身后,告诉了父亲他的这桩婚姻大事情。

"我和朱颖订婚了。"

父亲僵在那儿,半晌后才迟迟转过身:

"程菁不是对你很好吗?"

"我答应朱颖立马就结婚。"

孔东德就把鸟笼摔在了地面上。

春天回归的小燕子,正在那檐下忙忙碌碌泥窝儿,呢喃的叫声滴在他们父子静谧的缝隙间。院里的一棵老榆树,开满梨花,却有纯烈烈的椿香飘过来。望了望飞走的一对老八哥,孔东德知道它们远走他乡了，再也不会归回来，心里酸一下，为刚刚的暴烈后悔着，孔东德把目光搁在做了民选村长后，表情就少了喜色的儿子脸上问：

"你当选村长是朱颖让给你的吗？"

明亮说："都已经准备去领结婚证。"

"我会死在她手里，"父亲说，"她是为了她死去的父亲才要嫁到孔家的。"

"给她一个喜帖吧。"明亮问，"一个村长几百张选票还换不来一张喜帖吗？"

结婚是不能没有喜帖的。一张红纸，上写"百年好合"或"吉庆婚姻"那样的祥语和吉言，再在这张红纸里包上几百、上千的订婚钱，摆一桌酒肉喜宴，在宴上由男方的父亲或母亲把喜帖交到女方手里去，就证明男方家人同意婚事了。正式订婚了，也就可以择日结婚了。

朱颖到孔家领她的喜帖是四月末的一个上午间，天色朗晴，村前河滩地里是个逢集日，村人们都到集市上买买或卖卖，忙着各自的日子生意去。她也想赶快回到省会忙她的生意去，便决定择下这日子，面见公婆，定下婚日，返城打点"欢乐世界"后，再回来完婚和明亮共图炸裂的大业过日子。也就这一天，朱颖穿了她从外面带回来的印满钱币的彩风衣，提了无数的礼品到了孔家里。

"我爹要不同意你我订婚呢？"明亮问。

"一见我他就同意了。"朱颖很肯定地说，"天下没有我做不成的事。"又扭头去问明亮道："有你想做做不成的事情吗？"

"也没有。"明亮很肯定地答。

他们就风卷火势地要回家领喜帖。穿过村街时，彼此并着肩，看到有户人家挑着一担青菜要去街上卖，也就立下来，和那中年男人说了很多话。朱颖说你家姑娘多大了？让她跟着我走吧，一天挣的就是你一年卖菜的钱。那中年男人就用目光瞟着明亮的脸。明亮看了看他在路边新盖的大瓦屋，说去了好，有点钱将来村子成镇了，你就在这路边开家新鲜蔬菜店；炸裂变成县城了，你家姑娘也见过世面了，回来做经理，注册一家百货公司啥儿的，等你姑娘成了大老板，从此你连穿衣服都不用系扣子——有人帮你系扣子，有人帮你穿鞋子。又往前边走，看到一个孩子背着书包去上学，朱颖摸了摸那孩子的头，明亮就对朱颖说：

"我们明年也生个孩子吧？"

"行"。朱颖说，"等明年村子变为镇，我的孩子要生在镇上的大富大贵里。"

"好好读书吧，"明亮就笑着拍拍那孩子的后脑壳，"努把力，上完大学你就是炸裂市城市规划建设局的工程师。"

他们又接着朝前走。刚在朱颖家那一番男女的亲热——血冲头顶的爱，还没有在他们身上退回去。爱情就像火一样，把他两个烧着了，让他们感到世界上无处不是未来的美好和宏愿。到了一个街角上，孔明亮说将来想在这个街角开个上星级大酒店，专供到炸裂出差的人住宿和吃饭。朱颖就对明亮嘲讽地笑一笑，说你目光浅短，见识微薄，说要开就开个五星级，一下就顶端，免得刚开业就觉得低端过时了。

"十星级。"明亮亲了一口朱颖说，"让他妈的全世界的人，一到这宾馆都吓得说不出一句话。"

朱颖站下来更为嘲笑着："世界上最好的也才五星级。"

"难道你不信我能建出墙壁全是玉石的十星级的宾馆吗？"明亮很认真地问，"难道世上还有我做不成的事情吗？你不信我你嫁我干什么？"

这问话，让朱颖无言了。让她一下回到了冷清里。回到了她和他婚后急做的事情里。她没有说她信不信,她只是对他说,你得抓紧把村改镇的报告请人写出来,隔过去乡政府,一份直接交到县里去;一份由她托人交到市里去,放在市长的办公桌子上。就都回到了现实里。回到了应该急做的事情上。边走边说就到了孔家大门前。一个村都是楼房瓦屋了,只有孔家还住着原初的老草房和老瓦屋。院墙外临街的老街楼,是由土坯和青碎小瓦搭起的,风雨飘摇,要倒未倒的样。有很浓重的尘土气息围在那门楼上。朱颖走来就站在那门楼前,看着那门楼和孔家一院的老房子。

——"该盖新房了。"

——"等我当上镇长吧。"

"记者、报纸和电视都已经不再新鲜你这事情了。"她有些语气冷冷的,"我不想结婚住在这旧房里。"这时候,明亮娘从院里走出来,看见朱颖后,先是盯着她的风衣微微愣一下,接着就一脸笑容地出门接了朱颖手里提的衣物和礼品,笑灿灿地把儿子和朱颖迎到了家里去。

午前的光亮里,有春天的绿气和村外小麦田的青气弥漫着。娘去和明光媳妇在厨房忙炒菜,大哥和父亲在屋里闷闷地坐。屋中央的饭桌上,已经摆了五六个迎宾菜,鸡肉、牛肉和鱼鸭,香味从扣盖的盘里挤出来,金丝缠缠绕在屋子里。有几只村猫闻到香味走来了,它们缠着桌腿和朱颖的裤角转,喵喵的叫声和音乐样。喜鹊和黄鹂飞来了,在院里旋一会儿,又到堂屋半空飞,还围在朱颖的头上、身上飞,飞累了,落在院里树上小憩一会儿。她满身都是香水味,和桂花盛时的味道样。有两只金丝雀儿总是追着那香味落到她的肩膀上,跟着就又有一群麻雀飞过来,也去她的身上扑那香味儿,让孔家屋内有一屋鸟叫声,也一屋扑楞起来的尘土味,直到孔东德大吼一声后,那些鸟雀才都惊恐安静下来着。

无论她到哪，金丝雀总是落在她身上，去她身上印的钱币上叮，使她不得不随时扬起胳膊去赶那雀儿鸟儿们，直到有一盘青烈烈的苦瓜端上来，金雀鸟们才消停，才都被孔东德赶到屋外边。一家人就都围桌坐下来，十几个菜，见色见味地摆在桌子上。酒杯和筷子都在各人面前焦急着。父亲坐在主座上，大嫂蔡琴芳，和朱颖坐在一块儿，她趴在朱颖的衣服上闻了闻，说难怪这鸟雀蛾虫满天飞。又说明亮你好眼力，找到朱颖就一辈子掉进香糖蜜罐了。

明亮就笑着，可看看上座的父亲后，又把笑给收将回去了。

大哥明光不说话，看看朱颖，又看看自家媳妇蔡琴芳，脸上有鲜明的失落显挂着。

空气生熟不均了，时热时冷的。朱颖是见过场面的人，接待过天上、地下满世界的客，富贵和乞丐，当官的和鱼虾市场的，知道今天到孔家等着孔东德的递帖和接帖，将会是怎样一场鸿门宴。并不急，不生气。落座前把提来的礼物一一分到大家手里去。给未来的婆婆一双城里人穿的绒布鞋，给大哥一件西式装，让大哥去学校上课时穿在身子上。给嫂子一套半毛裙，还有两瓶完全是洋文的香水和护脸霜，说那香水和护脸霜，比自己用的还要好，用上几天人就年轻了。喜得嫂子接过那礼物，手都抖起来。再把给四弟带的城里人穿的牛仔裤子取出来，放到一边上，说等四弟从城里回来了，一定交给他。最后该给未来的公公孔东德那份礼物了。给了孔东德，孔东德自然要把准备好的喜帖取出来，交给将要入家的新媳妇。如此的一番"换礼"后，朱颖打开喜帖看一看，把那喜帖上的吉祥词语念出来（有人家还会当场把包的见面礼钱当众数一数），然后就是一番欢庆和恭贺，喜帖礼仪也就结束了，该如一家人样大宴佳宾了。

也就在众人期盼的目光中，朱颖从她提的礼包的底端取出一个信封来，在所有人的微笑里，回到饭桌前，把那信封打开来，是两张豪房筑建图，一张是中国式的四合院，一张是城里贵昂的别墅宅。她让未来的公公随便挑，喜了哪幢她就在下月动工给公公盖哪幢。说公公一生委屈，不能再住这土坯瓦屋了，该住大屋洋楼了，要在那楼房里装上暖气和空调，冬日不冷，夏日不炎，要让公公把前生失的全都补回来。

"爹——你挑一样房，今年我就给你盖起来。"大声说着，朱颖就把那图纸递到孔东德的面前去。

人们的目光就都投到孔东德的脸上去，看着他六十几岁，瘦小结实，头上有着冉冉的白，可脸上却越来越有日月的肌肤光亮了。他瞭着朱颖看着那图纸，目光中，那人生的沉郁和警觉，一闸湖水样从他的眼里漫出来。看了那两张图，没有接，又看桌前他的两个儿子和老伴，见所有的目光都是企盼的，和解的，且老二明亮看他时，还暗暗瞪了一眼睛，分明是让他必须这样而不能那样的。他就把目光从饭桌上方收回来，从朱颖手里接了那两张豪房图，笑着说让我想想再定吧。就盯着那两张画图看，看见四合院的上房屋，客厅里，画了一排大家具，靠墙一边上，明明是橱柜，却和长方的棺材一模样。说是像棺材，却又有些像着大的食品柜。孔东德脸上的喜色没有了，慌忙又看别墅那张图，也看见客厅摆着家具的一方上，似家具，却不是衣柜橱柜的，分明是在那家具堆里画了棺材的。惊惊疑疑地抬头看朱颖，见朱颖不往这边瞅，有意正和大儿媳妇说着啥儿事，就心明如镜万事知晓了。知道那画图里还藏着送给他的棺材了。也就缓缓收起图画来，脸色僵硬一会儿后，咳一下，把所有的目光全都抓过去，从自己的口袋取出信封大小的一个红纸包，纸包上写了"吉利百年"四个字，自己先静静看一会儿，把那四个字念出声音后，在大家的目光中，朝朱颖递了过去了。

全都笑起来，鼓着掌，把那四个墨字都又重复地念出了口。朱颖脸上原来隐隐的担忧没有了，变得平静而光亮。可接过那喜帖红包儿，她准备当众打开时，孔东德拿起筷子说："先吃饭——没多少钱，你回去再打开。"就都又有一阵笑。朱颖也笑着把那喜帖收在了口袋里。

喜帖宴是吃得欢快的。你给我夹菜，我给你盛饭，一家人的喜悦很华美地铺在饭桌上，堆在屋子里。老大孔明光，总是忍不住去看弟媳朱颖的脸，再看自家媳妇的脸，又要掩饰这些去说很笨的话。朱颖是发现了这些的，可她和没有发现样，只是不停地去瞅边上明亮的脸，去看公公孔东德的脸。她从那两张脸上看出啥儿了。看见孔东德的目光有些阴冷的硬，连挂在脸上的笑也是生硬的。看见孔明亮边吃饭，边夹菜，目光总是要瞅着她装了喜帖红封的裤口袋。于是间，在大家宴到半途时，她借故要到厨房盛汤从屋里出去了。

她在厨房打开了孔东德给她的那个红封帖。从红封里取出的不是钱，是一张白纸上写的一行字："小婊子，你想让孔家咋样呢？"

盯着那字看一会儿，她把脸上云起的青色收起来，又酝酿出平心静气来，把那白纸黑字原样叠好装进红封内，盛了一盆鸡蛋汤，从灶房走出来，碰到要去灶房找她的孔明亮。明亮知道她到灶房是必看红帖的。世代和祖辈，每一个要嫁到炸裂的姑娘们，接帖后最想知道的就是那帖里包了多少钱。她很大一会儿不从灶房走出来，明亮就从屋里出来找她了。

"多少钱？"在院里，明亮问着说，"有我你啥儿都有了，别在乎爹给你多少钱。"

朱颖就笑着："是存折，我一辈子都花不完。"

到了屋里去，她和公公对了一眼睛，又迅速把目光滑到一边儿。这时候，她就开始像孔家的媳妇样，给桌上的每人都盛了一碗汤，放到大家面跟前。最后去往孔东德面前放着汤碗时，她又把口袋的红帖取出来,在半空晃一晃,大大方方笑着说:"我刚才偷看了,是一张死期大存折,让我一辈子都花不完。"孔明光媳妇脸色先黄了。她走进孔家的礼帖是没有存折的,只在一个帖里包了二百元。就去那半空要抢那红帖看究竟,便把桌角的一个汤碗碰掉到了地面上。汤碗碎成三瓣儿,鸡蛋汤摊流一地儿。在喜帖宴上有碗破盘碎的事,那是最为不祥的,预示着那个人的到来,将会使这个家庭四分五裂呢。

于是间,所有的人便都惊起来,脸都黄起来,只有朱颖为这一碎碗,脸上挂着笑,璀璨红红,像一台戏的朱红幕布样。

三、听房

孔家很快就把院里的草房翻盖成了大瓦房。

结婚那一天,炸裂疯狂了。

村长和炸裂最旺钱的朱颖要成亲,明明选村长时还是仇家的,可不久他们成了一家人。有人说,县长是媒人。有人说,镇长是媒人。总之着,这婚姻是炸裂盘古开天之大事。县长和镇长都到了婚礼上,都送了惊人大婚礼。整个炸裂的人,包括那些刘家沟和张家岭的人,没有不送厚礼的。在村头摆了两张收礼桌,就在朱颖那块巨壁石碑下,两个会计为登记各户送礼人的姓名、礼名和钱数,写字累得手腕都肿了。送来的被子、毛毯在孔家两间库房都堆不下。和朱颖在外面做风流打拼的,每个姑娘都从外地赶回来,送的戒指和项链,得用几个竹篮柳筐才能装起来。一整天,炸裂的街巷和胡同里,都来往走动着这些花枝招展的姑娘们,她们身上荡的香味儿,让所有炸裂的男人都痴迷和癫狂,让整个世界的鸟雀猫狗都飞在她们头顶跟在身后边。为了宴请送礼的人——和他们的家人们,孔家在村街上能立灶起火的空地方，全都垒了炒菜煮饭的灶。能摆桌子宴宾的，全都摆了耙耧的八仙桌子和从几十里外的镇上饭店借来的圆桌子。婚宴从初六早上日出始，三日不散，单炒菜师傅用掉的味精都有两大桶。酒和烟是从县城用卡车拉回的。那些被买空了烟酒的商店里，店主跺着脚，后悔自家没有多备些烟和酒。直到三天后，黄昏到来时，来的人们都陆续醉着散去后，炸裂的村街上，才渐渐静安下来了，有了往日宁寂的样。

整三日，被热闹吓到村外的牛马，慢慢从村外回来了。

惊恐的鸡鸭鹅，不知从哪又出来回家了，到街上走着走着间，鸡就生了鹅的蛋，鹅就生了鸭的蛋。

黄昏小心翼翼地来到村落里，把往日的平静还给炸裂村，那些准备听房的男孩子，早早已潜在了孔家的院子里，或者早已经把翻墙的梯子靠在了孔家后墙上。在耙耧，谁家的喜日结婚里，没有人去闹房和听房，那是天灾落寞的，说明着这户人家的孤群和索居。听房的如果可以从黄昏听到天大亮，那才是喜庆和热闹。人就早早做好这些准备了，有人藏在孔家厨房的案板下，有人藏在墙角里，有人索性爬在树上躲在一团树叶中。就看见那些和村长当年卸火车的小伙男人们，那些和朱颖在南方和省会风流的女子们，都在洞房进进出出，说说笑笑，不断把村长推到朱颖的身子上，又把朱颖推到村长的怀里去，随之炸开来的笑，暴雨样淋淋打打，把孔家偌大的院落闹翻了。

孔东德自被明亮和朱颖一拜天地、二拜父母后，就再也没在人群出现过。

大哥大嫂是为二弟的婚礼忙了一天的，到他们在夜里进了自家的房间后，那些听房的人，无意间听到了他们的吵闹声，还听见谁打谁的一记耳光声。之后那屋里就寂静如死，和坟墓一样了。

四弟明辉是从城里学校请假回来的。他要作为去迎接嫂子的童男把朱颖从朱家接到孔家里。本就一个村，多也不过半里路，可浩荡的车队却从朱家出发，绕到村外、绕到镇上，锣鼓开道，鞭炮齐鸣，从早上九点出发到十一点，车队才从村外慢慢开回来。在朱颖坐的豪华轿车里，左边是纯童男孔明辉，右边是只有十二岁的纯童女，她被打扮成一个洋娃娃，一路上嘴里都笑着含着糖，一路上都把头靠在朱颖的肩膀上，唯一对朱颖说的话，是我长大也要和你一样到外面世界里，也要和你一样回来嫁个村长和镇长。明辉和朱颖说了很多话。她问了他城里的学习和生活，问他考大学准备考什么学校，还问他：

——"大学毕业还准备回到炸裂吗？"

——"打算找一个啥儿样的工作和对象？"

最后她很郑重地对这个四弟说："我是你亲嫂，你听我一句话，上了大学就再也别回炸裂来，只要我和你二哥一结婚，炸裂早晚都得毁在你哥和我的手里边。"他不懂嫂的话，扭头看她时，却看见她眼角挂的泪和她手上戴的钻戒一模样，可嘴角上那麻花扭曲的笑，却又让他人心里不寒而栗着。他就那么在婚车上不解地盯着嫂子看，直到嫂子笑着擦了泪，又如姐样在他脸上摸了摸。

这一天，也就这样过去了。

没有人看到黄昏之后，最该去闹房、听房的弟弟明辉在哪儿。和大哥明光的住屋相对的孔家厢房被翻整一新后，就成了明亮、朱颖的洞房了。满屋满院的红"囍"字，满院满街的红对联，满街满村的大红鞭炮纸，和满村一世界的炮纸火硝味，在月光和夜潮中去了浮闹，变得湿润和静谧。洞房里一点声息都没有。有人把耳朵贴在孔家洞房的后墙上，有人大胆地从树上爬下来，蹑脚走到洞房下，把耳朵贴在窗棂上，当啥儿声息也没听到时，他们惊愕地望着熄灯后的窗，用舌头把窗纸舔出一个手指洞，一个人蹲下来，另外一个踩到那人肩头上，闭左眼，把右眼对准那个手指小洞儿，除却看见一片红色的家具和桌角上将要燃尽的蜡烛外，再就是床上盖着被子睡去的鼓囊和安静。

　　这个从肩头走下来，换着那个站到肩头上，仍然是除却听到、看到床上彤红的鼓囊和满屋子的安静外，其余一点声息也没有。这当儿，那新婚的床下有着响动了。藏在床下闹房、听房的，在那床下睡了一觉后，慢慢从床下爬出来，失望地看看宽大的婚床上，除了熟睡的新郎和新娘，其余一片宁静着。他从那洞房轻脚绝音地走出来，到院里看看闹房、听房的同伙们，被大家围在正中间，连连问着怎么样？听到新郎、新娘说了啥儿悄悄话？那从床下出来的，啥儿也不说，挣出人群，打开孔家的大门，到门外才对跟来的同伙说了一句话：

　　"闹腾一天，新郎新娘倒在床上没脱衣服就睡了。"

　　第二夜，依然如此。

　　第三夜，当所有听房的孩娃、小伙都深感绝望，对婚房偷窥的渴念，被疲累和无趣挤走后，他们不知道那洞房里发生了怎样惊天动地、火烧火燎的事。

　　爱情像天崩地裂一样炸着到来了。

　　从房倒屋塌后的昏睡中醒过来的孔明亮事后拥着他的妻子朱颖说：

　　"天呀，天呀，我遇到妖精了！"

　　朱颖就笑道："以后你要听这妖精的。"

　　然后他们又经过了一次余炸之荡动，明亮从床上揉着惺忪的睡眼下了床，知道他腿上的筋腱被女人抽走了，不扶着墙几乎不能从屋里走出来。天是阴霾天，阳光霜在云霾间。打开洞房的屋门时，孔明亮朝天空瞟了一眼睛，却看见他家院子里，几乎站满了和他在铁路上一块卸货的小伙们。他们个个脸上神秘，满是惊羡惊艳的光，眼睛中却又充满着疑问和困惑，而且还有两个十五六岁的小伙子，直到明亮走出来，都还把耳朵贴在洞房的窗下墙上听。

孔明亮朝那两个小伙的屁股上各个踹一脚。

那两个小伙弹簧一样跳起来，很委屈地说："村长，昨儿夜你和嫂子在洞房，连我们家的床都跟着摇晃了。"

人就都围着村长问，到底和朱颖结婚有哪好？有啥儿不一样？村长就原地打着转，把双手搁在胸前对搓着，脸上放着耀眼的光，一连说了三句"了不得！了不得！了不得！"

人就都跟着他原地打转儿，连连不舍地追着问：

"啥儿了不得？"

"和火山爆发样。"

"人会烧死吗？"

"体弱的会被她们活烧死。"

炸裂人就决计要和村长样，要与那些在外风流打拼的姑娘们订婚、结婚了。不计前嫌和老一辈人嗤之以鼻的笑，只要能把外面世界的钱都挣回来。只要她心里是有钱有家的，过去的事就权当没有生发过。就都围着孔明亮，问说以后咋样呢？总不能每天每年都花人家挣的钱。孔明亮就对他的那些同伙兄弟大声说，炸裂村要想真的富起来，要想变成镇子变成城，就不光要靠姑娘们在外面打工挣那风流辛苦钱，还要人人办工厂，家家办工厂，让工厂企业旺得如姑娘们在洞房的疯癫样。

"我历经磨难看透了，"明亮唤着说，"他妈的——这年月，啥儿钱你都可以挣。有钱你就是老爷姑奶奶，没钱你才是孙子和老鼠。有钱镇长、县长都听你的话；没钱镇长、县长就当我们是孙子、重孙子。"他说着和唤着，看村人越来越多了，把他家院落挤满后，就站到一张新婚椅子上，声音更加大起来："你们都选我当了村长了，让我得了八百二十票，让朱颖只有四百一十票。这票数，刚好比她多一倍——因为这票数，让她想当村长的梦和雨泡一样砰的一下就破了。她甘拜下风了。想嫁给我还到村委会里朝我跪下来，哭得和孩娃一模样。她哭成那样儿——泪人样——我就答应和她订婚结婚了。她就答应一结婚，把外面她的生意全都撤回来。把那些生意全都安营扎寨在咱们炸裂村街上。洗脚屋、理发店、娱乐城，她要在耙耧建成娱乐一条街。让那些有钱人都拥到炸裂来花钱。让他们口袋里装满真金白银来，空空荡荡装一口袋空气回家去。让我们炸裂今年是耙耧山脉的一个村，三年二年就是一个镇，再过几年就是一个城——连女人、姑娘都这样爱着炸裂了，为炸裂的富裕豪华不惜身子、名誉、死活了，那我们男人们咋样呢？"唤着和问着，看院里人多得挤不下，不只年轻力壮的小伙都从村里堆过来，老人、孩子、媳妇和女儿们，也都开会一样拥进他家里，屋门前、大门口，全都挤满了炸裂人。孔明亮就索性让人把家里的一张新婚桌子从屋里抬到大门外，完全如在村街开宣誓大会样。他站在红喜桌子上，望着黑压压的村人们，还让那些家里没来人开会的，派人把他们从家里全都叫出来。太阳从云的背面钻出后，村街上明亮而热暖，站着坐着的村人们，全都是一身的骚动和汗粒。他们望着立在红色桌上的新郎倌，像看着一个发光的年轻神佛舞蹈在半空里，听着他嘶哑激越的唤，如雷如鼓响在他们的血脉里。

"姑娘、女人们都已经这样了，炸裂的男人能每天住着人家挣钱盖的房，吃着人家挣钱买的鸡蛋、大肉不动吗？我们要办工厂、开公司——只要能挣钱富起来，你跪着给人磕头也可以，用舌头舔人家皮鞋上的灰土也可以。除了杀人和放火，只要能把钱给挣回来，没有啥儿做不得的事。没有啥儿了不得的事。等炸裂由村改镇了，你们十有八九都是工厂厂长了，公司经理了。都是镇政府的干部了——都是委员和副镇长、这个书记和那个主任的——家家都有大卡车，出门都有小汽车，连到菜市场买菜都推个自行车。早上喝牛奶，晚上炖鸡汤，孩子到幼儿园都是保姆接和送——这就是我孔明亮当村长的理愿和承诺，就是我这几年领带你们去的那方向！我要让你们过不上这样的好日子，要不让炸裂在这几年变成镇，有那县城一样的热闹和繁华，过几年，又选村长了，你们谁也别投我的票！

"你们把我从村长的位子上拉下来，把所有的痰和口水都吐到我身上。让痰和口水像淹死我媳妇她爹朱庆方样把我也淹死呛死在黏痰里！"

到这儿，明亮嘶着嗓子的唤讲让他喉咙喑哑了，像喉间夹有一把干草般。他低头咳一下，人们就在他的一咳间，掌声响起来，直到天黑那掌声还没息下去。一场掌声整整拍了八个半小时，有很多村人的手掌都拍出了血，把村卫生所的止血药和胶布纱布全用完了。

第七章　政权（二）

一、村改镇

村改镇的文件终是没有批下来。

送到县上的报告如走亲戚送的鸡蛋、糕点样,不知为此大宴宾朋花了多少钱。单是朱颖把村街上最漂亮的姑娘送到县上各个领导家里做保姆,都送了七个或八个,可那村改镇的报告最终还是走在一条绝路上,每一送,都如牛粪落在了田野间。

明亮有些绝望了。

从失望到绝望,犹如从村的这头到那头,若不是朱颖的不渝和恒持,他都想朝县长胡大军身上踢两脚——你都从镇长做了县长了,可炸裂仅仅是要把村改镇,由你主持县领导们开个会,签个字,下份文件就一了百了的事,却又偏偏不肯着。

累极了。心里烦泼着。孔明亮已经不再在村改镇上大抱期冀了。可你不抱期冀时,又听说那文件快要批下来,因为山脉间发现有钼矿。说全世界灯泡中的钨丝都是钼做的。没有钼,整个世界都会黑下来。还有山那边的火车站,原来每天只有两辆客车在那停靠两分钟,现在那火车站也要扩建了。要把那儿扩为一个中型货运站,将山脉中的矿石叮咣叮咣运出去。炸裂是势必要稀里哗啦繁华的,可就是等不来那场村改镇的雨,人就燥热了,烦恼了,心里疲极着。

冬日里,村里和山间积了皑皑的雪。白冷白冷的天气里,明亮在村委会里坐了一会儿,瞌睡漫在他的眼皮上。昨夜他和朱颖又有了床上的事,火山口差点把他熔烧死。完了他说妖精下凡了,她说我得给公爹请个保姆侍奉着。他说要请个工程师,把炸裂的街道好好规划规划呢。她说下雪天，很少再有游人到炸裂玩耍了，生意冷得和天气一样。然后他们就都瞌睡了，相拥相抱的，直到起床来到村委会，床笫的劳碌还没有从他眼皮脱开去。

一如往日地，他在办公桌上打个盹，睡一觉，当这次睁开眼睛时，他看见有两份文件放在他的桌角上。一份是《关于同意炸裂由村改镇的批复》；一份是，《关于孔明亮同志为炸裂村改镇后第一任镇长的任命通知书》。文件的内容都不长，寥寥十几行，如迎面开来的十几节火车撞在他头上。

他有些慌乱了。眼睛花得很，头晕得像刚和朱颖床上完了事，还有惊慌喜悦的汗珠从额门渗出来。

> 为了尽快使我县北部耙耧山区在国家繁荣发展的大好形势下，根据自身条件，适应发展需要，让其以炸裂为中心的私营企业、民营工业和旅游业，以及新发现的钼矿业，经营有序，蓬勃发展，进一步成为我省西南发展的龙头地区，经由县委、县政府研究决定，报市委、市政府批准，同意成立新设炸裂镇。镇政府设立于现有炸裂村。同时，原柏树乡西属十二个自然村和炸裂环围九个自然村，规划整合后由新设炸裂镇管理和建设。镇所属土地面积4.6万平方公里，人口11.2万。新设炸裂镇的行政区域图，由县统一修改印刷后下发。

就是这样十几行的文字。还有"经县委、县政府研究决定：任命孔明亮同志为炸裂镇第一任镇长"的不足三十个字的任命书，两份红头文件和两页雪白的纸，落款都是县委、县政府。都有县委、县政府的红色大印和县委书记及县长私人的签名和印章。这两页纸和纸上的字，把孔明亮噼噼啪啪击着了。他像身上通电样，哆嗦一阵念一遍，又哆嗦一阵念一遍。念到第九遍,他奇迹地看到桌子上已经干枯的文竹花草又活了过来了。那盆文竹因为天冷缺水,浇了水又会在盆里冻成冰碴儿,在任它枯死时,明亮看见它在转眼间细碎的叶儿都又黄绿着。他不知道在文竹身上发生了啥儿事。试探着把那两份文件在文竹上空晃了晃,那干的文竹叶儿就纷纷落下去,有细的芽儿挣着生出来。为了证明啥儿样,他对着文竹,又把文件朗诵一遍后,那文竹就在他面前一蓬云绿,散着淡淡翠色了。

朝办公桌边的一盆弯成弓状的冬青盆景走过去,把那两份文件在冬青枝上拂了拂,那冬青枝上就慢微微微开出豆粒似的小白花,让村委会这三间村长办公室,如了花房样。为了进一步证明这桩事,明亮从盆景边上走过来,又把文件摆在沙发头上的一盆铁树上。腕粗身高的黑铁树,有三年不死不活了,这时那铁树的枝叶间,微慢微慢有了夏夜玉米生长的吱吱声,如人在梦里搓牙一模样。他把村改镇的文件抽回来,只把任命他当镇长的文件挂在铁树的干枝上,缓缓地,那些干枝变绿了,像柳树在初春间一夜泛绿般。

把文件放在盆外的树根上,铁树开花了。

把文件朝爬上沙发的一只蟑螂伸过去,那蟑螂如吞了毒剂样,从沙发上掉下来,腿脚朝天,肚子泛青,死后它还盯着明亮手里的文件看。

孔明亮脸上有了不知所措的笑。有一种惊奇在他心里冲撞着。这时候,秘书程菁走进来,把泡好的一杯绿茶放在茶几上,要走时,明亮佯装平静地对她说:

"炸裂村成了炸裂镇。"

程菁站住了脚。

"我当镇长了。"

程菁怔一下,脸上散着彤红的光。

"高兴吗？"明亮笑着说，"我心里燥得很。"

"你是镇长了？"程菁笑着问，"你真的当了镇长了？"

把目光搁在镇长孔明亮那年轻热烈的脸上去，看他点了头，她不知该做些啥儿来庆典，就那么呆着犹豫着，像一个喜兴的布衣娃娃立在那儿。明亮就试着把任命他当镇长的文件在她眼前晃了晃。她便有些醒过来，笑着动手脱着穿在自己身上的鸭绒袄，去解毛衣秋衣的扣。快要脱光时，她木在那儿打量着明亮的脸，又成喜兴的布衣娃娃了。明亮就又把那文件在她眼前晃几下，她就又如被唤醒一模样，笑着把身上的衣物一股脑儿全都脱下去，一丝不挂，一袋水样把自己放倒在了沙发上，身上的白亮让整个房间都如露天透明在阳光下。

这让新的镇长明亮呆若木鸡了。

脱光躺下是程菁先前恒持不从的，这时候，她竟不言不语脱光躺在他的面前了。盯着她像盯着一片浮在水面密集洁白的花。他不知道她这样是为了他还是为了那文件，就想把文件再在她身上抚过去，看事情会有怎样的变端和幻异。然却不行了，他不能管控自己了。在她的裸体前，他忽然浑身哆嗦，文件从手里滑下去，飘在了地面上。而且她火辣辣地躺着看着他，也一样在那沙发上哆嗦等待，使屋里发出一种她身子和沙发的粉红摩擦声。大冬天，屋里热得很。人都要出汗。"过来吧！"她这样哆嗦着轻声对他说，"村改镇了。你当镇长了。我该把我给你了。"

他就蹑手蹑脚朝她走过去。脱下的大衣、棉袄像一堆干草、棉花样，随手扔在身后边。到她身边时，触摸她的那一刻，她身上如有静电般，把他击打一下子，使他手指朝后弹过去。可静电都是一瞬间的事。毕竟他是结过婚的人，很快就明白他该怎样去做了。

也就去做了。

也就明白她躺在那儿的迟笨和稚嫩，那如裹着一袋水似的嫩身子，和朱颖有万千万千的不一样。可惜的是，这一刻自己不争气，物性虽好，却短得如一曲单剧大幕拉开也就尾声了。似乎还没有明白是怎样发生也就结束了。他有些沮丧和懊悔，想到自己已经是一个镇长——而非村长，还是这样的短暂和可恨，起身穿着自己的衣服，想着要不要让老中医来看看自己物性的病，就见程菁缩在朱红的真皮沙发间，蜷着身子，脸色蜡黄，如深秋霜后缩在那儿的一堆叶，额上有着霜露似的汗，头发一绺绺湿在额门上。而堆在沙发背上她的衣裤和袜子，委屈地落下来，像一堆绿败了的草。

"你咋了？"他问她。

"疼得很。"程菁缩着腿，脸上笑着说了一句很诗很意外的话，"镇长，我的花落了。"

把目光盯在程菁的两腿间，孔明亮穿裤的双手僵住了。她的两腿间，红花渍渍，有一股春来乍到的腥香味。这当儿，孔明亮啥儿也不说，忽然觉得浑身上下又再次热燥了，他的物性又无端好将起来了。他又一次扑在她的身子上，就着沙发和她做了第二次。第一次时他急急慌慌，人像要从一条门缝逃走样。这一次，他不急不慌着，把朱颖教他的本领全都使出来，如同打开自家的门，回自己家里取东西，要啥儿有啥儿，能拿啥儿就把啥儿背在身子上，直到最后无力绵绵地从她身上软下来，他才确信他是镇长了。镇长和村长就是不一样。物性也是不一样。心意十足地看着她也变得舒展光亮的脸，他又像上次那样问：

"咋样儿？"

"花又开了呢。"笑着答完后，程菁的脸如着一盘金色成熟的向日葵。

"你要我镇长为你做些啥儿吗？"

"我想让你把十字街镇上的房子租给我，我要在那儿开一家店。"

他以为她会大开天口，要求当个副镇长或镇上哪家企业的厂长或经理，可她却只想租下村十字街的那些房。这让他失望又心安，最后就答应那片房子永远不收租金送给她，让她在那儿愿意经营啥儿就经营啥儿去，以此作为他当镇长后，送给她的一份礼。

"真的吗？"她睁着一双惊恐的眼。

"我是镇长一言九鼎啊。"他说着，把做爱后又捡到手里的文件给她念一遍，两个人就都笑起来。笑着从办公室里走出来，看见天空又有雪花了。鹅毛大雪里，村委会院里那两棵泡桐树，原来枯枝挂天，这一刻，却在雪天里开满了粉红艳烈的泡桐花，喇叭状地向着天空吹，有雪花就落在喇叭花的口端上。盯着雪天和满树的泡桐花，程菁惊喜地唤：

"天！大冬天泡桐开花了，刚才还是满树枯枝呢。"

明亮对她说："村子改镇了，这村委会的院子也要变成镇委会的大院了。"

二、家政

正午时，明亮回到家，一家人的喜悦都炸在脸上、屋里和院里。雪有没脚的厚，走路的拔雪声，如一脚脚踩在油炸果片的香物上。到处都喷着油物的香。朱颖为家里请来的中年保姆是很会做饭的。她洗衣做饭那功夫，深如不见底的渊。孔东德和朱颖不说话。他不认他这个儿媳妇，可朱颖有一天在家里没人时，突然朝他鞠了一个躬，叫了他一声爹，他就惊得朝后退身子，直退到身后墙壁无法再退时，她又追到他面前鞠着躬，说你不认我这个儿媳妇，我就跪在你面前。跪死在你面前！

也就不得不认将下来了。

为了孝,朱颖便替他请了那保姆,干净利落,四十几岁,看得出年轻时的水韵还含在她的年龄里,满头乌发,脸上并无多少的皱,只是身子稍有富态了,圆胖着,不再如年轻人样苗细和走路可以跳起来地飞。保姆住在院角的一个房子里,每天不声不响地做饭、洗衣、扫院子,让孔东德过得和当年的地主样。保姆就那样不动声色,在孔家忙碌着,直到明亮当了镇长这一天,午时她做了一桌菜,让孔家一家人为儿子当了镇长高兴时,景况发生变化了。

菜刚端上来,一家人都围着饭桌时,明亮大步走回来,爹、娘、朱颖、大哥和高考落榜的四弟弟——终于还是有了闪失没考上,就回来闲在家里边,都扭头朝着门外看,见明亮进屋拍拍身上的雪,笑着大声说:"炸裂镇以后就是我们家的了,你们谁想干啥就都给我说。"他择个空位坐下来,很认真地盯着父亲道:"镇上成立个敬老院,你想当敬老院的院长吗?"看爹只是笑着望着他,他就把脸扭到娘一边:"以后牙痛你不用再跑柏树乡的医院了,镇医院一成立,你一牙痛,医生一时三刻就到我们家里来。"

又把目光落到大哥的脸上去,很认真地问:

"想当干部吗?把你调到镇委会当个副镇长,专门抓教育?"

大哥先是有些惊,后来醒过来,也很认真地答:"我只想从小学调到中学当老师,让别的老师都听我的课,都说我不仅有学问,课又讲得最好,我就知足了。"明亮就有些轻慢哥的没出息,之后再把目光落到四弟的脸上去,问他想干啥儿事,说镇上的工作随你挑。见落榜的阴郁在四弟脸上没有了,笑在那脸上,如晨时日出后的一盘葵,这让明亮想起上午他在村委会和程菁那些情爱的事,想起程菁那张事后向日葵似的脸,想到程菁和四弟倒是很般配的一对儿。可想到程菁和四弟应是一对儿时,他脸上烫一下,又如一盆沸水倒进了自己心里样，身上有了一个别人看不出的热哆嗦，于是又忙把目光落到身边媳妇朱颖的脸上去："你想干啥呢？当镇上的妇联主任，管全镇的妇女工作吗？"

朱颖说："我啥儿也不干，只想做好孔家的儿媳妇，把爹娘的身体侍奉好，也就万事大吉了。"是当笑话说了的，本是一句虚浮的话，可她说完后，所有的孔家人，却都惊惊异异盯着她，像一下把她看穿了，看她像是一个完全没有穿着衣服的人，赤裸裸的丑。且在那瞬间，目光那齐整，屋里那惊静，连门外雪花飘落的声音都可听得到。于是间，尴尬在这饭桌上五颜六色着，看的被看的，都不知怎样为好时，保姆端着一盆炖鸡走进来，放在饭桌上，脸上放着光，盯着明亮看一会儿，用沸热沸热的嗓音道："孔村长——你是镇长了——孔镇长，求你一桩事，把我调到镇里做个妇女干部吧。你媳妇朱颖她不喜这镇干部，我喜当这妇女干部呢，让我抓全镇的妇女工作吧。"

她说："我已经在你们家做保姆半年多，分文不取，我也该有这报酬了。"

又说："孔镇长，我算不得你家人，可那样侍奉你家老人也算你家半个人，你就把我转成一个干部吧。"

到晚上，朱颖替保姆收拾了行李，让她离开孔家时，把一嘴口水吐在她脸上，还在她脸上抽了一耳光，之后保姆就离开孔家了，谁也不知她去哪儿了。

三、镇容

村改镇是最有志史意义的。要在挂牌揭幕的大会前，做下无数准备的事。大街上，一街两岸的店铺和商家，都必得把你原有的招牌摘下来,更换新的招牌名。如名叫"张记修锁"的,须更换名字为"炸裂镇配锁城"。叫"王家裁缝"的,要换名字为"炸裂镇缝制大世界"。还有那各种小吃和饭店,原来只是推个玻璃车子在街上售卖烧鸡的,玻璃上只印着"烧鸡"两个字,现在的工商和税务,会要你在那玻璃柜上印出"炸裂镇熟肉大食府"的字样来。卖售烧饼的,名字就叫"炸裂镇烧饼大王"了。开面食小店的,就要求你挂出"炸裂古食府"或者"炸裂镇美食大都会"的招牌来。总之总之着,庞大鲜明的店名要气气派派、威威武武,透着村改镇的豪气和壮赫。

最忙的要算那专门刻章印制招牌的文化店,它们从县城赶迁到炸裂来,在几处经营和忙碌,日夜赶制各种店名和匾牌,一个月来每个人都忙得通宵达旦,旦又通宵。

雪止了。

日光艳到刺扎人的眼。沿着炸裂村前的河流繁华而起的街道上,所有的树木都泛绿透红地旺叶和开花。是冬日,可村子改镇了,气象也不得不改着,冷退热进着,万物速醒,天地温暖,角角落落都因为村改镇而疾快地堆下了春天的清气和香味。雪在村改镇的热闹中迅速融化着,房檐上的滴水流进街边的渠道里,那水泥渠里响着琴鼓一样的哗哗声。两年前修好的水泥大街上,被雪水清洗后,水泥街面上泛着青灰色,有一股沁人心脾的潮润气,人一呼吸就觉得世界不再一样了,冬死春活了。再过几天,县长就带着各班人马到炸裂宣布炸裂镇的正式成立与挂牌,当然要参观炸裂镇的街道、工厂和分散在炸裂周边的各种小企业。这些天,镇长孔明亮,一直都在为县长胡大军的到来操心准备着。事体终于大体竣工后,他要带着从本地选拔和由县上预选调来的各个镇干部,从镇街的北端到南端,检查一遍街貌街容和各家住户欢迎准备的事,看那新起在街岸上的门面房,墙壁都一律用红漆刷新了,一条大街像一条燃了的火。漆香味在半空的雪光艳阳里，呈着绸丝缎线的美。各家店名新换新挂的横匾和竖牌，白底红字或绿底黄字，醒目丽眉都在街空闪着彩色的光。全部住户的大门前，也都贴上了红对联，各家门前又至少摆了四盆花。没有鲜花的，都从城里买了塑料花，把那街面扮成花街了。

明亮就领着人马从那街上走过去，前呼后拥，围围团团，人人见了都叫他"镇长、镇长"着。他笑道："还没宣布哪。"人家就说："马上了，马上了。"受用得很，像人在焦渴时候送的冷饮般。见了一户人家门前没摆鲜花或者塑料花，一个婆婆正在用纸剪制八朵比篮子还大的红纸花，明亮就对身边的交待道："这是村里有名的烈士户，无儿无女了，从下月起，镇上每月要多照顾她家五百元，一定要她钱多得没处花。"

看到一户何姓专售猪大肠的熟肉店，请来人为写"炸裂熟肉"还是"炸裂何记肉铺"犹豫不决时，明亮毫不犹豫地对那店家说："写'美味百年'四个大字就行了。"人家就写下了"美味百年老店"六个字。

到了街南头——那儿原来全是朱颖从省会分离带回经营的理发屋、洗脚店和吃、住、洗澡都甚为方便的"康健娱乐城"及"心愉大世界"，现在那"娱乐城"和"大世界"的招牌都换成了彩美艺术字，门口站的姑娘也都端庄朴素，衣服齐整，又落落大方着，也就放心地走过去，穿街到街外的一家小企业。那家企业是专门订制、印刷各种证件的，如大学生的毕业证，国家机关的证明信，军队干部的军官证，城里警察的警官证，有钢印，有木印，还有专门供人报销的各种空白发票本和各种各样的身份证。这些证件从这儿订制、印刷好了后，运到城里、市里卖，销路广阔，订单一批又一批。可现在，那企业的大门前挂了"红星印刷厂"的大牌子，门内厂房里，摆着从国外进口的印刷机，印刷机旁摆满了他们印刷的书籍和学生的作业本。一切都规范好了。从车间奔腾而出的油墨香,如六月天山野间的麦香味。领着人去各个车间看了一圈儿,满意地走出来,欲走时从脚下的一堆草里踢出几枚公章来,拾起一看,是县政府和市政府的大圆印。

明亮就把这印刷厂的厂长叫来了。

厂长原是跟着明亮在铁路上卸货的,他过来叫了一声"明亮哥",然后明亮就把那两枚公章给他看了看,把那公章砸在他头上,又朝他身上狠狠踢一脚,铁青着脸色朝门外走出去。

那人便如肠子断了样,蹲在地上咧着嘴,一直看着明亮和他的人马消失在马路上,去巡查别的企业了。

第八章　　综合经济

一、工业工人

新镇工业有铁丝厂、电缆厂、水泥厂、印刷厂和城里、乡间盖楼使用的水泥产品预制厂。家庭私企有从把收回的废轮胎烧浇制成塑料鞋底的制鞋厂，用废胶炼制水桶、水盆、塑料碗的塑料制品厂和塑料玩具厂，还有纺织厂和农贸产品加工厂。加工厂设在河对岸的一个院落里，山货如木耳、核桃、香菇等，泥土芳香地走进去，出来就成光鲜亮丽的猴头燕窝了。胶炼厂进去的都是从市里、城里回收的胶鞋底、旧皮鞋，出去就成了城乡重新使用的水桶、脸盆、牙缸了。也许某个人喝水用的红、绿塑料杯，前身就是他自己穿的胶鞋或拖鞋；一个人用的牙刷子，前身是专门捅通堵塞厕所的胶木棒。

还有一家新闻故事加工厂，厂主是当初梦引走夜捡到一个破喇叭壳儿的杨葆青，他是识字有过见识的，爱读书读报的，因此他就近水楼台，在那个年代全国报纸杂志都春暖花开、枯木又绿时，领着儿女们用剪子、糨糊和彩色圆珠笔，订了无数的报纸和杂志，每天把发生在南方的新闻换个时间和地点，剪剪贴贴，红笔勾画，之后由他的学生重新抄一遍，寄到北方的报社去。把北方报纸上的故事和特写，掐头去尾、改头换面，寄到南方的报纸副刊上，或者把这家月刊文章重新抄一遍，作者署上自己的名，寄到南辕北辙的季刊编辑部，那稿子很快就见报刊登了，稿费汇款单，每天都从邮局一兜一袋地寄回来。这其间的逻辑与律法，就是南事向北寄，北闻向南发，把沿海的故事改为中原寄到西北那方向，再将西北的故事改为南方事端寄到沿海去。见报发稿率，在百分之九十八，是炸裂新镇有名的新闻故事厂，稿费汇款单，每天都硕果累累从邮局送到他家里。

总之的，炸裂镇没有闲人了。没人种地了。家家企业、舍舍工厂，让这个新镇沸腾得如是煮沸的水。每天天空中从烟囱腾起的黑烟和红火，把空气烧得焦焦燎燎，昼昼夜夜都有刺鼻的胶味和水沟里的腥臭味。可家家舍舍的，又都习惯了那味道，下一场雨把那味道洗一遍，清新会让他们几乎人人感冒和不快。于是着，医院又忙将起来了，病人多得和学校的学生样。病人多了就需要有自己的制药厂和药瓶、包装加工厂。加工厂多了，税收、卫生又忙将起来了。税收多了，镇长就忙上加忙了，每天都忙着新企业开工的揭幕和剪彩，吃饭和握手。后来回忆起炸裂最初的工业发展、资本积累的雏形期，孔明亮对我说了天断地绝的一句话：

"好年月啊——用剪子、糨糊都能建一家新闻故事厂，以后怕再也没有那样的年月啦。"

二、农业农人

有一次，山梁顶上响起了一片哭唤声，断断续续，三日不止，就有人跑到镇政府里报告去。那时候，镇政府的新址正在建设中，几栋楼房也都刚刚拱出地面儿。工地上一片凌乱，竖八横七，搅拌机、打夯机的声音地动山摇，不嘶着嗓子说话，对方压根听不到。来的人在正指挥工地的镇长面前连三赶四，大唤大叫，镇长都瞪着眼睛问：

"你说啥？！"

来人就凑近镇长的耳朵叫唤：

"农民都疯了——农民在山梁上疯子一样哭！"

"哭啥儿？！"

"哭土地！"

镇长想一会儿，和来人一道朝镇街背后的山梁上去。他们绕过街道，到半山坡上时，回头望一下，镇长有些惊住了，这才看见炸裂镇在短短的时间里，沿河而筑，这边那边都楼房林立，街道宽阔，再也不像早先山脉中的村街那般土热闹。街道上的路灯电线杆，和筷子样均匀地竖在路边上。各家大厂、小厂的烟囱，插在天空间，吐出的浓烟如雨天罩在头顶的云。而这儿或那儿，把土地破开、合上的工地，一处又一处，像外科大夫随意的开肠破肚样。将大地破开来，重又缝合上。挖开来，重又草草填起来。新土旧土，伤痕累累，到处都朝气蓬勃，疤痕疤痕的。

"炸裂发展好快啊！"镇长感叹着。

"他们哭他们没有地种了。"随着的答。

"全镇一共有多少户人家住别墅？"

"都哭闹整整三天三夜了。"

又急急朝着梁上走。那条路当年镇长卸火车时是每天都走的，重又走在那路上，他有一种热亲感，忍不住要往路的两边看。风景像水样从他面前流过去。看见山坡上的电线电缆厂，工人们都在工厂门口和路边喝啤酒，花生和猪头肉，用纸包着摆在地面上。问为啥上班时间都在喝啤酒？答说厂里又接了一批大订单，且那订单还是来自某市，说那市里所有居民、工厂用的电线和电缆，都是来自炸裂的电线电缆厂。炸裂的电线埋在墙壁里，电缆埋地底下，三年五年也就寿终正寝了，这些电线电缆的胶皮都老化脆裂漏电了，常会引起短路和火灾，着火死人的事情经常发生着。人家都是用一次炸裂的电线和电缆，火灾之后就去买别家电缆电线了，可这个城市有次大火烧死了一百多个人，现在还偏就再买炸裂电缆电线厂的货，所以厂里就发啤酒猪肉让工人都喝酒庆贺了。

"为啥儿？"镇长站住问。

"回扣多得很。"随行的笑着答。

镇长就让随行的人立刻通知电缆电线厂，凡是失火后又来买的回头客，都给他们再加赠百分之十的回扣费，你订一百万元的货，再多给你个人十万元，你订一千万元的货，再多给你一百万元的回扣费。"不怕他妈的那些人不来购买我们的电线和电缆！"镇长骂着说，就让随行的立刻去通知，自己独自朝着梁上走。路两边的各种工厂和车间，像村落住宅样从他面前掠过去。路边的树木上，叶子都被尘土封盖着，各种的塑料袋，挂在树枝上，风一吹，肚子鼓起来，发出噼啪噼啪的响。镇长就那么抬头瞟着悬满天空的塑料袋，想炸裂什么时候可以从镇变为县城呢？县城什么时候可以因为炸裂的繁华从四十公里外面迁徙过来呢？

有工人从很远的地方朝着镇长招着手："过来喝瓶啤酒吧！"

镇长朝那原是炸裂的农民们唤："等着炸裂由镇变成县城我们再喝吧。"

到了山梁上，日过平南后，有两只野鸡、野兔在梁道上张望和远眺，然后看见镇长它们逃走了。胡大军给朱颖竖的墙壁似的纪念碑，因为镇子日繁，来自镇外的要道都转移到了河边上，它就在这显了冷清和寂寞，连朱颖本人也很少再来看看它，像她的日子里从未发生过这样一桩事。纪念碑上的字，被岁月尘土盖得和消失一模样。炸裂村的那些老人们，六十岁以上的农民们，就在这纪念碑旁哭。他们哭着说："我们没地了，我们没有地方再种庄稼了。"他们都刚过六十岁，年轻力壮得和正当午时的日光样，可富裕繁华把他们送进了敬老院，不让他们摸锄拿锨和土地交往了。他们过不惯每天不再种地那日子，就到这原是田土、现在却一片荒废的田野里哭。

朱颖的纪念碑，像一堵风雨飘摇的墙。原来那碑下和周围都是冬有小麦、秋有玉米的。每年春天小麦苗油成黑乌色，夏天麦熟时，黄香味漫进村子里，漫到各家的饭桌上。可现在，不知怎就没人再种了。荒草一人高，野鸡、野兔在那儿钻来钻去着，如是它们的天堂公园样。老人们就围在那一片荒野上，哭哭唤唤，闹闹叫叫，还在大白纸上写下草草丑态的口号和标语："还我土地！""我们要和庄稼生死在一起！"等等等等的，有的贴在碑墙上，有的制成标牌竖在草野间。就在那里唤。就在那儿哭。哭唤累了打开自己带来的饭食野炊饱了后，接着哭闹与唤叫。

他们三天三夜，相聚不散，原来几个人，后来几十个，第三天就多到上百个，连刘家沟、张家岭和其他村庄被开矿、修路占了土地的，也都聚到这儿来闹。他们的质朴成就了这场带着抵抗性的农民大运动，也因为质朴毁掉了这场伟大。到了第三天，人数聚到二百时，黑黑压压一片儿，那些"誓死和土地在一起"的标语牌，像一群群白色的信鸽荡在坡地上。镇长孔明亮就从镇街走来了。他站在那些都刚六十岁的壮年热闹的目光中，很动情地唤：

"都回家去吧，不怕哭坏身子吗？"

人都不说话，静静地望着他。

"回去问问你们的儿子和孙子，问问年轻人，看他们是想要种地，还是要想把炸裂变成城？"

人都不说话，静静望着他。

"你们再不离开，我就让你们的儿女们来把你们拖回去！"

人都不说话，静静望着他。

沉默像黑色的墨水样，在那些年长的老人、农人的脸颊上。他们脸上的皱褶和沟坎，显得沉稳而有力，头上几乎人人都有的白头发，擎在田野的半空里，如同杂在田野上的草。没有人张嘴去接镇长的话茬儿，也没有谁要离开那田野，回到家里、回到他们新盖的楼房和敬老院。他们知道镇长不敢把他们拖回去，也不敢让镇上派出所的警察来把他们赶回去。他们是看着镇长长大的，直到现在镇长和他们单独相遇时，都还叫他们叔、伯或爷爷。就都那么僵持着，直到从哪飞过来一片黄枯的树叶从镇长面前飘过去，犹如一道讯息从镇长头脑划过样。于是间，镇长站到他媳妇朱颖那碑的底座上，居高临下，望着那些要求归还土地的老人们，用最动人的声音唤：

"叔叔大伯们、爷爷奶奶们——听我的话你们回家吧，现在我答应你们一桩事——"看看下边一片望着他的浑浊的目光和渴求的脸，镇长就像遇到了一片大旱无雨、干裂的土地般，"过不了几年，因为缺少土地，国家就要实行殡葬火化制度了——把死人推进火化炉，把尸体烧成白灰了。那时候，不管你们中间的谁，最终都不能土葬而必须被儿子、女儿哭着推进大火炉，把骨头和肉全都烧成灰。"到这儿，镇长把话题顿下来，看见面前那一片干枯坚毅的脸，都成了惊异和灰白，如同从火化炉里推出摊开的骨灰样。所有的目光，都是慌恐的惊惧和痴呆，彼此看着如同要寻求啥儿着。"这样吧——"镇长动动身子，站得更高些，声音更大些，"你们都解散回家吧，三年二年火化制度开始后，我保证你们今天听话回家的，都不火化，依旧土葬；依旧是寿衣棺材，风俗葬礼，让你们死后也不离开土地，永永远远和土地在一起。可你们硬要不听话、不回家，要求归还土地要求种庄稼，那你们死后就只能火化，只能装进几寸大小的骨灰盒。摆在半空的水泥台子上，至死都不能和土地在一起——生前死后，今生今世，何去何从，就这两条路，你们自己想想，自己决定吧。"

镇长说完就从碑的底座上下来了。

在面面相觑中，就有老人扛着"还我土地！"的纸牌起身回家了。也就都相随相趋着离开荒野朝镇子收散了。一场意义深大的农民新革命，就这样像死尸一样火化了。

三、特殊行业

·1·

炸裂的繁华,不单单是靠工业的兴起和土地的消失繁华起来的,那特殊行业的发达,才是炸裂综合经济大厦的脚手架。

在主街的北半部,白天萧条安然,除了走在街上的狗,很少有人的脚步声。可是到了黄昏到来时,那半条街上就灯光明亮,红红绿绿,闪得人眼花缭乱,无所适从了。理发屋、洗脚屋、按摩店和娱乐城,所所有有的,名字都俏丽朦胧,有说不出的味道和花俏。如"迷你理发厅"、"醉卧花丛园"和"好再来"、"永回头"什么什么的。这名字都是朱颖从南方和省会抄写带了回来的。有了那名字,有了那屋舍,在那屋舍中装上木头炭火的淋浴房和纯粹用电的蒸汽房,传说中可以在火上浇水、用蒸汽洗澡的东西就摆在面前了。都去看,都去蒸,先是炸裂的男人、老人们排成队,脱光淋水后,走进那房里,在火上倒上水,让蒸汽腾起来,在那白浓的高温汽里深呼吸,几分、十几分钟后,人就大汗淋漓了,泥垢如墙皮一样从身上脱落着,一天的劳碌和疲乏,也都烟消云散,昏昏然然,走出来飘飘欲仙着。镇街上第一家装上那蒸汽房的是朱颖开的"天外天娱乐城"。第一次走进那蒸汽房一试一蒸的,是当年还时任村长的孔明亮。他从那蒸房走出来,身上赤裸亮堂,对在外面排队等待的男人们说:

"就像钻在了女人们的那里边。"

人都依次地走进那蒸浴房里去,一次三五个,一拨儿大约十分钟,外面等待蒸浴的,从街的这头排到那头去,还又绕到半山梁子上。想要蒸一次,山脉的人要从晨时排队等到黄昏后。有的人为了蒸一次澡,要从很远的地方提着干粮赶过来,在路上走三天,才可以到炸裂这儿洗上一次蒸浴澡。后来就有了第二个电蒸浴、炭蒸浴,有了第三个电蒸浴、炭蒸浴。女人们也可以轮流去那蒸浴房里了。蒸浴后还有别的服务了——按摩、修脚、性服务,人在快乐劳累后,要喝酒、饮茶、搓麻大闲散,世界上的大繁华,也就这样急脚快步地赶到了炸裂来。

不知道炸裂是有了这行业,山脉上才有了开矿的人,还是因为那儿有了矿,有外来的矿人才有了这行业。总之着,都是一夜间的事。一夜间有了那些矿,有了这行业。有了高鼻大眼的外国人,从矿上坐着轿车来到炸裂街,把车停在街口上,大摇大摆地从街上走过去,还在街中间买了一盘饺子吃。因为钱太多,一盘饺子只要五元钱,他给了一百元。找他九十五元时,他把那九十五元当做小费给了饺子店的主人了。店主人就有些木呆着,不相信天下的洋人会有这习惯,花钱买物食,你对他笑了笑,他为这笑会给你更多更多的钱。

人们觉得洋人家家都是开了银行的。

一直盯着看,直看到他走进蒸浴屋,才回头把洋人到了炸裂的消息传出去。把洋人花钱像开了银行的奇观说出去。便来了很多人。几乎炸裂的村人都来了,静静地拥在"天外天"的大门口,说笑着、议论着,等着洋人从那店里走出来,看他的高鼻梁、蓝眼睛、黄头发和满胳膊都是绒绒的毛。可等着等着间,人们不再说笑了,不再议论啥儿了,压抑开始在炸裂的街上浸润和弥漫。炸裂人渐渐想到了这个不知是美国还是欧洲的人,是去那店里做了啥儿事。洗一次蒸浴澡,加上脱衣和穿衣,多也不过在炭蒸房里待上半小时,可这个洋人却走进店里一个小时还没走出来。两个小时还没走出来。三个小时还没走出来。他来时是太阳当空的,秋暖在街上像蒸浴房里刚刚打开时一样舒展和暖和,可人们在那门口等着他,直到太阳沉西后,他还没有从那门口走出来。

　　门是双扇木框镶了玻璃的门。玻璃上贴了"欢迎光临、宾至如归"八个字。可在那玻璃后,又有一幕门布拉开遮挡住,在外面看不到门里发生了啥儿事。村人们只能猜测人到了那门里发生啥儿事。洋人已经进去了三个多小时,这个史上第一个来到炸裂投资开矿的西洋人,他把可以议说不可目睹的事情带到炸裂了。推到炸裂人的面前了。人们屏住呼吸,等待着他从那门里走出来。可又不知道为何要等他走出来。不知道他出来时应该对他说些啥儿,做些什么事。

　　时间像堵塞流不动的水,盘亘窝聚在人们的喉间和在河边刚刚成形的镇街上,直到爽黄的阳光成为西去的暗红时,那玻璃大门吱的响一下,人们的喉咙一缩紧,心里一哆嗦,看到那洋人神清气爽地出来了。还是线条灰西装,线条红领带,脸上灿着发亮的猪肝红,头发吹洗后,蓬松整洁,由左向右一根根地倒过去。阳光落在那头发上,光亮会滑脚从他的头上跌下倒在地上或墙上。而他的左胳膊弯,则套着一个秋天还穿着短裙、露着修腿,胸前乳峰如山样挺拔裸透的姑娘来。他们走出来,门外的人群先是静一阵,待认定那姑娘不是炸裂的村人后,就有人把准备好的土块、鸡蛋、苹果和蒸熟后的金色红薯朝洋人和那姑娘掷过去,从他们嘴里炸出的"妓女!""嫖客!""畜生!""不要脸!"的字眼也如飞沙走石样。

　　那姑娘旋即又退回到了门里去。

　　洋人意外地愣在那儿,哇哩哇啦地给炸裂人讲着他们完全听不懂的道理和法律,直到有一只布满灰尘的鞋子打在他脸上,他才无奈地从门口退回一步儿。这时候,朱颖从那屋里出来了。朱颖夺门而出,一下站到洋人面前,挡住飞来的咒骂和飞物,张口说了一句让所有人都哑然无语的话。

　　她说:"繁荣开放你们知道吗?"

又说:"不想富裕了是不是?"

还说:"别忘了你们家姑娘姐妹给你们寄钱回来盖的瓦房楼屋啊!"

一片沉默了。

朱颖就在这沉静里,亲自陪着洋人从街的这头走到街那头,一直把洋人送到他停在村外的轿车上。

• 2 •

物事兴盛是需要时日助阵的。人们渐渐就对街上的事情默认了,习以为常了。孔明亮当上镇长的第一桩事,就是为娱乐业颁布了一条保护法,证明去那儿的人不仅都是合法的,而且还是推动经济发展的。事情也就大张旗鼓走在了台面上。生意旺起来。人们朝那后来街名索性就叫"天外天"的风流街上拥过去,就像节日从四面八方拥来的人们走进商场里。没有啥儿了不得。更何况在那半条街上经营的姑娘不仅不是炸裂人,而且也不是这个县、这个市里的人。她们多都来自外省,还有一些身材高挑、性格豪爽的北人。而炸裂的姑娘们,为着面子和日后出嫁那长远,要么是去南方挣这风流钱,要么就回来帮着朱颖经营、管理街上店里的事,成为天外天大街的领班和主管。

也有自己又独开一家门店经营风流的,但终究因为设备、服务和工酬,都无法和朱颖的生意抗下去,就有的关闭,有的低档维持着。可到了事情的下一年,天外天北段的十字路口上,程菁又开了一家名为"世外桃源"的风流店。店房是一家饭店改将过来的,装修、改建、换门牌,经营的也都是那些蒸浴、洗澡、按摩和大同小异的事,可那儿的生意就是旺,白天晚上来自周边工厂和山里银矿、钼矿上的人,一批一批批朝着那儿拥。

朱颖警惕着"世外桃源"了,也就择了时机去找程菁。程菁那一天正在她的办公室里和一个外国的商客说啥儿,朱颖一来就看见那个外国人,正是他,开店第一个到了店里被镇里人打了的,就对他软软笑着说:"你来这边了?以后还到那边吧,每次只收你半价的钱,不满意了不要钱。"外国人就惊喜地瞪着眼,有些不敢信,朱颖就又很认真地道:"你现在就去吧,今天姑娘随你挑,一次带走两个、四个或八个,我都只收你一个姑娘的钱。"外国人就啊哈哈地笑一下,说了一句水煮石头的生硬感激话,从程菁的办公室里出去了。到这时,朱颖也才看清程菁的办公室,设在一楼收银台的对面里,隔着门玻璃能看见每一个走过的嫖客和她养的姑娘们。看见刚刚走来的几个姑娘从门前走过去,脸型都是近着正圆形,身材微胖,胸脯饱满,似乎都还不到十八岁,质朴如刚从秧上摘下的瓜,或如刚从树上卸下的果。

"哟,都是新鲜柴禾妞,难怪你生意这么好。"

这么嘲笑着,又看办公室的摆设和家具,也没什么了不得。针织沙发套,有些凌乱的办公桌,桌前还是硬木黄椅子,就是桌侧的一组大衣柜,也都是新做新买的,柜门上的白色裂纹都挂在柜门上。朱颖有些瞧不起她的经营了,想到她生意好的原由了。"都是处女吧?"这样问着时,就看见程菁摆在窗台上的两盆花。那花有些让她惊着了。让她觉得有些己不如人,矮她一头了。花是这个季节九月的秋野菊,可那野菊棵上却盛开着四月才红的牡丹花。牡丹花彤红如日,大如人脸,有一股牡丹的浓美和菊棵的清洌野味从那窗台朝着屋里飘散着。程菁就坐在那花旁,脸上蓄着这个行业谁比谁年轻就会旺生旺长的力度和美。朱颖站在她面前,隔着一张桌。她进来程菁既没有站起迎一下,也没有给她让座和倒水,就连她把那外国嫖客撬走程菁都没对她开口说句话。

程菁的自信和骨头一样硬，脸上的平静像是一湖风吹不动的水。

"你抢了我的生意了。"朱颖说，"你其实去镇上领个工资就行了，不该开这'世外桃源'。"

程菁笑了笑："镇长让我开办的。"

"我让他把你重新招回镇里去。我一句话他就把你招回了。"

"不会吧？"程菁重又笑着说，"他和我睡过了，他不会那么听你的。"

脚下莫名地软一下，朱颖差一点倒下去。可她硬撑着，没有让程菁看出她心里滚过了隆隆的轰鸣声。没有让她看出来她差一点被她的话击打垮下去。她用力站在那儿，努力在脸上挂着和她一样嘲弄人的笑。

"睡了吗？"朱颖说，"那我男人占了便宜了。"

"睡过好多次。"程菁道，"他说我比你好。还问我愿不愿意让他和你离婚我好嫁给他。"

朱颖不再说话儿，把目光从程菁脸上移到花上去，看那有些青乌色的菊花叶，托着硕大的红牡丹。几朵牡丹花的花卉呈着粉黄色，而到了花卉的最心上，花心变成嫩粉嫩白透明着。她在那菊棵牡丹花上看了看，又看见牡丹边上的一盆刚长出的大蒜上，结了枸杞似的小红果。窗下一盆早已过季的樱桃小树上，又结满了刺红刺红的小辣椒，然后她把目光抬起来，盯着一直坐在那儿不动的程菁的脸，看程菁脸上得意的笑，就和那些花一样。

——"想要了你都搬到你那边。"

——"倒不用。"

朱颖把目光收回来："'天外天'那边全是这样的。最奇的是，我院里墙上的狗尾巴草，全都开出了小菊花，连蒿草的味道都是桂花那样的香。你要有空了可以过去看一看。"

——"真的吗?"

——"现在过去看看吧?我陪你。"

——"我怕镇长一会要过来。他总是时不时地要到我这儿。"

也就结束了。从"世外桃源"的楼上走下来,穿过停了一片嫖客的小车、拖拉机和自行车的院落时,朱颖感到阳光是一种黑颜色,房屋、墙壁都如在水上漂着晃。大街上的人流和叫卖的吆喝声,像伐倒的树木朝她砸过来。她头晕得很,程菁刚才给她说的那些话,蒙汗药一样灌在她的脑浆里。

• 3 •

孔明亮觉得世界上最好的东西还是权势、女人、床铺和枕头。他从程菁那儿累完身子回来抱着枕头睡下时,想对着枕头叫声爹,或者对着枕头叫县长。夜如温水样泡着他,倒在这不冷不热的秋夜里,他觉得整个人都睡回到了一个巨大的子宫内,身上的筋骨疲劳一下舒展了。开会、剪彩、吃饭、念文件,到镇委会的新址工地上。他一天不去那工地,工地上的工人和工头,都把工地上的水泥、钢筋往自己家里偷。司机敢把整卡车的机砖拉到半途倒卖掉。买铁钉的人,运到工地上的钉子没有他家床下塞的多。他领着镇上的警察去工地仓库保管二狗家里了,见二狗家里如工地仓库样,绳子、袋子、木材和铁管,还有施工用的大锤、钎子堆了一院子。孔明亮把二狗叫到面前给了他一耳光。

二狗捂着脸委委屈屈唤:"明亮,我是你哥呀!"

孔明亮又抿一耳光。

二狗就哭道:"你是镇长我也是你哥呀!别忘了最早是我先替你在朱庆方的脸上吐痰的。"

再朝他腰上踹一脚,就不再有那辈长哥短的叫唤了,只是睁着惊恐的眼,明明看清站在面前的人,是他们投票选的村长孔明亮,却又秉性、神态都又不是着,不知道他哪儿有了变化了,不再是那个明亮了。直到孔明亮给跟来的镇上警察递个眼色儿,两个警察把手铐哗哗套在二狗的手腕上,二狗才轰隆一下明白他不是村长了,他是镇长了。

二狗突然朝明亮跪下来,哭着磕着头,"镇长——放了我吧,我再也不偷了!"

"镇长——放了我吧,我再也不偷了!"

又给那警察递个眼神儿,警察就又把保管二狗放开了。

一天间,镇长这样跑了炸裂几十户,上至工地施工队的队长家,下到施工队专门搬砖和灰的小工家,凡是炸裂人,他们家家都偷有工地上的砖瓦、水泥、钢筋和木材。进门后,凡是见了他都忙不迭儿唤叫镇长的,一律宽大处理,没收所偷财物,再朝那贼的脸上掴去两耳光,也就万事休罢了。问他说:"还偷吗?"答说道:"不偷了。"又问说:"为啥不偷了?""已经富裕了,要遵纪守法了,不能给镇长和炸裂抹黑了。"原来贼是智人很会说话的。也就满意地走出去,到另外一家里。这就遇上心中不智的,见了明亮不唤镇长,只叫兄弟、侄儿的。镇长也就心有梗塞了,不说话,只递眼神儿。警察就提着手铐上前哗哗把那贼人扣起来,又一脚把贼人踢跪在地上。贼人不知所措,求着镇长唤:"明亮——我们都是炸裂人,别忘了你要给我叫伯啊!"警察的耳光便如雷阵雨样落下去,噼噼剥剥响连天,边打边问他:"还偷吗?镇长磊落光明,一生最恨偷摸你不知道吗?"直到那人灵醒过来,不再唤明亮,不再叫侄儿,把"镇长"、"镇长"挂在嘴唇上,保证说再也不偷了,再也不给炸裂和镇长丢脸了。

也有不明事物的,你打他一耳光,他反倒睁大了眼:

"你敢打我呀？我是镇长的叔。"

又打一耳光。

"明亮，你就这样看着他们打我吗？别忘了你当村长时，我们全家都投了你的票。"

镇长不说话，只是看着他家从镇上偷来的满院满屋的东西和他一家的老老少少们，脸上呈着不屑和青灰。后来那跟着的警察从镇长脸上看出意思了，问老老少少说，你们都参与偷了吧？都一块跪下来——他妈的，不跪就到监狱蹲上一年或半年。一家人就都慌忙在院里跪下来，不叫镇长的名字了，不称自己是镇长的叔伯婶娘了，不说镇长当村长时他们投票选举的事，只叫着镇长、镇长你高抬贵手啊，我们以后再也不偷了。再也不给你和炸裂脸上抹黑了，镇长就最后看看哪，眨眨眼，警察也就放了哪一家，大车小车把那家偷的东西全都没收了。

镇长为递各种各样的眼神儿，眼皮磨下了一层茧，累得饭时也想打瞌睡。走在大街上，瞌睡上来了，人会撞在路边的电线杆儿上。财富就这样聚集起来着。没收来的东西堆积如山，在镇外河那边的荒野里，盖了铺天盖地的仓库房，装不下就码在露天的路边上，堆在山坡下。一个现代的镇子，也就这样筑建起来了。昨天还是乱七八糟的脚手架，今天那儿就楼立架空了，工人们在那楼前清理垃圾，打扫卫生了。明明早晨才破土动工的一条路，黄昏就有柏油铺上去，第二天就散发着新路的蒸油香，有汽车在那路上跑将起来了。

镇子巍巍峨峨地立站起来了。以占有五百亩地的镇委会和通往镇外的两条公路为标志，当这些都建成通车后，炸裂的经济、繁华和现代，便如气球升在了天空里。镇长累得很，他要好好睡一觉。他几乎有半月、一月没有回到家里睡觉了。回到家倒头便睡，一口气睡了三天三夜，七十二小时，除夜起眯眼喝了两杯水，跑了三趟厕所外，有七十个小时他都在睡梦里。醒来后是在一个下半夜，窗外月色奶白地从窗口透进来，有一股冷凉的秋意在屋子里荡着流动着。床里结婚时的红"囍"字，已经褪成灰色的红，而且床头墙角上，还有一个小蛛网，豆似的蜘蛛正在走着爬动着。他听到蜘蛛在网上黏慢轻微的脚步声，翻个身，揉揉眼，看见妻子朱颖坐在床边上，看着他像看一个不相识的人，眼里有着模糊怪异的光。

他说："你没睡？"

她说："你醒了？"

他问她："你这样坐着看我多久了？我看你眼里有一种想要杀了我的光。"

她就说："满天下的女人都没有我爱你。"

"我把炸裂所有人偷的东西全都没收了，"他笑着对她说，"现在谁见我都叫我镇长、镇长了，没人再敢把我当做兄弟、侄儿、邻居了。"

跟着笑了笑，朱颖又给他倒了一杯水。说你睡着时梦话不断，嘴里嘟嘟囔囔，不停地说我要当县长，我要当市长，我要当县长，我要当市长！然后他听着愣一愣，笑一笑，看看墙上挂的表，看看窗口的月光和夜色，脱着衣服钻进被窝里。她等他喝完水，把自己身上最后的衣物也跟着脱下来，也把他身上最后的衣物脱下来，蛇着缠在他身边，把床头的灯光熄掉了。她在他身上忙了很多事情和细柔，都不能唤起他对她身子的喜爱时，她就又拉亮电灯坐起来，盯着他郑郑重重问：

"你不喜我了？"

"累了呢。"

"不喜我可以去找找别的人，比如程菁和她的'世外桃源'。当镇长是很累人的一桩事。"

他就盯着她。

"你也该尝尝别的人，"她笑着对他说，"不能白白当镇长。你要说话和法律样，不能白当镇长呢。你要和皇帝一模样，有妻妾六院，宫女上千，不能白当镇长呢。"她问他："哪个皇帝不是三宫六院、女人万千，让人去死就必得去死呢？"

镇长明亮望着她像读着一本书。

"要在镇上多建享乐区。像'天外天'和'世外桃源'那样的不该就那么一两家。要建五六家、七八家，让整个镇子都是享乐区。让天下的姑娘都到炸裂来。他们都来了，有钱的商人也都跟来了，为了方便也都在炸裂投资了。那些外国人——外国人最喜到那里去，他们会因为这个都到炸裂办工厂、开公司。等炸裂的街上有一天到处都是咖啡馆、音乐厅和跳舞、喝酒的地方了，满大街都是外国人和有钱人带着姑娘走来走去时，炸裂就成名镇、名城了，你就是县长、市长了，就是耙耧山脉的皇帝了。"

朱颖为她的丈夫镇长规划描绘着，像用舌尖在画着一张画。她边说边把落在脸上的头发捋到一边去，脸上的红色粉淡如春天到处都是艳红艳红的花。且她说着不断在床上扭着身子比画着，双乳在半空的扭动像两只欢跳在田旷野的兔，直到孔明亮盯着那兔眼里放了光，后又突然把光收起来，赤裸着身子跪在她面前：

"我对不住你你也帮我吗？"

"你是我男人我不帮你我还帮谁呢？"

说完了这两句，他们都在床上笑起来。彼此光着身子拥抱着，哭哭笑笑，笑笑闹闹，各自的泪水都流到对方的肩头上，把身子、被子和床铺全都泪湿了。湿得如刚从水里打捞出来样。

第九章　自然生态

一、鸟雀

· 1 ·

老大孔明光，决定要和他的媳妇离婚了。不为别的事，就为家里的新保姆。保姆叫小翠，二十几岁，人清秀如水，嘴上的甜润，终日都若涂着了蜜。她是朱颖从城里带回到炸裂"天外天"的人。可没人知道她是"天外天"的人。问你家是哪里的？答说山内里。问你多大了？答说你猜哪？问你父母身体还好吗？她就哭起来，说父母早就不在了。因为父母不在她才出来做这保姆的事。于是就都同情她，人就对她好。她的脸上就有了一个孤儿受人之好的笑。

总是挂着笑，像飘着彩色的云，声音柔嫩，低声细语，说话做事，不吵不闹，有人和没人样。说没人你刚觉口渴了，她就把水端在你的面前了。你刚觉身子有了汗，她就把要换的衣服捧到你的面前了。

她是一道仙。

那个中年保姆在明亮做了镇长那天走了后，没几日，小翠就被朱颖派到孔家里。如朱颖想的样，没有孔家人看见那个中年保姆和孔东德多说几句话，没有谁看到她对孔东德有怎样的不规和不矩。她就在孔家洗衣做饭，端茶倒水，侍奉孔家大半年，该茶是茶，该酒是酒，该退到屋里就退到屋里不出来。可在她走了没几日，朱颖就看见吃饭时公公莫名地把饭碗推到一边去，骂说婆婆把饭烧咸了。骂儿媳琴芳把衣服没有洗干净。睡觉时不是说牙痛就是闹发烧，请了医，买了药，又不真正看病和吃药，翻来覆去就是闹。

有一天，家里只还有朱颖和公公时，公公对她哀求了一句话：

"你把保姆还请回家里吧。"

朱颖知道时候是到了，可以依着想的去做了。就把小翠从"天外天"领回家里来，让小翠穿了山里人常穿的土布衣服和裤子，脸上洗得除了素洁没有一点轻浮和脂粉。她站在孔东德面前叫了他爷爷和老人家，叫了婆婆奶奶和老人家，就开始卷起袖子扫地擦桌子，还跪在地上寻着孔东德掉落又滚丢的圆物儿。一切都和到了自己家里样。一切都如侍奉自己的爷奶样，无拘束，无隔离。孔东德是要朱颖还把那中年保姆找将回来的，可朱颖没有让那保姆来。她说那中年保姆回了人家家里去，花怎样的大价也请不来了呢，就只好请个年轻的。说也许，这小翠做饭没有那个做的好，洗衣时手脚也没那个更利落，可她还是勤快的，说话还是润耳的。

小翠就在孔家住下了。

三个月后，老大孔明光就决定要和他媳妇离婚，要和小翠结婚了。说出这话是在一天午饭后，懒散的日光在孔家院落泥黄着，麻雀在树上像鸽子那样咕咕地哭，门外走过去的脚步声，如树叶飘落一般悠悠和轻微。随着炸裂气吹样的繁华和热闹，村里已经又有人把房子朝着河边大街上盖，盖好房子做生意，也作为商家的门面店房租出去。刚刚在山坡上新起的楼房和瓦房，立刻就人走屋空，冷清起来了，脚步声也零落稀将起来了。明亮经常在镇政府里忙着不回来，吃住在那边，似乎死都要死在他的镇政府。高考落榜的明辉在镇里谋着事，专管镇里新增的户口和出生，说每天炸裂镇新增人口的统计表，签字会累得他手腕疼，所以也就极是敬业地该吃饭了回，吃完饭了走。倒是大儿子明光经常在家里，说学校今天因故不上课，明天因故放了几天假。如此着，在这天泥黄的日光里，孔东德坐在椅子上，小翠没事给他捶背时，孔明光从他的屋里出来了，手里拿了课本，胳膊弯里还夹了粉笔盒，原是要到学校给学生上课的，可他到院里往这边看了看。小翠也就说："孔老师，你去上课啊？"他朝小翠点了头，朝爹点了头，然后就日日常常出门了。出门后，麻雀也和往常一样飞，喜鹊也和往日一样落在孔家的房脊上叫。都和往日无二的，没有异样故变的。可他只出去走了几分钟，就又从门外打转回来了。再回来他的脸色成了铁青色，还顺手把大门关起来，立在院中央，竖直如一段木桩般，盯着爹和小翠脸上红红白白的惊怔和异样。

"爹——我要给你说桩事。"孔明光从嘴里憋出了这句话。

孔东德盯着大儿子。

"我要离婚了。"他很肯定地唤着对爹说，"离婚了我就和小翠结婚——我恨不得明天就和小翠结婚在一起！"

孔东德脸上成了惨白色。他僵在椅子上，挺了一下腰，回头望望不再捶背而呆在半空的小翠的脸。小翠的脸像一片白云被突然到来的冷凉封住了，嘴半张，眼呈圆球形，如同她什么都还不知道，事情就轰轰隆隆炸到眼前了，让她不知所措了。这时候，孔东德听到院墙上的麻雀叫出了鸽子咕咕咕的声音来，听到头顶树上和房顶的喜鹊都发出乌鸦那样"嘎——嘎——"的怪声来。他不知道大儿子和小翠之间有了怎样的事。不知道他的大儿媳说要回娘家住几天，为何竟一走半月没回来。他问他的大儿子：

"你媳妇琴芳哪天从娘家走回来？"

明光答："她回来我敢杀了她！"

孔东德惨白的脸上满是红白色的汗。他看着大儿子那张扭扭绕绕的脸，用哆嗦的声音对他唤："你作孽呀你知不知道？"

"谁不让我和小翠结婚我就杀了谁！"咬牙说着话，似乎孔明光真的可以杀谁样，眼睛里布满红血丝，朝父亲的脸上狠狠看了看，又补充了一句说，"和小翠一结婚，我俩就从这家里搬出去。我们单独过。分开家你就不给一点家财一分钱，我也要和小翠在一起。要和小翠死死活活过上一辈子！"

然后，他走了。

脚步咚咚的，朝着门外走，还把大门猛地甩一下。墙上的麻雀和树上的鸦，都跟着他走去的脚步飞。麻雀叫出了鸽子的声音来，喜鹊叫出了乌鸦的声音来。而看着他走后，孔东德猛地转过身，一把抓住小翠的胳膊问：

"真的吗？真的吗？你是真的吗？"

· 2 ·

不几日，明光的媳妇蔡琴芳又从娘家回来了。

发生的事情是，她从娘家一回来，到家里就和孔明光在屋里打起来，叮叮当当，稀里哗啦，砸东西的声音响成雷阵雨。天是阴霾天。上午的天空是一种云黑色，丝丝股股的乌云在天上车马辚辚地卷动着。孔明光媳妇在屋里把脸盆扔在院子里，把水瓶甩碎在了脚下边，在她男人的脸上揪出了血。用他的粉笔在屋里墙上画了很多的乌龟和王八。然后又用火柴把他男人到学校教书的课本和学生的作业全都点着了。在那火光里，蔡琴芳盯着他的男人问：

"你是乌龟吗？"

"要文明。"

"你是王八吗？"

"要文明！"

女人抓起一个烧水的电热壶，朝孔明光的头上砸去时，孔明光抱着头朝着院里跑。这时候,他看见父亲正站在院中央探头朝着他们的屋里看。瞅了父亲一眼睛,他朝父亲面前狠狠吐了一口痰:"我知道是你把琴芳从娘家叫了回来的——你给我小心着!"这样恶下一句话,他就朝大门外边跑去了,还把双扇大门对关着,在外面把门插起来,不让女人追到大门外。可女人还是披头散发追到了大门口,把大门摇几下,疯了一样从门口旋回院子里,盯着一直站在那儿的公公说:"你家的儿子是猪、是狗、是王八!"

公公道:"你千万不能和他离婚啊!"

她又骂:"猪狗不如王八都不如。"

公公道:"你把他抓在手里边,不要离婚你要啥儿我都给你啊。"

她就和他大儿子样,在他面前吐了一口痰,回屋整理自己衣物细软,准备再回自家娘家了。准备永远离开孔家了。屋子里满地东西,她趟着进去时,把那些东西踩来踢去着,还弯腰把一个茶杯抓起甩在了对面墙壁上。然后,她从外屋走进里屋去,从柜箱抽出一个旅行包,开始收拾着自己的衣服朝着包里装。装到一半时,有人影在屋里晃一下,扭回身,看见公公跟进屋里了。公公站在那儿,满脸都是对她的劝解和挽留。

——"你走了,就遂了那畜生的心愿了。"

她听着。

——"你就偏不走。偏就和他不离婚。"

她听着。

——"你知道炸裂早晚要变成县城、变成城市吗?你知道你兄弟明亮早晚要当县长、市长吗?你留在孔家早晚得是县长、市长的嫂。可你一离婚,一离开炸裂镇,回到你娘家,你就不是镇上的人,以后也不会再是城里、市里的人,要一辈子都是农民,都是山里人。"

她收拾行李的双手慢慢停下来。眼前床铺上的凌乱像一片被她揉乱弄落的花。天是阴霾天。雨前的潮味铺在屋子里，卷在半空中。在开亮的灯光里，空气像被照亮的丝一样。她就那么在床前僵一会儿，转过身，盯着公公苍迈却还挂满红色的脸，看着他花白却根根硬朗的发，又看着他手上青紫的老人斑和勃跳起来满手背的青筋和脉管，最后把想说啥儿的双唇闭起来，等待着公公把话说下去。

公公说："你偏不离开这个家，老大能拿你咋样呢？"

公公说："你忍气吞声对他好，为孔家生个娃儿他就收心了。你就在这家里功高如山了。"

公公说："你以后是县长、市长的嫂，和皇帝的嫂子样，我压根想不来那时候你会过上咋样的好日子。"

婆婆从门外进来了。从儿媳和她男人吵架到打架，婆婆一直都站在上屋的房檐下。她就那么惊恐地站在上房门口儿，如一个不能走动的病弱人。这当儿，她悄悄走进来，没说话，弯腰收拾起那屋里一地的碎杂和凌乱。把一地的玻璃和瓷片，捡到簸箕里，又倒到院里墙角上，再回来接着捡那些碎物零杂时，蔡琴芳也从床边走过来，擦着公公的身子说了句"听你的"，就和婆婆一块蹲下捡着了。

• 3 •

在村后借了二狗的房，明光和小翠从家里搬将出去了，光天化日地夫妻在了一起儿。孔东德去找了孔明亮，说你只顾当你的镇长不管家里吗？你那王八大哥把人脸都揭下装进了裤裆里。孔明亮就去找了大哥孔明光，在中学校门口的路边上——孔明光已经从小学调到中学了，弟兄两个站在那儿，说了南不见北的一番话，彼此就分手忙着各自的事情去。

学校在山坡上的大缓地，慢慢走上去，迎春朝阳的几排楼，围墙和正在扩建的脚手架,还有朝气如风、走路永远都是跑着的学生们,那也就是炸裂中学了。他们弟兄就站在学校围墙的一角上,日光斜斜地射过来,把他们的脸和身子都画成深黄浅黑的花杂色。

"没想到你这么没出息,"明亮瞟了一眼哥,嘲昧很浓地轻声说,"天外天大街上多少女孩你不找,偏要找保姆。"

哥哥明光的脸上红一下,一样轻声道:"和小翠在一起,我知道啥叫爱情了。"

明亮朝哥撇一下嘴:"你和小翠分手,我明天就把校长调走,宣布你来当校长。"

明光笑一笑:"我不喜当校长。现在我懂啥叫爱情了。"

明亮说:"屁爱情。爱情就是一堆屎。你好好和嫂子琴芳过,当完校长你当副镇长和副县长。"

"爱情就像牡丹棵上开菊花,"明光说,"除了牡丹和菊花知道为啥儿,别人谁都不知道。"

"中学有一天还会变成大学呢,不顾名誉你能当大学校长吗?"

"我才不管中学、大学呢。"明光求着说,"现在我知道啥叫爱情了。你是我亲兄弟,就该给我弄一张我和你嫂子的离婚证——你嫂子就是爱情的绊脚石。"

弟兄两个也就分手了。镇上的专车要把镇长送到县上去开会。明亮上车时,又对明光唤着说:"哥——你好好想一想!"

明光就对兄弟回话道:"我找到爱情啦——以前简直白活啦!"

之后明光就和小翠从家里搬走了,过春来花开的爱情日子了。原房是村里二狗家里的,家具、床铺、锅碗一应俱全着。二狗不当镇上的保管后,继续做贼过日子,除了偷火车,还偷周围村庄的树木和工厂,也和别人一样越来越富着,在镇上临街盖了可住可租的房,老房也就安闲着。明光和小翠搬去时,房才忙起来,二狗就对明光说了三

句话:

第一句:"你是镇长的哥,你就常住吧。"

第二句:"有一天你也会当官吧?会了我就把房子送你了。"

第三句:"有件事你得答应我——你得让镇长像以前那样叫我哥。"

也就住下来。双双动手扫地、洗刷、擦抹,还在屋里墙上贴了红"囍"字,和新婚一模样。偌大的院子里,有几棵渐渐长成的苹果树和梨树,苹果树上开梨花,梨树在七月结满红苹果。大门关起来,他们像住在果园样。苹果花粉红淡白在半空间,又结了满树的青梨子,核桃大小挂在枝叶间。明亮烧了饭,盛好端到小翠的面前去。饭桌就在果树下,花香果甜的味道漫在饭桌上。先前都是小翠给孔家做饭和端饭。可现在,爱情让天变颜色了,明光开始给小翠烧饭端饭了。小翠像公主一样享受着。该到学校了,孔明光拖拖拉拉才走掉,还不到放学时,他就又提前从学校走回来。回来手里不是提着菜,就是提着面和米。小翠也不往哪儿去,至多就是在明光离开后,快步到"天外天"的姐妹们那儿去一会儿,和朱颖说几句啥,就又立马从街上赶回来。她回来手里不是提了肉,就是提了一条鱼,如上街为孔明光买鱼买肉的样。

有一次,明光提着一兜青菜从学校回来了。小翠提着二斤牛肉从街上回来了。他们在原来炸裂村的十字街口碰到一块儿,都看了十字街上那坟地,又都笑一下,明光说:"天气真好啊——听说镇上又发现特大铜矿了。"

小翠说:"不对吧?听说山那边又发现金矿了,以后炸裂买鱼买肉就直接要用金子兑换了。"

然后间,他们都笑着,彼此望一会儿,在街上亲了嘴,看街上空旷安静,万里无云,人都到镇上、工厂、矿山忙着事情了,后村的街道静得像夜晚,除了风声和日光,鸟雀和家禽,再也没有别的走动与声息,他们就在那十字街口上,头枕着一个坟墓的脚,把菜和肉搁在一块墓碑上,轰天轰地做了一场男女的事。完事后,他们穿好衣服起来拍拍身上的灰,看一条狗在那惊奇地望着他们俩,又朝那狗掷去几块石头就往村后家里走。路上拉着手,爱情在他们的手指间,像找不到家而沿路来回跑着的狗,使他们的手指都有了惊颤颤的感觉和跳动。回到二狗的家里去,关上门,又看看果树上飞的蜜蜂和蝶子,她就对他说:"我去做饭吧,我是保姆你是读书人。"

他就说:"书是狗屎啊,你是世界上所有读书人的女皇和字典。"而后间,他从她手里夺下青菜、牛肉和洗菜的盆,一边洗着菜,一边看她把自己的一件上衣脱下来。他去洗了肉,她又把一件衬衣脱下来。待他洗完菜肉要到灶房了,她的衣裙已经全部脱掉挂在了果树上。红的裙,紫的小内衫,如飘摆不止的两面旗。黄色的薄毛衣,如一片盛开不败的野菊花。就那样,他每做一件事,她就在他面前脱下一件衣服来,挂在树上或随手放在凳子上,直到她把衣服全都脱光后,他也把所有的肉和青菜全都洗好切好了。他们一个站在灶房内,一个站在灶房外。初夏的湿暖像热水样池在院落里。红砖砌成的院墙上,如烧红的火样围着她。远处工厂里的机器声,咚咚咚地砸着传过来。而在山脚下,一河两岸大街上的繁华和吵闹,嗡嗡嗡如低沉的弦音飘荡着。他们就那么野在这年月的音乐里,痴痴鬼灵样附在他们身子上。世界与他们除了性事没有别的了。明光又闻到了她身上浓烈的粉香味,又一次看到她赤身裸体在日光下发着柔刺柔刺的光。她身上的光洁仿佛是被日光照透的云,脸上桃花似的笑,宛若有灯光从水里照出来。

她问他:"美嫩吗?"

他就说:"我要离婚的。"

她笑笑："我想嫁给你，你穷死丑死我都不在意。"

他便说："我能挣下很多钱。我能让全校每个学生每学期都多交很多学费来，那学费都是我们家的钱——钱多得让你花不完。多得让你没地方藏。"

她肃肃收起脸上的笑。

——"抓紧离婚吧，我等不及了呢。"

——"今年我就离。"

——"等不及了呢。"

——"这个月就去离。"

——"等不及了呢。"

——"今天就去离。"

——"等不及了呢。"

——"饭后就去离。"

她默着想一会儿，点了一下头，把头上的盘发松散开，让她的乌发瀑在肩头上，然后开始从院里擦着他的身子走进灶房去做饭。她裸体为他在做饭，在灶房走来走去，像一团闪来闪去的光。他们相遇时，他的手指碰在了她的胸前乳峰上。她把他的手拿到一边去，又说了一句话："快离吧，我等不及了呢。"继续瞅他一眼后，裸着身子为他在做饭。炒了八个菜，烧了两个汤。她把这些汤菜端到院子里，又在院子里铺了一张新苇席。日光暖亮，让那苇席发着光。她全裸仰躺在苇席上，柔嫩的皮肤在日光中呈着玉白色，人如玛瑙雕刻的样。然后间，她把席边的几个菜，小心地一盘一盘端起来，摆在她的胸脯上，乳峰间，小腹上，大腿上，让他坐在她的身边吃她为他做的裸体宴。还为他准备了一杯白烈酒，把筷子和酒慢慢递到他手里，然后重又对他说：

"快离吧，我等不及了呢！"

他拿着筷子的右手有些抖。想用左手抚摸她那被白色、蓝色菜盘盖着的玉身子，可发现他左边整个的胳膊都哆嗦起来了。看着她从苹果红的脸上下落到雪白苇席上的乌头发，看着刚好在树荫下面那双滚圆黑亮的眼，看着那从几个菜盘的缝间挺拔起来的乳头儿，还有比瓷盘更为细润的肌肤和在腹间如一只看着他的眼样的肚脐儿，把发干的嘴唇舔一下，咽了存储在喉间的一口涎水后，将目光举起来，瞅一眼头顶的日色和院里的光，用着火一样干裂的嗓音问："我要现在就去离婚呢？"

"我每天都给你做一次裸体宴。"

啥儿也没说，他把手里的筷子放在她腹肚中央的一盘烧鱼上，起身出门回家离婚了。走得捷快决然，到大门口还又回头对她说："你别动，拿不回来离婚证，我回来你就把你身上的菜盘、汤碗全都扣在我头上！"

她就在那满身的菜盘汤碗下，挣着目光望着他，朝他应着点了一下头。

• 4 •

孔明亮正在镇上的礼堂主持召开争取早日镇改县的誓师会，因为事关重大，会议开了一天一夜没结束，这时秘书把他从主席台上叫到了台子后。台后除了幕布、桌子和礼堂的灯具、椅子、电线和一些经常用的锣鼓外，还有人在那偷情做爱扔的卫生纸和女人用后随手扔的卫生巾。

他从台上走到幕后边，看见哥哥孔明光站在那边，脸上是种蜡黄色，汗像雨样挂在那脸上，不等他到哥哥面前，明光就朝他走过来，山不靠水道：

"明亮,你要我给你跪下吗?"

孔明光就果然朝兄弟跪下来。"别忘了你当村长时,哥给你写过演说稿。你要把村子改为镇子时,所有的材料都是哥替你草起写来的。哥给你写过的东西有几百、上千页,现在哥只要你还给我一页就行了。"明光一边跪着说,且还跪着朝前走,吓得明亮朝后退几步,闪到一张桌子旁。桌角顶着了他的腰,使他一下从惊慌中醒过来,看一眼把他从台上叫下来的镇秘书,待那秘书退到一边后,他又上前一把拉着哥:

"有事起来说!"

明光把身子朝下坠:"我就要你还我一页纸。"

"啥儿纸?"

"离婚证。"

"哥——你真的疯癫了?"

"我有爱情了。"明光激动着,"我有爱情了,就要你还我这一页纸。你如果现在给我弄不来这一页纸,我们孔家就白白有了这镇长和镇子。我就白当了镇长的兄长了,你要是明天当县长,我也白白有了你这兄弟了。"

孔明亮站在那儿望着哥。

明光质问着:"你当镇长干啥呢?难道不是为了孔家吗?"

孔明亮站在那儿望着哥。

"如果连这一页纸都弄不来,那镇改县你当县长还有啥意思?"

明亮望着哥。

"如果连这一页纸都弄不来,我们孔家出个县长、市长、皇上还有屁意义?"

孔明亮脸上有了一层青。他朝哥的面前吐了一口痰,用手一擦嘴,瞟了一眼跪在那儿仰头说话的哥,朝身后远处站着的镇上秘书招一下手，朝秘书交代几句话，开始领着哥哥从后台朝着礼堂的外边走。台前的讲话声，通过扩音器嗡嗡嗡传到礼堂的角落和墙壁上。从墙上碰落的声音像从岸上卷回来的水。他们兄弟就从这声音中退出去，镇长在前边，哥哥在后边，二人快步地穿过镇大街。又穿过两个小胡同，走得大汗淋漓，路上彼此没有一句话，如沉默着要去杀死一个人。到家里没有找到嫂子蔡琴芳，知道她去镇街买菜了。保姆小翠和明光住到外边后，她倚着公公在家做着保姆的事。于是明亮就又领着哥，去菜市场上寻找蔡琴芳，还又让别人跑步先到菜市场上找，就在镇上桥头碰到被人找回来的嫂子琴芳了。

镇子已经繁闹到连偏僻的桥头都堆有摆摊设点做生意的人。卖电子手表和茶色墨镜的，一家挨一家。那些爱着戏曲的，也在桥头的水声和风里，拉着弦子唱着戏，唱的听的都把日子的美好挂在嗓外弦外和耳朵外。镇长领着哥，在桥头碰到嫂子时，嫂子篮里的青菜都还滴着水。那些卖菜的人，还追着要把滴水的青菜朝她篮里塞，边塞边说道："也要我家一把青菜吧，也算你收下了我家对镇长的一点好——求你也吃我家一把青菜！"镇长和哥就到桥头了。他们在桥头无数人的围就里，静默着听了镇长说下么几句话：

——"嫂子，离了吧。对孔家好你就离了吧。"

——"离婚有啥大不了，你把它当成一桩生意做，买你一桩离婚四万块钱够不够？"

——"八万呢？"

——"十万块钱还做不成这桩生意吗？"

嫂子不说话，木着盯着镇长的脸，有绯红和汗挂在她的额门上。时候已是午饭后，悬顶偏西的日色如一张燃火的红布挂在她面前，光亮刺热刺晃她的眼。围看的，那些刚才都朝她篮里塞着青菜鱼肉的，明白镇长话的意思了，都惊着大声小声地唤："十万！十万！真的是十万！"又在惊讶后，都替镇长劝着蔡琴芳："值了呢，这桩生意值了呢。——'天外天'的姑娘一辈子卖身也不如结婚再离婚。"都在惊着羡着劝。蔡琴芳在那劝声里，渐渐平静着，认真地盯着镇长不说话。到末了，镇长着急了，又从口袋取出十张空白的纸，蹲下来铺在膝盖上，在空白纸上全都签下自己的名，把那右下角签名的白纸全都递给嫂子说："这下行了吧——以后你和你家有天大的事写在这纸上，因为有我的签名全都好办了。"

蔡琴芳接过那一叠签名白纸看了看，小心地卷好握在手里边，终于吐口说话了：

"我还有一桩事。"

镇长道："你说吧。"

"离婚后你还要叫我嫂。当了县长、市长还要叫我嫂。让嫂子出门还可以对人说——我兄弟明亮是镇长、县长或市长。"

镇长答应了。

这一阵，哥哥孔明光，一直站在桥头人群外的一个墙角里，直到人群散开，媳妇走去，他才从那墙角走出来，和媳妇最后对看一眼睛，也换下媳妇在他面前吐的一口痰。而弟弟孔明亮，这时对哥说："你去离婚吧。就是你是镇长的哥，在镇上也要依法做事——现在你可以去民政上领你的离婚证书了。"说完又取出一张纸条儿，在膝盖上蹲着写了两行字，签了"镇长：孔明亮"几个字，递给哥后就忙着回礼堂里主持召开争取早日实现镇改县的誓师大会了。

孔明光真正把离婚证书拿到手里已是日色西去时，一张手掌大的硬红纸，盖有镇民政办公室的章，就把他和结发妻子从一根捆绳解开了。他也就理当要和保姆小翠结婚了。镇政府里人来人往着，各个办公室都在忙着开会打电话。镇街上人来人往着，买的卖的，去的来的，生人和熟人，如霜秋之时黄的红的树叶般。有很多人和他点头或说话，他都装做没有听见或看见，只是急脚快步地朝着村后家里走。小翠还裸在家里树下边，他担心树荫走开日光会照在她的身子上。也许她在等不到他回去时，会把她身上摆的盘盘碗碗挪下来，穿好衣服坐在院里等着他。也许她不会，她会一直裸在树下边，等他把离婚证书拿回去，让他接着吃她满身的裸体宴，饭后他们就在那院里有一场天崩地裂、神鬼怪叫的爱。再然后，他就可以随时和她再去一次民政办登记结婚了，世代永生在一起，过那情爱疯癫的日子了。

镇上和往日一模样。可这镇子上，除了他孔明光，没有人知道在那一方院落内，有个玉白的姑娘正躺在一张新的苇席上，一丝不挂，浑身全裸，胸间乳边，腹上腿上，摆着八个炒菜和两小盆儿汤。那菜和那汤，都是她全裸着身子为他精心炒的和做的，蒸汽和香味，拌着她满身甜美的肌肤味，在那院里的树下飘荡和挥发。世界如傻痴一模样，什么都浑然不知着。只有他和她知道，男人和女人的许多秘密与快活。

只有他知道，小翠给男人带来的快活是天下男人一辈子都不能经过不曾听说过的。

到了镇后的村里时，村街上脚稀人少，孔明光几乎是跑着回到家里的。推开门，他举着离婚证，唤了一句"我俩可以结婚了！"之后猛地竖在门口很久没有动一下。

她没有躺着裸在树下边，也没有穿好衣服坐在院里等着他。

铺了苇席的树荫下，树荫走到了边旁去，日光满地地洒在苇席上。原来摆在她身上的八个炒菜和两盆儿汤，散着摆在席上和席下，正有乌鸦、麻雀、斑鸠、黄雀们在那盆盘边沿手脚忙乱地啄食着。黑的、灰的、黄的和红的，各种鸟有十几类，每类十几只，都在急着抢着啄食炒菜和汤碗。还有多年不见的两只野鸡和野孔雀，也在那鸟群里争着和抢着。院里像开一个鸟类大会样，吃饱的在边上咕咕叫着和跳着，再或飞到树枝和院墙上，没吃饱的正在拼命地抢着和啄着。它们听到门响后，有的惊恐地扭头看看他，有的看也不看，自顾自地从一个吃净的空盘跳到另一个空盘上。

心里一惊冷，他大声地"小翠！小翠！"叫了两声就从鸟群边上朝着屋里去。到屋里发现小翠已经不在了。她的衣物行囊也都随人走掉了。

从此以后，孔明亮再也没有找到小翠过，仿佛这世上从来没有小翠过，没有过他和她的故事样。

二、杂树

孔东德自小翠和明光从家里搬走后，就很少说话了。人像被抽了筋骨般，疲弱无力，饭时连鱼肉都嚼不出一丝味道来，只是想要发火时，力气才会回到身子上。老伴每餐把饭菜都端到他面前，求着说："你吃上一口吧？"回过身就又和大儿媳在灶房嘀咕道："他还不如死了呢，死了世界也就太平了。"

小翠在时是最听公公话音的，他想吃饺子，她就把饺子都包成元宝的样。想吃鱼丸了，就把鱼丸做成玉石玛瑙的样。小翠有时还能把面团儿包上肉馅儿，精心做成公章的物形煮给他吃，把面片切成百元钱币的样，在那面片上画出刻出钱币上的模糊图案来。有一次，她在灶房忙半天，本是要把面团都做成公章物形的，可那面太软，煮出来都成乳房了。

她把那一碗像公章又像乳房的面团端给他，吃着时，他总是抬头去看小翠的胸。小翠就站在那儿给他看，直到他把那碗章或乳的面团吃完她才接过空碗走了去。

到后来，小翠就和老大明光好上了。

再后来，他们就从家里搬走了。他再也见不到小翠了，剩下的日子就是厌食和发火。这一天，他突然对儿媳琴芳说，我想吃和公章一样的面团儿，可你要把面和得软一点，再给我炒上几盘滴水嫩青菜。儿媳琴芳也就在灶房和了面，上街去买滴水嫩青菜。可在琴芳刚刚离开家，有个村里的男孩从外跑进来，往孔东德手里塞了一样东西就又跑走了。那时候，孔东德正在院里坐着晒暖儿，迷迷糊糊要瞌睡，他接过那样东西看一眼，瞌睡立刻就去了，人忽然精神得没法说，有一股极有力道的血液直从脚下朝着他的头上冲。从树下忽地站起来，怔一会儿，他进屋脱下旧衣服，换了一身叠印齐整的新衣服，也就咚咚咚地朝着外面走。

老伴正在院里淘洗磨面的麦，扭过头来问："你去哪？"

他兀自莽撞地答："我要去死了！"

老伴就怔着："去哪死？"

他头也没有回："我病全好啦，谁也别管我。"

手里就捏着那小孩送来的一样东西朝着门外走，脚下的力气和他当年年轻时一样壮实和力度，跨那大门槛，不是扶着门框过去的，几乎是如孩娃样一蹴而过的。老伴便惊着，直看着他从眼里消失才又回过头，说了句"死了才好呢！"便又开始淘洗自己的麦子了。

孔东德来到了村东的一片野荒林。野荒林斜摆在离镇子、村落有半里路的山坡上。不远处当年的镇长胡大军——现在他早是县长了——为朱颖竖的那块巨壁碑，又有几分歪斜在林边上。小翠正在那碑旁等着他。秋初时，树还碧绿旺茂着，黑乌蓝厚的叶上都蒙着一层土。有一些随风旋来的塑料袋儿挂在树枝上，如满树满空都是清明墓地上的白纸花。还有一些北方的鸟，在那林头散漫地飞，飞累了就落在朱颖的碑上歇。小翠穿了她往日穿的和耙耧人不一样的时尚服，直筒裤，紧身掐腰的翻领小上衣，脖子下露出玉似的一片三角地，又在那三角地上镶挂了假的金玉钻坠儿。她站在那儿等着孔东德朝她走过来，有一个很大很满的旅行包，搁在那巨壁碑的座台上。像一个孙女辈的女娃等着爷爷辈的老人到来样，也像一个久未见面的情人等着失散多年的情人重逢样。她看见孔东德越来越近了，朝前迎着走几步，站到了来路的中央间，朝前后左右看了看，镇子在山下像画在地上的盛世图。山那边——刘家沟和张家岭，也都和镇子连成一片了，楼群林立了。已经由沙土路变成水泥路的梁道上，正有着装满矿石的汽车轰隆隆地开过去。待那汽车过去后，孔东德就在她面前一闪站住了，脸是苍黄的，可在那黄里，有着隐隐伏伏快速流着的血，眼里是模糊浑浊的光，可那光里却也有热切抓人的东西在闪着跳动着。

她朝他笑了笑："你来了？"

他看着不远处她的旅行包："你去哪？"

——"过来吧。"

朝四周又谨慎地看了看，孔东德就跟着她朝着林里走。看着她提了那个旅行包，在前边摆着空闲那只手，像一只孔雀衔了东西扇着翅膀飞一样。他是站在那儿犹豫了一下的，可随后还是跟着她进了树林里。原是庄稼地，村成繁华镇子后，人都挣钱不种庄稼了。几年间地就荒起来，成了荒草杂树林。栽下的槐树、桐树、榆树和楝树，还有被风和鸟种在这儿那儿的杏树、柿子树，都已经长有碗粗胳膊粗。有一棵柿树上早就结满了橘子和橙子，可橘子、橙子又都有柿子在秋天的火红色，圆圆的被风、虫和镇上的孩子摘走弄落后，只留有几颗挂在高高的枝头上，像柿树举在空中的橘橙红灯笼。脚下攀来附去的野草们，本是永生伏地的抓地龙，竟也会长出蒿草似的茎莛来，举在半空开出各种颜色的小碎花。他们就那么一老一少、一前一后朝着杂林里走，留在身后的壁碑和公路，像是几百年前的物件落在山上和路边。过去的汽车和喇叭声，明明是刺耳清脆的音，听来却也如隔世一样遥远模糊着。就到了杂林中间的那棵结了橘橙的柿树下，她把行李放在一蓬草丛上，笑着朝他转过了身，一脸都是年轻挑逗的样。

——"我被你家老大骗了呢。我自小无爹无娘，无爷无奶，我见你就把你当成我爹我爷了。"

——"我心里喜的是你，可你家明光不让我对你好。"

——"我被他骗了身子了，不能再把身子给你了。天下人都不会容我把身子给了你儿子，再把身子送给你。"

然后，她哭了。有一棵野花的艳红在她的哭声里，转眼就成了伤悲的灰乌色。泪在她脸上滚下来，落在地上砸在树叶上。枝叶也哭了。树枝树干都哭了。她哭着咬着下嘴唇，努力把那哭声咽到肚里去，直到肩膀不再哆嗦了，人可以从那伤悲中趔趄着身子走出来，她才拿手在脸上擦了一把泪，用舌尖舔了上唇和下唇，盯着发呆了的孔东德，轻声说了震天响的话。

——"我不能把身子给你了，你就看看吧。"

风从树林外面吹进来，朝西吹着又朝北面拐过去。说完她就开始解着自己的衣扣儿，抬起胳膊把上衣脱下来，又扬起胳膊把一个贴身的背心脱下来，只露着那火红烫眼的乳罩儿。除了风，林里无声无息呢，可来自小翠身上的电闪雷鸣还是不停歇地从他身上击过去。

把脱掉的衣服扔在草地上，挂在树枝上，像一片各色的旗帜摇在林地里。

景况如她稍早脱光给明光赏看一模样，她在这儿也旋即脱光了。到最后卸下乳罩那一刻，山脉地震了。树林在地震中晃了晃，刚平静的她就又把身上最后那纱线透明的三角裤头脱下来，林地和山脉就又不停地震动着，晃动起来了。在震里晃里她眼角流着泪，朝他笑了笑。这一笑，每一棵干枯的树木上，又都开满了红色、黄色的花。杂林里那些因故死去的草,也都活过来,浓烈如春的草味植物味,暴雨样袭在林地里。各种的鸟雀都在林头树枝上飞着唤叫着。秋回夏天了,夏又回到了春,然后时间就滞在春季里。直到她在那季节又开口说了话,季节才又回到它的季节里。

——"我回老家了。我对得起你们孔家了。"她让他看了她的光裸半分钟,又说着把稀纱裤头首先穿起来。

——"我知道我离开炸裂我会想你的,像想我爹、我爷样,可我留在这儿害怕你家老大他会缠死我。"

又把挂在一棵树枝上的红色乳罩戴起来。

——"只要你大儿子能和他媳妇好好过,不再来缠我,我也许还会回到炸裂来,还到你家做保姆,和以前一样侍奉你……比以前还要好!"

把衣服全都穿起提起行李要走时,她最后对孔东德说了句:"我真想一辈子都在你身边,每天给你做饭洗衣服,直到把你养老送终。最后你走了,我也从这个世上消失掉。"然后她就提着行李慢慢朝着林地外面走,走几步还又回头望了望,虽是脸上挂着笑,却又在脸上挂了更多更多的泪。就那么,她从他身边走过去,迎着朱颖那块巨壁碑,走出杂树林,从那碑下朝着大路、朝着炸裂的外面世界去。

装满矿石的汽车从她身边开过后,随着那车她人就消失了。

三、河流

"天外天"的主店里,白色的炽光灯发出黑亮的光。蓝色的灯泡里,发着紫红色的光。而那挂在墙角檐边缀在电线上一串串的小灯泡,随意自由地,灰灯发着白的光,红灯发着蓝的光。过道里,迎厅里，客房里，黑光、黄光、绿光混在一块儿，墙上、地上、半空都在缤彩着。姑娘们接了一夜客人白天都睡着，到午时才有人揉着睡眼从床上爬起来，挺着胸，裸着身上各处的肉，从三楼晃到二楼来，又从二楼摇到三楼去。洗漱间的水声响成瀑布的音。洗过脸又清了身上脏物的，开始在门口、床边站着、坐着、抽着烟，举着各样的小镜子，涂口红、描眉眼，往腋下身上涂着刺鼻的香水和粉料。还相互比看谁身上的赘肉又多了，谁的腰瘦了，可胸脯却又拔挺丰满了。

这一天的近午时，人都收拾停当准备开始接那白天来客时，朱颖就在她们中间出现了。就都慌忙站起来，收拾着眉笔、口红和方的、圆的化妆盒，都齐声叫着娘或姐，就都看见绿灯的红光在朱颖脸上闪，在她的那张不再十分朝气的脸上描着喜的忧的不安的。

"有人接过七十来岁的客人吗？"她瞟了那一群一片都是二十岁左右的姑娘们，看那些姑娘茫然不解地望着她，就又接着说，"他是我公公，今年七十岁，瘦长脸，头发花白色。我开设'天外天'，就是要让他有一天到着店里来。"听见有姑娘在人群痴痴地笑，她找着那笑的瞪了一眼睛，待那笑声止下来，所有的姑娘就都又把目光落到她们的娘姐、老板脸上去，看见她的脸色是红的黄的黑的和白的，各种颜色不断变幻，人和假的样。可她的声音却是真切的，冷暖有度，活活生生的。"这几天他一定会来一次我们'天外天'。半月内他一定会来找你们中间的哪一个人。"说着又看看那一片肉光滑亮的姑娘们，停顿一会儿，她把声音提高了，"都记住我的话，不论他来看上了谁，你们都用最好的功夫接待他。他是我公公，和亲爹一样儿。能怎样让他享受就怎样让他享受着。不能收他钱，一分都不收，让他来享受后想着分文不收还要来。让他成为店里的回头客。他下次来还点你们谁的名号开房间，我不是奖给你们接五次、十次客人的钱，是你们要多少都开口给娘姐说个数，只要让他离不开你们还要来，要多少钱姐都给你们！"

姑娘们就都觉到物事重大似乎没有听明白，怎么娘姐会让如爹一样的公公到这"天外天"里来，还要让公爹成为放不下的回头客，便都停了呼吸看娘姐，就见那灯光不再变幻了，红的发红光，白的发白光。朱颖的脸又恢复到了日常里。往日的润红中有了苍白色，额门和眼角都有了深浅不一的皱，且眼下的眼袋也鲜明涌起来。

不描眉，不涂粉，素面使她在这一群粉状的姑娘里显得苍老而憔悴。没有人知道她心里装着多少事，也没人明白她心里的秘密到底有多重，压得她声音都哑了。迎厅的粉香弥漫着，从永远关死的窗缝透进来的光，借着窗帘的缝隙落在姑娘们的背上和朱颖的肩头上。在所有姑娘都在静里听着朱颖的讲话时，人群中有个姑娘很郑重地问：

"他七十来岁死在我们身上咋办呢？"

人群中发出了一片红唏唏的笑。

"你要能让他死在你身上——"朱颖找到说话的姑娘那张脸，"你叫阿霞吧？阿霞你能让他死在你身上，这辈子你想要怎样的男人结婚姐都给你找，想在银行存下多少钱，姐给你存。想要这'天外天'的生意了，姐全都让给你。你来做老板，姐回家洗衣做饭，踏踏实实给镇长做媳妇。"

阿霞也很郑重道："我不想要这'天外天'，我要也想嫁给镇长呢？"

心里震一下，朱颖脚下又和从前那样软了一下子。她知道阿霞一定和镇长有过事情了，可她不恨这阿霞，只是看看阿霞长的模样儿，立刻就又站直了，脸上挂了很轻淡的笑："好。"她收了笑容说，"只要你让孔东德死在你身上，镇长又愿意娶了你，我就从孔家离婚退出来。"到这儿，会就开完了。她让所有的姑娘都又回到自己的宿室去，该妆了妆，该饭了饭，准备迎那新一天的客人们。午时了，一般该有客人来嫖了。迎厅这儿，这时只还有朱颖和阿霞。朱颖看着阿霞高挑的身材和丰盈的胸，看见她脸上身上，到处都是水一样柔嫩和清美，她不光知道阿霞一定和镇长有过事，还大体知道他们在床上是怎样的情景和姿态，知道镇长一定和她说过啥儿许诺的话，她就朝阿霞面前靠一步，盯着她笔杆似的鼻挺梁，默一会儿用很小的声音对她道：

——"姐就靠你了。"

——"只要他老人家到这店里来。"

说完这两句，她们分了手。这时候，朱颖还要到各个分店去开这同样的会，欲走时，那些灯光又开始红的发出黑的光，黄的发出绿的光，紫色的灯泡发出炽白的光。墙壁上，地面上，迎厅里的柜台上，凡有灯光的地方，全都从墙上、窗棂、砖缝和干木头上盛开着真的牡丹、菊花、芍药和罂粟，红的、白的、黄的和紫的，浓重的香味在那厅里、过道和所有的房间漫流和堆淤。

四、动物

孔东德去看了老大孔明光，提了水果、青菜和米面。小翠走了后，孔明光已经半月没有走出过二狗家。也没人见他出门买过油盐和酱菜。不知道他是在二狗家怎样度过的，白天不开门，夜里不见灯。村镇上没人知道孔家发生了什么事。小翠是提着她的行李消失了。蔡琴芳娘家来人把属于她的衣服、物件都装在车上拉走了。老伴每天都催孔东德说去看看儿子吧，看看儿子吧。当她催到整整一百次，他就提着东西穿街走来了。

推开院落门，看见儿子明光坐在院里树荫下的一张苇席上，那苇席边上还扔着一地的菜盘和盛汤的碗，菜梗都干在盘边碗沿上。有麻雀在那盘边费力地啄着干在边上的菜梗和油渍。儿子明光坐在那儿如死了一模样,头发蓬乱,胡子漫长,双眼陷下去,在他那精尽的脸上显出两眼窑洞来。

"你还活着呀?"孔东德在门口站下来。

儿子很费力地扭回头,用滞白的目光看着爹。

然后孔东德就把提着的东西放在空着的苇席上,到灶房转一转,看见案板上生了一棵树芽儿。朝锅里看一看,见半锅菜汤水中游着几条小鱼儿。出来到上房儿子和小翠睡的屋里看一看,见贴在墙上的大红"囍"字,光阴半月也就褪色发白了,像那新婚的"囍"字贴在墙上已有几年、十几年。从窗口门口进来的风,把那"囍"字吹出悲苦吱吱的响。在他们用过的桌子上,摆着儿子到学校教书的课本和粉笔盒。课本的页间生了一棵草。粉笔盒里生有一窝小鸟儿,还有几段粉笔头上开出各色各样的小花儿。也就在那屋子中间站着看,还看见屋顶和墙上都挂着小翠有泪的笑。要走时,孔东德在地上踢着一个小翠掉在那儿的发卡儿,捡起来,见那发卡在他手里也慢慢开成了一朵花,也就小心地把花的发卡装在口袋里,出来站在门口对着儿子道:

"去把琴芳接回来,你好好到学校教书过日子。"

明光和没有听见样。

孔东德又朝他身边走两步:

"镇子快成县城了。县是我们家的县,你想在县里干啥由我给你兄弟明亮说——只要你和琴芳好好过日子。"

明亮和没有听见样。

"人不能在一棵树上吊死呢。"孔东德搬过一张凳,坐在儿子正对面,开始劝导他许多人生活着的话,说了他媳妇琴芳许多的好。说了他弟弟明亮为镇子的繁华穷力的繁忙和为了把炸裂变为一个独立的县,把镇子变成县城的跑上与跑下,劳碌和酸楚,最后对他说:

"我们一家都该替你兄弟明亮多想想,不能给他添麻乱。"

说:"你自己在这做饭吃,或者重新搬回家里住。"

说:"好坏你说句话,不能如死了一样不张口。"

问:"你不说话到底是死了还是活着呢?"

说:"活着就活着,真死了我就去请人为你打棺材。就请人到坟地为你挖墓了。"

孔明光仍是枯在那儿不说话。

黄昏就到了。西去的落日声,从周边的工厂和山矿声响的缝隙间,挤着传来血流不止的响,可随后那流血的声音就被隆隆轰轰的声音淹没了。被从前边镇上回到后边村落的脚步声、说话声推到一边了。院子里的归鸟都在房上、墙上、树上望着他们父子俩,落下的羽毛,掉在地上把水泥砸裂了许多缝,还把一块院墙下的石头砸碎了。初秋的风,有些凉起来。儿子总是不说话,最多把冷白的目光抬起来,望望爹,或者看看关着的大门口,然后就又如死了一样枯在那领苇席上。做爹的也就急起来,他从凳上猛地站起后,朝凳上狠狠踢一下,还又朝地上吐口痰,"这样吧,"他毅毅然然道,"要死你现在就去死,要活你就跟着我回家,明天去把你媳妇琴芳从娘家接回来。"然后他就又盯着儿子看,想要从他嘴里逼出一句话。可儿子孔明光,就那么木呆在苇席边,看着一地赤裸的碗和盘,如同小翠还那么赤裸光光地躺在苇席上,冷白的死鱼眼,空空茫茫着,如压根没有看见父亲样,压根没有听到父亲对他说的话。

父亲更急了:"想死呀?那我成全你。"

孔东德又去屋里走了一圈儿,出来手里提了一根细而结实的灰麻绳。他把刚坐过的凳子搬到碗粗的梨树下,站在凳子上,把那麻绳系在最高最粗的树枝上,又将麻绳绕出一个刚好可以把头钻进去的活扣儿,把自己的头伸进那上吊的活扣看了看,看见活扣那边的日光下,云朵全部是正方、长方和圆的，完全是金条、金块和银元的物形和品相，还看见那云的嫩白如年轻女人的脸，愣一下，又把头从活扣那边缩回来，再看日光下的云，一切又都原样儿。再次把头伸进活扣里边看，又看到了那边的金砖、金条云，还有树一样的云朵上结的元宝和女人、女娃们的脸，便回来很郑重地对儿子明光说：

"你还是死了好，死了你啥儿都有了。"

从那凳子上走下来，又嘟囔重复地这样说一句，走过去跟明光交代道："爹连绳子都给你系好了，凳子也摆在树下了。梨树上的香味和小翠煮的鱼汤里放了香菜样，又浓又新鲜，你只要站在凳子上，把头往那绳圈里钻一下，把脚下的凳子蹬到一边去，你就过上真金白银的日子了，就天天和小翠那样的姑娘们混在一起了。"

孔东德说完朝着门口走，如同把该说的都说了，该做的也都做下了，到门口还又扭头看看那上吊的绳圈儿，看看泛出死鱼眼的大儿子，最后又小声说了一句天大的话：

"知道吧？小翠不喜你。她喜我你知道不知道？她自小无父无母无爷奶，她把我当成了她的父母爷奶你知道不知道？"

明光又一次让他的脖梗发出了石磨转动的声音来，慢慢回过头，望着父亲边说边走的身影儿，泛白的眼里有了一种捉摸不定的光。

"她走前和我见面了，"父亲继续说，"她说是你要把她活活缠死她才走。说你要和琴芳好好过着她就重回到炸裂来。"

说完这些话，孔东德舒了一口气，身子忽然轻松了，脚下力气鼓鼓的，就从大门那儿出去了。和大儿子别着走掉了，可走后，他听见身后有大儿子明光呜呜呜的哭，回身看一下，看见儿子哭着身子抖得如快要死的动物样。

五、昆虫

第二天，孔东德在家吃饭时，吃着吃着他把碗摔了，把做饭的锅也给摔碎了，把悬在墙上的挂钟摘下来，狠狠摔在了地面上。缘由是他老伴对他说，大儿子睡了一夜，想明世事了，不去找小翠，也不去把琴芳接回来，他要从二狗家搬回家里自己过，吃饭教书，当个好老师。孔东德就盯着老伴看了大半天，忽然问老伴："他没有上吊去死啊？"

老伴笑着说："我今天得好好给儿子烧顿饭。"

孔东德就开始摔东摔西了。开始砸房砸墙了。砸着骂着，踢着摔着，看到了对面墙上的美人挂历像，把挂历从墙上扯下来，踩在脚下用力狠着拧，直到把那一年十二张的女人挂像全都踩成一团烂纸和飞灰，自己累得坐在屋子里，才终于说了一句话：

"知道吧？我快要死掉了。"

老伴说："去给你找找医生吧。"

"去把朱颖给我叫回来。"

老伴就去炸裂的街上把儿媳朱颖叫了回来了。朱颖真正常去的地方是在离"天外天"还有一段距离的超市里。那超市，是她学着城里的超市开办的，卖日用，卖衣物，卖油盐酱醋和粮食。卖东西不用柜台子，需要啥儿人可以自己到那货柜里边挑选和翻捡，人就多得如沙子挤沙子，树叶贴树叶。婆婆从这人群挤着在超市的顶头找到朱颖时，儿媳正在屋里吹着电风扇，看着售货会计给她送的账目表，见到婆婆擦着汗站在她面前，就知道事情瓜熟蒂落了，水到渠成了。

这一天终于款款到来了。

婆婆说："快回家看看吧，你公公要死了。"

朱颖把婆婆拉到电扇前，给她倒了一杯水。

"他如果真能死了倒也好，"婆婆喝着水，又释然慢慢道，"他死了我就过着人的日子了。"

朱颖不急不慌的，又给婆婆端来半盆水，让她洗了脸，落了汗，就和婆婆一道回家了。穿过炸裂的大街时，她看到天空朝西飘着的云，变幻出殡葬队伍的样，浩浩荡荡，有声有势，还有无数观看的人群围着那队伍。看见街上南来北往买卖的人，吆喝声和说话声，如同大戏一般在街面流动和漫荡。还看到有人打架和围观，整条街都在唤着"打呀！打呀！连一点血都还没有流出来！"然后着，她就领着婆婆从繁闹走进了清寂里，由镇子大街进了炸裂村的老街巷，快步回到了家里去。果然见到公婆住的上房屋，满地都是摔碎的瓷碗和瓷盘，踩成灰土的纸，踢成泥的水果和酱菜。

朱颖站在门口看了看，见公爹坐在屋里像一台青石雕刻般，瞟她一眼后，目光又硬着搁到对面墙壁上。那墙壁上正有一只铜钱大小的黄斑幼蝶从门外飞进来，落在墙上歇脚歇翅儿。从门口过来的阳光照在蝴蝶身子上，使它浑身都发出金色柔柔的光。

"有啥儿大不了的事，值得爹你大动肝火呢？"朱颖和常人一样笑了笑，开始把地上的碎瓷碎片捡起来，把杂七杂八归到墙角上，又将滚落在墙下的挂表拾起动动电池后，让那钟表重又滴答滴答走动着，"钟是人命啊——钟表不走了，人就没命了。"她说着，把那钟表挂在原来的墙钉上，扭身看到刚才的那只金斑蝶，从对面墙上飞到公爹的脸上落下不动了。

朱颖说："爹，你看你的脸。"

孔东德把那只蝴蝶从他脸上捏下来。

朱颖说："听人说有人在市里碰到小翠了。"

孔东德把那蝴蝶在手里捏死了。

朱颖说:"我就看不出小翠有哪好,连饺子她都包不成。"

有泪从孔东德的脸上流出来,像干涸的田野上,有了漫浸浸的细水拐拐流流的样。到这儿,朱颖对一直木在门口的婆婆说:"放心吧,爹回转过来了。你去菜市场上走一圈,明亮快当县长了,菜市场上谁都想把最好最鲜的鱼肉虾蟹送给你。你挑好的收,回来我给爹好好烧顿饭。"然后婆婆提个菜篮出去了,家里就只还有朱颖和公爹孔东德,只还有干榆树皮上开的花,院里水泥地上长的草,还有落在门口看动静热闹的麻雀和乌鸦,与刚才被碎尸的蝴蝶在地上细音呜呜地哭。静如夜风般,吹得屋里到处都是叽叽吱吱的响。这时候,孔东德脸上的泪,终于越过沟壑横流竖流了,嘴唇和身子都哆嗦得想要从他身上掉下散开来。他望着站在门口的儿媳朱颖说:

"颖儿——我对不起你们朱家呀!"

朱颖站着不说话。

他猛地从凳上滑下跪在她面前:

"你把小翠重找回到这个家里吧。"

朱颖站着不说话。

"我不是人,我是畜生呀!"

他跪着,用膝盖走到她面前,双手扒着她的身子说:"我老了老了,每天每夜都想小翠想得睡不着,想得用手去抓床帮和墙壁,用手把我自己的身子揪得抓得到处都是青紫和淤血,都想半夜起来撞死和上吊。"他哭着在脸上擦了一把泪,把衣袖撸起来,让朱颖看他夜里躁急睡不着时,在自己身上、胳膊上掐出一块一块的青紫来,然后放下衣服,又连连朝儿媳跪着磕了七八个头,用哑如劈柴的嗓子唤:"你把小翠还到我的身边吧!你把小翠找回来还到我的身边吧!"

到这儿,站在那儿一动不动的朱颖脸上有了暗淡淡的笑,笑着也有泪水流出来,很睥睨地看看孔东德,却说了很孝很柔一句话:

"爹,你放心,我把小翠给你找回来。你听我的话,我把比小翠还好的姑娘送给你。"

到了近午时,有人家灶房升起炊烟那一刻,朱颖把公爹扶到里屋躺在床铺上,自己到灶房,给公爹亲手烧了江水清蒸鱼,烧了王八大补汤,炖了驴肉、狗肉和鹿肉,还给爹端了几杯鹿茸泡的酒,让爹很从容地吃了饭,喝了酒,待饭后村街和镇街上都人少稀静时,院子里有一群喜鹊落在树上、房坡上,叽叽喳喳欢叫孔雀的声音后,朱颖走到爹的床边上,替他收了碗,收了菜盘子,很轻很轻道:

"走,我们去找小翠吧。"

孔东德就很感激地瞟瞟儿媳妇,下了床,换了一套新衣服,还在镜子面前站着看了看,跟着朱颖从里屋出来了。

婆婆在外面看见和她一道活了一辈子,生了四个儿子的那男人,不再敢相信他是自己的男人了。他的脸上忽然年轻了十岁二十岁,气色如正盛的中年一模样,红光满面,脸颊上的柔润像是一个年轻人,炯炯的目光看谁看哪儿,都充满着亲切与和善,表情里没有丝毫的僵硬和滞呆,连原来杂花老枯的那头发,这会儿也闪着乌黑纯净的光。从屋里走出来,孔东德看了呆在屋门口的老伴一会儿,取出这些年一直积存在他口袋里的一个存折塞到老伴手里去——那存折上有一个天文大数字。他没有说出那个数字来,只对老伴很轻声地道:

"我跟着朱颖去看看病。"

然后,他们就到了院落里。院落里的喜鹊突然没有孔雀那尖嘎喜喜的叫声了,麻雀在院落地上也不再蹦跶叽喳了。干榆树皮上开的花,也都不知去了哪儿了。一切都回到肃穆的日常里,连空气也凝着不再走动、不再有夏末午时的汗味黄土味。他们就那么,一前一后朝着门外走,到了大门口,朱颖又挽着公公的左胳膊,像女儿挽着老人样,踏着村街上的静寥朝镇子的繁闹里边去。婆婆从家里追出来,目送着男人和儿媳，看着他们庄严地越走越远时，她朝着他的背影唤：

"死去吧！死去吧！是真的去死吗？"

那些都被惊着的村里老街上的邻居们，这时都过来极为谨慎地问：

"出了啥儿事？"

婆婆说："天快塌了呢。"

"他年轻得让人不敢认了呢。"

"天马上就塌了，"婆婆又说道，"你们等着看，天马上就塌了。"

然后，婆婆就望着他们走过一道街口儿，身子一拐消失了。

孔东德是跟在朱颖的身后穿过镇街的。他从街上过去时，脸上柔润绯红，下着力气左也不扭头，右也不扭头，谁和他说话他都如没有听见样。到了"天外天"的大门口，他除了额门上有着莫名的一层慌汗外，其余街上的人物景物和目光，问话和耳语，他都把它们关在脑外心外了。"天外天"的大门和他们见过的宾馆大门样，没有啥儿的异样和绝色。门里大厅内，也和宾馆大厅样，有半月形的红色长桌摆在那儿，有年轻的男女在那值班和迎客。他们见了朱颖都起身躬礼笑着叫了一声总经理，朱颖问他们都上班了吗？其中一个领班的，点了头，朱颖就带着公爹朝里走去了。穿过那长长的走廊和灯光，闻到了潮湿甜腻的脂粉味。到了楼梯口，那味儿又浓得如麦熟时的麦香味。上楼梯朱颖去扶着公爹时，她感到他浑身抖得似乎想要瘫下去，额门、脸颊和下巴上的汗，颗粒比花生粒儿还要大，每一粒落在楼梯上，都如石子落在鼓上咚的一声响。"马上就见小翠了。"朱颖说，"爹，到这儿，你见了小翠想咋样你就咋样她，她会像你亲女儿一样孝顺你。"然后就到了二楼上。到了半层楼大的一方空地上。地上铺了红地毯，靠墙一边摆了一排布沙发，沙发对面像戏台样起了一尺高的木艺台，木艺台上有戏幕一样的大幕布。灯光是朦胧模糊的，神神秘秘的红。朱颖把公爹扶着放在沙发的中间位置上，自己在公爹身边坐下来。有年轻姑娘给他倒了一杯人参水，听朱颖说了句开始吧，艺台上的幕布也就适时拉开了。音乐如从山崖跌下来的水。突然从半空射下来的探灯光，亮得像人一醒来，太阳就滚在你的床头上。世界电闪雷鸣了。地震在脚下摇着沙发、墙壁和楼房，也像有机器在摇着他坐的椅子样。所有的窗玻璃，都发出吱吱嘎嘎的叫。先是有六个姑娘一丝不挂地从幕的两侧走出来，摆着身子，晃着胸脯到艺台前边站下来，让孔东德很认真地看了看，朱颖扭过头来问："爹，你看上了哪一个？她们都比小翠好。"见爹愣着一脸苍白色，一脸虚汗没说话，就让那六个退到艺台边上去，又从幕后走出十个全裸的姑娘来，又一样在台上慢扭慢扭走了一圈儿，展示了自己的脸型、身材和肌肤，朱颖又扭头趴在孔东德的面前去："这些呢？看上哪个了？"再退下又唤出十八个，直到那台上全部错落站满了一丝不挂的姑娘们，身上的亮白和电闪一模样，扑过来的肉香如是洪水般，刺痒的诱笑让人浑身又酥又软头晕得想要倒下去。

到这儿，音乐歇下了。更大更亮的灯光从头顶瓢泼大雨浇下来。离很远就能看见每个姑娘身上的毛孔和肤色的红白与嫩亮。这艺台和选厅也就静到深处里。台上所有姑娘的目光都在看着孔东德。而孔东德却脸色通红发光，把目光慌忙扭到一边去。

朱颖问："爹——你看上了哪一个？"

说："哪个都比小翠好。"

又笑着："要一个或两个，三个或五个，都由你随意挑选随意叫。她们都是你的都是我们孔家的。"说着去看孔东德，就见他终于慢慢把目光扭回来，迅疾亮亮落在艺台那些玉裸上，像一个孩子有一天终可从一堆玩具中任挑任选般，脸上挂的喜如煮蛋染的红，朱颖也就明白大功告成了，一场戏到了高潮、接近尾声了。

第十章　　深层变革

一、难途

· 1 ·

在市里研究是否要把炸裂升格独立为县时,明亮知道家里的殇讯了,说父亲孔东德有了心脏病,死在"天外天"的一个姑娘身子上。那时候,时值盛夏,镇长和县长正在市里的一家宾馆内。宾馆的豪华让人骇然和意外。茶几是镶银的,椅子是镀金的,脚下的地毯全是十六岁以下的少女剪发织成的。地毯中间织有金发黑发的男女裸戏图。走在那地毯上,有一股少女的发味和肌肤的光润滑在脚下边。

宾馆浩大,有那地毯的只有一套房,除了上边的批文和条子,其他下级单位来租房,每住一晚间,都要提前三年来预定。一晚的房价是半斤黄金价。县长胡大军,原来是决然不同意最富的炸裂从县里剥离出去独立成为县,那样胡县长的县就变小了。胡县长也就变矮了。后来明亮订了这套房,让胡县长星期天到这套房里住了两晚上,胡县长也就态度松动了。又住了两晚上,也就基本同意了。再住几天后,胡县长也就明确答应只要炸裂工厂再多些,人口再多些,利润和税收再高些,多到高到一定时候了,就把炸裂由镇划县的报告和材料送到市里去。现在到了那一定的时候里,胡县长和明亮用一个专车把十三箱的资料、录像、表格、数据正式拉着送到了市政府,让市里的领导都在传看那些数据、表格和录像。他们就在这宾馆等着市里的消息和态度。等到最为焦急时,明亮在房里喝着水,把电视关掉打开,打开再关掉，反反复复到心烦意乱、头发脱落后，墙上挂的圆形钟表突然掉下来，落在他床头的枕头上，心里惊一下，慌忙过去捡起来，明亮的脸一下惊出了雨水似的汗。他就那么在床前站一会，冲到对面胡县长住的房里去，对胡县长脱口而出道：

"不好了——我爹死掉了！"

县长正在那地毯上盘腿坐着看报纸，怔一下，惊惊慌慌问：

"你怎么知道的？"

"挂钟从墙上掉下来，没有坏，可那时针、分针全都不走了。"

把报纸放下来，将身边的一杯茶水端到桌子上，回过身，胡县长看见明亮还愣在屋子里，就训他还不快打电话问问家景呢。明亮这才醒转神儿，抓起县长客厅的电话拨了号，问了几句话，他就竖在电话机旁僵在那儿，先是脸上有着一层惊白色，后来那惊白就成了暗乌暗乌的红，待那乌红成为黑青后，他把电话放下了，面窗而立站在那儿，看见窗外的鸟雀依旧在楼下公园里飞。扫地的依旧在楼下捡着落叶和纸屑。而自己那目光，却是无论咋样都聚不到了外边的物景上。

"怎么样？"县长问。

明亮想一会儿，脸上挂了黑乌的笑："天大的事也没有镇改县的事情大。"

"真死了？"

"为了镇改县，咋能不死人。"

"啥儿病？"

"胡县长，"看着县长的脸，明亮很轻很亲地叫一下，停了一会儿，才又犹犹豫豫道，"等炸裂镇改县最终成功了，我想把炸裂全县财政收入的百分之十送给你。"

县长想了一会儿："你不回家奔丧吗？"

"天大的私事都没有最小的公事大——死爹死娘也一样。"明亮转身望着窗外说,"我想回,可今天市里就把那些材料全都看完了,市长要万一找我谈话我人不在场咋办呢?"

县长就给两个茶杯都倒了半杯水,一个递给孔明亮,一个自己端起来。两个人在空中碰一下,县长感慨道:"全县的乡长、镇长都像你,县里就好了。"然后又接着笑一下,"就冲你为了工作,父亲死了都不回,镇改县后你若不荣任县长,那就天理不容了。"

也就在碰杯之后都喝了一口水,彼此看了看,明亮也对县长笑着说了一句话:

"我替你算过卦,卦先生说你很快就能当市长。"

县长又笑笑:"安葬父亲想要排场了,我可以去为你父亲致悼词。"

从县长的屋里回到自己的屋里后,明亮心里有些感谢父亲恰好死在这时候。他站在那儿望望停止走动的圆挂钟,拿起拍一拍,摇一摇,确信那挂钟的表针死了不走了,就将那死表又挂回到了墙壁上。到无所事事时,在卧室站一会儿,又到客厅闲走几圈儿。推开客厅的大窗户,他看到市政府几十层的楼房竖在眼前儿,像一根筷子插在一群沙盘里。细心地去查数那楼层的高,知道那楼为六十八层时,他想到镇改县后他要在县城的中心首先盖一幢八十六层的楼,让那楼房有一天县改市了也不过时也不矮。然后他就在窗口想着那八十六层的楼,目光穿过楼群和树林,看见几里外那高楼的六十六层也有一扇窗户推开了。市长的脸像一个苹果那么大,在那推开的窗里笑着朝他招招手,让他赶快和县长一道赶过去。他也就慌忙向市长摆摆手,关上窗,去唤上县长赶快往市长的办公室里走。

走出宾馆,坐上出租车,过了三个小区,路上几弯几拐,到市政府后办了许多登记手续,他和县长才进了市长办公室。市长果真在看炸裂送上来的许多统计和表格。市长是县长当镇长、明亮当村长时的老县长,他见了他们一点不陌生,记忆犹如朝阳,美如鲜花,彼此叙了旧,喝了水,最后市长看了看明亮年轻兴奋的脸,说我知道你为了工作,父亲死了都不肯回家奔丧去,就冲你这一点,我个人原则上支持炸裂由镇改为县。

明亮有泪想要流出来。

市长看看胡县长问:"想好将来谁调到炸裂去当县长没?"

明亮的心又一下缩紧了,扭头看着胡县长,哀求的目光和山脉上的晨雾一模样。

可就在胡县长要开口说话时,市长笑了笑:"我看谁都别去了。把明亮同志直接从镇长提为县长吧。"然后,很释然地看到胡县长笑着点了头,还喝了市长给他倒的水。在明亮想要从市长手里接过杯子去给市长续水时,他看见市长身后墙上挂的方形钟表的红色秒针走得有气无力,想要停下来。于是间,他手在半空僵住了。又看看县长的脸,示意县长看一下市长墙上的表。见县长抬头看了后,明明是看见那秒针每走一下都如爬台阶,有时爬上还会掉下来,可县长却和没有看见样,脸上闪过一层隐隐的喜色后,还依旧和市长说着话。

县长说:"深层变革这些年,县里情况都很好。"

市长说:"要抓住机遇,顺应时代之潮流。"

县长说:"无论怎样改,我是跟定你市长了。你指哪,我就誓死改革到哪儿。"

接下来,两个人就都笑了笑。而市长身后挂钟的秒针也就在这时耗尽力气彻底死着不走了。明亮盯着那停在由"7"向"8"爬着的红秒针,脸色顿时白起来,汗从额门浸出一层儿,终于忍不住朝前走一步,插到市长和县长的对话里,小心地对市长轻声说:

"市长,你墙上的挂钟该换电池了。"

市长扭头望了望,有些无所谓地回头问县长:"今天想喝什么酒？"

县长说："最好的。"

这时记得，墙上的秒针不仅在"7"上停下来，而且还又如有人爬树到了中途滑下样，突然间，那悬挂的秒针闪一下，又倒退下滑到"6"字那儿了。明亮听到了那秒针下滑时陨石下落样的响，眼前一晃，脑里一嗡，他就大唤着朝市长办公室的外边跑。

——"市长的钟表不走了，快给市长换电池！"

——"市长的钟表不走了，快来给市长换电池！"

他在市政府办公大楼六十六层的走廊大唤着，声音急切响亮，像从炸裂山坡上滚下的石头要砸死路人般。听到他唤叫的副市长和秘书长，还有那层楼所有的干部和工作人员们，都从办公室里冲出来，僵着呆在楼道上望着他。之后市长知道了明亮这样急呼狂唤的缘由后，很感叹地说了句：

"一辈子去哪找这忠好的下属啊！"

· 2 ·

从市长办公室里走出来，县长和镇长并着肩，到楼下县长凑近镇长的耳朵上，悄着声音说："孔明亮，真想操你妈！"

离开市政府的院子到市政府的门前大街上，县长对身边的镇长用不高不低的声音说："孔明亮，你爹死了，你娘咋不抓紧死了呢？"

到宾馆两个人要回自己房间时，县长大声在宾馆的走廊唤："孔明亮——你和你们全家都死才好呢——别以为市长同意炸裂改县炸裂就要独立成县了。别以为市长说让你当县长，你就当上县长了。大事小事都别想绕过我这个县长呢。现在你孔明亮还捏在我手里呢。"

一路上，两天间，明亮都不知道县长为啥儿会那么大动肝火，咒爹骂娘。为了弄清为啥儿,他给县长倒开水,洗衣服,挤牙膏,擦皮鞋,还亲自把县长擦嘴的废纸接在手里扔到纸篓里,可县长最终都没说他为啥儿会大动肝火、咒爹骂娘的事。直到他们从市里回到县城里,接他们的专车穿过县城的开发区、商业街、广场、体育场,新建的火葬场和县医院,大饭店和儿童娱乐城,明亮提着县长的行李把县长送回家,县长才很含蓄地对他说:"回家埋你爹的时候想想吧。"

县长家住在城中心的一个花园里。他不让明亮朝他家里去送他,到花园门口就把明亮挡下来,"你爹在家躺了三天等你去埋哪,快回家忙你爹的后事吧。"明亮坚持要把县长送回家里去,就闪着没有把行李给县长。"你不告诉我你为啥生气我就不离开。死都不离开!"他固执如铁地说着跟在县长身后边,到县长家独栋楼的院门口,又接着悄声死死说:"胡县长,你不说你为啥儿生气我死都不离开!"走进屋门时,他又压着嗓子说:"你要把我当成你的下属、你的兄弟、你的人马了,你就告诉我你为啥那么生我气。"到了没有礼堂大的县长家的客厅里,有一班人马接过行李,忙着给县长换鞋沏茶,开着空调,端来洗脸水让县长歇息放松时,他用更小的声音求着县长道:

——"你不说,我就给你跪下来。"

——"胡县长,你以为我不敢跪下吗?"

——"不光跪下来,我还敢活活跪死在你面前。"

在孔明亮真的做出准备下跪的姿势时,县长家客厅墙上的挂表的时针分针都到了十二点,那椭圆木雕的红木钟表里,当当当地连敲了十二下,声音脆亮,如寺庙古刹的钟声木鱼声。孔明亮有些醒悟地循着声音望着那钟表,脸上的表情如一层云里透出了一丝光。胡县长脱掉皮鞋,换了拖鞋走过来,盯着明亮冷冷笑一下:"你放心,我家的钟表再走百年都不会停下来。"明亮看看胡县长,又回头依然望着那钟表,脸上原来僵冻的表情化解开来了。有一层发亮的懊悔僵在他的脸上了。他看着走来坐在钟下沙发上的胡县长，朝自己脸上轻轻捆了一耳光。

"我想明白了。"他对县长说着，又用力捆了自己一耳光，"市长的钟表没电了，我不该提醒他快换电池让钟表不停歇地走。"说着一屁股坐在胡县长对面椅子上，像把自己从哪儿扔了出去样，"市长的钟表不走了，市长就该生病住院了。市长一住院，病就难治了。市长有了不治之症，就该把市长的位置让将出来了。"

说完这些话，孔明亮瞟着胡县长，显出万千的懊悔和不该。"我就是猪脑子！"在地上轻轻跺了一下脚，他又接着说，"市长病死了，不就轮到你当市长了？你当市长炸裂由镇改县不就完全由你说了算？！"然后就啥儿也不再去说了，只是看着县长感叹着，像把一匹敌人的死马医活后，那马朝自己身上踢一脚，又奔向了驰杀自己的疆域里。就那么，和县长相隔几米地对坐相望着，等着县长说一句宽解原谅自己的话。

可县长没有说。县长像电影上的人物样，喝着刚沏好的茶，把漂着的茶叶用杯盖推到一边去，吹了几下热茶欲喝时，又放下杯子用很轻的声音说：

"你本来就是市长的人，对市长忠心也是应该的。"

明亮果真朝县长跪下了："胡县长，打死我都是你的人。"

县长问："有啥证据吗？"

明亮想了想，想了岁月久长一会儿："这样吧——胡县长，我知道现在正在进行死亡大殡改，要求人死后，都要火化使用骨灰盒。而我们全县自你建了火葬场——我知道那火化炉和火葬场，是县长你们家的生意和工厂。可自建成后，还没有一个死人是自愿去那火化的——从我开始——那就从我们孔家开始，为了证明我是你的人，生死都站在你的旗下你的这一边，我先把我父亲运来火化掉——让我父亲成为全县第一个自愿火化火葬的人。"

县长盯着孔明亮的脸。

"如果一个镇长把他的父亲送来火化了，"明亮说，"那火葬场的生意准就慢慢好起来。"

县长盯着孔明亮的脸。墙上挂表的铃声又响了，像古庙古刹里的钟声木鱼声，悠然远远，让人听了就大悟大开、很快明白了大千世界的万千事情了。

二、阵痛

· 1 ·

老四孔明耀，从一个省会的军营赶回来为父亲奔丧时，是从梁上下的车。站在梁道上，他被炸裂的变化吓着了。以为自己下错了车，回头朝开走的汽车追着唤："停一下！停一下！"可那车已经荡着烟尘开走了。他就在那儿打量着，直到看见下边路口早年为嫂子竖在那儿的巨壁碑，才明白眼前的繁华镇子真的是炸裂。因为专注在部队，他连自己都忘了多少年没有回过家。那次回来是为了二哥选村长，这次回来二哥不仅是镇长，还快是县长了。他站在梁顶的一块开阔处，望着镇上的楼房、桥梁、街巷和河流两岸的工厂及人流，正不知所措时，嫂子朱颖从老街走来接着他，脸上显着悲伤也显着几分喜。时候是在黄昏间，西边的落日中，云彩都成了金块、金条和发亮的银元宝。可路边的槐树和榆树，都为父亲的死去开着黑色硕大的花。那些黑花在夕阳中，闪着悲戚明亮的光。朱颖朝明耀走过来，到他面前很有几分哀痛地问他说：

"三弟——你回来了？"

明耀看着山下的炸裂镇，惊了半天道：

"嫂——这是炸裂吗？"

"爹是死于心脏病，"朱颖说，"死在一个姑娘身上了。"

明耀又抬头看着路边榆树、槐树上开的一朵一树的黑花朵，盯着嫂子问："二哥呢？"

"过几天，你们四兄弟各有一份爹在死后的孝礼钱，少说每人能分几十万。我和你哥商量了，只要你不阻拦把爹送到火化场，我们那几十万块就归你。"

明耀就愈发惊着了。他没有想到嫂子说几十万元像说几张纸。没想到嫂子会开口就把几十万元送给他。于是间，跟在嫂子后面回村时，他懵头懵脑问："弟兄四个每人真有几十万？"

嫂子说："你哥快当县长了。爹一死，全县的人都该借机到孔家送礼了。"

这样儿，明耀就有些盼着丧事、喜那丧事了。

过程里，孔东德在炸裂停了七天尸，丧葬的后事办得轰轰烈烈，名满天下。单为使尸体保鲜用掉的冰块就有十二吨。在炸裂的十字路口搭了巨大的灵棚和账房会计屋。所有的人都知道镇长的父亲为救一个在炸裂村打工的女孩死掉了。有一辆运输矿石的汽车从梁上开过去，那下班的女孩路过汽车轮子下，老人一把将她救出来，可老人却在那惊吓中，心脏停止跳动了。而老人死前说的最后一句话，还是要把他送到新建的火葬场，移风易俗去火化。而且老人死去后，儿子镇长还在市里为炸裂的繁荣忙得不知天黑和天明，这事迹被当年办有新闻故事加工厂的杨葆青——今天镇上负责宣传的干部写成文章后，整版正时地登在报纸上，播在电视上。满天下的人就都被震撼感动了。送花圈的人多得如夏天水边的蝴蝶蜻蜓样。整个炸裂的商店、饭店、百货楼和各种各样的生意铺，全都关门三日，在门前路边摆了大花圈。花圈引来的蝴蝶密密麻麻，又七日不散，把炸裂的大街小巷都飞满落满了。送礼吊孝的人，方圆上百里，那些开矿的、办厂的，在炸裂做着各样生意的，大至几万十几万的吊孝钱，小到远村百姓送的鸡蛋、枕巾、被面和毛毯，让丧葬的会计在那儿登记账目昼夜不合眼。为了能给镇长的父亲送份吊孝礼，队伍从炸裂的大街连续三天排到炸裂的山梁上。连那些在炸裂开矿办厂的日本人、韩国人、美国人和欧洲人，都依着炸裂的乡规民俗为这桩喜丧送了红礼包。

依照时代文明把老人送至县城火化后，又在棺材中装了骨灰盒，埋在祖坟上，炸裂恢复了它的繁闹和秩序。孔家也恢复到了多年不见的平静里。丧事之后依俗是要召开一个家庭会议的，因为明亮为公劳操，只是在出殡那天的追悼会上露了一下脸，之后就又不见了，忙着到县上去和县长见面了。朱颖也在出殡那天忙完不见了，连开家庭会议讨论每个子女怎样分得几十万元的孝礼钱，她都没有回到家里来。

这个家就这样轰轰烈烈崩离了。

人走屋空的孔家上房里，只还有老大孔明光、老三孔明耀和老四孔明辉。明耀除了脸上长了十几颗的青春痘和穿在身上的军装外，就是人生的疲惫和空乏。他在部队的忙碌如把耧山脉拉着空磨转动的驴，一圈一圈不停脚地走，终是没有米面流出来。不能立功做军官，也不能立功成英雄。他两手空空，坐在这个家庭会议上，像一个百姓坐在一圈百姓中。母亲坐在三个儿子的边儿上，为他们烧了水，为他们围着的桌上倒了花生和核桃。为了让他们吃，还把花生剥开来，把籽儿放在一个空碗里。把核桃砸开来，把核桃仁放在另一个空碗里，等花生粒和核桃仁都在碗里堆成一堆后，就端过去摆在儿子们面前桌子上。那桌上还有孔东德死后所有送礼的账目和清单。账目上留的钱刚好二百万,四个儿子人均五十万。还有几库人们送的各样吊孝礼,四个儿子每人能分一仓库。孔东德的遗像摆在屋里的桌中间,那遗像和善亲切,望着大家一直都在微笑着。屋里安静而温和,也像孔东德遗像上的那张脸。有一只苍蝇在那遗像上落了落,拉下一粒屎,又飞来落在他们三兄弟围的桌子上。这时候,老三明耀也就望望两个兄弟说:

"分了吧。"

老大、老四望着老三不说话。

"二哥、二嫂的那份他们都说要给我。"说着明耀取出一张纸条儿,说二嫂把字据都写在这儿了,说她怕我阻拦把爹送到火葬场,才一定要给我她家那份儿。接下来,喝了几口水,明耀又说道:"话也倒过来,二哥要当村长时,我回来给他壮声势,没有那次当上村长他怎么当镇长?不当镇长他怎么当县长?"最后推理说,二哥的今天都是多亏他那次壮威帮的忙,把属于他家的一份送给我,也是为了报答我。到最后,他把目光落到大哥明光的脸上去,笑着问他道:

"大哥,你的那份你要吗?"

明光说:"家就这样散了吗?"

再把目光落到四弟明辉的脸上去,明耀问:"老四,你的你要吗?"

"二嫂去哪儿了?"明辉小声问着看看三哥孔明耀,又把目光扭到边旁娘的那边去,发现娘早就不再剥那花生、核桃了,坐在那儿朝着这边木呆着,像不认识她的这些儿子们,脸上的茫然是一种苍黄色,嘴唇是干枯焦燥的灰黑色。"是要分家吗?"她这样问着她的儿子们,三个儿子都为这问话怔一会儿,明耀忽然脸上挂了醒过来的笑,把目光从娘的身上挪回来,看看大哥的脸,又看看小弟的脸,很大声地说:

"就是啊,我们分家吧。天下哪有不分家的家。"

说完他望着大哥和兄弟,又把目光扭到娘的脸上去,看见娘哭了,又扭到爹的照片上,在一片死寂中,听见爹在照片上大声大声唤:

"别分家——我给你们跪下来!"

"别分家——我给你们跪下来!"

· 2 ·

到了父亲死后"三七"这一天,儿女们是都要到坟地烧纸上香的。可这天,日将西去时,明辉从镇政府走出来,不想见人多说话,就绕过镇街、村落和河道,及两边梁上那些工厂下班的人流们,到了后山梁的偏僻里。远处山矿的爆炸声,在黄昏中又闷又响地传过来,之后就是一片死寂了。落日被那爆炸炸成了一摊血淋淋的水。一包巨圆的浆红被炸裂后流在天边外。树成红的了,如一树血的花。鸟的叫声也红了,归巢的路上都是它们的红绒毛。有一只野兔在那爆炸中,惶恐地朝着起尘的地方看了看,惊叫一声——"天!",就朝庄稼地里跑去了。被炸惊了的草籽刚好浅到饿鸟的肚里去。被炸落的花草和嫩叶,到牛羊嘴里躲着了。明辉就在那惊慌寂静里,朝着坟地里走。路上碰到了红的空气,污的泉水,惊慌失措的飞蛾和口吐白沫的病蚂蚁。还有在路上口干舌燥到将要死去的一条无家可归的狗。那狗随在他身边。他给它喂了水,为它找了吃的东西后,就到坟地了。狗就在梁上等着他。季节已经是仲秋,许多草和花棵都半是枯萎半是青黄着。孔家那一片几十上百的墓堆上,都是灰白的茅草和蒿草。明辉很远就看见了父亲的坟——一堆新土和一片倒在地上的纸花圈。还看见父亲在那花圈中坐着等着他,满脸都是火化烤焦的枯黄和病容。

"我疼啊——我疼啊！"明辉听着从父亲坟上隐隐传来的唤，慢慢站下脚。可他最终没有朝父亲和那坟堆走过去。他心里忽然有些莫名的害怕和担忧。照理说，在这三七祭的日子里，哥嫂们早该提着贡品、鞭炮都到坟地的，把那些贡品摆到坟前边，燃上香，跪在坟前磕着头，会哭的大声哭起来，唱歌样诉说着死者给生者留下的寂寞、思念和苦痛。不会哭的就都跪下磕着头，对新坟黄土默念着心里话。然后兄弟姐妹间，就开始彼此拉着、劝着那哭得最痛的人，说死的死去了，活着的还要长相守，要彼此照顾着活完这一生。到这儿，也许那哭的就不再哭下去，也许他或她会因为有人拉劝，哭得更为伤痛、更为撕心裂肺着。明辉是准备要到父亲坟前好好哭上一场的。他有很多话要对父亲说。要对父亲说他们弟兄四个分家了，现在大哥正用那份分家的钱，在镇上的开发区，买上一套新房子。三哥得了他的和二哥那一份，决计要用那笔钱做下一番大事业，和二哥一样做个伟人了。至于二哥二嫂不要那份钱，把那份都给三哥用，他就不知道是为着啥儿了。

　　二哥忙，连父亲入土都没有时间赶回来。嫂子在还未最后把父亲安葬完，她就和二哥一样不在了。大哥、大嫂离婚了。二哥二嫂间，一定隔有天大的距离和事情，只是这事明辉不知道。明辉很想在三七祭的日子里，跪在父亲坟前和父亲说说这些事。可大哥、二哥都没有到坟上来给父亲三七祭。三哥又带着一笔巨款回他的部队了。以为借着三七祭，可以在坟地见着大哥、二哥、二嫂的，可他们谁都没有来。明辉知道孔家随着父亲的死，家道像一栋楼样坍塌了。像一棵树样倒下了。多少年前家境贫到煮饭没有盐吃时，那家是完整直立的。现在三哥快当县长了，大哥好像也被提升成了校长了。他想当模范教师的，可二哥一个电话打到哪，他就不仅是模范教师，而且还是校长了。三哥呢，也因为有钱而疯疯朝气了，可这家，却因此轰然倒塌了。连父亲死后的三七祭，都没人有空来这行礼烧香了。坐在离父亲新坟有十几米远的空地上，寂静间的落日中，发出很响的撕开布料的声音来。夏天的闷热和火燥，在他周围绕着堆码着。有几只七星瓢虫在他面前的一棵草上爬着走动着，身上的黑色星斑不见了，只还有彤红的几粒身子在走动，像在那草上滚落的几粒血珠儿。明辉把目光从那几粒血珠身上抬起来，朝着梁上的空旷唤："——都不来了吗？——都不来了吗？"那条狗听到明辉的唤声后，朝左右看了看，朝坟间的草间慢慢走过来。

　　再也不指望哥嫂们会来这坟前了。他想到二哥和大哥在父亲死后说的几句话，心里隐锐隐锐疼几下。大哥说："父亲就是猪，竟会死在女人身子上。"

　　二哥朝着躺在棺材里的父亲看了看，朝那棺木踢几脚："火化吧。火化了就等于支持县长的火化政策了。"

　　大哥说："火化好，烧掉我心里也干净。"

　　就把父亲从炸裂运到了县城新开的殡仪火化场。为了庆祝第一具尸体自愿走入火葬场，那火葬场到处摆了鲜花，写了标语，挂了大横幅，敲锣打鼓和庆祝节日样。之后就把父亲的尸体推进火化炉，又把骨灰装进骨灰盒，最后把骨灰盒装进棺材埋掉了。一个耙耧山脉的镇长，带头把父亲火化的事迹大块文章地写些在报纸的显赫位置上。电台、电视轮番播着新闻像在锅里炒豆般，噼噼啪啪，天地震响，且还把父亲的照片也登在报纸上，说他的一生，平凡而伟大，死前从车轮下救了到炸裂打工的人，死后又为那里的殡葬事业做了敢吃螃蟹的第一人。

　　看着那些报纸上的文章和照片，二哥笑笑把那报纸扔到一边去。大哥看了看，在那报纸上啐了一口痰。接着那扔了报纸的地面上，有痰那地方，痰成种子生出一棵红杏树，杏树上结满了芒果和石榴。

有一股带着冰寒的凉风从哪吹过来，原来在明辉面前趴着的瓢虫都变成蜻蜓飞走了。天好像要下雨。明辉看着被云层遮住的落日和搁在坟头花圈中父亲的脸，正被那只孤狗一下一下舔润着。父亲被火化烧焦的脸上，在狗舔后有了潮润和舒展，似乎他脸上、身上火化烤焦的疼痛缓了过来了。最后间，明辉朝父亲的坟前走过去。在那坟上磕了三个头，听见父亲对他说：

"回家吧，天快下雨了。"

他便在落雨中，从坟地默默回去了。

第十一章　　　　　　　　较量

一、较量

• 1 •

明亮在朱颖家里找到朱颖时，他看到了那走南闯北的媳妇，像一个四门不出的农家女人样，在家里的院子内，屋里正厅的桌子上，到处都摆了他父亲朱庆方的遗像和贡品。每张遗像前，又都燃着胳膊粗的三捆香。遗像的两边都贴着请人写的红对联，上联是：不是不报，时辰不到。下联是：时辰一到，自然会报。屋内烟雾缭绕，喜气洋洋，放着低沉欢快的音乐，像在朱家到处都流动着夏天的溪水和黄昏的风。从公公孔东德死的那天起，她就关着大门在做着这桩事，一会儿到这张酒桌给父亲像前将燃尽的草香换一换，倒上三杯酒，鞠躬把酒洒在像前说："该做的事情女儿都做了，你可以在那边安心过着了。"又到下一个酒桌遗像前，换好香，倒上酒，把酒洒下来："爹，孔东德这个东西死掉了，全村全镇的人都知道他死在女人堆儿里，死在一个小姐身子上。都背后朝他吐痰吐口水。他身上头上的痰和口水和湖样。"

七天间，朱颖几乎没有合过眼，大门插锁着，全村全镇的人都不知道她到哪去了。不知她在家里做着这样一桩事。直到孔东德火化以后被埋掉，第七日的黄昏落到朱家院子内，朱颖在院里的椅上打瞌睡，睁开眼时看到孔明亮站在她面前，脸上显出不屑的睥睨和嘲笑，像看到一个孩子在做着一场游戏样。

她看看仍旧关着的大门问："你怎么进来的？"

孔明亮冷冷笑一笑:"这下你该满意了。"

"镇改县已经成了吗?"

"我来对你说,过些天我俩离婚吧。"明亮坐在她面前,朝满院满屋的遗像和贡品瞅了瞅,把扑面而来的香烟朝边上赶了赶,苦笑一下接着道,"你爹因为孔家被痰淹死了。我爹因为你们朱家死后还身上背满八辈子都洗不净的痰——我们的恩怨缘分尽了呢,我们啥都不用再谈了。"

说完这些话,黄昏到来了。满院满屋都是黄昏的悲伤和哀戚。有蚊子在院子上空飞。因为浓烟蚊子落不到院里和人身上,那蚊子飞的嗡嗡声,就只响在半空和院外的街道上。原来相邻的炸裂村委会,现在那儿的地和房子被一家公司买了去,公司专做油生意,把花生和芝麻榨成油,在那新鲜的油里兑着胶和水,兑着猪皮、牛皮和其他皮带、胶鞋熬的汤,一斤芝麻变成三斤油,一斤花生能熬出三斤五两油。生意好,原来的二层楼房变成了二十层。楼房的四围都是茶色红玻璃,落日一照那楼房像是一柱火炬般。在那火炬下,朱颖家不用开灯就一片光明、一片亮堂了。借着那光亮,她看见了明亮手里拿的一叠炸裂县城的先期规划图,把身子朝他面前倾了倾,用很温柔的声音说:

"我该做的事情做完了。剩下的就是要好好地做你的女人了,要让你顺顺利利当上县长了。"

朱颖问:"想过没?和我离了婚,你能当上县长吗?"

还又笑了一下道:"天下的男人都离不开'天外天'。没有我的'天外天',炸裂就别想改为县,你就别指望三朝两日当县长。"

然后,天就黑下来,黑到一个世界都消失不见了。男人孔明亮,也一道影样不见了。

• 2 •

到了孔东德三七祭的那天黄昏中，朱颖从家里出来了，她憔悴瘦枯，猛然间头上还有两缕白头发，三十几岁，人却像四十岁。原来脸上的滋润和艳丽，转眼几乎消尽了。镇街上，所有认识她的人，见了都惊着朝后退两步，都张着说不出话的嘴，呆在路边盯着她。她朝着人家笑，人家才会朝她点点头。她问人家两声、三声"吃饭没？"或"生意开张了？"人家才会"啊、啊"两声应酬着，忙忙去做别的事情了。

她惊着大声说："不认识我了吗？"

面前那人一脸僵笑答："面熟。面熟可一时想不起了呢。"

她大声说："我是镇长的老婆，'天外天'的老板你不知道吗？"

那人就慌忙收起笑，躲着闪着走掉了。朱颖意识到了一件大事情——炸裂的人，连她都不再认识了。她先是迷惑，后是惊异地从繁闹的街上风过去，边走边跑，边跑边走，老远就看见"天外天娱乐城"那儿一世空静，大门顶钳在墙上的灯箱招牌不见了。门上有又宽又长的白纸封条贴出一个巨大的"×"。地面上到处都是碎玻璃、锈铁丝和扔的封门时用的胶水瓶。她跑步到那被封的门前钉在那，脸上顿时有一层汗珠炸出来。有汽车从她身后开过去。有买卖的人流在她眼前晃来晃去地飘。还有几家饭店的洗菜淘米水，一如往日地从"天外天"对面墙下的下水道里流。太阳西去很有一会了，到着镇上赶集的人，多都开始扛着挑着往回走。在落日的门前钉呆一会儿，绕着楼屋到"天外天"的后门那儿去，朱颖看见原来守门扫院的老头儿，正在把一院的桌椅朝着后院的墙角码。

"怎么啦？'天外天'出了啥事了？！"她嘶着嗓子问，守门老人听见转过身,抱在怀里的两张木椅就落在地上面。

"你是朱颖吗?你可回来了!"

老人疲弱地朝她走两步,站在她面前,用苍如树皮的嗓音对她说,三天前镇长亲自带着人,把"天外天"的生意给砸了。把所有的姑娘赶走了。还动手打了那些姑娘们的脸。砸完赶走姑娘后,镇长站在他父亲孔东德死的二楼说了一句话:

"爹——砸了'天外天',从此朱颖就不是镇长、县长的老婆了。我孔明亮也算对你尽孝了。"老人说,镇长说完这句话,朝那选裸的艺台呸了几口痰,朝那一排沙发一个一个全都踹一脚,让人把那些坐过无数嫖客的沙发全部抬出去,砸了或烧了,镇长就气鼓鼓地离开走掉了。老人对朱颖说下这些时,他是跟在朱颖身后的。他们一前一后,从后门朝着"天外天"的客房、浴室、收银台和选裸区里走。朱颖在前边,老人在后边,说完后老人又追着朱颖问:

——"镇长真的和你离婚了?"

——"你看你一说离婚人就瘦成这样儿,让人认不出,你是原来那个朱颖吗?"

——"如果还没离,就一定不要离。"老人最后交代说,"他三朝五日就当县长了,只要不离婚,你就是名正言顺的他老婆——县长夫人呢,是县里说一不二的人。"就从一楼到了二楼里,日光从被扯掉窗帘的窗户突进来,歇在走廊、楼梯和开着、关着的房门上。几天间,原来红粉热闹的楼里地面上,旺旺长了很多草。蛛网在墙角开怀大笑铺成半领席,而供嫖客和小姐们事前事后洗浴的房间内,洗脸池的白瓷盆中有积水的全部生出了小鱼和小虾。没积水的地方因为潮湿肥沃,荒草旺得和废园样。有的便池里,还如盆景样生出一棵树,在窗口的光亮下,树枝树叶几乎把窗户都给罩住了。朱颖在这儿看一看,在那儿站一站。有只蟋蟀爬到她的脚面上,曜曜地叫几声,又爬到她的裤腿上,用力一蹬跳到了别处去。在一间豪华的客房里,那张硕大的圆形橡胶睡床上,原来是每天通电让那橡胶水床冬暖夏凉的,有钱的阔嫖和小姐,躺在那起伏柔软的水床上,人就像睡在了云上样。现在那水床没人去睡了,电却还插着,水床就完全结了冰,像一个巨大的黑色冰块摆在屋子里,人到门口就有股寒气袭过来。因为冷,水龙头也跟着结冰了。洗脸池上摆的香皂、洗发膏,也都成了冰块儿。朱颖在那门口站了站,身上打个寒冷哆嗦朝后退了退。老人进去用半块砖冰凌似的肥皂敲敲那水床,就像用石头敲在石头上。

到了二楼的艺台厅,看到那木艺台全部被砸了。幕布被扯下来堆在艺台上。窗帘有的落着,有的垂挂着。艺台后供姑娘脱衣挂物的衣服架,全都如被砍倒的小树般,横七竖八地堆着架在地上和凳子上。靠墙边如澡堂中的一人一格的衣物柜,柜门全都打开着,有很多小姐们的衣服、裙子和各色的裤头与胸罩,不是堆在柜里就是落在柜下地面上。不肖说,姑娘们是正在艺台上演着自己的裸身时,快当县长的镇长突然带了警察闯了进来的,当时她们的惊叫和嫖客们的愕然,一定如羊群遇到狼群般,先是木呆,后是逃窜,满地落的每个姑娘们装她私隐的小袋子,就像南瓜样结满在台子后。从那小袋里滚出的化妆盒,这里一个、那里一个,每个都开出了一朵几朵的玫瑰花。可惜那花几天间缺光少水,又都枯成了落瓣和黑腐。朱颖闻到了一股草和花瓣的腐烂味。她站在艺台中间的一地凌乱里,看见不知从哪个私隐包里露出的一个避孕套,那套里生出几个小蝌蚪,可因为缺水蝌蚪又死了,小尸体如几粒落豆样干在套口上。望着那些死去的小生命,朱颖有泪流出来,不等泪落下,她很快就用手擦了一把脸,突然朝着面前狼藉的艺台上空唤:

——"我还是镇长的老婆'天外天'的朱经理!"

——"我要你们记住我还是镇长的老婆'天外天'的朱经理!"

这么扯嗓唤了两声后,她在那台上转过身,对着当初男客们选裸坐的方向更大声地尖叫道:"炸裂变成县,孔明亮当了县长他也别想甩掉我。就是当了市长、皇帝他也是我朱颖的男人谁也别想从我手里抢走他——"

疯了般,朱颖在那台上扯着嗓子唤叫一遍后,又把身子转过来,对着炸裂镇街的方向唤。对着炸裂南边镇政府的方向唤。对着炸裂镇外的工厂、矿山方向唤。她的唤声先从尖利变为粗哑,又从高烈变至低暗后,嗓子和唇角被她的唤声撕裂了,有血从她的嘴里流出来。

最后一抹夕阳要走时,朱颖闯进了镇政府的会议室。会议室在十八楼的最东端,推开窗子就能看到那些大城市,能看见县长、市长、省长的办公桌和各不相同的办公椅。这一天,镇长正在会议室中铺着审看镇改县的县城规划设计图纸时,朱颖轰隆一下破门而入了。这大楼落成时,她曾多次进入镇长的办公室,还在镇长的办公桌和沙发上和他做过爱。可走进这第十八层的会议室,在她还是第一次。站在门内里,冷着脸扫了一眼一家院落那么大的会议室,看了会议室中间摆的三间房子长宽的会议桌,和那桌上铺的一张桌子大的画了高楼、公路、公园、广场的城建图,把目光逼到她男人镇长明亮的脸上去,看见他好像人又长高了,也变富态了,穿了衬衣、西装和县长、市长的模样样。如果不是他脸上还依旧紧绷的毅硬和那嘴角的一颗痣,朱颖那一刻差点没有把他认出来。好在他从窗口转过身子时,嘴角的那颗黑痣动了动,使她在一瞬间的恍惚里,认出他就是自己的男人孔明亮。认出他是还没有当上县长的镇长了。她朝他盯着看了片刻后,忽然从会议桌的另一侧,抢过一把椅子,搬过去垫在窗口下,跳上去跃到一扇开着能看见千里之外省长、市长办公桌的窗户上,双手抓住窗户两边的铝框沿,朝外瞅一眼,又迅速把头扭到里边来,看着惊慌失措的男人说:

"孔明亮——还想当你的县长吗？我只要从这跳下去，就是炸裂改成县，这辈子你也当不了县长啦！"

朱颖把目光盯着慌忙朝她走近的男人唤：

"你给我站在那儿，你再走一步我就跳下去——现在我要你给我说句话——你还和我离婚吗？只要你说出一个离字来，我就从这跳下去。我跳下去你就从此成了杀人犯。别说当县长，镇长你也别想再当了！"

朱颖最后扯着嗓子唤：

"谁都不要走近我！谁再朝我多走一步我就从这十八层楼上跳下去——你们都站住——都站住不要动——孔明亮，我问你一句话：你还和我离婚吗？"

——"现在不离当了县长离不离？"

——"当了县长也不离，那当了市长离不离？"

——"当了市长也不离，那当了省长离不离？"

——"大家都听着——所有镇政府的干部你们全都听见镇长刚才说了啥儿话——现在我只还有一个要求啦——为啥你砸了、封了'天外天'，可'世外桃源'和我经营一样的生意却不封不砸呢——'世外桃源'的老板程菁她是你什么人？是你的姘头、小妾还是婊子烂情人？你现在就给我说清她是你什么人——说清楚我就自己走下去。说不清我就从这十八层楼上跳下去——我站在这儿正好能看见程菁开的婊子店。她成独家生意了，从下午落日开始那些当官的、有钱的，还有那些鸡巴和棒槌一样大的洋人们，他们开着汽车都到'世外桃源'嫖小姐。——现在'世外桃源'的院子里，人多得汽车都停不下。连院子外大街口都停满了嫖客们的汽车和自行车。——她家的生意旺得如着了鬼火样，连我家店里的姑娘也都到'世外桃源'去做了！孔明亮，你是我的男人，是我帮你当了村长又帮你当镇长。可你不帮我反毁了、砸了、封了我的店生意,让那婊子姑娘家的生意那么好——孔明亮——你给我听清楚,你是我男人,你现在就派人去把'世外桃源'的生意封了砸了让它和'天外天'的门上都有一模一样的白纸大封条,让程菁哭天抹泪没有生意做!"

——"你去不去砸她家的生意啊?!"

——"我最后问你一句去砸还是不砸她那婊子店?!"

朱颖抓着窗栏嘶唤着,站在那儿手脚累了后,动动身子,换了一下用累的手和脚,瞟一眼挤满了人的镇政府的会议室,看到一片惶恐的面孔和冒着汗的脸,看见会议室里挤不进来的镇政府的干部们和跟着她来看热闹的人。在那外面的走廊上,人头攒动,山山海海,每个人都拉长脖子张大着嘴,因为踮脚围观,所有人的脖子变长了,裤子变短了,吊着裤腿露出他们赤红一段脚脖儿。朱颖居高临下,看了一眼所有的人,最后把目光收回来,落到最前一排孔明亮的身子上,见他没有镇长的威风了,一脸的虚汗和惊恐,尴尬像窗光一样闪着僵在他脸上,没有地方放的手,像要朝窗口伸过去,又怕一伸手,她从窗上跳下去,就只好伸着又朝回缩着,僵在半空里。她知道她已经以妻子的名义把他拿下了,就最后朝他、朝满楼的众人唤了三句话:

——"现在就派人去砸了程菁的'世外桃源'!"

——"别说当县长,你就是当了省长也必须要听我的话!"

——"只要听我的,从明天起,我就开始给你洗衣做饭,生子养家好好过日子!"

天便黑下来。

哗地一声漆黑下来了。

最后到来的黄昏的光,像一面窗帘落下样,将世界融进了一片模糊里。接下去,镇上、工厂和远处矿山的灯光全都亮起了。河滩上的鹅卵石,大街上的电线杆,镇外田野上的荒草和庄稼地,全都发出白金色的光。黑夜似乎比白天还亮堂。朱颖从窗口被人扶着走下来,和男人一块从镇政府朝家里走去时,大街上没有不认识她的人,谁见了都迎上去和她点头说话儿,都说她比以前年轻了,皮肤也好了,三十来岁和二十几岁样。

二、胜利

·1·

如同巧算安排般,朱颖在生产那一天,正是炸裂由镇扩改为县,男人孔明亮从镇长荣升为县长那一天。那是下一年春天的三月十九日,整个世界都从冬眠中苏醒过来了。镇改县的庆祝大会在未来准备筹建的体育场,人多得光挤掉的鞋子有整整五卡车,被一家制鞋厂连夜从会场清理拉走后,在厂里经过挑选、配对、再加工,重新运到各个城里的鞋店卖出去,使炸裂县某家制鞋厂的账目存款又多了两位数。那一天人们喝掉的汽水、矿泉水,累坏了几家饮料厂的水龙头。扔下的汽水瓶和矿泉水瓶,回收再用时,上百个捡垃圾的清洁工,用三天三夜的时间才把它们全部重又送回饮料厂。放的鞭炮救活了几家将要倒闭的炸药加工厂。贴的标语用完了几家造纸厂的纸。之后炸裂县就接连不断、三朝五日都要大搞庆典了,一庆典县里的经济、文化、政治就全都好起来。

朱颖生产是在刚刚由镇医院扩成的县医院。那一天县医院把所有的病人全都赶走后,把整个医院清场留给县长的夫人来生产。医院的门口停了六轮大花车,各条走廊上都摆满了鲜花和大花瓶。妇产科的门后、厕所都洒了法国香水和香料粉。为了检查朱颖怀子的胎位正不正，此前医院专门买了一台昂贵的检查机，后来又花巨资买了日本生产的腹腔透视机。接生是由医院院长亲自组织主持的，妇产科五十多岁的女主任，为了预防朱颖生产时出现的各种意外，提前准备了八种难产的方案，连血库的血浆都准备好了的。可朱颖被搀到产床上时，刚躺下盖着消毒产被和院长说了几句话，孩子就砰地一响掉坐在了产床上。

院长问："你觉得身体怎么样？"

朱颖说："医院里的香味呛鼻子。"

院长说："你要做好钻心痛的准备哦。"

朱颖脸上突然有了惊慌和不安，"我的肚子怎么了？我的肚子怎么了？"她大声地唤着问着说，"它咋就和山一样塌下了？咋就和山一样塌下了？"

院长和妇产科主任慌忙爬在床上，撩开被子和朱颖穿的大裙子，看见她的宫门和城门一样大开着，孩子从那门里走出来，正屏声静气地蜷着落在一摊血浆羊水里。

把顺产的消息立马送到刚刚摘掉镇政府的牌子换成县政府招牌的县长办公室，明亮为一天镇改县的庆贺劳累得刚刚坐在旋转皮椅上，工作人员也才刚刚把县长的茶水放在桌子上，医院的院长就兴冲冲地跑来了。他对县长说："夫人宫门开阔，生产顺利，是男婴，八斤八两重。"说完这些话，县长盯着院长的脸："真是男孩吗？"院长很认真地说："真的是男孩，八斤八两，多吉利的数字啊。"然后县长面前桌上的钢笔从笔尖开了一朵花。他面前的文件白纸上，也有了春天各色物样的树木和花草，连他对面的黄梨木沙发的扶手和背框上，都长出了春天的绿芽和枝叶。有一股完全是林地春天的植物的清香和鲜嫩，在他办公室的开阔里，漫天漫地地流荡与飞散。望着那些花草和香味，孔明亮脸上漾荡着很舒心的笑，他看着医院院长那张满心欢喜的脸,轻声问他道:"你刚才说我老婆宫门很开吗?"院长点点头,也很轻声地笑着说:"她很适合生孩子,县长要想再生第二胎,我把她准生二胎的各种医疗证明弄好送过来。"然后县长就从椅子上站起来和院长握了手:"你回去对我老婆说,孩子就叫胜利吧——镇改县终于成功了,胜利了,孩子就叫孔胜利。说我忙完县上的事,就去看他们母子俩。"

院长就走了。

院长走后县长把办公室的主任叫进来,让他立刻起草一份文件发下去。"他妈的,一个破院长不仅看了我老婆,还敢说她宫门很开阔——发份文件免了他的职!"办公室主任很快就起草文件,打印出来,盖上县政府的公印和县长的私人章,把医院院长的职位免去了。把妇产科主任调到了医院环卫科,专门负责清理医院的各种垃圾和卫生。还在那文件上告知全县人民,县长家生产大喜,有了儿子叫孔胜利。

· 2 ·

坐月子是每个女人的大假期。朱颖在这假期里,衣来伸手,饭来张口,闲得像人来人往的县城街边没有人去坐的路边凳。男人明亮做了县长了。她从医院产房回到家,刚把睡着的儿子放到床铺上,就有五六个保姆跟过来。她们有的是中年,有的是少妇,都是生过孩子有喂育经验的。其中一个少妇还不到二十岁,上个月生过孩子,这个月就丢下自家的孩子来朱颖家里争做保姆了。

朱颖是把儿子胜利放在床铺上,哄着睡着时,听到了大门口的敲门声。从楼上走下来,到院里看到树上、院墙上的喜鹊多成黑团儿,叫声稠密,如瀑布在那楼下跌宕着。她盯着那一团一团的喜鹊说:

"你们不怕把我儿子吵醒吗？"

那些树上、房上、院墙上的喜鹊都哑然无声了。

又朝天空扬了一下胳膊说："都走吧。"

那些喜鹊全都飞走了。为了不吵醒屋里睡着的孩子，那扑楞楞的声音变得沉郁而绵软，如空泛的树叶落在土里样。待院里安静了，鸟雀无踪无影了，朱颖心神畅快地来到大门口，看到那五六个保姆都提着行李站成一片儿，每个人手里都拿着介绍信。她们有的是县组织部介绍过来的，有的是县工商局介绍过来的，有的是农牧局介绍过来的。而那年龄最小、刚刚生完孩子的，是当了宣传部长的杨葆青专门派来的。

"我要一个保姆就够了。"朱颖望着她们说。

她们就都道："那就把我留下吧。"

于是争争吵吵，在门口闹了一阵，都担心自己被组织派过来，没有留在朱颖身边做保姆，没有侍奉照顾县长的儿子回去会被自家的领导——局长或部长，骂成一团肉浆的。就都说着自己的技能与特长，做保姆的万千合该与合适，似乎只有她才是侍奉朱颖、照顾县长的儿子的最佳了。这样吵了一阵闹了一阵后，朱颖一一接过她们手里的介绍信和推荐信，大致略略看一遍，说我儿子要吃人奶，不是牛奶和羊奶，我的奶不够吃了你们谁有奶？

最后就选留下了那位二十岁刚生过孩子的，又留下一个最为年长最会做饭炒菜的。一个照顾儿子小胜利，一个照顾朱颖的吃饭和穿衣，让朱颖这个母亲成为一个闲人了。闲至第三天，她想起一桩事：孔明亮还没回来看看他的儿子呢。闲至第五天，她一整天都在想着一句话：县长再忙也该回来看看他的儿子呀！她给孔明亮打了电话去，接电话的是程菁。程菁在那边听到朱颖的声音就把电话挂下了。她再把电话打过去，先是没人接，后来有人接了，却又是程菁斩钉冷冷的几句话：

——"你身边的保姆不够吗？"

——"孔县长是全县人民的，不是你一个人的男人呢。"

——"以后有事你都给我说。我是他的办公室程主任，孔县长的任何事情都归我来管！"

放下电话，朱颖像一阵风样又一次朝县政府的大楼卷过去。大楼前的哨兵拦她时，她仍然对那哨兵吼："我是县长的夫人朱颖你们知道不知道？"到开电梯的电梯员身边又吼着："我是朱颖你知道不知道？！"到了县长的办公楼层里，那些曾经见识过她的工作人员们，都出来站在门口朝她鞠着躬，只有程菁横在走廊上，像一棵满是枝叶的树木拦在她面前。程菁原是没有她高的，可她这时穿了乳青色的高跟鞋，和女干部最常穿的小翻领的女西服，还套着一件雪白女衬衫，人就变得庄重了，再也不是原来炸裂镇天外天大街上"世外桃源"的老板了。她像干部一样迎着朱颖站在那儿，笑着对朱颖轻声说：

"嫂子，您好。"

朱颖把一个耳光打在了她脸上。

程菁收了笑，仍是轻声地："你敢再打我一个耳光吗？"

朱颖哼一下，又一个耳光掴上去。

程菁晃晃身子，努力没有让自己倒下去，用发抖哆嗦的声音问："你敢保证你家儿子他爹就是县长吗？你不担心你儿子长着长着不像县长却像了别的人？"这样问着话，笑又回到她脸上，像一朵花又开在田野上。她朝朱颖面前又逼着近一步，用手摸摸自己左脸上的耳光红，像捂着不让那血从她的脸上流出来，用更轻更轻的声音说：

——"姓朱的，你走吧，你对我好我啥儿都不给县长说。"

——"姓朱的，以后你不要再来这里了，这里是我的，你家是你的。对我好我会把县长夫人的名分留给你。"

——"姓朱的,回去想想法,要让儿子越长越像孔县长,千万别像别的人。"

朱颖就在那走廊上,在程菁面前呆站着,有汗从她的额门漫出来。从窗口透进来的那一天的光,在半空都是弯的扭着的。有一只黄鹂鸟,浑身艳丽地从高空飞来落到半空的窗台上,朝走廊上的朱颖隔窗看了看,再要飞走时,黄的红的羽毛全都脱下来,在窗台和半空舞着消失着。而那脱毛的黄鹂却成一只浑身光秃的家雀了,叽喳叽喳几声后,朝别的麻雀群里飞走着。头晕得连窗子、走廊和所有的人脸都在朱颖面前旋转着,她担心自己会立马倒下去,趁还没有昏倒之前又朝程菁看了看,当看到程菁的眼角光滑透亮得没有一丝纹络时,她心里慌一下,忙去扶在走廊的墙壁上。就在她顺着墙壁将要倒下时,她听见她那已出生半月的儿子,在她家里蹬着腿,瞪着大眼唤:

"娘——"

"娘——"

这唤声韧长结实,支撑着没有让朱颖倒下去。和程菁告别时,她在走廊上用她向来嘶大的嗓门唤着说:"孔明亮这辈子都是我男人!炸裂这辈子都是我们孔家的!"然后就在程菁和所有人的目光中,转身沿着她的来路回去了。

当她回到家,那两个保姆也不辞别去了。从此那个朱家院,就只剩她和儿子及她繁华过后的萧瑟了。

第十二章　　防卫事宜

一、英雄事

·1·

从炸裂回到军营,孔明耀见到连长说了那样几句话:"军功能卖吗?我买一个行不行?"

——"连长,你给开个价,我真的想买个三等功。"

——"我当这么多年兵,这么努力都没立过功,现在无论多少钱,如果能卖,我买一个三等的,买个二等的,我要把这当做礼物回家送给一个人。"

那时候,整个军营都遗落在晚饭后的黄昏里,大操场上各连队的队列如左右移动的城墙般。操场边上的树,都在风中唱着一、二、三、四歌。每天、每年都只有在训练中才被操持在手的长枪和短枪,一如订婚而未结婚的年轻人,某种急切让它浑身都憋出了油。就在这个时节上,孔明耀提着行囊回了军营里,因为心情好得要炸开,从内心流出的畅快河水样,滔滔不绝能荡起一轮船。他没想到他会有这么多的钱,没想到他在离开炸裂准备返回军营的前一天,在自家门前随便站一站,有个高瘦苗秀的姑娘从他面前过去时,朝他笑一下,他面前脚下的地上就长出一枝绿藤蔓。他正盯着那藤蔓发呆时,那高挑姑娘却又返身走回来,站在他面前,脸上平静着,用很小的声音说:"你长得像我哥,我哥长得和你一模样。"然后他就心慌意乱地盯着那个姑娘看,看见那姑娘的眉毛有一节指头长,一根根又黑又亮,月状弯弯两排儿,悬飘在她明秀诱人的眼帘上,嘴角上的笑,如晨时太阳的一束光。他从没有这么近地和一个姑娘待在一块过，从来在军营都没有闻到过姑娘身上那种香味儿，说是肉香又是香水味，说是香水又明明是从那姑娘胸前发散出的乳香味，笑着和他说话时，脸上也如盛夏炸裂开的一蓬花。

——"你能陪我到炸裂的街上走走吗？"

——"你要真是个当兵的，就请我到饭店吃顿饭。"

——"有种你就陪我到前边宾馆开间房，我们单独坐坐说会儿话。"

直到回到军营明耀都还不敢相信那天黄昏之前发生的一桩一档的事。不敢相信他真的做过那一桩一档的事。汗像一桶水样从他头上脸上浇下来，脚下的藤蔓就在这时开花了，每一枝叶上都有红花黄花和紫花。花香味浓烈刺鼻，把他香醉到浑身无力，双脚发软，差点倒在那蓬花面前。他就跟着那个姑娘走，把那一蓬藤花留在身后边。可跟着走到街角时，他当兵前就废在街角的石碾上，跟着又开出一碾盘的山茶花。到了一家饭店的门口上，饭店门前的一对石狮子，忽然成为一对迎宾的花篮摆在门口两侧旁。花篮里插满了玫瑰、金菊、芙蓉和火红火红的凤凰花，如同在饭店两侧燃着腾起的两团火。最后到了一家并不怎么豪华起眼的宾馆里，拿着钥匙开门时，明明那门是涂着黄色的漆，漆片下裂，有一层一卷的黄漆陈片翘起着，然在钥匙插进锁孔的一瞬间，那门成为嫩红新漆了，漆香味和她身上的香味混合着，一潭湖水般把他漫天漫地淹进去，差一点把他呛息淹死在那潭湖水里。他已经记不得他们待的宾馆房号是多少，记不得宾馆的房间有啥儿摆设和装饰，只记得门一开，那张雪白阔大的床铺上撒下的各种丝绸花朵花瓣儿，飞来打在他眼上，如同一大摊火液浇在他面前。绸花缎瓣有二寸那么厚，人躺上去若不是身子陷在了那蓬软床上，一定会从那丝绸花上滑下来。

在那绸花缎瓣的床铺上,他和她有了那档儿事。

她教着他有了那档儿事。

他们完事后,床上所有丝绸花瓣都沾在他浸满汗水的身子上,在他用床单遮着身子去他的皮肤上摘那花瓣时,她已经站在床下把她的衣服、裙子穿好了。在他忽然还想再有一次那桩事情时,她取出一张她的二寸小照塞在他手里,又说:"你长得像我哥,我从小就想把我的身子给我哥。可我不能给我哥,现在我把我的身子给你就等于给我哥哥了。"

然后她再说:"你想娶我吗?想娶我你就从部队退伍吧。记住我叫葛粉香——一股粉红的香味飘天上——我对你实话说了吧,整个炸裂的姑娘们,一个世界的姑娘们,凡是你这一生听过见过的,都没有我粉香的皮肤好,都没有我粉香的身材好,都没有我粉香脸盘长得好。想娶我你就退伍吧。我三年五年、一生一世都在炸裂等着你,都在这个世上等着你,因为你长得像我哥,我自小就想嫁给我哥哥。"

再然后,她就从那开满绸花缎瓣的屋里消失了,说她还有别的急事不能不走了,不能陪他了。说想我了你就看看那照片,再想我了你就从部队立马退伍吧。不等他穿好衣服系好扣,她就从那间宾馆的房里一闪而逝了,像一道美虹风吹云散样,使他在那一瞬间,不知道到底发生了啥儿事,那从天而降的爱,端在手里的水泡一模样,一眨眼,水泡就破了,手心只还有一滴水丝水渍了,直到他看着她走后,重又关上门,他把手里的照片捧到眼前看,那照片如火样把他烫一下,落在床上他才看清楚,那照片是她的一张全裸照,人像一柱粉色玉肉样坐在一张床铺上,两腿间的隐私那儿盛开着一朵奇大奇大的玫瑰花。

第二天,他返回部队了。

第三天,黄昏之前赶回军营里,他被一种兴奋的空泛胁迫着,人像被神魔左右样,想到她突然给他带来的浑身的刺甜都有一种欲望要从身上挤出来。想到他已经有了一百万元的钱,都想朝谁的脸上撒泡尿,再用那钱去把他脸上擦一擦。

在走进军营的那一刻,他站在门口朝前后左右不自觉地笑了笑,为了证实这几天发生在身上的事情全是确真的,他伸手去口袋摸了摸那张包在一张洁白纸中的小照片,然后才提着行李、挺着胸膛朝那有两个哨兵的军营大门里走。过门时哨兵给他敬了一个礼,他不仅还了礼,还抓出一把糖塞进了哨兵口袋内,且还在那一把糖里夹了一张一百元的钱币。那哨兵从口袋取糖时,摸出了那张百元的票,惊慌愕然地望着他,他对哨兵说:"我是百万富翁你信吗?那一百块钱你下哨了到街上随便吃顿饭。"说着慌忙走掉了,生怕哨兵追来把钱重又还给他。路上碰到两个同连的兵,他一样给人家每人抓了一把糖,每把糖中都有一张不是五十元、就是一百元叠成糖块物形的钱币混在那糖里。他就这样一路分发着夹有糖钱的糖块回到了连队里,且每次塞给战友糖钱后,都慌忙再离开,生怕人家发现那钱还给他。当事后果真有兵发现了,那士兵拿着那钱去找他:"老班长,这是你给的糖里混的钱。"他就很郑重地推着人家的手:"瞧不起我是吗?对你说——我是百万富翁你信吗?"如果那士兵怔一怔,笑一笑,收起那钱走掉了,也就万事皆休,欢欢喜喜了。如果那兵执意要把那钱还给他,他就接过那钱币,当场撕个粉碎,两眼瞪着那士兵恼怒道:"你以为我是巴结贿赂你?你不想想你配吗?你当了几年兵?我当了几年兵?别人唤我老班长时,你还在马路边上见到当兵的都叫叔叔哪!"

喋喋不休地说着教训着,可他的一只手总是要不断地伸进口袋摸摸那张二寸小照片,似乎只要那照片在,他就敢这样说,没了那照片,他就没有说这话的底气了。就这么,至黄昏夕阳铺开时,全连没有进行黄昏训的兵——炊事员、卫生员、饲养员和下哨回来的,都拥到他的宿舍朝他敬礼唤他老班长,唤他孔排长,都围着他的床铺坐下来,问他家里还好吗?家父的丧事办得顺利红火吗?说你父亲到底什么病,七十来岁虽然是喜丧,可现在活到八十、九十岁的并不稀奇啊。然后太阳落山了,黄昏训的士兵都从大操场上回到了连队里。军号声和开班务会的哨子声,犹如枪林弹雨合奏而起的音乐样。大家都从明耀身边离开了。全连人都知道当过代理排长的老班长,探了一次家,身上钱多得如军营杨树上的叶。就都惊异着,哑然着,相信的从嘴里喷出一个字:"操!"不信的想了天长地久后,就连连摇着头:"怎么会?怎么会的呢?"

连队熄过夜灯后,连长派人来找了孔明耀。以前都是大事小事孔明耀要主动到连长屋里去汇报,可这次,孔明耀直到连长第三次派通讯员来请他,他才大咧咧走进连部去。连长的宿舍在连部那排房的东面,里边无非是床铺、桌子、椅子、洗脸盆、洗脸架、塑料水桶和挂在床里墙上的枪,贴在对面墙上的世界地图等。孔明耀来前在门前唤了"报告!"后,朝连长端端敬了礼。

连长说:"你休假回来该到我这销假呢。"

明耀笑了笑。

连长说:"难道你不想进步了?敢违反纪律了?"

明耀笑了笑。

连长说:"记住,你想提干的报告还捏在我手里,我都还没有报上去。"

孔明耀脸上依然挂着笑,他坐在连长的椅子上,连长坐在自己的床边上。然后,他就对连长说了那句话:

"我当这么多年兵,这么努力都没立过功,现在想要个二等、三等军功章,我要把这当做礼物回家送给一个人。"

这样说着时,孔明耀还是在手里捏着那张二寸小彩照,像捏着一团滚烫的火,有汗从他手心冒出来,他担心把那照片汗湿掉,趁连长不备又把那照片装进了口袋里,然后他就从连长屋里离开了,走得坚决毅然,脚步声和锤子落在砧上样。而连长,是拉开屋门要出来送他的。可当屋门半开时,他愣在门口上,却想到要不要叫军医到连队给这个老兵看看病?他怎么一奔丧探家就有了精神病?

就这么,哗地一下,孔明耀坚决退伍了。

他决定不再在军队进步提干是在很普通的一夜里。那一夜,他在黑夜的床上睡不着,因为有精液从腿间溢出来,也就取出粉香的照片看了一会儿,便哗地一声坐起来,义无反顾地决定退伍了。

就这么决定退伍了。

・2・

明耀在决定年底离开军队后,连队总是发生奇怪的事。每周选一周标兵,孔明耀全票当选了。每月选一个月模范,孔明耀又几乎全票当选了。射击比赛时,每人发十弹,最多满环为一百环,可孔明耀打的靶上有二十五个弹孔二百四十环。从地方邮局每天都有表扬孔明耀的信件寄过来,说他不是在街上帮助了别人买东西,就是在医院帮助病人垫资交付人家忘带或不够交的住院费。连队那些家住贫困山区的兵,家里频频收到儿子给家里汇的钱,可那些兵们又都说没有给家里寄过钱,便都知道是老班长孔明耀帮助他们寄钱了。为了感谢就买了猪头肉、花生米、啤酒和白酒,逮住周末把明耀和十几个同乡邀到营房的小树林,在地上铺下报纸,吃着或喝着。酒至兴处,那兵们举起半杯酒,伸到孔明耀的脸前去:

"老班长,什么都不说——喝!"

几个酒瓶在空中响一下,酒就消失了。

又喝到高兴处，再有几个多半瓶酒的瓶子举到半空砰砰啪啪响一阵，那酒瓶全都硬在半空中，如把手榴弹举在手里宣誓样："说吧，老班长，有什么事情需要我们做？"孔明耀就说没啥大事情，都回去把你们立功的奖章和嘉奖证书拿过来。把那些证书和奖章都挂在贴在我身上，让我好好照几张相。便都回去拿着了。不多久，孔明耀胸前就别了十个三等功，四个二等功的镀金黄证章，手里捧着一捆书似的红色嘉奖证，一直从垂着的双手顶到下巴颏，站在树林边的阅兵台子上，用相机拍了很多相。接下来，战友们问他还想做什么？他说他们几个是红军，你们几个是蓝军，都听我指挥，我们进行一次红蓝对抗大演习。

于是间，大家又都喝了半瓶酒。把一大堆的啤酒、白酒瓶子收到林子里，出来分开站在阅兵台下两侧上，由孔明耀站在台中央，手持各色小彩旗，举红旗时台下的红军向前冲，举蓝旗时台下的蓝军向后撤，举黄旗时双方军队都匍匐卧倒，隐蔽在草丛和树林里。当红旗蓝旗在他胸前交叉时，两军对垒，开始搏杀和格斗。你给我一拳，我给你一个扫堂腿；摔倒的咬牙重又爬起来，流血的抓起一把土，堵在脸上、手上和胳膊的血口上，就又开始拼死地格斗和厮杀，直到明耀最后站在阅兵台的最前沿，把一面黄旗高高举起来，双方队伍才又各自鸣锣息鼓，歇将息兵，大家又都回到树林中的一堆酒瓶前，擦着脸上的血，拍着身上的土，这个说："孔班长，在战术上你的指挥比连长还专业。"那个说："老班长，你这辈子不当英雄，不做军官和将军，狗日的真是太亏了，太埋没你的才华了。"就都那么表扬表达着，喝了剩下的一些酒，连队的集合号声响起来，大家都慌忙站起准备要跑回连队时，看见孔明耀还依然坐在一片树荫下，像没有听到集合的号声样。

大家又都站下看着他。

"班长，我们听你的，你说回就回，你说不回就不回。"

"要是不回被批评呢？"明耀问。

"随便批。"大家说。

"要是都给大家记过处分呢？"

"随便记。"大家说。

孔明耀从地上爬起来，从树上折下一些树枝，把那一堆一山的空酒瓶子盖起来，将十几人以最快的速度，按个头高矮整好一列队形后，唤了立正！——稍息！——向左转！跑步走！然后他就带着队伍朝连队相反的方向跑去了。

朝市里护城河最僻静处那段总是有人跳河自杀的桥头跑去了。

· 3 ·

那一天，明耀和他的队伍大汗淋漓地从军营跑到市护城河靠北的河桥上。那儿城建没落，老桥的栏杆早已衰逝在过去久远的年月里。老城墙一段坍塌，一段完整，整个的城墙都如已经脱落过半的牙床样。从城墙砖缝生出的草，有几天落雨就会把城墙盖起来。城下河里的水，岁月悠悠，水深几米，河里的水草旺得如城内烟囱里的烟。这儿地古人稀，市里人很少来到这一处，也就成了整个省会自杀者的最好选处了。也因此，没有人把写字楼和居民楼盖到这边来，越发地成了死人和救人的上佳场地了。

午时两点多，明耀带着队伍跑到这儿后，还未及落脚和擦汗，大家就看见一个少女站在桥头上，披头散发，一脸哀戚，似乎正在犹豫着是生还是死。就在这当儿，明耀他们赶到了。那少女扑通一跳，落进河水，战士们唤着"班长——快！班长——快！"明耀就开始解扣子，脱鞋子，便又有战友提醒他："来不及了呢——再脱就来不及了呢！"于是间，孔明耀几乎是跑着步子把鞋从空中踢下来，沿着那少女跳下的方向，纵身一跃，在阳光中滑出一道美极的弧线，如鱼一样钻进了河水里。

接下来，又有几个战友也鱼跃着跳进了河水里。

不一刻，少女被救了出来了。

她是因为失恋而寻短见的。当围观的人群越来越多，那少女的父母、男友，都赶过来感谢孔明耀和他的战友时，他们只和那些人说了一些很日常的辞话也就离开了。连他们的姓名都没有留给自杀者和她的亲人们。

到了天寒期，这一年的老兵退伍工作将要开始时，从省会拥进军营成百上千的人，他们敲锣打鼓，举着旗，每个人手里都拿着一幅写在红纸上的感谢信和表扬书，在军营的门口唤着"向孔明耀同志学习！""向孔明耀同志致敬！"的口号，把拳头一遍一遍地擎在空中挥着高呼着。原来间，几个月的工夫中，孔明耀作为无名英雄救了十七个人，平均每月救四个，每周救一个，最多的是在那古河石桥上，一个月就救了七个落水者。他们有的是失恋寻短见，有的是生意亏垮想以死亡还债者，还有一个是母亲带着儿子在那河边玩耍，她的手一碰，用力大了些，不慎把她的儿子碰进了河水里，她刚懊悔不迭地唤了一声"救人啊"——孔明耀就从天而降跳进水里把那儿童救将出来了。还有三个要卧轨自杀的人，火车开来他们就趴在轨道上，待那叮当叮当的火车越来越近时，孔明耀刚好路过那儿，奋不顾身地把他们从铁轨上抢出来，使那些年轻的生命获得新生了，为繁荣发展运输着的火车也按时抵达了目的地。

救人从不留下姓名，而人们最终会把他的名字铭刻在自己的心目中——在整个城市都在为那位不断救人而不留姓名的英雄苦苦寻找时，终于在他要救一个因交不起学费而跳河自杀的女大学生时，他纵身一跃，军人证从口袋掉出来，落在了河边草地上——人们最终知道了他叫孔明耀，军龄和他的人生道路一样长，是省会东郊的志愿兵，就都自发集结在一个周末里，成百上千的市民、百姓和获得第二次新生的被救者，就都拥到军营门前为他请功了。

喜讯在转眼之间就把整个军营塞满着。连长、营长和团长，匆匆到军营门前接了那些数百封的表扬信和报捷信，用巨大的两个纸箱把那些表扬信和贺礼抬进连队里。那当晚，在市民百姓为无名英雄孔明耀请功的声浪略微平息下来后，省长把电话打到军营里，说要在一个月救出七个落水者的桥头为孔明耀塑一尊纵身一跃的大铜像，号召大家学习英雄的行为，也以此铜像为警醒，呼吁人们不要跳水去自杀。你跳水时刚好河边有英雄，可如果没有英雄在那河边怎么办？省长的电话没讲完，将军的电话就从他作战室的实战地形图前打到了孔明耀所在师的师长办公室。

"英雄啊！"将军在电话那头感叹着，"如果是战争年代，孔明耀一定会在比我还年轻的时候就成为将军的。"

师长把电话打到了团长的办公室："号召全团向孔明耀同志学习，把给他记一等功的报告赶快给我送上来！"

团长坐车直接奔到孔明耀的军营里，把他的营长、连长叫到一块儿，将茶杯甩在砖地上："这么了不起的人物，在你们眼皮下边你们都没发现，那要是敌人钻进军营你们能够发现吗？"

就在那一晚，连长又把孔明耀叫到了连部自己的房间里。时候是在熄灯后，兴奋了一整天的战士都上床刚睡觉，孔明耀为各种问候、应酬说话都说到双唇发木时，连长到四排把他叫走了。

跟在连长身后走进连长宿舍里，孔明耀看到那宿舍和他几个月前来时不再一样了。墙上挂的地图，一看他进来，那地图发出一阵剪纸样吱吱嚓嚓的响，有很多纸屑纸片从那地图纸上落下来，转眼那地图就成了炸裂和耙耧人家为招来富裕的剪纸庆贺图。那挂着连队各种训练统计的表格册,也成了他见过的团部、师部准备下发的一打打的嘉奖喜报册。床上叠的被,不再像方的炮楼和城墙古砖了,而像一块不算大的花园地,种着开着各样的花草和小树,有一个全裸美极的姑娘笑着立在那花草间,朝明耀招着手,还低低喃喃说着啥儿话。

明耀就立在那屋中央。

"事情闹大了,"连长在他身边说,"可能会给你记个特等功,并直接把你从志愿兵转成军官了。"

明耀脸上有了笑。

"有种预言应验了——只要你想干,过些日子说不定你就是我连长的上级了。"连长有些尴尬地说。

明耀一把拉过椅子坐下来,让连长给他泡了一杯水,他喝着让连长别总是站在那儿,连长也才找个地方坐下来。这一夜,他给连长说了很多话,每说一句连长都点头。他们从晚上十点说到凌晨四点多,最后要走时,他把手里捏的那张二寸小照片给连长看了看。看着那照片,连长屋里的桌腿、椅腿、脸盆架和手枪盒,全都长出了藤蔓开了花,一间屋子如没有章法的花房样,堆起来的香味压得连长半天没有呼吸出一口气。

二、英雄归

明耀接受了上级给他的特等功证章后,退伍回家了。

腊月寒冬,军营里皑皑白雪,可所有军营里的树,墙壁和训练场的军械设施上,那一天都盛开着红的花朵、黄的花朵和紫褐色的各种花。路两边插着的旗,在冰天雪地里散发着柔美温暖的光,使那儿走过的每一个士兵都如走在春天样。将军要亲自到军营给明耀挂授那闪着光亮的军功章,还要为此组织阅兵式,宣读号召向孔明耀学习的文件和通知。也就因此让冬天的军营火热繁闹了。阅兵时孔明耀和将军并肩站在阅兵台,一块块方阵从他面前走过去,像一片又一片的火焰从他面前烧过去。从那方阵中,传出的口号声,雷样震落了所有营院的树枝和房坡上的雪,吓得所有鸟雀的羽毛纷纷掉下来。可在阅兵后,将军和明耀单独谈话时,孔明耀让将军失望了。

将军说:"你为我们军队争了光,现在有什么想法吗?"

明耀想一会儿:"我想退伍回家了。"

将军有些惊愕地看着他:"这是什么话。上面已经决定给你提干了。"

明耀看着将军的脸,像要从将军的脸上辨出那话的真假般。可当他辨出并确认将军说的不是戏言时,他朝将军笑一笑:"我真的想要回家了。我想要回家挣钱去,我发现钱能办成世上所有的事。"将军有些意外、遗憾地看着这个名声大噪、却又不够聪明的下属,来回踱了几趟步,停下来在他面前说:

"你以为我会只给你提干让你当个排长吗?"

将军望着他:"副连呢?"

将军过一会儿又忽然这样说:"算了,你就直接当个连长吧。"

到最后的最后时,将军非常直切地问:"难道你还想直接当营长?"

而孔明耀这时依然对将军重复了那样两句话:"我要退伍回家了。我发现钱能办成世上所有的事。"

在成百上千的挽留和无奈中,明耀毅然决然退伍了。离开军营走那天,军营所有的军官、士兵和市里的老百姓,都来为他送行和告别,列队立在道路两边的人,长有十余里,大家举着塑料的花朵和上面下发与百姓自发购买的小彩旗,欢呼声和鼓掌声,仿佛是外国元首到了这市里般。直到他被人簇拥着走上火车,再把头从那车窗探出来,望着那为他欢呼的人群和彩云飘动的花海,直到火车准时在汽笛声中毫不留情地离开人们的欢呼时,孔明耀才安静地坐下想:花这么一点钱,竟能办出这么大的事。那若是花掉百万、上千万能办出怎样的事情呢?

三、英雄泪

回到炸裂那一天,欢迎的热闹过去后,意外让明耀知道自己离开军队是错了一桩大事情。年轻的炸裂城和年轻的县长孔明亮,在一片忙碌的繁华中,给明耀很多比军营的欢送更是隆重的欢迎和意外。虽然炸裂的欢迎,没有军队欢送他时那么多的荣耀和鲜花,掌声和彩旗,可县里的报纸、电视、广播都把他转业归来的消息作为头条报道。电视台还从他下了火车始,直到他被簇拥着走进家门和母亲拥抱做了现场直播和报道。所有县长的下属都知道县长的弟弟从军队回来了,都要安排请他吃饭和请他到自己的局里、部委去工作,每个局长和部长,都是那样凿凿锵锵的话:工作任你挑,想当副局长了你就说一声,就是想干正职了我可以把局长的位置让出来。县长的秘书替县长给他弟弟安排的县城各单位的宴请单,长达十五页,如果明耀一日三餐都在外边吃,每餐满足一个单位的吃请愿,他需要半年零五天。

明耀是傍晚回的家。一到家,县长二哥就给他打了电话说,欢迎归来,可县里工作太忙,他只能在晚上才能回来给他见面聊谈兄弟间的事。二嫂传话来,说她正守着儿子坐月子,不能从家里出门来,但请三弟有空了一定到她家里去坐坐。明耀是在借口去二嫂家里坐坐去了炸裂大街上,他提了一兜立功的证章做礼品,去了粉香给他说的她工作的那地方,可到了那儿他才发现那儿不是粉香说的什么文化有限公司分公司,而是正在建筑的一栋楼的大工地,脚手架的钢管森林一样举在半空里。他问人家原来那儿的文化公司搬到哪去了?工地上的人说那儿从来没啥儿文化公司或有限分公司,也就是有几家洗脚屋和理发店,有几十上百专上夜班的姑娘们。他想把总是捏在手中被汗浸湿的粉香的照片给人看,可又因为那照片是张全裸照,不能拿出来,捏在手里就像捏着一伸手就要流走的一泡儿水,于是就问那临街经营的,听没听说有个叫粉香的人?长得什么样,爱穿怎样的裙子和上衣。那儿的人说没有见过和听说过这个叫粉香的人,说你说的这人该不会是先前娱乐城的小姐吧?那里的小姐都爱给自己取名叫粉香、小红或甜甜。

人家就用异样的目光盯着明耀看,像明耀是个被抓了现行的嫖客样。

也就从炸裂的主街重又怅然地回到炸裂老街去,不信自己会找不到粉香那姑娘,可人说的"小姐"那话却又总是轰隆鸣响在耳朵旁,喉咙里总有一根、几根刺鲠着,待到了他和粉香相遇、硬地上长藤蔓野花那地方,他把左手再拿到面前看,才发现粉香的二寸裸照在他手里被他捏揉成了一团儿,汗把那照片果真化成了一泡儿泥浆水,他的手一伸,那团带彩的水就从他的手缝流走了,只留下一些颜色染在他的手掌上。

就在这一刻,他隐隐觉得他错了一桩事——他把一场梦当成真的发生了。是那叫粉香的姑娘让他做了一个梦,可他错以为事情千真万确了。晚饭间,他咬着嘴唇回到家,母亲亲自到灶房为他烧了他在外面吃不到的家乡菜:雪里蕻炒肉和小鸡炖蘑菇,还有冬天开花的大棚韭菜炒鸡蛋和凉拌冬黄瓜。一家人围着饭桌吃着看着电视时，又有一桩意外不顾一切地降在他的身上了，像有一包剧毒物品从哪飞来打在了他脸上，落在他面前，那剧毒的恶味一下就进了他的口里、胃里、心肺里——电视画面上突然切断歌舞，出来了一个穿着黑装、胸戴白花的播音员，她声音低沉沙哑，一腔一喉都是愤慨和哀伤。先听她说到大使馆被炸时，孔明耀夹菜的筷子僵在了盘边上。再听说大使馆人员三死二十余伤时，他把嘴里嚼着的鸡肉吐在了桌子上。到最后播音员说"是可忍，孰不可忍"的谴责评论时，孔明耀忽地从桌前站起来，对母亲和他的兄弟说：

"战争爆发了，我该回到军营了！"

大哥明光望望他，又望望电视机，指着电视画屏说："快看，快看，这是我们学校的学生在跳舞。"

四弟明辉朝电视望过去，他看见有两头黄牛正在山脉上的田地犁着地，因为太阳火热，那老牛累得吐着舌头，有黏液从它嘴里流出来，而满头白发的牛把式，扶着犁柄，擦着汗水，肩头上晒起的薄皮像蝉翼一样在飘着和挂着。"也不让牛停下喝些水，"明辉抱怨地说着把目光收回来，又自言自语道，"该跟二哥说一声，给那农民下发一台拖拉机。"然后就和大哥一道，看见三哥明耀在慌忙地整着他的行李，脱掉身上的便衣，换着他提回来的军装了。他动作极快，三下五下把军装穿在身子上，把军鞋摆在面前蹬进去，弯腰系了鞋带，戴上军帽，端菜进来的母亲问他说："明耀，吃饭时候你去哪？"

"要打大仗了，"明耀很认真地对着母亲和兄弟们道，"我当兵多少年，等的就是这一天。"

一家人就都盯着他。看着他穿好衣服，把武装带系在腰际间，又朝脱掉的灰色便装和一双黑亮的尖头皮鞋上踢一脚，正准备提着行李出门时，摆在沙发头的电话突然响起来，铃声如枪，他丢下行李跑过去抓起电话,听了两句,就对着耳机吼:"你他妈的是啥儿鸟局长,现在国家危难临头,要打大仗了,你还在讨论明天吃啥儿,想喝啥儿酒!"他吼着,又听那耳机里说了一句啥儿后,说话的声音变低了,可语气更狠了,"我孔明耀现在不听你解释,等战争结束后,只要我不死——我如果不设法把你这在后方吃喝玩乐的局长撤下来,我这辈子不仅不姓孔,还会开枪自杀在县城的广场上。"说着扣了电话,重新提起行囊,就半跑半走地从饭桌的角上冲到院子里。

母亲在他后边追着唤:"明耀——你刚回来你去哪?!"

大哥追上来,一把抓着他的胳膊,夺下他的行李,挡在他的面前唤着问:"你已经转业了你不知道吗?"

还又提醒他:"你的军装上连领章、帽徽都没有,你看不出来是不是?"说话间,抓起他的一只手,放在他那已经荒空一片的衣领上。

孔明耀的手,一下僵在了衣领上,人就呆在了院落里。这时候,他终于知道他彻底错了一桩什么事,死死咬着嘴唇如咬住了一个叫粉香的人的手指头。从西边飘过来的一抹夕阳里,有染色的长发如红纱一样在他眼前摆动着,而那时从门外回来准备入窝的老母鸡,带着它的儿女们,一路走来,一路都是咕咕咕地唱,一群的碎步和舞蹈一模样。当那群鸡从他面前快要过去时,他忽然弯腰抓起一只,甩在地上,看着那只小鸡在他面前哆嗦几下,一声未叫就死了。而前面领着儿女队伍的老母鸡,依旧不慌不忙地朝着鸡窝,哼着小曲入窝时,他蹲在地上哀哀号号地哭起来:

"国家危难——我咋就在这个时候退伍呢?"

"我咋就在这个国家危难时候离开军队呢?"

泪从他捂着脸的手缝流出来,像崖上的泉水从山的缝里挤出来,不一会儿,就在地上湿了半领席似的一大片,让他的牛皮厚底军用战靴全都泡在了他的泪水里。就是这一晚，一家人看着电视，各自看到自己的节目了。明耀不再去想那梦里遇到的名叫粉香的姑娘了。他从睡下的床上重又爬起来，穿好衣服，系好鞋子，从炸裂的老街走到县城新建的广场上，看着这座新起的北方城郭，在空寂的夜里，灯火通明，大街上有几个匆匆走着的行客和耙耧山脉的农民们。他们趁着夜静，用牛车、马车和人拉的板车，拉着城建的红砖、石头和各样的建筑材料，穿过广场，朝四面八方都是建筑工地的哪个地方走过去。有牛有马在广场或大街上拉屎了，他们停下车来，把那屎便用脚推着铲到准备好的一个便袋里，保持着广场的洁净和神圣。

明耀站在广场一角上，望着那些过往的牛车、马车和开着拖拉机的农民们，看一会儿他朝一个在地上用手抓着马粪的农民走过去，到他面前站一会儿，看那赶着马车，往城里运砖的是个年轻人，年龄和他差不多，穿了又脏又烂的黑棉袄，头上戴着露出棉絮的皮绒帽，他便问人家："这砖往哪儿运？"

那人抬头望着他的脸，露出模糊傲然的笑："说不定这县城还会变成大城市，要用的机砖一个山脉的黏土都不够烧。"

明耀说："要打仗你去当兵吗？"

那人说："日子比以前好得多，我家也盖瓦房了。"

站在灯光下，看着那山似的一车砖，和那吐着满鼻热气的马，最后明耀把目光落在那人有些得意的怪脸上：

——"你知道我们大使馆被美国炸了吗？"

——"运一车砖就等于种了一月地，"那人笑着说，"国家富了，真的不是以前那个国家了。"

——"要招你当兵你去吗？"

——"我小学没毕业，只能干这出力讨苦的活。"

明耀让那小学没有毕业的人，赶着马车走去了。马车走远后，他又横在路中央，拦着一辆拉了满车木材的拖拉机。拖拉机在夜空烟筒里吐的不是烟，而是轰轰烈烈冒着一团火。他站在路中央，先是双胳膊平直扬起来，同时做了一个军人的敬礼姿势后，那拖拉机就急刹车在他的面前了。他也就听到司机从驾驶楼里探出头，喷着满嘴牛屎马粪地骂：

"我日你娘你找死啊！"

明耀从车前转到驾驶室的这边来：

"你知道我们大使馆被美国炸了吗？"

司机把驾驶室门推开一条缝：

"精神病院就在城边上，你要去我可以把你拉过去。"

又拦着一辆赶着牛车的中年人，他看见那中年把式头上戴的是一顶军用棉帽子，拦下来很亲切地说："我叫孔明耀，在部队立过特等功，今天刚退伍。看样子你和我一样也是退伍军人吧？今天的电视看没有？知道快要打仗了吗？"问那中年人："国家有难、匹夫有责，这话你在军队没有听说过？"最后看那牛车把式从车边走过来，牵着两头黄牛的笼鼻套，用奇怪的目光扫着他，从他身边绕过去，朝不远处要盖的商业中心走去了。

天将亮起来，星星稀落而孤寒。蓝成黑冰的深色天空下，巨大的水泥广场上，正有夜霜下落着。把手伸出去，能接到一线线的霜丝在指尖和手心团绕着。不一会儿，那手上就握有一把霜水了。从路边来到广场的最中心，那中心不是一般广场的英雄纪念碑，也不是伟人或圣人的纪念像，而是新建的高有十五米的孔明亮的铜像落在有八层台阶的底座上。可那铜像的底座上，并没有刻着"孔明亮"的名，而是在花岗岩的底座中心刻着"开拓者"三个苍劲的字。在那像和字下边，明耀抬头望了望被灯光照亮、又被霜丝罩着的二哥的脸，脸上挂着忧伤说：

"二哥，要打大仗了，可这儿的人还一无所知哪！"

也就坐在那铜像下，望着广场和广场四边正在兴建的商业中心、会议中心和世贸大楼，明耀终于因为懊悔啥儿号啕大哭起来了。哭声大得和黄河冲过壶口的瀑布样。

第十三章　　　后工业时代

一、军武与女性

第二天的晨时候,月还悬顶,而日却东亮,在日月同辉的一刻间,炸裂城里铺满月白光亮那一瞬,明耀从广场站起来,朝空旷的广场和天空望了望。这时候,他的眼中布满血丝,脸上的悔色显出一种决计的刚硬来,仿佛这一夜在广场的悔悟让他想明白了啥儿事。到了准备离开时,晨起的人们都在广场边上跑步和咳着吐痰时,他看见嫂子朱颖独自朝他这边走来了,看见他仿佛开门时又找到了丢掉的钥匙般,嫂子的脸上满是红润和兴奋。

朱颖让他想到了粉香那苗瘦丰润的身子了,有一股莫名的恨怨从他心里升起来。他就站在广场上,等着嫂子到了近前时,盯着嫂子看,发现嫂子虽然一早洗了脸,脸上也有红粉妆,可到底还是有些老了,眼角纹如这季节的枯枝结在她脸上,连当年发着柔亮的红额也没有先前光色了,只是再细看她的眼和眼的深处里,倒还有着当年的辣燎和滚烫,有着望念在那眼里似永不熄歇的火烧和火燎。他们就站在广场靠东的一个花池旁,彼此默着看一会儿,他说:"嫂子,你去哪?"她说:"嫂子找你脚都跑肿了。"然后朱颖低头看看脚,又朝前后左右看了看,见四下无人后,目光落在明耀的脸上默一会儿,忽然开口说了他很多话。

她说:"嫂子没猜错,你是为那叫粉香的姑娘才退伍回来的。"

她说:"粉香已经不在这镇上了,除了我,没人知道粉香现在在哪儿,你若想见粉香了,想要粉香了,你以后多听嫂子的话。"

她说着脸上挂了几分得意的笑,抬头朝着头顶看了看,就见刚露红的日光在广场退到了哪儿去，正头顶的月牙倒越发透亮玉润了，让整个广场都成了青白色，仿佛时光又回到了夜晚间，还隐隐可以听到从哪传来的鸡鸣声。

——"你回来和嫂子一块干，嫂子可以给你很多钱，可以让粉香回来每天侍奉你。"

——"现在嫂子有一桩事情要求你——你可以把你二哥身边的程菁从他身边弄走吗？你让这婊子和你哥分开，把你哥还给我，我不光把粉香还给你，还可以给你五十万或者八十万。"

——"一百万元呢？你在部队当了那么多年兵，立过大功有那么多的军功章，嫂子再给你一百万，你找人去把程菁卸条胳膊腿，或者毁个容，把半瓶硫酸倒到她脸上。"

——"如果你觉得这样不安全，嫂子还有一个最好的法，就是你或者别的人，把她约出来，弄到宾馆野地把她强奸掉。你或者别的人，谁强奸她一次，我给他十万块，强奸十次就是一百万。"

说到这儿，朱颖又把话题顿下来，再一次朝前后左右看了看，她看见大白天月光明亮，广场两边马路上，开过去的汽车全都开着远光灯，而那些晨起锻炼的人，都在抬头看着天空间，看着那该落不落的牙月在说着啥儿话。把目光落到三弟明耀的身上去，朱颖看到他还穿在身上的军衣和军裤，带着夜潮有层厚绿色，而他也和别人一样仰头望着异相的天空时，是上牙咬着下唇的，直把他的下唇咬出了牙痕和雪白，把他的下巴憋成了萝卜青。

——"炸裂真的有个姑娘叫粉香吗？"他盯着嫂子问，"你咋和那粉香熟悉呢？"

——"说实话，粉香是个小姐对不对？"

——"对你说，那粉香想要勾引我，说我长得像她哥，可我不理她。丫要我就不理她。天下女人他妈的，没有谁能勾引我孔明耀，就像没有谁能让这广场突然塌下一个坑。粉香把我叫到一家宾馆想要脱衣服,我一耳光打在她脸上,她就哭着从我身边走掉了。"

说着明耀朝广场看了看,朝四周看了看,又朝天空看了看。

"天有异相了,"他很肯定地轻声低沉道,"炸裂要有大事情。国家要有大事情。那什么事都比粉香和程菁们的事情大,大得就像海和小河沟,山和一片碎砖瓦。"

"我不是为那叫粉香的姑娘回来的,"把目光再次搁到二嫂朱颖的脸上去,他的语气变得更加生硬、更加肯定了,"我是为了炸裂退伍回来的,为了炸裂的未来退伍回来的。"

——"大使馆都被美国炸掉了,如果这时候我还想着你和粉香和程菁们那儿女情长的事,我就白白当了这么多年兵。"明耀说着又瞅瞅天空那月色,他看见月色在他的目光和言语中,渐次退回去,如湿了的绸布被一寸一尺地抽走样。抽走的地方就有日光透出来,金红亮亮压在月光上,盖了月光像红布遮了青白布,且那红布又厚又亮,刺眼的光芒一落到月色的青白上,那青白淡淡的月色便显出了疏暗和压力,如同一张白纸被火一照就跟着燃了样。"行!"明耀接着很肯定地说,"听你的,把那个程菁毁容或毁条胳膊腿,那二嫂,我不要你一分钱,我只要你从哪给我一件啥儿武器行不行?"

——"给我一把刀,我断掉程菁一条胳膊腿,给我两把我断她两条胳膊腿。给我三把我不光让她从二哥身边消失掉,还天衣无缝让二哥丁点儿不知道;让二哥乖乖地回到你身边,还是你的男人、你的丈夫,整个炸裂整个县,都是你和二哥的。"

——"除了几把刀,你能给我弄点别的吗?"

——"大使馆被炸了,死了三个我们的外交官,负伤二十多个人,你能让美国朝我们认错认罪吗?"

——"能在炸裂给我建支队伍吗?"

连连问着嫂子朱颖时,明耀的目光逼着嫂子的脸,如两束烫火烧在朱颖的脸上和身上。到这时,月光退尽了,月亮在天空彻底消失了,远处来往上班的人流、车流都披着冬日的光亮朝炸裂城市的四面八方流动着。轰鸣哗哗的噪音如水样漫在广场上。看嫂子不说话,看着自己像看着一个认错人的人,明耀就迎着日光走掉了,朝广场外边走去了。走了很远后,他听见嫂子在他身后扯着嗓门,一句因为他没有在意而让他日后终生懊悔的话。

"明耀——"嫂子唤着说,"你我和你二哥我们仨,如果能捆到一块儿我们能做成天大的事,能把炸裂县变成炸裂市,能把小城市变成一个大城市,到了那时候,你们孔家才算大功告成,功德圆满,名垂青史你相信不相信?!"

唤完了这句话,朱颖盯着走远的明耀看。而明耀,只是在日光中扭回身子看着广场中的二嫂子,像看着一个妇道人家样,抬眼看一会儿,又扭回身子走掉了。

二、后工业时代(1)

明亮和明耀那次见面是在明耀和朱颖在广场见面的两天后。因为忙,没有时间回家,明亮就让弟弟到了自己的办公室。办公室除了大一些,其余和任何领导的办公室都无差别和二样。几间房,上百平方米,靠墙的沙发和被修剪绝美的盆景、芙蓉花和橡皮树——又被人称为元宝树,还有满墙的地图、满桌的文件和一面墙都是顶天立地的大书架。书架上全部是根据学者的书单订购的书。中国书有《二十四史》、《资治通鉴》和诸子百家文白对照的全译本,整整两书架一千多本书,还有《红楼梦》、《三国演义》等四大名著的精装和古本线装书。外国书有《物种起源》、《基督教的本质》、《西方的没落》、《新科学》和《乌托邦》、《理想国》、《太阳城》等旷世大名典。明耀到办公室里面时,哥哥明亮正在会议室里主持一个努力把炸裂县改为炸裂市的准备会。明耀一个人在办公室里走着看着,站在书架前,忽然觉得自己多年在部队上的拼拼打打,疏于省亲,到现在,似乎有些想不起哥哥长得怎么样,名字叫什么。他为想不起哥哥的长相有些吃惊着,站在那一大排书前呆了很大一会儿,猛然间,从那一面墙的新书中抽出一本被看久了的《肉蒲团》,把那本书洗牌样匆匆翻一遍,又想到了那个叫粉香的苗秀丰润的身子时,同时也模模糊糊想起了二哥的名字和长相来。

就那么看着《肉蒲团》,和二哥用红笔在那书中划过的段落和字句,惊见那红线划过的,都是性事的场面和方法,也跟着有些慌张和讶异,想要把那书一下扔掉或撕掉,可又想接着把那红线划的全都读下去,结果急急快快又把那书塞回到了书架上。平静下来后,他就有些瞧不起二哥了,有些为自己的未来满身力气了。

好在在这一刻的慌乱和平静中,他又完完全全想起二哥的模样了,跟着门响,回身去看从门外进来的二哥时,果真想起的长相和二哥一模样。只是二哥早先是穿乡村的土布衫,后来当了村长穿制服,之后二哥从村长到镇长,从镇长到县长——领带着炸裂由村改为镇,由镇改为县,把一个耙耧山脉的自然小村变成繁闹的县城后,二哥就穿不系领带的名牌西装了。这中间,明耀只是在军营把自己由列兵变成了上等兵,把自己只有一对崽儿似的连嘉奖和团嘉奖,一下肥大成了硕大无比的特等功。说到底,二哥还是有他的了不得,自己也有自己的了不得。所以二哥推门进来在他背后叫了一声"明耀"时,他只回头看看二哥的脸,就哗地确认想起二哥的长相了。他为想对了二哥的长相笑了笑,转眼又把那笑收起来,露出一脸的怨恨和神秘。

——"二哥，前天美国他妈的炸掉了我们大使馆，你知道不知道这事情？"

　　明亮盯着明耀问："你喝什么茶？"

　　"地方有文件传达没？"明耀接着说，"他妈的不光不道歉，还说战争中出现误炸也是正常的事。"

　　"这有半斤好龙井，"明亮道，"是三十万块钱一斤的。"

　　"战争快要爆发了，"明耀扯过一把椅子坐下来，由失望跨到绝望里，"可我偏在这个时候回家了。"

　　明亮朝门口那儿摆了一下手，门口明明没有人，他却一落手，就从门口走来一个水灵到如露水一样的姑娘来。她端来了两杯泡好的茶，玻璃杯中的每一针茶叶都竖在水里绿成芽春色。明耀有些吃惊地盯着那突然出现又消失的姑娘和那芽尖茶叶水，末了又把目光落到二哥的脸上去，发现二哥的头上夹有白色了，额门上也明显有了几道纹。于是间，他有些同情地看着二哥的白头发。"你比你实际年龄显大了，"明耀看了一会儿说，"妈说你已经忙得整整有一年没有回过家，她想你也得到你办公室里来看你。"

　　孔明亮就在脸上露出一丝惨淡的笑。

　　——"说吧，三弟，回到炸裂你想干啥儿？"

　　——"炸裂县就是咱们孔家的，想从政还是想经商？"

　　——"在军营没提干，想从政哥只要说一声，在一个小时内，你就变成干部了。"

　　——"大哥是呆子，四弟聪明伶俐，可他看到麻雀毛落在他面前，他都要替麻雀感到身子疼。我们孔家就靠你我了。"

　　——"我以为这样好：哥从政，你经商，三年五年炸裂由县改为市，哥当市长时，你也要有五十亿、八十亿或者一百、上千亿的资产在手里。"

——"山里有金矿、煤矿和铜矿。煤是大事情，二哥设法把县里最大的煤矿弄到你名下？"

——"想想这年月，有了钱，啥儿事情办不成？你有钱想当什么都可能。"

离开二哥的办公室出来时，明耀的脸变成一轮太阳了，光芒四射了，连墙角缝的模糊里，都能看清尘星灰粒的大小和形状。最后从明亮面前过去那一刻，他扭了一下头，借着从纱窗过来那柔亮的光，看见了二哥对他的讶然和惊异，像一片冻土面对天空的电闪雷鸣样。他喝了那杯三十万元一斤的茶叶水，似乎除了清幽的淡香和一股褪不去的植物味，也没有啥儿了不得。可二哥明亮说，他们每人喝的那杯绿茶水，等于每人喝掉了两千八百元。说这两千八百元，就是把耧人的两头牛或一部手扶拖拉机。当说到他们喝的茶叶每一根都等于一条牛腿、两只羊腿、四只猪腿时，明耀先是惊了一会儿，最后脸上挂着得意淡淡的笑：

"二哥，我们腐败了。"

明亮也跟着笑了笑，啥儿也没说。

然后间，弟兄两个就从办公室里走出来。出来明耀才看到办公室门外的走廊上，站着二哥的六个秘书和四个服务员，他们有的手里端着泡好的茶，有的拿了文件和报纸，都在等着县长随时的召唤和应允。一排儿站在门口上，他们看到明耀都朝明耀笑着点头说着问候的话。看见县长又都把腰身弓起来，让腰弯成九十度，上身和地面平行着，而头又都朝上抬起来，让县长能看见他们粲然笑着的脸。从他们面前过去时，明耀想到了师长、团长从一排排的队列面前过去的样。想起他因为立功站在将军身边同将军一道阅兵的雄壮和威武，有一种失落后东山重起的野心再次在他心里萌动着，血脉在身上涨着直朝头上涌。从那一排秘书和服务员面前到大楼中间的电梯口，二哥轻声对他说了两句话：

——"你的心野了，你让二哥惊着了。"

——"就是你二哥现在是省长，你说的二哥怕也做不到。"

电梯员帮着他按了电梯的下行键。电梯门开时，明耀望着送他到电梯口的二哥那张显老却充满活力的脸。"二哥，过些日子你就知道我为啥这样了。就知道我做的事情多么重要了。"然后，弟兄两个彼此招招再见的手，望一眼，电梯门关了。

从县政府的办公大楼走出来，明耀站在楼下花坛边的路中央，回身望望新盖起的八十六层高的政府楼，像竖在天空的一杆巨型方柱样。往那楼里进出的人，都很匆忙地从他面前走过去。他从那人流的中央走到路边人稀处，以他在部队学习的爆破常识估算着，要炸掉这样一栋楼，最少需要三吨半的巨烈炸药和一千六百二十个铜雷管。从一层的楼基打炮眼，一米一个，大约需要八千个六十公分深的炮眼儿。算完后，他双手沾着两把空汗从楼下朝着政府的门外走，大门口站在哨台上的两个武警门卫朝他看了看，没有朝他敬礼，他就站在那门卫面前问："你们为啥不朝我敬礼呢？"那门卫懵头懵脑地望着他，想说啥儿时，他又说了句："过不了多久你们见我就要敬礼了！"然后就独自匆匆地走进了街上的人流中。

三、后工业时代（2）

· 1 ·

终于把粉香和一些女人的影子从头脑赶尽杀绝了，把精力一丝不留地集中到了挣钱上。炸裂矿业总公司的办公大楼设在炸裂城东开发区，十六层大楼门前的招牌上，所有的字都是纯金镶镀的，为了防备有人把那金子从招牌上抠去或刮掉，明耀花重金雇训了一个排的优秀退伍军人们，轮班在那门口站哨和守立。每班六个人，一边三个，和各国首都的广场与总统府门前的士兵一样笔直地站在两边上，每每明耀从那门口进或出，六个哨兵同时立正和敬礼，脚磕脚的声音像木棒砸在木棒上，响亮齐整。这些哨兵两个小时一换岗，自第一天上岗的第一班，就惹来了城里所有的目光和惊喜。百姓们拥到这儿来，围观鼓掌，从早上八点到晚间黄昏后，大街上都人山人海，潮来潮去，自此天下人就都知道炸裂矿业总公司的成立了。知道总公司门口哨兵的升旗、换岗是炸裂城的一大景观了。知道总公司的总经理，是县长的弟弟孔明耀了。知道孔明耀原是部队特等功的英雄，现在是炸裂最有钱的老板了。

有多少钱？从县城流过去的河里有多少水，孔明耀就有多少钱。耙耧山脉的地下有多少金银、铜铁、锡铂和煤炭，明耀就有多少钱。可无论多少钱，明耀都不会忘记每天早上六点十分，太阳从东边出来时，他换上军装，举着旗，从办公大楼的东侧正步走出来，带着一排哨兵，亲自到大楼前的广场上，把旗缓缓升至四层楼的半空里，然后看着那上哨的士兵，正步走到公司门前立正、敬礼、换岗后，他再带着这十二个下岗的哨兵回到办公大楼的东侧去。

哨兵们回到宿舍后，他从电梯进了自己的办公室。一整天关于开采、挖掘、出售、合同、出账与入账的各种日杂事务也就开始了。

可时候到了八月的一天八点钟，全城的人都在准备正常的上班工作时，矿业公司的大楼，突然从各个窗口里，都伸出了大喇叭和各种各样的铜号和军号，继而响出嘹亮无比的军乐演奏声。接下来，明耀在前，身着军装，正步从公司的大门走出去，身后一米处是三个举着旗帜的年轻人，再后是横竖都有十八人组成的方块队。这个方队一律吹着铜号，演奏着军乐，再后相隔三米处，又一同样队形的方阵里，人人都举着旗，旗杆又一律是纯金镶镀色的二米杆，再三米又是一个铜号音乐阵，一个纯金旗杆红旗阵。就这么一个方阵、一个方阵的队伍着，从矿业总公司的门前朝西正步走，到了一栋盖了几年不知何故没有盖起的楼前停下来，吹一阵，又集体朝那垮塌的脚手架和到处都是钢筋水泥烂楼的正面吹了军乐，再带着十二个方阵队伍绕着那烂楼走一圈，那些脚手架也就不见了，露在天空锈蚀的钢筋也都没有了，几年没有竣工的烂楼在不到半个小时的工夫里，不仅竣工完成，而且还都装修成了城里最时新的意大利的瓷片砖。

　　游行的队伍从这竣工的楼前继续向西走。升起的太阳在他们的后背上，像每个方阵都顶着一块巨大的能源玻璃板。汗把明耀所有的衣服全都湿透了。落在大道上的水珠如同一场雷阵雨。那些上班的人流们，骑车的、开车的，还有步行和搭乘公共汽车的，先是见了队伍都给他们让着路，后来就都又跟着队伍游行和观看，再后来就都自动组成大致相仿的方阵游行着。音乐如滔滔不绝的河水样，军乐声在整个炸裂的半个城里响着飘散着。有一座刚刚开工的立交桥，挖下的地坑二十余米深，排水的工人不断在那装着抽水机，可当游行的队伍到来后，在那立交桥的坑座前面吹奏一会儿，并整体朝施工的工地敬了礼，那立交桥的桥墩便直立在了路中央，队伍又绕着桥墩走一圈，立交桥便直立横跨在了半空里。

　　终于在中午十二点整到了广场上，那时队伍已经大到无法说清的人数和队形。除了明耀原有的方阵还依旧齐整外，后边的队伍如同盛大散乱的集会般，路经必须拆除的一片旧房子，队伍齐呼一阵口号也就拆除了。经过一片要盖的居民楼，队伍在那工地上音乐、口号和欢呼一阵后，楼就盖了起来了。有一条正在修的路，队伍从那碎砖乱瓦上走过去，身后就成了宽展簇新的柏油路。

广场的建设是整个炸裂建设的标志和中心，三百亩地的水泥广场早就铺就在了天底下，可四边的大会堂、世贸大厦和国际会议中心却迟迟不能直立在天空下。于是间，明耀就最终来到广场上，让队伍在"开拓者"纪念碑前休整一会儿后，大家擦了汗、喝了水，补充了饼干和牛奶，开始重新站起整理队伍后，他把准备好的特等功证章挂在胸前左上方，下边又依次挂了一排排的二等、三等功的军功章，直到他穿的军装挂不下，再回头看着所有方阵中的人，胸前都别满了各种各样功勋证章和荣誉章。整个方阵的各种荣誉纪念章，像金矿库里的黄金在日光下面展摆样。孔明耀朝那一片片的证章望一下，眼被光亮刺痛揉了很大一会儿，待目光适应了那黄金荣誉后，他高举拳头，对着队伍大声地唤：

——"炸裂有我们做不成的事情吗？"

所有的人就都挥着拳头高呼着口号回答他的话：

——"天大地大，没有炸裂人的决心大！"

明耀挥着拳头唤：

——"我们要把炸裂城建成什么样的城？"

所有的人用拳头捶着自己的胸脯回答道：

"建成和国际大都市一样大的城！"

明耀一下跳到"开拓者"纪念碑底座的最上边，把嗓子嘶得和城门一样宽：

"同胞们，兄弟们——为了炸裂，为了人民，为了现代化建设，为了把国家建设成真正超大强国，请大家放弃所有的私念，跟着我的步伐——前进！——前进！——前进！"

明耀连唤那三声前进时，一次比一次把拳头举得高些更高些，一次比一次唤得有力量。当拳头第三次举向高空那一刻，他感到因为拳头离太阳过近，太阳在他拳上的炽热使他的拳背有了焦疼感。大唤着的嗓子里,也因为皮肉的扯拉有了裂流的血。他闻到了一股血腥味。看到了所有的人跟着他高呼时,握紧的拳头上,都挣裂开了血缝儿,唤着的嗓子也都因高呼口号变得血红喑哑了。于是着,他从纪念碑上跳下来,最后叫了一声:"同胞们——跟着我——正步——走!"

他开始迈着在军队训练无数的正步,挥拳在胸,抬脚膝高,脚底与地面平行,一步一间隙地朝着正前方,让胸前的各种军功章同脚步一块响出有节奏的金属叮当声,到正在施工的炸裂人民会堂,绕着脚手架,正步走三圈,那能容纳五万人的大会堂就叽叽咣咣树立起来了。绕着刚盖了一半的世贸大厦走三圈,并让队伍默立,目光逼视,炸裂城最高的双子星座楼,就直立起来了。最后他领着队伍和城里几乎所有跟在身后的群众们,到广场另一侧的国际会议中心前,让人群分散开来,把工地团团包围后,他自己站到正在建筑的国际会议中心的一个大吊车的臂顶上,举着双拳,用流血的嗓子对着一个电池喇叭唤:

"伟大的炸裂!伟大的建筑!"

就都跟着唤:

"伟大的炸裂!伟大的建筑!"

那座地标性的蛋圆形建筑就在高呼中耸立起来了。

银灰色的钢架和清茶色的玻璃在落日中发出吱吱咔咔的响声后,在人们惊异、喜悦的目光里,太阳西去,把一个崛起在北方山脉中的城市,染上了艳丽的红色,然后太阳就有些精疲力竭,缓缓地沉没下去了。一个城市就威威武武有了现代规模了,县长也就同意把耙楼所有的矿藏交给弟弟明耀和他的公司开采了。

· 2 ·

曾经在越南战场上呆过六年的美国总裁，最后决定把他世界最大的汽车基地落户到距炸裂县城六十公里外的耙耧地界上，最终起效的不仅是孔明亮和吃喝玩乐那东西，而是明耀建城的方式、速度把他震下了，是县长把炸裂人的尊严贿赂出去了。孔县长把最优惠的政策和最漂亮的姑娘给了美国人。从京城请来的大厨，连炒菜的味精都是从特殊的厨房带来的，可这一行几十人的美国佬，他们在美味和姑娘们的同床后，还是决定要把汽车城落户到沿海的地方去。

谈判是在县政府的会议厅，棕红色的巨形椭圆谈判桌，总让人想到那美国总裁脱了衣服的大肚子。陷在桌子中心刚好露出桌面的花花草草和那六十几岁的老兵总裁身上的毛一样。孔明亮率领着十几个副县长、工业局长和专门高价请来的美女翻译坐在一边上，美国企业家们一行十几人坐在另一边。昨晚陪那美国佬睡了通宵的两个姑娘在边上穿着旗袍给他们冲着咖啡，也沏着中国茶。那两个姑娘去给老兵总裁续水时，还有意冲他笑了笑，一夜未睡的红眼丝、青眼丝都被她们的化妆盖住了。但那美国人，一通宵在姑娘们身上的劳累，总不能被咖啡冲干净。他们打着哈欠，也冲着姑娘笑了笑，总裁还爽朗大声地说："东方姑娘美得和花一样，西方女人粗得和草一样。"可再接下来，他的话让县长失望得想要给他们跪下来。"再好也没有我当年在越南遇到的姑娘好。她让我终生难忘，可我找不到当年在越南和姑娘睡的那种感觉了。"美国人望着大家，很伤感地说，"很遗憾，我不能把我的汽车城落户在炸裂了。"

明亮就在和总裁对面两米的桌这边，看见美国人黑红的脸膛上，爬满了热带丛林的红蚂蚁、花瓢虫和推着屎球滚动的越南屎壳郎，可他腆起库房似的大肚里,却堆满了全世界都喜欢的美钞和金条。"那我今晚不是给你两个,而是给你四个越南姑娘陪你呢?"明亮问,"为了让你们美国人过上东方的天堂生活,我再专门给你们建个欢乐赌城呢?"

——"凡是你们工程师以上的技术人员,在欢乐赌城招姑娘一律免费,赌博输掉多少钱,炸裂政府全都会埋单。"

——"我下个文件,让见了你们都点头哈腰行不行?"

"走!"明亮最后说,"我现在就让你回到四十年前去。"说话间,他写了一张条子,让人立刻送出去。过一会儿,就带着那多半在越南打过仗的美国企业老兵朝着县政府的外边走。过了几条马路,到了一道新大街,整个县城的墙壁上,因为县长的纸条而都被涂上了南方森林绿,画满了越南的河流和棕榈树。来往走动的耙耧男人们,全都穿了四十年前越南人穿的粗布白褂子,肥腿大裤子。女人们又一律穿着土织布裙衣和布衫,头上戴着竹编尖顶的遮阳帽,背着竹篓走动着。在路边卖菜的、卖肉的、卖法式面包的,也都搭了越南、云南街头的铺棚子。整个的一条大街上,和四十年前越南城市的街景一模样。就连蹬着三轮车和推着独轮车的人,也都是越南式的三轮高轮车和木轮独轮车。从那些美国人的惊愕中,迎面走来了几十个全都穿着越南村服、又说又笑的耙耧姑娘们,她们司空见惯了混在越南的美国人。在那一片美国老兵的木呆里,望望他们也就过去了,如同见了邻居般。

"这中间有你当年在越南遇到的姑娘吗?"明亮问那总裁老兵道。

又有十几个越南姑娘走过来,美国人又站在路边盯着那些姑娘们找着和看着。

当第七拨越南姑娘走过去,第八拨走来的还是第一拨过去的越南姑娘时,他们刚好到了城郊的一个村落里。那村落完全是一场战争刚刚结束的悲剧和风光。被美军飞机炸倒的房屋,正在燃烧的牛棚,横在稻田边上还能呼吸的死尸和坐在房倒屋塌的院子里的老妇。那老妇衣衫褴褛,头发枯白,看见走来的美国人,目光中充满着惊恐和不安,牙齿哆嗦出很响的声音来。那些美国老兵企业家,到这战后的村头站住不走了。最前边的大肚子,脸上有了犹豫和回忆。从天空传来的美军直升机起飞还是降落的轰鸣旋转声,把他的目光从那老妇的院落引到了东边去。那儿是一条堆满鹅卵石的越南河,人工设造的热带丛林中,还有从战争中活下来的蛇在画布的椰子树上爬动着。河水的流淌声,因为寂静响得如遥远不息的枪声般。

美国人来到这河边站住了。

孤独的鹰从火烤似的天空掠过去。

当他们在炽热的天空下,个个口干舌燥,想要在那白哗哗的河边蹲下喝水时,一个好奇的越南男孩从一座冒烟的房屋跑出来,随即一声轰隆的巨响,那个少年天真的孩子,踩到了地雷上。有条儿童的胶胳膊,精妙准确地飞过来,落在了正弯腰掬水的美国人的面前去。

一片河水迅速成了血红色。那在河边喝水的美国人,脸上惊出了一层汗,慌忙从河边退回到了人群里。

接下来,他们从河边逆水而行,县长孔明亮像越南战争中为美国兵引路的一个越南农民样,一会儿河东,一会儿河西,一会儿钻过一片用塑胶泡沫、铁丝、颜料组成的绿丛林,一会儿又回到河面只有绳索没有木板的吊桥上,最后县长在桥头站住了。他们眼前出现了一座越南小镇子。那镇上有美国的军营,也有越南人的餐厅和咖啡屋,还有专供从战场上下来的美国兵娱乐的歌厅和妓院。妓院边上就是啤酒屋和那时美国军人最爱的轮盘生死赌。有很多穿着美国军服的炸裂男人们,在越南的街上走来走去,东瞅瞅,西看看,眼里满是寻找渴望的光。有几个被炸裂从外面找来的形似越南姑娘的女子,皮肤浅黄,鼻梁塌陷,可高出的额门和深陷的眼窝里,却散射着招人喜爱的媚眼和狐光。她们穿戴薄透,坐在妓院的门口又说又笑,及至看到那些真的美国人到了街头时,她们向他们笑着招着手,就这时,有一个十六七岁的越南少女,从那一堆妓女中间挤了出来了,她盯着那群美国人中的大肚子,怯怯地站在他面前,有些挑逗,又有些羞涩地望着他,这时有两个年长的妓女跟在少女的后边走过来。她们说:

"长官,打仗辛苦了,到我们这儿娱乐娱乐吧。"

她们摸着那小巧少女的头和肩:

"她还不到十七岁,你们从美国来到东方,我们东方人是最讲究新鲜的——最讲究处女开苞的第一夜。"

她们把那不到十七岁的少女推到高大的美国人的肚皮下:

"战争残酷,生死未卜,今天你享受了这姑娘,明天到了战场上,就是死了也少了遗憾呢。"

美国人就这样跟着那些姑娘分散着,彼此走进了写着"怡红院"的院落去。那个羞怯年幼的少女,领着大肚朝妓院最里的一间房里走。他们进屋、关门,推开越南式的小窗户,打开挂在墙上的越式摇头电风扇,如此过了半个小时后,整个越南小镇上枪声大作了。待那些美国老兵从各个屋里冲出来,越南的游击队和美国军营里的军人正在镇街上开枪交战,双方射击。有几具死去的美国士兵的死尸,被越南游击队挂在街头的柳树上。待游击队从小镇中心撤走后,美国军队从军营冲出来,对小镇进行了清洗和搜索。结果到黄昏降临时,整条街上都是堆着越南人的死尸和残肢,血像河水样追着美国企业老兵的脚步流。他们从妓院门口退到啤酒屋,可从妓院门前流来的血,又追着他们到了啤酒屋的房檐下。从啤酒屋里流出来的被美国人砍头断肢、带着泡沫的越南人的红血浆,一直在后边追着他们的脚后跟。他们从啤酒屋又退到一家法式面包店,可那从啤酒屋、妓院和面包店流出来的血,又追着他们,使他们退到小镇街头的一片广场上。然在那广场上，左边右边，前边后边，又到处都是从镇里清理出来的被美军杀死的越南人的尸体与残肢，老的少的，男男女女，尸横遍野，有头戴钢盔的美军士兵正逼着越南的男人拖着各种各样的死尸在广场整齐地摆放和叠砌，准备掩埋和焚烧。地上的烂肉血迹如下过雨的水和泥。为了逃离这些死尸和血迹，那些美国人从小镇后边绕到了长满竹子的一座山坡上，刚要坐下喘息和回忆一下刚才到底都发生了啥儿事，就看到成百上千的越南人，从竹林里边跑出来，到他们面前跪下来，不约而同地大唤着：

"你们欠我们的是一份血债啊，为还这血债，你们到我们这儿投资吧！到我们这儿投资吧！"

"四十年前的恩怨过去了，你们把汽车城、电子城的基地就落户到我们这儿吧。只有投资在这儿，我们才不会记恨你们的烧杀和侵略。"

他们唤："为了良知就让你们的钱在这儿扎根吧。"

他们许诺着："你们在这儿开工厂、办企业，我们会把最好的法式面包烤给你们吃，会把最好的越南咖啡烧给你们喝。"

他们磕着头："让你们投资在这儿，不光是为了我们，也是为了你们美国呀。如果你们在这儿投资了，帮助我们富裕了，这些罪孽你们也就在上帝面前还清了。如果你们到别的地方投资了，你们的良心将终生不安，死后灵魂都升不到天堂去。"

最后就在落日的夕晖中，又云集来了成百上千的炸裂人，向那些美国企业家们大声地劝导哭求道：

"为了你们的良知，你们就在我们这儿投资吧！"

"为了你们的公义与上帝，让你们的钱就在我们这儿扎根吧！"

天就黑下来。

当天夜里美国企业的老兵们，就给炸裂签下了上百亿美元的投资合同书。就决定为了他们内心的良知,要把美国的汽车制造城、电子产品总公司和千奇百怪的一些制造业,都落户到炸裂城里和四围边地里。

· 3 ·

明耀的办公室布置得胜过一个将军的作战室。有整整大半层楼的门道被他封住了,只留中间一门出入着,这就是他的浩瀚办公室。在这块浩瀚的室内里,进门靠里是一个全铜制作的直径两米的地球仪,地球仪边上摆了两个平均都有十平米的全球沙盘图。东边的沙盘是东半球,西边的沙盘是西半球。在东半球的沙盘上,中国是由日红色突出出来的,日本是用丧黑色突兀出来的,其余如韩国、朝鲜、越南、泰国、柬埔寨,则根据它的国家性质、军事实力、富裕程度、可重视程度表示着不同的颜色和基调。凡社会主义国家的,基色都为朝阳红。凡资本主义国家的,基色都为丧葬黑。但在社会主义中,朝鲜的红色含着黄,显得浅薄和透着孩子气,越南的红色为淡红,红里还有柴禾灰,显着红的贫穷和寡淡。而在那西半球,欧洲的俄罗斯是一种红黑混合的杂交色,法国、英国和德国,虽然色调都为丧黑色,但在那黑色中,因为咱和法国的关系温文尔雅,明耀就把沙盘上的黑色法国涂成了亮黑色,仿佛这个国家有着一层火光和法力。新德国是由东德、西德合并的,资本主义的肌体里有了社会主义的血,明耀就把漆黑的德国颜色调成有别俄罗斯的黑红色。英国自把香港交还后,明亮总能从报纸、电视上听到英国人在我们背后说些我们的风凉话,也就把英国的黑色中,又加了一层孝白色,使整个英国的沙盘都如一个黑白分明的葬礼队伍样。

在拉美,古巴和委内瑞拉是红色,其余的都是冬灰或秋黄。在中东和非洲，反美的都是浅红、淡红或粉红，亲美的都是黑色、灰色或者黑白和灰白。世界是以红和黑大致在沙盘上分色调配的。明耀每天都在根据这些国家的变化在沙盘上修改着各国的颜色和基调。在他的办公区域里，沙盘地图上除了定期用鸡毛掸子来拂尘扫灰的卫生人员外，其余别人谁都不得走进去。他在这楼屋里装了电视，订了与军事、国家、政治相关的各种报纸和杂志，使自己每天都在这屋里看报纸、翻杂志、听新闻，捕捉分辨着国际关系中的各种信息与联络，以此修正着每个国家沙盘上的颜色和沙盘边界线，在那些国家的国土上，不断地插着各种红旗、黑旗和小白旗。

这一年，明耀很少想起过烟云一般女人的事，他自春天的四月一日起，把自己关在了军事沙盘室，除了饭时有人敲门把茶饭送到沙盘室的门口上，除了二嫂连续两天过来敲不开门时往屋里塞了两封信，别的谁都不能、也不曾接近过沙盘室。与大使馆被炸那天一模样，黑暗沉重，天象如日蚀还又布满乌云雨。这一天美国的侦察飞机和咱的飞机在上空相撞了。咱的飞机拦腰折断，坠毁在了大海上，飞行员跳伞以后失踪亡烈了。而美国的飞机只有一些擦伤，还未经允许就落在了南方军用机场上。听到这桩消息时，明耀正在沙盘的西半球上犹豫着，是否该在意大利的沙盘上再插一个小白旗，他对意大利好奇而陌生，正不知该给这国家的沙盘上插两面白旗、还是三面白旗以示惩戒和处罚时，他身后墙上挂的亚洲区的国家地图突然哗啦哗啦响起来，有风劲吹样，而越南、日本、朝鲜、韩国、印度的地图则一丝不动着。

他知道有事情砰然发生了。

打开电视机，轰隆一下看到了两国飞机在相撞那新闻后，猛地从沙发上弹起来，呆僵片刻，就把沙盘作战室的屋门关起来，除了送饭的，再也不允许任何人敲门进来了。没人知道他在那沙盘屋里做什么。更没人知道他在那屋里想啥儿。就是他每天订的十几份必送、必读的军事报纸也只能从门缝塞进去。到了第七天，到了第八天，二嫂两天三次来敲来唤他的门，最后敲唤不开就从门缝塞了两封一模样的信，信上都是殷殷写着这样几句话：

明耀，我的三弟：

　　自你回到炸裂后，我每天每夜都在想，只有你、我和你二哥三个人捆在一块儿，我们才能做成大事情，才能做成比天比地都大的事情来。而能把我们三个捆在一块的，只有你明耀。只有你明耀可以说动你二哥，赶走他身边那些妖七鬼八的人……

　　没人知道这封信明耀看没有，看后他有怎样的态度和变化，或者他压根就没看这两封信。把第二封信塞进去后二嫂又返身站在沙盘室的门口上，隔着门大声地唤了几句话。

　　——"明耀，你看看那信开开门，让二嫂和你说上几句话！"

　　——"你开门嫂子只和你说上两句话！"

　　——"三弟啊，不开门你看看那信行不行？！"

　　这时候，明耀从他的门里回了句话。回了一句让门外所有的人都听后惊颤死寂的话。"都他妈的给我滚——在国难当头国家又万般无奈时，谁敢再来烦我就别怪我对他（她）不客气！——都他妈给我滚！"在这句回唤后，那门外的走廊上，就再也没了脚步声和说话声。二嫂便在那惊颤的寂静中，瞪着眼嘟囔了一句话："我仁至义尽了，对你们孔家仁至义尽了。"然后呆一会儿，默默转身走掉了。可在走去时，她的眼中含着两滴水晶似的泪。

　　在接下来的日子里，那走廊和整整一层楼，都静得和墓室一模样，可到了第十天，有人悄悄把一份来自县上的文件从门缝塞进去，这房墓地才有了响动和转机。那份文件是美国的汽车业最终决定到炸裂落户后,第一批美国老兵的企业高层从美国带着巨额资金来到炸裂住下的第二天,由县长签署下发的——所有的炸裂人,在路上见到在炸裂投资、旅游的外国人,都必须首先点头说"你好!",必须向他们鞠躬并闪到路边上,让他们走在路中央,以体现礼仪之邦的文明。那文件从门缝进去不到三分钟,明耀就哗地一下把总是锁死的屋门从里边阔圆打开了。门外所有的人,就看见把自己在全球沙盘屋里关了十天的经理孔明耀,眼窝深陷如两眼枯井般,而嫂子塞进去的那两封信,被扔在窗台上,像扔掉两个抽完烟的纸烟盒,而刚刚塞进去的县里的那文件,却被他哗哗撕碎后,像雪花一样落在西半球的沙盘旁,就连美国的国土和太平洋,都飘着那份文件的纸屑和他开口破骂的唾沫雨。

他是手里提着衣服大步离开沙盘屋子的。他走后有人小心地进去收拾满地扔的碗筷、盘子和茶杯时,看到西半球的美国沙盘实图上,原来漆黑的沙盘色,被明耀全部又用雪白的孝白色画漆涂着了。偌大的美国的山脉、沙漠、平原和城市,纽约、华盛顿、旧金山和西雅图,还有俄亥俄和迈阿密,所有的地方都是死亡孝白色。而那些孝白上,美国的每个城市、每片土地、每一亩的林地上,都写着棺材上才有的"祭"字和"奠"字。

公司那些来自四面八方当过兵的人——曾经给少将当过公务员,给中将、上将站过岗的退伍兵,他们依着职责把沙盘屋里的盘子、筷子和发馊的食物、纸屑收拾后,知道将要有重大事件发生了,回去就把他们锁在箱里的军装、军帽、鞋子和武装带全部清理出来,放在了桌上、床头准备着。

明耀冲向县政府的办公大楼时,电梯门慢开了一步,他就朝电梯猛踹了三脚。走廊上内开的一扇窗户碰了他一下,他把那扇窗户的玻璃给砸了。直到冲进县长的办公室,看见哥哥孔明亮正在和几个人研究今后让美国的投资商人怎样在炸裂快活和挣钱,让他们像鱼饵样引来所有欧洲、亚洲富国的巨商都到炸裂投资的事,他冲进去把会议桌朝上掀一下,没有掀翻就抓起桌上大家喝茶的杯子全都摔到地上去。杯子里的水和泡熟的茶叶,汪汪洋洋在地面上。那些四处炸落在水里的瓷片如孤立在海中的岛一样。"你竟可以在这时候下文件让炸裂人见了外国人都要低头和哈腰、让路和鞠躬。"明辉吼叫着,"你这是叛徒、汉奸、奴相你知道不知道?!"

明耀又一脚把没有摔碎的一个茶杯盖子踢飞起来砸在对面墙壁上:"我们的飞机被入侵的美国飞机撞断了,飞行员落在海里淹死了,你们还在这儿研究让美国老兵们在炸裂如何高兴和挣钱——孔明亮——你要不是我亲哥,我现在就把你从这楼上推到这楼下活活摔成泥浆和柿饼!"

明耀冲到哥哥的办公桌前,一把抓住他的胸衣想要把他提起来:"你现在就派人把那份文件收回来,不收回文件我马上带着人马来炸掉县政府,炸掉你的办公室!"

当明亮一把将弟弟明耀从自己面前推开时,还又朝弟弟的脸上掴了一耳光:"经济是第一大事你懂不懂?"他朝着弟弟吼:"告诉你,我说一句话——一份文件发下去,你的矿企总公司就会垮掉就有人去没收你所有的财产封你所有的账!"

明亮气得坐在自己的椅子上:"想和你哥哥比试比试吗?看看是你哥能把你搞垮还是你能把你哥从县长的位置上拉下来?"

"别忘了!"明亮拍了一下桌子吼,"没有你哥的今天,你孔明耀在炸裂啥儿都不是!"

当所有的人都识趣地从县长和他弟弟的争吵中退出去,屋子里只还有他们弟兄的愤怒和对峙时,县长朝他弟弟冷笑笑:"把心思用在挣钱上,你那几个钱能干啥儿事?能买一个航母吗?能买颗原子弹放在炸裂,想朝美国发射就朝美国发射吗?你哥以一个县长的名义告诉你,炸裂穷得很。炸裂真的富了,你哥能坐到省长的位置上。能坐到比省长还大的位置上!"

"回去吧,"明亮弹弹飞溅到自己身上的水珠和茶叶,"你该好好谈个对象结个婚,连女人都不想,你这辈子能爱啥儿能做成啥儿大事情?"

从哥哥的办公室里出来前,明耀用鼻子朝哥哥哼一下:"你不收回你让炸裂人在美国人和所有外国人面前点头哈腰的文件是不是?"明耀直犟地问着,宣布说:"那我就去替你收回了——我和那些到炸裂投资的美国人不说一句话,就能让他们从炸裂滚回老家去!"说完这些后,明耀从县政府的办公大楼退将出去了。平南的日光照进走廊里,呈着金色把快步回走的明耀照得通体发亮,如一柱急射出去的炮弹般。他的脸是铜黄色。因为铜黄却越发在日光中闪着弹色光亮了。本来是因为,不知道该怎样应对这桩入侵撞机的事,才要冲进县政府大发邪火的。可现在,和哥的一顿争吵和对骂,他突然成竹在胸了,知道该怎样应对美国的这桩入侵撞机了。从县政府的大院退出来,他几乎是跑将出来的,到了大街上,他不顾一切地沿着人行道朝着公司跑,忘了他来时是坐着轿车到的县政府,忘了司机和车都还在停车场上等着他。

四十分钟后,明耀跑步回到矿企总公司楼后的空地上——那儿是并行躺就的三个篮球场——他的人马——队伍——民兵——那些从军队退伍回来又被他高薪招回来的人,都已如他料想的样,在那儿紧急集合等着了。人马们在部队是士兵、班长、排长、连长和营长,他们到了炸裂最有钱的矿企总公司,经历着半军营、半地方的特殊生活和工作,随时等待着有大事发生时明耀的召唤和招募,现在美国军机把咱飞机撞断，美国的飞机还不经允许就降落在了咱领土上，他们知道他们必有事情要做了。他们为等这要做的事情整整等到第十天，终于等到明耀从他的沙盘室里走出来，又从县政府的大楼跑回来。

　　县城的大街上，还一如往日的车水马龙着，买菜卖菜的，还在搞着价。工厂公司里，也都还在日常地上班和下班。但在矿企总公司的高楼后，用砖墙高高围起的院落里，有三个加强营的民兵都穿着军装集合起来了。他们以连为单位，笔直齐整地站满了三个篮球场，被任命为营长、连长的那些人，有的原在军队就是连排长，有的是后来被明耀重新任命为长官的。他们被负责军事训练的一个副团长紧急集合后，由他做了令人沸腾的动员和报告，还组织所有的人，看了被重新剪辑起来的这十天内所有有关飞机相撞的新闻和画面，最后明耀就从县政府那儿急匆匆地赶回了。原来在部队是营长的副团长，看见明耀朝操场这边大汗淋漓着，他挺胸提拳，跑步上前，立正敬礼后，向明耀大声报告说，队伍全部集合完毕，正在等候命令！然后明耀在操场一角擦了一把汗，把一手窝的汗珠摔在地面上，稳下来，长长吸了一口气，朝他的队伍看一眼，沉默一会儿，等呼吸平稳后，才节奏慢慢地朝队伍正前的一个木台走上去。那木台有一间房子大，五个台阶一米高，不用时就拖到球场一边用帆布遮起来，需要时就拖出来铺上红地毯。

　　现在那木台被抬到了三个篮球场的正中间，铺上去的地毯在正午的日光里，发着火焰腾腾的光。明耀拾级而上，走上那台子时，有一股滚烫的血流从那台子上涌进他的脉管里，又湍急湍急朝着他的头上涌。及至他刚从那台上站定半转身，台下千余（准）士兵同时立正挺胸，向他致礼——他们立定挺胸时，带起的风声和敬礼时手起手落的刷刷声，像一道一道的闪电样从明耀的眼前划过去。这就让明耀的浑身血喷血流了，从头至脚都燃烧起来了。他朝台下的人马看一眼，运足了气力对着台下大唤道：

"同志们好！"

台下的队伍千人一嗓吼："首——长——好！"

明耀唤："同志们辛苦啦！"

台下的人齐声大嗓地吼："首长更辛苦！"

明耀问："大家知道最近发生了什么事情吗？"

台下的人振臂高呼着："打倒美帝国主义，让美国人从炸裂滚回去！"

明耀就对台下的队伍大声动员道，养兵千日，用兵一时。但用兵一时，不是向美国人开枪开炮和宣战，而是以我之穷，治他之富；以我之弱，治他之强；以我之智，治他之愚；以我炸裂的一域之声威，治他全美的傲慢和狂然。就在这外面一切如常的平静里，明耀抑扬顿挫地讲了三十分钟话，如同给他的队伍上了一堂军事战略课，最后让队伍解散回去等命令，而把干部（经理）召集到他的沙盘作战室，又开了一个军事战略会，最后在会上统一了三点关于最近一段时间的战略与原则：

一、等待时机，严守机密；

二、以柔克刚，出奇制胜；

三、不达目的，誓不罢休。

两天后，县长去市里开会时，让美国和美国人感到愕然的事情发生了。到炸裂投资汽车城的那些美国老兵企业家，他们都住在城郊河边的仿欧别墅区。一条宽有二百米的人工湖河从那别墅区里滩过去，把两岸的空气洗得比城里润白着。北方的榆树上，都开着南方的木棉花。槐树花儿大又红，和南方才有的凤凰树花样。原来本是当地的蒿草、茅草和狗尾巴，眼下在四月的仲春里，都长成了越南盛夏的荆丛灌木林。别墅区里栽的柿树、苹果树，都已经结出了芒果和椰子。就在这果林的空地上，中心花园里，四月十日还是花开果香的样，可到了四月十一日，那些第一批入住进来的美国佬，乱完通宵的夜生活，来日十点以后醒来时，推开窗子看见花园广场的空地上，竖起了一座用白色的帐布搭起的两层楼房似的帐布屋。从那帐布屋的顶中间，有一管带着铁锈的烟囱伸进半空里，而那帐布屋正对着美国佬住的别墅群的正面屋顶上，写着英文字母CREMATORIUM（火葬场）的一行字，就在这火葬场的大字下，停了十二具真人死尸。那些尸体上都盖着生白布，白布上用英文写着美国总统克林顿和他夫人、女儿及国防部长鲍威尔，还有开那架侦探机的驾驶员和相关要人、军人的名。在这尸群后，是全部穿了军装的明耀的人马站立着。他们一脸肃静，齐齐整整以方块队形威武在花园里，把那些花草踩在脚下边。美国佬们不知道他们是啥儿时候出现在花园的，也不知道他们是在昨夜的几点建起了那个简易火葬场，并在火葬场里竖起了真的焚尸楼。当第一个美国佬发现窗下的异景时，有一个年轻的士兵把挂在火葬场门前的美国国旗扯下了。第二个美国佬惊奇地推开门窗时，又有个士兵把那美国国旗焚烧了。当所有的美国佬都推开门窗跑出来站到火葬场的门前时，明耀身着师长服，脚穿黑皮鞋，腰上扎着鲜红的牛皮武装带，从一片士兵的正前走出来，朝跑出门来的美国佬们望了望，朝他们敬了礼，然后一招手，有两个军人抬着一具死尸的担架走来了。

几十个美国人全都惊着目光站在火葬场的正对面。明耀把那盖着死尸的白布在那群美国人前慢慢揭开来，白布下边露出的是一具被整容化装过的真尸体，那尸体高大红黄，穿着西装，短发浓眉，脸庞和克林顿长得一模样，就是从脖子下流出来的红领带，也是克林顿最爱系的那一款。所有的美国人，这时都呆若木鸡了，站在最前的美国老兵企业家，最初看到尸体那一刻，他一双胳膊在空中顿一下，惊得朝后退一步，身子晃了晃，似乎想要倒下去，可又被身边的两个美国同行扶着了。之后他的脸上显出了一层僵硬奇怪的笑,及至把"克林顿"的尸体抬到一边去,又把他夫人的尸体抬过来……直到最后把驾机员的尸体抬过来,都是慢慢地掀起生白布,如脱去一件衣服样,让美国佬们看到那被整过容的每一个人——死尸都和充演的美国真人一模样。到这儿,焚尸火化开始了。火葬场里的工作人员,接通电源往焚尸炉的油道浇上一桶油,把始终排在死尸之首的"克林顿"的尸体从担架上抬到焚尸车上去,接着让那站成一排的美国人,都又最后看了一眼"克林顿",就缓缓把那尸体推进了火葬场。火葬场的大门被全部打开来,像一道库门那样敞开着。焚尸炉的尸道口,正对着呆在门外的美国人。身着白色工作服的两个焚尸员,一个在明耀的目光中,按下了炉口边的电钮后,焚炉的火道轰地一响,电炉中喷起的柴油火,一下塞满了炉的胸膛和火场。热浪从那炉口涌出来,推了一下炉外和火葬场门口所有的人。接下来,另一个焚尸员不慌不忙把尸体推进了炉灶内,把那一寸厚的焚炉铁门关上了。

　　火葬场的上空有一团一团的日光云,它们在晴天移动着,使火葬场周围的队伍和门前的美国佬,一会站在云彩下,有一阵一阵的凉风吹过来,又一会站在午时的暖阳里,从火化炉中过来的热浪带着油味和烤骨烧肉的焦燎味,拂过来停歇一会吹过去。

　　焚烧十二具尸体的消息,像冰雹样砸在炸裂城的各个角落里,不一刻的工夫间,从城里拥来的市民和郊区卷来的农民们,就把别墅区团团围住了。为了不使现场和仪式混乱和意外,明耀的人马手拉手把火葬场围出一道人墙来,那些来围观看热闹的人,大声吵闹着,看不见就爬到公园的假山上,攀上各种各样的花木、果树和专供外国人居住的别墅房顶上。

　　有人在组织着唤口号,"打倒美帝国主义!""让美国佬从炸裂滚出去!"的高呼声,先是凌乱阵阵,后来很快就整齐划一了,如成千上万的百姓都成了军人样。可就在这口号唤到高潮时，又突然静下来，只留下一片屏住的呼吸和张望。三十分钟过去后，焚尸炉的开关又被按下了。柴油的喷口闭了嘴，熊熊的火焰突然熄下来。"克林顿"的尸体已经焚完将要出炉了。有一个穿着白大褂的人从旁边抱出了一个大理石的骨灰盒。骨灰盒的盖子上，写着中文、英文克林顿的名，还镶着一张克林顿的标准像。那个人把骨灰盒打开给美国商人们看了看，让他们见证了那骨灰盒的材质和工艺的上好与精美，然后到焚炉后边的尸粉口，两个焚尸员一个在口下端一个木箱子，另一个用铁丝扫帚和焚尸专用小铁铲，去那炉里铲着扫着，扫完后又把木箱从炉后端到火葬场的门外边，当着美国人的面，把那些尸灰倒到骨灰盒里去。

有两根没有烧透的大腿骨和后脊柱，因为太长装不进骨灰盒，焚尸员看看站在边上的明耀问："咋办呢？"

"砸！"明耀回头说。

焚尸员就拿起准备好的小铁锤，在大腿骨和脊柱骨上砰砰砰地砸起来。飞起来的骨头碴儿全都落到了美国人的脸上和身上，且焚尸员还一边砸着一边骂："我让你轰炸我们大使馆！""我让你们飞机撞飞机！"直到把那些大骨头砸成细末粉，连土带碴地从地上捧起丢到骨灰盒里去。

到了焚烧驾机员的尸体时，刚一点着火，焚尸员就出来向明耀报告说："柴油不够了。""那就用电烧。"在焚尸炉中如果油嘴不再喷油，尸肉就只能用电炉烤焦和燃烧，人骨也只能用高温炉盘烤成灰。没人知道焚尸员是怎样烧烤的，肉都成灰了，可所有的骨头都还完整地焦黄黑白着。那些头骨、腰骨、腿骨、趾骨和胳膊，如一堆没有烧完的柴棒样，从炉里铲出来，倒在那些美国老兵商人的面前一堆儿。所有明耀的人马排成队，大家戴着手套，每个人轮流都到那骨头面前用力砸一锤，说上一句话，然后走去让后边的人走上来，捡起一块头骨或者腰脊骨，放在一块砖石上，拿起铁锤稳准狠地砸下去，嘴里又说一句很解恨的话：

"我看你以后还撞咱的飞机吗？"

又一锤。

"和平与好战，选择都由你！"

再一锤。

"世界是你们美国的，也是咱的。"

还一锤。

"在战争与和平的立场上，咱是最爱和平的！"

终于就把那骨头砸成豆豆粒粒了，一碴不剩地装进骨灰盒。太阳正南了很久一会儿，观看最后碎骨那一幕时，树上、房上的人群都在唤："让我也砸一锤子！"而把那最后的第十二个骨灰盒装好抱起放在边上时，山山海海的炸裂人的唤声又一次息下来，人群在等着下一步的庄严和举措。就在这片刻的安静中，突然从火葬场的那儿传出了庄严的歌声，如太阳升起样。在这声音里，有十二个都是一米八零高的人从火葬场的一侧正步走出来，他们到那骨灰盒前收步、立正，每人抱起一个骨灰盒，又正步走到那一片美国人的面前去。这时候，又响起美国的国歌来。那歌声平常得和落日一模样，可那些美国人，在听到他们的国歌时，脸上都有了生硬和肃静，有了等待和惊奇。就在这惊奇的等待中，所有的人都把自己抱着的骨灰盒递给了面前的美国人。那些美国人，很机械地接了骨灰盒，脸上不是显着怪笑就是僵硬着不知道发生了啥儿的苍黄色。他们呆在那儿，抱着骨灰盒，听着孔明耀在他们面前宣读的题为《傲慢必定死亡》的声明信，告知他们咱们是渴望和平的，但不是任人欺负的；炸裂人是追求民主富裕的，但不是任人欺污欺骗的；来炸裂经商是要公平、公义、礼貌的，如果对炸裂人失去礼貌和礼仪，这些骨灰，就是你们的结局和你们挣到的黄金、美钞。

到这儿，明耀带着他的人马返回了。

他料定这些美国佬端着骨灰回到别墅的第一桩事，就是撤资返回买机票。离开那些如看了一场演出般的美国佬，明耀一招手，人马就去拆卸火葬场的建筑了。又招了一下手，他的人马就又集合成原来的队形，依次离开了炸裂的经济开发区。

所有的人在那落日中，和美国人分手告别时，都是举着拳头大唤道："我们胜利啦——你们滚回老家吧！"然后别墅区那里就一片安静着。除了那些被踩倒的花和草，树上挂的炸裂人忘在那儿的围巾、鞋子和在别墅的房坡上扔的擦鼻纸，还有火葬场旧址上扔的没有捡净的腿骨头，别的都是宁静洁净的。自别墅群里流过来的河水和那边上的一个人工湖，水面清净泛蓝，有水汽漫在天底下。而从天空飞过的鸟群们，由南向北飞来时是归来的大雁阵，到炸裂的上空后，变成了一群哨鸽不再北去了，落在炸裂安家了。草地上的蚂蚱、马蜂也都变成眉眼蝶和娜巴环蛱蝶。世界美好起来了。美国人就那么抱着骨灰站在花园中心的路道上，他们不知道该把那些骨灰送回美国还是安放到哪儿。说到底，毕竟是骨灰。正在彼此叽叽喳喳商量时，从市里驱车赶回的县长孔明亮，车还没有停下来，他就下车到了美国投资商们的面前了。

——"我如果不把这些闹事的人绳之以法，我这个县长就辞职！"

——"你们可以相信炸裂有刁民，但不能怀疑炸裂有最好、最让你们赚钱的投资环境和商机。"

——"把这些骨灰都给我。我不光要处理这些闹事的刁民们，还要追查处理那些死了人就把尸体卖给闹事者的炸裂山里人。"

——"我说的你们信不信？不信我可以让所有的炸裂人都来给你

们道歉。"

　　从火葬场旧址的中心花园，到美国投资商的别墅里，从别墅再到别墅会馆的会议室，孔明亮每说一句话，就有一种正开的花草枯萎蔫下来。路边的竹子在他向美国人的道歉声中干叶了。会馆门口的两盆迎客松，在他的咒骂声中花盆破裂了，盆里的土和树，落在地上迅速土干根枯了。直到他和所有的那些美国人，都坐在会馆的沙发上，服务员把红酒、啤酒、咖啡倒好端过来，美国人端起红酒、啤酒或咖啡，喝了又长长舒了一口气，对他说我们的投资遍布全世界——我们考察过的国家占全世界国家的四分之一还要多，但没有一个国家和民族，能做出像炸裂人这么幽默的事。说我们在你们国家去过数十个大城市，东京和西京，南都和北都，没有一个地方比炸裂更为民主和自由，允许人们这样的集会和游行，允许他们焚烧美国总统一家人的尸。他们说，到炸裂投资不仅是他们的智慧和机缘，更是上帝送给他们的一份大礼物。说不仅他们要到炸裂投资和经商，还要动员欧洲和世界上所有的兄弟国家都到炸裂来。

　　他们说完这样的话，临时摆在会议桌上的十二个骨灰盒，像十二个音箱一样响出了一阵震耳欲聋的鼓掌声。

第十四章　輿地沿革（二）

第十章　自由经济

当美国、日本的汽车制造商决定落户到耙耧山脉时，新加坡的建筑业，韩国的电子产品和手工小商品，还有澳大利亚的矿采业，法国的服装和生活服务业，德国的公路、铁路、桥梁交通总公司，意大利的服装、皮包加工厂，西班牙的体育商品制造商和来自非洲肯尼亚的黑木工艺雕刻业，巴西的烤肉、咖啡和橄榄油，都纷纷地涌到了炸裂这个内陆城。这个城市分为东城区、西城区、老城区和高新开发区。由这四个区域组成的半山城，一夜间和其他城市连接的高速公路修通了。原来每半个小时一趟的火车道轨上，现在每三分钟就会有一阵叮叮咣咣火车的声响传过来。原来二十几里外的火车站，扩建成了同时可以停靠十八对列车，供上万人同时进出的旅客枢纽站。而正南五十公里外的一片川地上，又专门建了南来北往，进进出出的大型火车货运场。而城里所有工厂和制造业的污水和有毒物，依着高人的规划，都又通过数百米乃至上千米的井，排到了不知流到哪儿的地下河。

炸裂城每天都在扩建着，地面上有如无数拉链般，随时都在拉开或合上，扒扒挖挖，挖挖扒扒，使这一个城市从来都没有走下过开膛破肚的手术台。城街上的中心区，专门有一条街道是供外国商人、游人消遣、洽谈、调情和扯淡使用的。模仿欧洲小镇建下了咖啡屋、啤酒厅、大排档和各种旅游商品小商店，还有专供外国人洗脚按摩的脚屋、发廊和捶背间。从泰国涌进来的人妖表演和印度的抛饼店，阿拉伯人的茶艺坊，谁都不知道他们是哪一天走进炸裂开店营业的。各种各样的异国音乐每天都在那条街上嗡嗡啦啦播放着。他们在那条街上说英语、法语、德语和奇奇怪怪的各种语言，也在那说耙耧的方言和土语。

外国佬们总是有花不完的钱。似乎他们活着的目的就是喝咖啡、喝啤酒、听音乐和在男女调情的间隙里，在各种各样的合同上签签字，往各种各样的世界银行里转账和汇款，然后回到炸裂的河边别墅睡一觉，第二天重新回到这条街上来。炸裂人不知道炸裂发生了啥儿事，只是觉得炸裂忽然不是先前的那个炸裂了。刚盖了几年的新楼被扒掉盖了更新更高的楼。昨天还有人唱歌、跳舞的广场上，忽然被绳子围起来，说要把地面的水泥地砖全拆掉，换成从澳大利亚进口的花岗岩。城市中有序的忙乱像赌盘上不停旋转的彩轮般，人们渐渐觉得原来那个自己的炸裂不见了，炸裂成了别人——外国人的炸裂了。直到上面说炸裂的发展是整个北方发展的范例儿，从京城来的大人物考察炸裂时，亲自敬了县长三杯酒，说要尽快把炸裂规划升格为炸裂市，要把县长孔明亮升为一个市长时，孔家人和炸裂人，都已经没有先前的惊喜了，就像那是料定早晚间的事。

倒是被命名为"孔街"的专供外国人喝咖啡、喝啤酒、听音乐和调情、商洽的那条街，听说炸裂要改为市，每家外国的商店和每个外国人，都在门口挂了红灯笼，让一街两岸的墙上、路面和人行道、下水道及墙角的砖缝里，都开出了玫瑰、山茶和所有国内外的红花、黄花和紫花，使一个世界都是被奇花异草捧起来的笑声、碰杯声。

炸裂市就这样和梦一样成立了，如梦如花一样放开着。只是在炸裂宣布由县改市那一天，全城都为炸裂的繁华庆贺时，朱颖把自己锁在家里喝闷酒、抽闷烟。她开始抽烟、喝酒了。她为男人孔明亮不经她努力和知道，就能在不知不觉的三年间，把县改为市，把孔县长变成孔市长，先是一惊，后是震怒，最后就独自在自家院落里，待夜深人静时，对着天空嘶着她的血嗓唤：

"孔明亮——你会后悔的！"

"孔明亮——我会让你后悔的！"

她没料到县改市会有这么快，会顺利到如汽车下坡滑行样，稍一加油就会飞起来。

那一夜她独自喝酒喝到半醉时，去床上盯着睡熟的儿子看，盯着盯着朝自己儿子的脸上轻轻抽了一耳光，骂着说："都是你个小畜生，害得你爸不回这个家里了，大事小事不和我说、不和我再商量了！"然后待儿子在熟睡中惊醒过来，伸胳膊蹬腿，哭到地动山摇时，她又把儿子抱在怀里，呆呆坐在院落里，直到月落星稀，她脸上心中的震怒缓平了，人变得安静一些了，也才有些无力无奈地喃喃着"我会让你后悔的！我会让你后悔的！"抱着儿子回到房里去。让儿子重又睡熟后，她便连夜朝她一年前筹建的炸裂女子职业技校奔去了，召开紧急会议要提前招生培训特技女生了，准备和男人再有一搏了。

第十五章　**文化、文物与历史**

一、现实文化史

明辉不知怎么就当了镇民政办的主任了。不知怎么就当了县民政科的科长了。又不知怎么就当上市城市扩展局的局长了。当上局长那一天,千百千百的耙耧人,要把户籍从农民改为炸裂市的居民时,队伍从市中心的城市扩展局,一直排队到市外郊区间,他们拿着原为农民的户口本,提着感谢和送礼的土特产,如花生、核桃、木耳、香菇等,脸上都挂着感激的笑,等待着那些办公人员把他们的农民户口收起来,再发给他们一个城市的居民户口本和印有自己照片的身份证。

"我们这就成了城里人?"那些拿到新的户口本的人,从城市扩展局的大院走出来,看着那棕红色的小本子,相互问着又相互回答着,"我们从此就他妈的不是农民了。"他们说笑着,把本子举在空中给那些排队还没有领到市民户口的农民们看,随后就拐进街边的饭店大吃大喝了。

为庆贺,喝得酩酊大醉了。

还有一下从农民变为城里人的人,一激动,心脏病也就突发了,人未到医院就死了。整整有半月,城市扩展局都在忙着为县改市后把成千上万的农民户口转为市民户口的事,为了防止因为喜庆突发心脏病和脑溢血,医院的救护车就停在城市扩展局的大院里。如此还是因为过度兴奋死了十七个人,急救过来一百二十八个人。他们就这么,换个户口就是市民了。就把提来感激的物品放在办理户口者的办公桌边或者交到那些负责填表、审批、盖章人员的手里边。

"怎么能不收礼？"农民们说，"我们成了城里人，这是天大一桩事。"

"收不收？"农民们说，"你们不收我们把这些礼品摔在脚地上！"

只好就收了。

桌边、门后、屋里、院里，堆的到处都是农民们为变更户口送的土特产。烟和酒得用几个搬运工人不停地从城市扩展局大院拉着朝城市扩展局的仓库里送。有的想借机把计划生育超生的孩子户口报上来，就在那烟酒的盒里塞了很多钱。有的想把远在深山的亲戚户口迁到炸裂市里来，把戒指、项链、坠子直朝管户口的口袋里塞，说给你一把花生吃，给你一把葵花子你回家剥一剥，那珍物就被塞进那人口袋了。

明辉的办公室，在城市扩展局大院最中间，因为必须先有他的签字你才可以领表、填表、审批、交钱和报批，最后再有他的签字你才可以领到炸裂市的户口和身份证，因此那屋里礼品堆得就到了房梁上。最后礼品把他和所有工作人员的办公桌都从屋里挤到了院子里，腾出那些办公室去做礼品屋，结果还是放不下，就把那些礼品又堆到城市扩展局的大院内，堆得香烟顶到了院里一棵树枝上，烟味把那棵老榆树的枝叶熏黄了，使那榆树有了烟瘾后，很多年每天都必须剥一包香烟撒在树下边。不撒香烟榆叶就会蔫蔫卷卷死了去。院那边和榆树相对的是棵柿子树，收的酒都堆在柿树下，因为那个季节正是柿子飘红时，那一年树上生长的柿子全都有一股酒香味，连吃三个柿子人就会醉倒在树下边。到了榆树下不能再堆香烟、柿树下不能再放各种红酒、白酒时，明辉就不再办公而是站在城市扩展局大院的门口上，亲自把门不让那些送礼的人走进院里办户口。他站在一张高凳上，一眼望出去，看见那为办户口送礼的队伍长有几公里，弯弯曲曲绕到广场边，尾又摆到郊区外。

为了阻止这些送礼的人，明辉去三哥明耀那儿叫来八个年轻的退伍军人守在门口上，见凡是手里提了东西的，一律不准走进城市扩展局大院内，最后事情才算消停下来，才没有人再提着礼物朝那院落里走。户口就这么一家一家办，炸裂市的人口就这么雪球一般滚大着。到了一月后，差不多依着政策那些该转为城里户口的，都已经算了城里人，这时候全城都在传说市长孔明亮的小弟孔明辉，患有一种精神病，你给他送礼，他会把礼品扔到门外边。把钱塞到他手里，他会抓起那钱掷在你身上。

人都愕然了。

都知道明辉患了精神病。

有人想看看他是真的有病还是假的有病时，就在上班的时间里，在城市扩展局大院门口等着他，看着他走着来上班，迎着他叫了声"孔局长！"

他不悦地立下来："请你别叫我局长好不好？"

是局长，却不让人称他是局长，而让人直呼他的名字孔明辉，人们就知道他真的有病了，且病得相当重。只好朝他笑笑点着头，慌忙退走了。到了下班时，城市扩展局的副局长们都在办公室里看着他步行下班走了很远后，才敢各自从办公室里出来坐上自己的专车下班回家去。路上追上他，也要把车绕个弯儿躲过去。躲着那些每天都在路边看明辉步行上下班的人群们——市长的弟弟，每天步行上班下班成了炸裂的一道景。每天八点上班前的七点半，六点下班前的五点半，市民们都会拥到局的大门口，分站在路两边，看这个局长有车不坐，偏要步行上下班。

有一天，看明辉步行上班的人多了，十字路口堵了车，刚好市长坐车从那儿过。"咋回事？"市长明亮问。司机把头伸到窗外探探收回来，"老百姓在看明辉局长有车不坐步行上班哪。"司机笑着说，"市长，每天来这看孔局长步行上班的，比到广场看升旗的人还多。"市长又想起当年弟兄四个半夜出门走梦那一夜，自己碰到了一枚公章后，也就成了今天的样；明耀碰到了军车和大炮，也就成就了今天那威武；而这最小的四弟弟，出门碰到了一只温顺的猫，也就成了这扶不直的软弱样。朝车窗外边远望着，市长明亮没有再说啥儿话，隔着车窗看见弟弟从十字路口对面走来了，人瘦小，也文弱，手里提个全市干部统一下发的黑皮包，从人群的目光中走过去，果真如一只温顺的病猫从人群的脚下过去样，小碎步，不说话，有人在远处唤他"孔局长！孔局长！"他朝那唤的人们摆摆手，便从那远远看他的人群中间走掉了。那些看的人，就很遗憾地说：

"真的有病了。"

"真的有了精神病。"

市长那一天望着弟弟叹了一口气，车从人群边上过去了。

到了黄昏下班时，太阳柔软地照在炸裂市。城市扩展局大院里的榆树、柿树和两架葡萄树，因为都有了烟瘾、酒瘾和糖瘾，哪天不在树下喂它们一些烟、酒、糖，第二天树叶们就会卷着落下一层儿。城市扩展局的干部和工作人员下班后，明辉在没人时剥了一包香烟喂在那棵榆树下，又把一些酒糖朝柿树和葡萄架下倒着埋着时，市精神病院的院长走来了。他穿了白大褂，到了城市扩展局大院里，左看看，又看看，站在明辉面前很久不说话，两手在胸前相互扭着和搓着，像要借明辉一样东西又一直说不出口。

"你有事？"明辉把几颗小糖埋在葡萄架下的树坑里，还用脚在坑上踩踩土。

"市长让我接你到我们医院住几天，彻底检查一遍儿。"

明辉怔在那儿不说话，手里拿了一把花糖纸。他用力把那些糖纸捏几下，也就被院长接到精神病院检查了。

二、文化变迁史

• 1 •

娘病了，明辉有三天没上班，在家陪着娘。也不是啥儿破天大病儿，发高烧，睡时爱说昏迷话："我到那边了，我到那边了。""那边要比这边好，那边要比这边好！"可当发烧从娘的身上退去后，病好了娘从屋里走出来，人便轰地瘦下一整圈。房子还是老房子，院子还是老院子，树也还是那榆树和泡桐树，春天发芽，夏天旺绿，秋天纷纷落着叶。就连树身上爬的蚂蚁和虫儿，都还是往日往年那些只。往上爬时气喘吁吁着，往下爬时一路跳着和笑着。门后墙角蛛网上的大蜘蛛，也还是多少年前这个家里落败时候的那只历史老蜘蛛。

"一定别搬家，"明亮曾经冷硬说，"我就是当了皇帝你们也别搬，让全国人到这家里看一看，就知道我的圣洁和我们孔家的圣洁了。"

就不搬。

常住着。

炸裂村演变成了城市后，这房子就文物一样卧在老城区。那原来还是炸裂村时街上的树，都被钉上了树种名称和编号。原来废在村胡同的一盘石碾子，人们早就忘记了，现在它又被发现和挖掘，写进了市里的文物志，用玻璃房子把它罩将保护起来了。原来村十字路口和路边的坟，都被迁到后山梁的空地上——那里是为这个城市建设献出生命的烈士墓。市长的父亲孔东德，被迁埋在那陵园上方的最中心，坟前的墓碑上，刻着八个字：城市建设的先驱者。朱颖的父亲朱庆方，这个和孔东德是着冤家的人，今天和他的亲家并排躺在烈士陵园里，脚前的墓碑上，也写着意义昂昂的五个字——先驱者之墓。

据传说，原来炸裂还是村时所在乡、县的老乡长和老县长，现在已经是另外一个省的市长和副省长，可他们都要求死后也能埋在炸裂这个陵园里。在他们的墓碑上，也都刻着如下几个字："这个城市的先驱者！"而市长孔明亮，则让当年在炸裂村办有新闻故事加工厂的杨葆青——而今已是市委宣传部的杨部长，亲笔给老县长回了一封信，上写有一天你百岁仙逝了，我会在这城市的广场给你塑下一尊像，刻写出"城市之父"四个字。而给也是市长的胡大军——那个老乡长，写了这样言简意赅几句话：

欢迎你死亡的到来，那将是我和炸裂不胜荣幸的一桩事，如果你能早日进入炸裂的陵园中，整个炸裂的人民都会为你而骄傲！

无论如何说，炸裂是个伟大的城市了。

炸裂原来的一切都是现实、历史和后人的记忆了。

炸裂的老街和新的炸裂市，也因为现实与历史，成为两个世界了。

东城、西城和开发区，沿河散开坐落着，栉比的高楼如各种方形树木的彩树林，罩在楼上的玻璃每天让市里的气温比郊野高出好几度。而这老城区，和这个城市一样名称的炸裂街，除了那些到这个城市游览的人，已经很少有人光顾了。就连从这街上发迹出门的市长孔明亮和市里最有钱的明耀弟兄俩，也很少再回到家里和街上走一走。他们似乎已经忘了他们是这炸裂街的人，不到过年或母亲生日那一天，一般都不再到这老宅院里来。都忙极，事业鼎盛泛滥着。大哥明光自和老婆离婚后，又没有将保姆小翠娶到手，日后就在学校买了房，日夜住在学校了，也忘记有家了。家里只有母亲永远守着老宅院，给明辉烧饭和洗衣，使他上班了自这家里、街上走出去，下班了从市里走回到这老街和家里，直到有一天哥哥让精神病院的院长接他去看病，继而母亲发了三天烧，他侍奉床前尽下点孝，待母亲病好从屋里走出来，像一具活的死尸到正屋桌前站立住，盯着男人的照片看了岁岁月月后，转身对明辉说了那样几句话：

"我今年多大了？"娘问道，"我该去找你爹和他待在一块了。"

"我不想再活了，"娘看着明辉说，"我这三天都看见、梦见你爹在那边对我招着手。"

时候是在三天后的晨早间，初夏的日光晒在院落里，山下边城里的楼光水波潋滟闪动着。娘睡了一觉后，自己穿好衣服死尸一样从屋里晃出来。保姆正在老灶房里给娘热着奶。这时候，明辉起床要去上班做他局长的事，洗漱将毕间，就发现娘在这三天很家常的病好后，人不再是三天前的那个活人了，死色在她脸上罩了很厚一层儿。不知道她在这三天病里经历了怎样的事，忽然成了死过又活来的人，皮肤枯干，满脸皱黄，站在那儿如灰纸、黄纸剪的一个老冥人。她就那么冥在男人的照片前，拿袖子去孔东德的镜框上边擦着灰，边自语喃喃地："我这就去找你！我这就找你！"像孔东德在镜子那边等她等到急切和跺脚。

明辉听了这话在娘的身后僵住了。

"我要去死了。"娘听到动静转过身，望着明辉说，"你爹在那边跺着双脚叫我呢。"

"那我每天都在家里陪你吧。"明辉想了一会儿说，"反正我不想再去上班了。"

娘盯着明辉半天没说话，可她的眼睛亮了亮。

"我陪你一辈子，"明辉又说道，"我一天都不想再去局里上班了。"

娘听着，脸上的死黄润有微红了，又像一个活人了。接下来，照进屋里的阳光亮得和镜子样。本来门后的墙角千百年来都没有光亮的，这会儿，日光七折八弯着，也照到那儿了。墙角的老蜘蛛，一时适应不了日光的照，先在光亮里怔着呆一会儿，后来适应那光了，就在那蛛网上欢欢欣欣舞起来，把成为舞台的蛛网掀得一闪一跳着。从门外进来的老母鸡，到那蛛网下卧了一会儿，走后在那地上留下一窝五个带着血丝的孔雀蛋。

明辉就这么决定不再上班了，不再当他的局长了。去找大哥商量不再做那局长的事，大哥只说了一句话："这事得跟你二哥说。"去给二哥说不再上班，不再做那局长的事，先给二哥办公室的主任程菁预约三次后，才见到二哥说了几句话。二哥就大动肝火了："你这个窝囊废，你是全市最年轻的局长你不知道吗？"

二哥说："娘还能活几天？有钱有保姆，把她侍奉成国母我们就尽了大孝了。"

去找三哥商量不再做那局长的事，倒是很快就见到三哥了。三哥在炸裂市外数十里远的一条隐秘山谷中，盖了很多简易军用房，在那招募了很多很多的退伍军人和民兵，每月给他们发着薪资搞训练。那些人身着军装，在一块巨大的专门修建的水泥训练场上举行每月一次的阅兵式。训练场东边的阅兵台，是依着山势修建的，阅兵场正在葫芦状的谷肚间，谷肚那边是营房，这边就是训练场。八月的烈日像关在葫芦肚里烧着的火，从训练场上流出来的士兵们的汗，汇在一条沟渠里，汩汩急急地朝着谷口外面流过去。三哥明耀穿了一套将军服，站在阅兵台上的一柄遮阳伞下边，望着从他面前正步过去的方队敬着礼。雄壮的军乐声，像蒸汽一般鼓荡着方块队的脚步和胸脯。因为明辉到来了，三哥提前结束了那次例行的阅兵和训练。明辉就站在阅兵台的边角上，看着一个团、一个团的队伍从他身边撤回营房去，口号声把他脚下阅兵台的台基震得微微颤动着抖。齐整的脚步声，像市里每天都响个不停的挖掘机掘着砸在地面上。待那队伍都从三哥的眼下撤去后，三哥走来朝弟弟笑一下，弟兄俩就站在阅兵台的角上说下这番话：

明辉说："我不想当那局长了。"

明耀望着从他面前最后走过去的一个连："喂——三连长，以后在谷口都派上六哨位，没有我的命令谁也不能进这训练谷！"

明辉说："我想每天在家陪着娘，可二哥不同意。"

明耀盯看小弟明辉一会儿，用鼻子哼一下："二哥早晚一天得听我的话。"

"你这么忙，"明辉望着三哥的脸，"我走吧，就不在你这儿吃饭了。"

明耀拍拍明辉的肩："等三哥成功了，你想当军长了当军长，想当司令了当司令。"

从三哥的训练谷里走出来，明辉站在空旷的山脉上，看见身后的岭岭与梁梁，都在日光里发着黄灿灿的光，而那看不见隐藏在训练谷的三哥的军营里，正有一股隆隆的声音传过来。然而面前模糊的炸裂市，城里的楼光泛在天空中，像一片发亮的烟雾浸在天底下。站在这声音和楼光间，明辉猛地意识到，二哥和三哥中间有件事情将要发生了，且那事情大得和地震、火山爆发样。想到那事情的大，明辉脚下一软瘫，蹲着坐在了山脉上，像一只蚂蚁瘫在了象的脚下般，有泪从他的眼角流将出来了。

·2·

明辉去找嫂子朱颖谈说不做局长的事。在一个新兴市里做局长，有多少人为此大贿都愿意把老婆和女儿贿出去。可明辉，说不当就绝不当了。天大一桩事，不能和哥们说谈时，他想起嫂子朱颖来。想起他有很久没见嫂子了。上次见还是侄儿生日时，他给侄儿买了能变成房子的树，能变成粮食的花草棵，能孕生真的鸟雀飞向天空的塑料彩蛋儿。在那个嫂子精心做的一桌饭菜边，他一边和侄儿玩耍着，一边算着二哥自当了县长、市长有几年没回家。当算清从市政府回到老城炸裂街，步行也就四十分钟路，坐车也就十几分钟时，明辉有些愕然了，惊异在一个城市里，二哥几年间竟没有回家看过一次嫂子和侄儿。

"我去唤他回来吧？"明辉问嫂子。

"他会回来的，"嫂子笑笑说，"等他再回来，他不光会朝我跪下来，我不理他还会死在我面前。"说着嫂子朝门外那儿看了看，又收回目光落在小弟明辉的脸上去，"这一天不会太远了，嫂子会让你看到这一天。"

明辉不太明白嫂子在说啥，但他没有从嫂子的话里听出多少抱怨多少恨，反倒听出了一些深明大义的城府来，这就让明辉觉出嫂子的绝世不凡了。觉出嫂子那挂在脸上的笑，深奥神秘、不可捉摸，又无可从那笑里挑剔出一些啥。原先嫂子和二哥一道拼天下，一块让炸裂富起来。一块让炸裂这个落果似的小野村，变为管着几个自然村的村委会，变成乡镇变成县。到今天，又变成一个新兴蓬勃的炸裂市。可嫂子怀孕了。嫂子为二哥生了孩子后，说不出门也就很少见她出门了。说守在家里育养侄儿就恒心育养了。说到底，嫂子是风火过的人，是怀孕这个城市的女人呢，经过的世事和见过的大世面，比市长二哥一点都不差。明辉去和嫂子商量不做局长的事，也去看日渐长大的小侄儿。他又到市百货大厦给侄儿买了许多小玩具。买了苹果树上结的梨和柿子树结的枣，还有一棵外国的棕色巧克力树，只要让那树在日光下面晒一会儿，巧克力豆就会结在枝叶上，你尽可以去那树上摘那巧克力的果子吃。买了塑料的马匹、马厩和草场，你让马匹在那草场走一走，马的肚子就大了，草场的绿草就少了。当吃饱的白马回到马厩卧下来，过一会儿，它就会生出小马驹。再过一会儿，马驹长大了，又要吃草又要生出新的马驹来。几天后，你家就变成牧场、农场了。你就成了农场主。

明辉提着这些玩具朝着嫂子家里走。

到原来是村委会、后来是企业大楼、现在是幼儿园的门前时，看见很多家长正朝那大门里边送孩子。他在那门口站了站，没有看见嫂子和侄儿，就往嫂子家里走去了。幼儿园是二哥为了让侄儿进园方便，特意下文把企业大楼一夜拆掉，请丹麦人设计建下的幼儿园。幼儿园所有的房屋墙壁和墙顶，都是欢快的色彩和图案，像丹麦的一个小城样。明辉从那小城前边走过去，看见所有落在上边的鸽子也都是红黄相间的彩色鸽。真鸽子也和假的样。假的也和真的样。可他对这些真假都习以为常了，并不觉得奇怪和异样，只是看看就朝嫂子家里去。嫂子当年盖的炸裂最堂皇的三层楼，现在和市里那些现代建筑与仿欧别墅比起来，显得陈腐而老气。可在那仅有二十来年历史的大门口，门楼的左上方，钉着一个黄铜牌，牌上写着"市重点文物"一行字。有这字，楼和院子就显着高贵了，不同凡俗了。炸裂老街是新市炸裂的老城街，所有的墙砖树木都是历史和文物。而在这文物中，孔家的老房和嫂子家的楼，则是珍物中的物，高贵中的贵，是多少年后名人的故居和博物馆。所以嫂子就一直住在这老街上，一如和娘蹲守着孔家老宅样，嫂子在守着由她经营盖起的朱家楼。

按了门铃儿。

又按了门铃儿。

终于出来一个开门的人。门一闪，面前站着一个十七八岁的姑娘来，穿着又薄又透的纱上衣，短裙短到大腿的根部间，那玉白的大腿和周正的脸盘、挑逗的五官，还有精心描画过的眉眼和口红，让明辉惊一下，朝后退半步，以为自己走错了门。可那个满是风流韵气的女孩儿，见了明辉也朝后退了小半步，继而才朝他笑了笑。

"你找谁？"她问他。

"进来吧。"她又说。

他进去她在他身后关了门，像主人一样领着明辉朝嫂子的楼屋客厅走。到那儿，才看见嫂子站在客厅正中央，面前坐了一排和那姑娘的穿戴、妆画都一样的姑娘群。她们看见明辉全都惊奇地望着他，所有的目光都是勾的和诱的，都是热烫如火的，像终于等来了一个如意男人样，像要用目光把他吞掉和烧着样。明辉站在屋门口，额门上被姑娘们盯出了一层汗，手里提的东西朝下滑一下，他慌忙又抓住那一兜兜的玩具袋绳儿，让目光去找侄儿在哪儿。

"去了幼儿园。"嫂子接了明辉提的东西后，又对那些姑娘们说，"这是我兄弟——你们先到楼上去。"

那些姑娘们就都把目光从明辉脸上不舍不舍地收回去，笑着嘀咕着，朝楼上跑走了。脚步在楼梯上如敲着响的鼓。有个姑娘的红色高跟鞋，走着走着从脚上掉下来，还有百元、百元的票子从那鞋里落出来。她回身捡钱捡鞋时，从那一群姑娘嘴里、脸上、浑身爆出来的笑，瀑布样沿着楼梯一级一级朝下跌，直到嫂子朝那些姑娘们瞪了一眼睛，她们才都收笑不见了。不见了，嫂子才又回过头来说："进来呀——她们都是我女子技校的学生们。"

明辉从一阵懵懂中醒过来，走进嫂家的正客厅。客厅的沙发上，还落着很厚的那群姑娘的粉香和肉香，还有谁掉在沙发缝的红发卡，充真冒假的玻璃钻坠儿。嫂子指着沙发说："你坐呀。"明辉没有坐那沙发去，他拉过一张椅子坐在了沙发边，然后把目光从沙发上抬起来，看见墙上挂了几张二哥的像。像下嫂子都用红笔写着五个字："死是我的人！！！"那五个字后的三个"！！！"，和一束明辉在三哥那儿见过的榴弹样。再看身边的墙壁上，也挂有几张二哥的像，像下也都写着大意相似的字："你和炸裂都会是我的"，字后一样都是三个"！！！"。接着把目光挪到客厅里、饭厅里、灶房间、洗手间、酒柜、碗柜上。所有屋里的墙上和角落，还有通往楼上的楼梯里墙上。凡是二嫂常要做事或路过的地方和家具上，全都贴着二哥小时、大时、结婚、工作和当市长后在各种会议上讲话、剪彩、握手时的彩照、黑白照，照片下都是那些大意相似的仇爱和字后的三个"！！！"。早时的照片都是重新洗将出来的。当了市长后的照片是从报纸和画报上剪裁下来的，景象如是市长的人生摄影展。明辉看完那些照片又从椅上站起来，他不太知道嫂子为啥要把二哥的照片贴得无处不在着，目光从这儿移到那儿去，又从那儿挪到这边来，最后落到面前的嫂子脸上时，嫂子笑着对他说：

"不把他贴出来，我怕我忘了你哥长得啥样儿。"

嫂子眼角润红着，眼里有种酸酸毅硬的光：

"他那么忙，一年一年不回家。"

嫂子最后擦了泪，又很自信地笑了笑：

"他快该回来了。快该回来找我了——他想把炸裂这中型城市建成大城市，和省一样大，比省还要大，建成比省大的超大都市，要京城各方各面的头脑都同意，他不给京城那些人物送礼吗？送啥儿？他最终会明白，送啥都不如送这女子技校的学生们。"嫂子说着抬头朝楼上看了看，又收回目光脸上挂着笑，"我已经给你二哥挑选了二百个学生备下来，计划挑选三百或者五百个，等你哥需要了，他就该回来求我了，求我把这三百、五百个最漂亮的学生姑娘都给他，让他带去。到那时，你二哥就该回来求我了，我不答应他就不能把炸裂升为超大都市，那时他就该跪着拿头撞墙求我了。"

嫂子笑着说着喝了水，还递给明辉一个柿子树上结的梨。明辉没有吃。接梨时他看见嫂子眼角上又有了很深一层纹，原来鲜嫩的皮肤转眼之间苍老了，好像几年间老了十几岁。好像中年人。好像不是嫂，而是经过无数世事的炸裂市的市长或一个女省长，对啥事都因为岁月、坎坷而胸有成竹着，把握在先着。明辉又一次用目光扫了满屋满墙那些二哥的照，抬头瞟一眼嫂子为二哥准备在楼上的那些姑娘们。

"又要把炸裂升成超大都市？"明辉问，"啥时候变成超大都市？"最后把拿在手里的柿树上的梨子放在桌子上。

"二哥真疯了。"明辉想。

"我不当局长了。"明辉说着站起来，好像要走样。本来是和嫂子说谈不当局长的事，可现在，听说二哥要把炸裂市升为超大都市，他倒忽然决就了，也就不用和二嫂说谈啥儿了，仿佛是因为二哥要把炸裂升为超大城市，他才决计不当那全市最年轻的局长样。门外有阳光进来照在嫂子的脸上和肩上。嫂子的脸成了蒙着一层淡灰的镜，藏不住的光亮照着明辉，照着这屋里的摆设和家具。明辉提来的一兜玩具里，那塑料制品的操场和马厩，在他们面前铺展成了绿草茵茵的牧马场。宽阔的草原漫无边际地在他面前伸延着。伸到山脚下。伸到看不到边的天地间。世界上只有他和嫂子两个人。他们就那么立在那宽展无边里。嫂子望着他，像望着她的亲弟、她的儿子样。

——"你真的不当局长了？"嫂子很吃惊地问。

——"你和你哥说谈没？"嫂子又追问。

——"你该想想你还小时的那一夜，炸裂村人都从家里出来看自己首先碰到的啥。我是首先碰到你二哥，才要一辈子死嫁你二哥的。你二哥是拾到一枚公章后，才要一辈子当村长、镇长、县长、市长和省长。你那一夜是真的碰到了一只猫？碰到猫也不该这么寡柔没主见，把天大的事情不当一桩事。"

——"真的最先碰到的是只猫？"

——"你好好想一想，也许不是猫，而是别的啥。"

从二嫂家里出来时，上了楼的那些姑娘们，都在窗口挤着向院里的明辉抛媚眼和招手。明辉朝楼上看一下，又慌忙把头扭到一边去。嫂子出门来送他，站在院里朝墙角的一棵楝树那儿瞅了瞅，那儿因为有乌鸦把一粒瓜籽种在了那树下，就有秧子趴在树枝上，结了很多的丝瓜、黄瓜、苦果和西葫芦。还有一颗西瓜大得和人头样。他们就在那树下吊着的一片果瓜旁，嫂子最后嘱托说，好好想想那一夜碰到啥儿了，想起来就能知道你这辈子该做啥儿不该做啥和该不该辞这局长了。院子里有很浓一股瓜果味，还有山野上的树木花草味和炸裂城街上荡过来的汽车声和汽油味。在这味道和声音里，嫂子最后对明辉说："抽空陪嫂子到坟地哭哭吧，我们有几年没到坟上去哭啦。"

• 3 •

明辉从嫂子家里出来后，太阳还在老街东口的正上方。街中央的那棵树，去时树影落在那家墙上的裂缝边，回时树影还在那条裂缝边。他在嫂子家说了很多话，坐了春夏秋冬的时光和季节，可老街上的太阳没有动。时间滞死了。在那滞时滞日里，从山坡上的老街望下去，炸裂市上班的人流决口的水样朝着东西南北涌。倒是老街这儿静得很，年轻人都去市里上班了。在老街租房的，也都踩着时点上班了，只留下房子、文物和停着不走的日光和树影。明辉来到这树下，望着墙上的裂缝和不动的影，又有一只猫从那树下跑走了。

猫跑过院墙不见了。

心里轰地掀一下，明辉站住脚，再次想起多少年前的那一夜，月光水然，全村做了父母的男人、女人同做了一个梦，都让儿女从家里走出来，看看儿女们会碰到啥儿或者捡到啥。他跟着三个哥哥从家里走出来，在十字路口分了手。大哥向东，二哥向西，三哥朝南，他就提着马灯朝着正北走。路上看见了墙和树，看见了月光和一只猫。那猫"嗷"一声，从一棵柳树下朝南跑过去，翻过一堵墙，朝人家家里跑走了。那时候，他就像现在站在那棵柳树下，把月光从猫去的方向收回来，知道自己该要返身回去和哥们碰头了，要告诉哥们他首先碰到了一只花狸猫。可欲转身时，又看见猫逃的柳树下，扔着一本尘灰破烂的书，捡起来，在灯光下翻了翻，是一本被人家翻看了成千上万遍的黄历书，线装着，书页上沾满了唾沫翻页的垢痕油亮着黑。还有一股从书页中抖出来的潮腐味。那书那年月，家家都有的，书上印着六十年一个轮回的阳历、阴历对照表。印着二十四节气的时间和气象。还在每隔几页的空白处，印着算命八卦的方法和说解。

明辉翻了一下那书把它扔掉了。扔到了老柳树的树洞里。他首先碰到的是一只猫，不是那本黄历万年书。他一直以为自己的绵善和弱软，都是因着那一夜首先碰到了一只猫。如果碰到一只狗，他就可以跟着二哥做忠臣良将了。如果碰到一只虎，他就是三哥那样的角色了。如果碰到一头牛，他就可以在炸裂市划出一块地来耕种养殖了。可他碰到的是一只柔弱的猫，因此就只能守家照顾娘，让三个哥哥在外分头闯天下，闹事业。然而现在，明辉望着那只跑去的猫，怔一会儿，忽然朝前快步地走过去。先前的十字街上现在有了红绿灯，那埋过几十个炸裂人的地方成了圆盘的绿地和一尊"开拓者"的石雕坐落处。他到那淡淡脚,朝北拐过去,一路上不停地看着路两边的楼房和老房子,终于在被当做文物用木栏围将起来的老碾旁,找到了那棵文物编号为"99"的老柳树。现在那棵柳树变成柏树了,可树身还是那样儿,两人围的粗,在两米高处突然歪着脖子朝一边倒过去。柏树枝身曲黑旺,在半腰上有篮似的一个黑洞儿。明辉看见这碾石旁变成柏树的柳树时,几乎是跑着朝那树洞冲过去。他爬在树洞上,抢着把胳膊伸进树洞里,摸一把,抓一下,就拿到他扔掉多年的那本黄历了。书已经在那树洞里潮污和腐烂,有一层浮毛茸落在书页上。还有很多树油浸入书纸里,把那书页养成了红油色。明辉拿着那书轻轻抖一下,有几片书纸落下来。他慌忙把那纸片捡起来,小心地对好放回到原页上,随手掀一下,正好掀到这年、这月的这一天,看到阳历、阴历对照表的空白处,曾有人用毛笔写着四个小楷字:

失而复得。

"失而复得"那四个字,让他心里暖得像冬天遇到了一堆火。神秘地朝前后左右看了看,除了有辆汽车从他身边开过去,别的什么动静都没有,于是他试着从黄历书上找到他从学校退学回来的那一天,有小楷毛笔写了两个字:"落榜"。找到他去镇上工作那一天,写着一个毛笔字:"误"。掀到他当科长的那一天:"大误"。掀到他被哥哥任命为全市最年轻的局长那一天,仍是一个字:"辞"。

明辉惊着了。

草纸腐油的历书在他手里微细细地抖。原来他年少那夜出门最先碰到的不是猫,而是这本黄历书。原来那猫从他面前噌地跑过去,就是为了提醒他路边树下有着这本书。——过去了多少年,他一直以为那一夜他首先碰到了猫，竟把书给扔进树洞里。秋阳温暖，大地和煦，源自柳树的老柏在他头顶如是一把伞。现在这书又回到了他手里。明辉站在树荫下，从打开的地方匆匆翻了一下那本黄历书，发现他过去的人生和大事，桩桩件件都写在那书里。有一种惊叹和懊悔，从他心里泛上来，变成不知所措的喜悦像水样泡着他。他就在那水似的树荫里，凉爽温暖一会儿，孩子般，把那书往他深怀揣藏起来后，左右看看，急忙匆匆地回家了。

脚步荡在老街上，如飘在古道河里的一条船。

三、心史记

· 1 ·

明辉要去把大嫂从娘家接回来，让她和大哥破镜重圆过日子。这是那黄历书上明明写着的事。有了那册黄历书，他就再也不用遇事慌张没有着落了。原来他的过去和将来，都已经有人用蝇头小楷早就写在了那本黄历上。可惜这么多年把黄历扔在树洞里，潮湿油浸，几乎每页历纸都沾着粘死在了一起儿，把一家人的命运粘结成了黑的死团死块了。那每隔几页都有的几个或一片蝇头小楷字，也都被潮湿浸成一片墨渍死谜了。这些天，明辉彻底丢下那本不属他的局长的事，在家钻在屋里，设法把那六十年一个轮回的甲子的黄历一页页地复原和揭开，去那书上找着他的过去和未来。为了弄懂那本黄历书，他开始着迷天象学、节气学和卦卜说。他买了很多书。用那些书中的解说去补充那黄历上的断章和一片片墨团死结的字。先是把那本书放在太阳下面晒，放在细风的口上吹，当这些方法都无法打开沾在一起的黄历书页时,他在半夜的院里摆下小方桌,把历书放在方桌上,自己守在夜里坐在小桌旁,借那夜雾均匀浸在历书纸页上,润一页,揭开一页来,润两页,揭开两页来。夜里揭开白天再去识辨那墨迹黑团的字。一页一页着,到了初冬时,他把那粘连的黄历揭开三分之一了,从历书上四月初春的一片模糊里,找到了两个可以认出来的字:"接——嫂——"

他就决定去把大嫂接回来。

先去见了大哥孔明光。孔明光不知道为啥儿人就是了炸裂市新成立的师范学院的副院长。他不想当院长,他只想当个天天和学生说话的好老师。可因为他想当个好老师,上边说这是至上境界了,就让他当了院长了。学院要从不断胀大的市里朝着东区迁,新盖的教研楼、图书馆和学生宿舍等,一片工程摊在东区路边的空地上。建筑队和往工地上运灰运砖的大卡车,把工地弄得尘土飞扬,到处都是红砖锈铁和水泥板。明光是院长,负责这些事,就在工地旁逮着一个司机骂,骂他开车太快,不仅把一车的玻璃颠碎了,而且还撞断了一棵小松树。"玻璃不知道疼,可树它知道疼痛的你不明白吗?"大哥对那头上流血的司机吼,"你看没看见树都流了血汁水,白花花的树茬就是它的断骨吗?"司机擦着头上的血,蹲在地上和孩子样。这时候,明辉出现了。明辉远远地走过来,遥远地就叫了一声"哥",又叫了一声"哥"。当大哥明光从那叫声中转身过来时,明辉看见大哥的两鬓发白了。人完全是个中老年,纯蓝的制服上,有很多工地上的土和教室的白色粉笔末。大哥回过身来望着明辉那一刻,冬日把他的双眼照得眯起来。在那新建校区的工地旁,明辉和大哥说了一番话,像风和云说了一番语。他说大哥你咋就头发都白了?大哥笑一笑:"我现在是教授,你没听说吗?"明辉说你这几年都在学校不回家,你该抽空回家看一看。大哥说:"二弟一直要让我当师院院长哪,可我只想当教授。"大哥说着又摸了摸那被撞断的小松树，让司机一手护着头上的红血口，一手握着方向盘，拉着一车碎玻璃，朝工地仓库开去了。

当工地旁的路边只有他们兄弟两个时，工地上起了风，初冬的寒冷从西北朝着东南卷，刚才还黄在天空的太阳又缩将回去了。在那冷寒里，明辉对大哥说了他捡到历书的事。说了历书让他去嫂子娘家把嫂子接回来的事。他说着，大哥一边听着一边弯腰从地上抓起一把土，糊在胳膊粗的松树断茬上，又从草地拔了一把干蒿草，像纱布绷带缠在树茬上，直到那断树在冬寒中得了暖，发了芽，被撞伤的松树创口在暖草里泛出浅绿色，芽头在暖里露出芽身子，大哥才把目光收回来，很认真地盯着弟弟听着他的话。

——"哥，你不能单身一辈子。"

——"嫂子回来可以给你煮饭洗衣服，可以给你说话熬药，收拾家务，说不定还能生个一男半女，让全炸裂人都羡慕你们一家人。"

"我和娘都想你。"明辉继续说，"你一定得抽空回家看看娘。"

明辉说："就这么定了吧，历书上说让我去把嫂子接回来，我就去把嫂子接回来。"

大哥一直听着望着明辉的脸，不说话，想着啥儿事。可现在，他把目光从四弟的脸上移开时，看见刚才隐躲在云后的太阳出来了。整个炸裂市的东城区，高楼、烟囱和刚刚修起的立交桥，都在校区工地的周围敞亮着。才将从断茬处发出的松树芽，在那冬暖黄爽里，像透明的玻璃树一样，有日光在那枝上闪着亮。

"你说把你嫂子接回来，我就能专心做我的学问了？"明光看着四弟问。

"我想写本书，"明光笑着说，"书一出版，我就是学校最有学问的教授了。"

和大哥分手时，明辉忽然眼角有了泪。他没想到大哥是这样，一直以为大哥在学校不回家,是因为和大嫂离了婚,又不知那叫小翠的姑娘去了哪,才恩义相绝地一直住在学校里,才每天都和粉笔、黑板、学生、寂寥在一起。可现在,大哥并不在教室和黑板旁。大哥以院长的名义守在工地上,不仅心疼那一卡车碎了的白玻璃,还更心疼那被撞断的小松树。和大哥分手时,虽然是冬天,从那断茬的松树上发的嫩芽也有筷子高低了,翠绿的松针一根根由嫩黄变成了壮绿色,有了结实的乌黑染在松针上。有乌黑就可以抗着冬寒了。在那一树乌黑的松针面前分手时,大哥很开心地对明辉笑着说:"管工地,我可以贪污很多钱,可我一分都不要。为人师表,我就想当个顶级教师和教授了。"

大哥问:"你不在我这吃午饭?"

大哥说:"也许你大嫂早就改嫁了。"

大哥又嘱托:"你替我去看看你的大嫂吧。"

明辉就从大哥那儿离开了,把工地、东城和炸裂市留在身后边,回头看时像望着一片腾起的烟。

·2·

大嫂娘家是耙耧山脉的深内人,为了把山里的铜、铁、锡、铂的矿石运出去,山梁上的公路拓宽到了并排可行四辆大卡车。公路也全是用碎石、水泥和钢筋混就的。工毕通车那一天,市长明亮去剪彩,他从一个托盘里接来一把大剪子,把那公路上横结的红花绸缎从中剪断时,从那绸缎中奔泻而出的金条、金珠、玉翠和玛瑙的胸佩、耳坠砸在公路上。自公路滚到路边草地的耳环、手镯有几十、上百个。从剪彩现场响起官员和市民的掌声和雷雨一模样。在那掌声中,有人去抢丢落在地上、路边的金条、翡翠和项链时,因为混乱还踩死了一个人。那一天,从电视上看到了这一景,明辉把电话打给市政府的程菁秘书长,经了同意他在电话上和二哥通了话。

"真的把人踩死了。"他对二哥说。

二哥想了一会儿答:"第一期公路工程一共二百三十二公里。"

明辉惊叫着:"人命呀,二哥!"

"第二期公路工程马上就开始。"二哥说,"三年内我要让炸裂市所辖的农村村村通公路,家家有汽车,让我的人民过得超过美国人和欧洲人。"

明辉又和二哥说了一些家务把电话放下了。现在他就走在剪彩落满宝石玉翠的岭梁公路上。冬天的干冷在梁道铺天盖地着。路两边的树,都在冷里哭哭唤唤地叫,风在树上刮着奔袭着。明辉是可以坐车去大嫂娘家的,只要拿起电话随便打到哪,说我是孔市长的弟弟孔明辉,就会有几辆轿车开到老街上。可那黄历书上说,要让他行走万里才可明天下,他也就走在这条路上了。有很多空的卡车从他身边开过去,朝着山内里。又有很多装满矿石的重车从山里开出来,朝着山外里,朝着炸裂的十几家冶炼化工厂。他走在路沿上,看见从公路上腾起的灰尘把一棵树像坟墓一样埋着了。看见从空中飞起的鸟,因为咳嗽从空中掉下来。还看见路边哪个村庄的小麦地,因为飞起的灰尘把小麦苗都从地面又呛回到了田地里。看那麦苗躲着汽车、矿石、尘灰像捉迷藏一样时隐时现时,明辉在那田边站了很久一会儿,直到西去的太阳如一块火石朝着湖水落去时,他才又慌忙沿路朝着山里走。

公路走尽了,像一匹舒展的布匹到了尽头般。

黄土马路走尽了,像一卷土布到了尽头般。

一条小路走尽了,像一根绳子突然散断没有续着样。在落日的余晖中,田野、村庄和沟壑,都安静舒适地躺在山脉里。来自山野的奇静中,因着静,明辉听到了自己耳朵里有细极一股叽叽的响。他路上问过几个人，还走错了两次路，才终于赶在第三天天黑之前到了大嫂的娘家村。才看见那叫张王庄的村落散落在一道坡面上，有草房也有瓦房的旧村庄，和多少年前的炸裂老村一模样。嫂子家是住在村头的第二户，明辉到了嫂子家的门口时，大嫂正在门口给他偏瘫的父亲喂着饭。夕阳在嫂子的脸上落成浅黄色，她头上一根根的白头发，如同枯干的草和丝。明辉是问了第一户人家才来到了嫂家门口的，当他看到嫂子时，他想到忽然变老的大哥了。想到变老的大哥他脚步慢下来，直到最后站在大嫂的身后边，才很小声地问：

"你是大嫂吗？"

他惊道："大嫂，你咋就成了这样儿？！"

大嫂直起身子扭过身，看见明辉时，手里的饭碗"哐"地落下来，碗里的鸡蛋面汤洒在她的裤子上。望着小弟明辉的脸，大嫂张张嘴，想要说啥儿，没有说出来，泪水哗地一下涌着挂在了眼眶上，手僵在半空嗦嗦哗哗地抖。就在这草房门楼前的大门口，明辉和大嫂对望了很久一会儿，直到大嫂终于从嘴里唤出"明辉"两个字，朝明辉面前急走两步又猛地立下来，问他说你咋就找到这儿了？咋就找到这儿了？又说我们有几年没有见面了？有几年没有见面了！还说兄弟你还好，没有啥大变，还是那么一脸孩子气，这才想起给明辉让座儿。想起把明辉朝着家里迎。想起让家人赶快收拾屋子，擦抹凳子和桌子，赶快给明辉倒水洗脸和烧饭。

问明辉：

——"你想吃啥儿饭？"

——"先喝一碗鸡蛋水？"

——"从炸裂到这张王庄，从日出坐车到日落下车还要再走大半天，你步行在路上要走多少天？"

嫂子一家全都忙将起来了。左右邻居都忙将起来了。全村都跟着忙将起来了。村人都把家里的鸡蛋、核桃、花生朝着嫂子家里送，期望明辉可以尝尝他们家的美食和山珍。还有人抱来一只老母鸡，问明辉喜欢吃鸡吗？喜欢就立马杀了炖鸡汤。有人用衣襟兜来黑木耳，望着大嫂，求她用那木耳给明辉炖一碗黑木耳白糖汤。

就都围着明辉问：

——"你真的是市长的弟弟吗？"

——"是市长的弟弟咋会步行走到我们村？"

嫂子在村里是最有脸面根基和殷实日子的人。虽然离了婚，可终归是嫁过一个镇长、县长的哥。现在那镇长、县长早就是着市长了。原有的男人也是大学的院长了，且市长、院长两个弟，一个在市里豪富着，一个文弱良善，正就来到了张王庄，要接嫂子回到婆家去，和大哥镜圆过日子。明辉说了想要接大嫂回去和大哥复婚照顾大哥后，满院子的村人都噼啪静下来，盯着明辉问真的吗？真的吗？！然后就有人拉着大嫂的胳膊道，你苦熬出头了，苦熬出头了！说从此市长又要叫你嫂子了，连那些处长、局长、厅长们，见了你也要叫嫂叫姐了。说我们张王庄，终于出了一个市长的嫂。便都拉着嫂的胳膊嫂的衣，还围就明辉一圈儿，说难怪前天村头有成百上千只喜鹊旋着叫了一整天，昨天有两只孔雀、两只凤凰飞来落在大嫂家的院墙上，冲着大嫂开屏展翅，像日出东方样。

太阳在村人们的惊喜乍乍中，慢慢落山了。

大嫂在落日中蹲着呜呜地哭，哭一会儿她突然冲到院子里，抱着瘫在椅子上的爹，说熬到头儿了熬到头儿了，你的病又有救治了又有救治了。到这时，明辉才知道大嫂同意离婚，是二哥当镇长时在十张白纸上签了十个自己的名，要大嫂想要盖房了，就在那白纸上写下要求就会有砖瓦送过来；想要种块好地了，填一张白纸就会有干部把好地的承包地契送到家；在村里和谁家有纠结官司了，在那白纸上写下景况和冤屈，就会赢了官司和名誉。那签了二哥名字的十张纸，能助大嫂做下十桩大事情。可大嫂回到家，当爹听说她和大哥离了婚，老人默着没说话，来日起床时，却因脑血栓瘫在床上了，从此就开始问医求药了，开始填写那白纸，让大夫来到家；填写那白纸，让医院把最好的药物用给爹。把那填写好的白纸当做药引放在中药砂锅内，熬好中药让爹喝下去，求着爹就是偏瘫也要活下来，别轻易离开这世界。

有一次，爹出门倒在了山梁上，不省人事和死了一模样，大嫂请人急急在一张白纸上写了一行字，令山里医院的医生火速赶过来。那些医生们就都汗淋淋赶过来，把爹从死的边缘拖救回来了。又一次，爹在家倒在院落里，从口吐白沫，到末了白沫不吐后，鼻子下连一游气息都没有。嫂子知道这次爹是生命终尽了，明了医生赶来也救不及，就把那签了二哥名字的白纸揉成一团塞到爹嘴里，在边上哭着唤：爹——爹——我家兄弟孔明亮，他不是镇长了，他是县长啊！他是县长啊！也就又把死去的爹救活过来了。到现在，大嫂手里只还有一张签了二哥名字的纸，天大的事情她都不敢让那张签了字的白纸离开手，最多是到关键的节眼上，把那签字的白纸拿出来，晃一晃，给人看一看，对人家说我兄弟明亮他是市长了，不信你们看看这是不是他给我签的字？！当爹又病重病危时，她就把那签字的白纸拿出来，对那些医生说："你们不信市长是我的兄弟吗？"那些新老医生就对爹尽心尽力了。当爹在最冷的寒冬因了天寒，头脑供血细弱滞止，人变得昏迷不醒时，嫂子就跪在爹的床前举着那签字的纸，哭着唤着说："他是市长了！他是市长了！"然后屋里渐渐暖和着，爹的供血就足了，爹便清醒得和没有疾病样。

太阳在西山将尽那一刻，山脉间的静，如绸红拂在地上飘落着。张王庄的庄稼地，所有的麦苗都绿着，把麦叶朝向大嫂家的方向伸扭着。冬天的枯树枝,扭过头来朝向嫂家招着手,而门口地面的那些花和草,又有一些绿色浅在草棵上。爹听说女儿到了中年又要和孔家复婚回到婆家时,不说话,举起那只多年都因偏瘫没有抬起过的手,在女儿的头上、脸上摸索着,滴在手上、腕上和胳膊上的泪,全都和花一样开瓣儿,散着一股初春的清香味。

到晚间,全村男女都拥到嫂子家,问明辉说你真的是接你嫂子回到炸裂市里和你大哥复婚吗?

明辉点了头。

"你二哥市长同意吗?"

"二哥让我照顾家,"明辉对人们郑重道,"不用说二哥就会同意的。"

接下来,有人在大嫂家门口点了鞭炮放起来。有人就回家取来笙箫吹起来。锣鼓声、鞭炮声,在院里和门口,在门口和村里,南涌北荡,走东串西,热闹得和过年一模样。人们把嫂子围起来,把明辉举起来,感激他来把嫂子接回家里去。庆贺嫂子又成了孔家人,成了市长也得称叫的嫂。就都乞求嫂子说,你又到孔家了,再次成为了市长的嫂,留着那一张市长当镇长时签了字的白纸没用了,不如取来写一行字,冬天酷冷,又干冷无雪,大旱在即,就在那纸上写上"下雪吧!下雪吧!"让上天给村里的田地落场雪。嫂子就回到屋里去床头的箱底处,取出一个信封来。从那信封中拿出那最后一张有些发黄的签字纸,在那纸上写了"下雪吧!下雪吧!"六个字。然后村人就簇拥着明辉和大嫂,借着月色来到村头上,跪着把那有明亮签字的白纸擎在天空中,齐声大唤道:"下雪吧,下雪吧!是市长让你下雪哪,是市长让你下雪哪!"都唤道:"瑞雪兆丰年,市长让你下雪哪!瑞雪兆丰年,是市长让你下雪哪!"天空便有了潮污和雪花,在月光中像月光的絮花朝着村头田野落。待村头地里有一层毛白后,人们都跪着不起来,又由嫂子亲手划了火柴,点了明亮签字的纸,把那火光和灰烬都高高举到半空里,雪便由小变大了。飘飘鹅毛一夜间,村落、田野和整个耙耧山脉的深内里,大雪下有一尺厚,所有的小麦、树木与枯草,都有了冬眠的湿润和暖和,不愁来年的丰景在望了。

到来日,明辉和嫂子,就拔着深雪回了炸裂市。大哥和大嫂就破镜重圆了,过上平静、安稳的日子了。

四、文化与文物

炸裂也下了一场雪。

雪住后,整个城市都在雪光中张扬显摆着。远处的高楼和立交桥,在雪天如用雪砖码砌起来的建筑物。近处的街道上,那些树木和路标,都被白雪裹着包围着。把大嫂从她娘家接回来,送到大哥的住屋里,和嫂子一块收拾了大哥屋里的脏乱后,明辉从大哥的住处走回来。

雪夜的月光薄透如明纱般。到老城街的十字路口上,明辉从地上捡起一片月光在手里,那月光的轻重果真如一片纱窗样,可却滑凉得如一片湿绸在手上。把那月光重又放回到原地儿,他就拔着深雪回家了。娘已经在上房熟睡得如老猫团在火炉旁。明辉推开院落门,听见娘在梦里说:"回来了?大哥和你大嫂好了吧?"明辉隔着窗户、屋墙朝娘点了头,娘就在床上翻个身,越发睡进了深沉里。诸事妥当,明辉进了厢房自己的屋,想要倒头睡下时,想起藏在枕头下的万年书,有一页从粘连中润开一半来,在那半页上的一片墨迹间,除了"二哥"两个字被他认出外,其余二哥将要如何的预兆都还在那没有揭开的陈泽老墨间。那老墨像一片干死的池塘泥,那些蝇头小楷的横竖和撇捺，都如池塘泥中的水草柳枝般。他已经盯着那半池干死的池塘和草棵看了上千遍，不能从那死去的水草棵中认出它们当年的葱绿来，也就无法知道二哥人生的啥儿事。无法知道万年书要让他去替二哥做些啥儿事。

躺在床铺上，想着万年书上关于二哥那半页的泥塘和模糊，明辉心里激灵了一下子，忽然从床上坐起来，从枕头上取出那本没有封皮、封底的万年书，掀到已经润揭一半的写有二哥字样的那页上，看着那油印的历书日期，正是二哥的生日——三月三那页半个巴掌大的死墨团，他想起刚将在老城街上捡起的薄纱玻璃似的月光了。想起这已经不知用过多少年的草纸万年书，因为岁月和树洞的油潮，让所有的书纸粘在了一块儿。把那历书拿到太阳下边晒，那些书页反而会更加干死在一起。拿到潮雾的夜里翻开书页润，润几夜才能揭开半页一片来。大哥大嫂的那一页，他是润了三个深夜才揭了开来的。二哥这一页，他润了半月十五个雾夜才揭开一个角，因为雾润太久后，那些墨字又全都泥塘在一起。可现在，明辉猛地灵醒该怎样去揭秘二哥那些墨字了——在太阳下边它会干死在一起，在雾夜纸可润开来，可墨汁又要溶在一块儿。而这雪夜的润潮，正能溶开粘在一起的纸。冬天酷冷的月，也正有太阳般吸潮的光，好把那纸上的潮湿吸开来，使那模糊腐死的字，显出泥塘当年那布满枝条水草的模样儿。

明辉悟了这一点，一下从床上跳下来，跑出屋门看看雪夜的月，正还在老街的上空明亮着，也就很快回屋搬出一张桌子来，摆在院落的正中央。把那万年书捧着走出来，供在桌中间，接着到院子两堵墙间漏落的月光里，小心地从地上揭起最亮的一块月光片，慢慢着，把那月光搬到院中央的桌子上，竖着放在万年书的一边儿，又到那两堵墙下去揭第二块月光时，他发现被他揭走月光的那块地上成了一团漆黑了，而且那台玻似的一块黑，让整个墙下的明亮都暗着淡然了。在墙角站了站，明辉回过身，开了院落门，到门外老街的空地上，又搬回第二块月光来。到老街的十字路口上，搬回第三块月光来。到老城街的郊外去，搬回第四、第五块月光来。

回到家，先把月光放在地上靠在桌腿上，把大门锁起来，再回来把那些大小不一、形状不一的月光一块一块搬起来，撑着竖在小桌上，砌成比桌面小的方框院，最后搬起那最大最方的月光棚在月院方框顶，就在这雪月夜里给万年书盖起来一座方形月光房。明辉静静守在那房边，看着那掀开的万年书，在房里躺着安静着。雪夜的潮气在溶润着万年书上关于二哥的这页和下一页三月初四那页的旧历纸，而干冷酷亮的月光房的墙壁和房顶，又都在吸着从粘连页上散出的潮润和墨气。月亮从炸裂城的正顶移向西偏了，上半夜它是上弦月，下半夜又变成了下弦月。当它像轮子样转成下弦时，明辉看见二哥的这页历纸和下一页的粘连又松开一个角缝儿。他小心地把面前的月光搬下一块来，将双手伸进月光房，慢慢揭起三月三的这一页，一丝一丝朝上提，便就把这一页历纸完全揭开了，和三月初四分着了。

便看见那原来一片墨渍泥塘的模糊中，有了模糊淡淡的清晰来。终于在那一片渍迹里，借着月光辨认出了"朱颖"两个字。"朱"字是山清水秀清楚的，"颖"字的左边是模糊，可右边的"页"字清楚得如秋风中落下的一片叶。这就不费心思让明辉定断那是"颖"字了。当认出那一片墨迹中显出"朱颖"两个字来时，明辉的手在月光房中僵下来，知道了万年书要让他在二哥和二嫂之间做些啥儿了。像一个谜被他在这一瞬间破了解数样，心一喜，双手跟着哆嗦时，差一点撞碎那座月光筑建起来的月光房。

第十六章　新家族人物

一、朱颖

雪后第二天,明辉要去面见二哥明亮前,先到了嫂子朱颖家。嫂子家院里堆了一大堆扫积起来的雪,雪堆上二嫂用手指画了二哥的像,还在那像的肚子上写了一个字:"死!",而在她家的屋里和屋外、楼上和楼下、墙角和楼面,依然是到处贴着二哥的照片和剪报,依然在那照片下边写着"死是我的人!"的那类字样儿。可在这些字样上,二嫂又都用粗重的红笔用力画了枪毙人的布告上才有的红"×"儿。屋里尺尺寸寸的墙壁上,已经没有一块洁处了,除了先前贴的二哥的旧照外,现在又到处贴了他每天在省市日报上登的讲话和与别人的握手照。"我的人!"和那红"×"儿,像是过年大街上大喜大贺的鞭炮纸。明辉就盯着那些红"×"看,知道二嫂已经恨哥恨疯了,恨成仇家了,越发觉得自己该去找找二哥了。

站在二嫂家客厅东张西望着,明辉没有再像上次那样见到二嫂为二哥要把炸裂变为超大城市或省会准备的学生姑娘们。他和二嫂一东一西站在客厅里,轻轻淡淡对她说:

——"我要去找二哥。"

——"二哥有几年没有回家了?"

二嫂想了一会儿咬着下嘴唇,慢条斯理道:"不用去找他,他的事业快要败落了。一败落他就又该跪着求着回到这家了,回到我的面前了。可这次,他就是真的死在我面前,我也不会像当年那么轻易放了他,轻易就帮他。"

嫂子说着冷冷笑了笑。可在那笑后的孤绝里,嫂子眼角还是有了泪。她不等那泪流出来，很快又用手擦了去，然后让明辉坐在沙发上，自己从哪取出一个精致的小木盒。打开来，里边是个大的牛皮纸的信封袋。二嫂咬着牙，从那袋中取出被纸包着的一打儿子胜利从出生、满月、百日、周岁，到幼儿园读书、玩耍的各种照片来。而包那照片的纸，正是二哥当了市长后，签署的为了炸裂市的发展和建设，为了二哥的前程和事业，不经他的允许，嫂子朱颖决然不得擅自到市政府去找二哥的几份文件和通知。那几份文件的下发日期，最早的是二哥当了市长三天后，最晚的也就上个月。明辉看了那些侄儿的照片后，又一份一份去看那文件，发现那文件一份比一份措词严厉和冷硬。在最后的一份文件上，末尾还有这样几句话："再到市政府胡闹扰乱市长和政府之工作，你将接到一份离婚证或者精神病人永久入院通知书。"

明辉把那些文件一字一句看了看，脸上充满了愕然和惊异。冬日的阳光从门口照进来，照着他像一层酷冰结在他身上，使他浑身冷得很，很想抱着嫂子暖一会儿身，很想到哪儿的一盆炉火旁，把整个身子扑在炉火上。

——"嫂子，上个月你又去找二哥了？"

——"你一连几次去找他都没见你？"

——"他是人还是冷血畜生啊？"

嫂子咬着嘴唇从明辉手里把那文件一份一份收回去，重又照原样叠起来，把侄儿最大的一张照片递到明辉面前苦笑一下子。

——"也许你能见到他，你们毕竟是亲兄弟。"

——"见他了只替我问他一句话，让他看看这照片，问他儿子长得到底像他还是不像他。"

——"像？还是不像？就给我这一句就够了。"

明辉从二嫂家屋里出来后，炸裂市的上空终于有了透明的日光和暖亮。原来浓稠在天空的灰雾和黑云，被一场大雪盖在了地面和角落。天空被洗了，新得让人受不了。嫂子出门来送明辉时，被那清新噎住在院里咳了好几下。他们一前一后走，到大门口那棵早几年变成梨树的苹果树下都又站下来，都盯着那梨树不说话。都看着那棵梨树的苹果树，现在好像不再是梨树了，梨树的树皮是枣红色，且树皮有着网网岔岔的皱，可现在，这棵树皮光滑明亮，完全青绿着，像要变成核桃树。也许一开春，它就成了核桃树。见所有的树枝不再是梨树枝样鸡爪曲，而是条状条状青直着，明辉扭回头来对着嫂子道：

"梨是离，核桃是团圆。这次我去找二哥，你肯定也要和二哥破镜重圆了。"

嫂子淡笑一下子，让她脸上的红光青成冰白色。"他不会回头了。嫂子已经决计让你二哥垮败了，他这次就是死了，我也不再帮他了。"然后她拿手在明辉的头上摸了摸，犹豫一会儿说，"孔家只有你是一个好人、正经人。嫂子最信你，你想知道你二哥会败在哪儿吗？"

明辉怔在那儿望着嫂，不知嫂子说的是啥儿。望一会儿，嫂子又拉起明辉的手，转身往回走，快步穿过院落和客厅，回到二楼上，从腰间摸出了一把钥匙来，极神秘地打开一间屋，进去哗哗把窗帘拉开来，让光线倾着倒进房间里，又一把将愣在门口的明辉拽进去，明辉就在那屋里僵着惊着了。

那屋子正朝南，二十几平方，没有一样家具和多余，而四面雪白的墙壁上，又都一个挨一个地贴着、挂着无数姑娘们的赤裸照，有的头发披肩，有的挽在肩头上。所有的照片都彩色，都是全身正面的，都是被放大到一尺二吋大，都有姓名、编号写在照片的右下角。有几个姑娘还戴着乳罩穿着纱线薄透的三角短裤儿，而那更多的，则是一丝一线都没有，只是在双腿的阴处遮着一朵牡丹、玫瑰或者月季花。照片是横竖成行排开的，所有那些姑娘的眉眼、微笑、双乳和腿花也都上下左右整齐排列着。满墙都是诱笑勾人的脸和眼。欢快的笑如开在冰天雪地的花。个个突兀挺拔的乳房和遮在阴处的牡丹、玫瑰和月季，让明辉身上和脸上的汗密密麻麻流淌着。

——"你会骂你嫂子恨你嫂子吗？"嫂子有些怪笑地问他说，"这些都是女子技校的特等生，她们会让你二哥败了回来跪着求我的；会让全世界的男人都变成畜生、变成猪和狗，会让全世界都是我的都是女人的。"

——"原来都是为炸裂将来变成超大城市准备的。"嫂子停一会儿，重又接着把话说得快起来，"不要多久炸裂就该成为超级大都市了，被批改为超级大都市时，我以为你二哥一定会回来求我要这些姑娘带到京城去，可现在，你二哥不会回来求我了。他有你三哥帮着了。他不用她们不求我，他就要败在她们手里了。"

——"二嫂最信你，求你不要和你二哥说这些。"二嫂顿住咬会儿牙，默着让自己脸上酝酿出一层黄淡淡的笑，"可四弟，你对二嫂好，二嫂没啥报答你，这些姑娘你看上哪个了，嫂子就给你叫哪个。"又指着一个编号为1938的水秀姑娘问："这个行不行？这是我给省长准备的。"指着1938边上一个精灵发光的姑娘道："这个呢？这个是我给某个部长准备的。"见了明辉的目光并没有落在1938和那个姑娘的身上和脸上，嫂子最后对明辉笑了笑，收起笑后郑重着："不要了好。不要了你就让嫂子知道世界上还是有着好人的，让嫂子知道活着还是有意思。"

从那个屋里挣着身子退出来，冬天的寒凉砰砰砰的让明辉清醒着。他想也许嫂子要疯了，他必须依着万年书上的引导和暗意，立刻把二哥召叫到嫂子身边去。只有二哥回到二嫂身边才能愈下二嫂的病。二哥不回到嫂子身边来，这孔家、二哥家，也就从此真要垮败了，像日出雪化一样完结了。

二、孔明亮

炸裂才将改市时，原来政府的门口只有两个哨兵站立着。可眼下，有六个警哨站在哨位上，他们警服齐整，手里的警棍闪着血褐色的光。原来政府的大门也就三五丈的宽，两侧是两根石砌方柱子。可现在，市政府的大门宽有三十丈，中间装着轮滑自动门。自动门又全部关起来，只等有车过去时，才会滑开来。来回进出的人，都在一侧的人行口。那些进出的公职们，都持有市政府的出入通行证。没有证件的，一律要到边上警务室里去登记。

明辉去找二哥要进大门时，因着新奇朝那大门多看了几眼，六个哨兵就都同时把目光扫过来。他又朝大门走近一步后，有四个哨兵朝他围过来，同时用冷峻的声音问：

——"干什么？！"

——"找你二哥，谁是你二哥？"

——"你想让市长做你哥，可整个炸裂的市民都还想让市长去做大家干爹哪！"

哨兵们说着架着他的胳膊把他押到了警务室。警务室里有个三十几岁的魁梧警官汉，他用目光把明辉按在凳子上，又把在大门口哨兵说过的话重又说一遍，这时候，明辉取出一张自己和二哥的合影照片给他看了看。又取出一张弟兄四个的合影给他看了看。最后取出一张多年前全家的合影给他看了看。看到第三张，那警官明明是个魁伟高大的汉，到末了，却变得软软沓沓，枯黄瘦小，宽大的警服穿在他身上，像一套筒装套在一枝木架上。

离开传达室的小屋时，是警官亲自去给明辉开的门，走出传达室,他还扶住明辉下了那台阶,一直把他送到市政府的大楼内。明辉就拿着他和二哥的合影照,过了一道门,又过了一道门,终于到了大楼最里的厅门口,有两个警哨士兵不仅没有拦着他,且还拢腿磕脚朝他敬了礼。那猛然并拢的腿脚声,把明辉吓得愣在门前边。愣怔着,他看见做了市政府秘书长的程菁朝他笑着迎过来,像冬天的一盆炭火朝他倒了过来样。

她胖了,原来的蛋脸成了正圆形,笑着时,那一盆炭火又像一个巨大的蛋黄在空中悬着移动着:"我们有几年不见了?你还能记得市长是你二哥呀?"收了笑,她的问话就冷了,"这么多年你们家就没人来看过市长吧。"

跟着她坐电梯,穿走廊,到了一处厅内还要继续坐电梯。一路上她都在说市长每天每夜为炸裂人民的忙,为炸裂百姓的操劳和呕心,说有一次上头来人检查炸裂市升格为超大城市的基础建设时,为了准备那检查,孔市长整整三个月没有睡过觉,人疲得如一根稻草般,当把来人一送走,市长一晃就被一股风吹着飘在了半空里。还对明辉说:"那时候你或你们家,谁能来看看市长就好了。市长就不会对家那么冷淡了。"说着就到了市政府秘书长的办公室,程菁一推门,身子一侧进去了。

没想到程菁的办公室也那么空豪和奢华,有五间房子大,单写字台就占半间屋子方正着,桌上摆的文件夹,分为红黄绿三种颜色、等级码在桌子上,又有三部红黑蓝的电话摆在办公桌的另一侧。其余的,就是所有办公室都有的沙发、电视、报架和饮水机,还有葱绿到黑的盆景和花草。明辉站在门口看着那办公室,脸上的惊讶如硬在脸上的一层玻璃光。"你不辞掉城市扩展局局长,现在也有这么大的办公室。"程菁笑着说,"后悔吗?还想回来工作吗?"

放在茶几上的茶都放冷了,明辉没有端起喝一口。水倒进去时,几尾绿色的舌尖茶，跟着开水在杯里旋转着。可现在，开水早不冒烟了，水都冷着了，那水和茶叶还在杯里旋转着，速度一点都没慢下来。"我没啥儿事，就是要来看看我二哥。"明辉第一次这样说着时，太阳光在窗口是萤火色。第二次这样说着时，太阳是种火红色。第三次这样说着时，就近着红黄相间的黄昏颜色了。不知怎么着，黄昏就来了，屋子里的温暖中，有了一层看不见的冷。程菁脸上原来那火炭似的光亮没有了，蛋黄似的笑，也成了暮青色，坐在明辉的正对面，日出日落她都是那样一句话：

"有啥事，你只管跟我说，市长是全市人民的人，不是你们孔家哪个人的人，他忙得连喘息的工夫都没有。"

明辉无论春冬秋夏都是那么一句话：

"没啥事，我就是想见见二哥说说闲话儿。"

到末了，天将黑下时，程菁去办公室的一间套房打了一个电话走出来，有几分释然地笑着说："市长到东城去开一个领导班子调整会，天黑以前回不来，想等了他同意你到他的办公室里慢慢等。"

就到了二哥市长明亮的办公室。并不远，和程菁的办公室同一层，相隔三个会议室的距离，只是哥哥明亮这边门口有两个穿便衣的魁伟安保守在那儿，而隔壁一间里，又是随叫随到的一个秘书室。安保和秘书都是归那程菁管着的，他们见了程菁都殷殷笑着说了称颂的话："秘书长好！"程菁只是朝他们懒懒点个头，就把明辉领进了市长的办公室。在这儿，程菁和明辉又说了三句话，就躲着闪着走掉了，像闪开一个麻风病人样。

——"耐心等着吧。"

——"喝水了自己倒。"

——"别翻你哥那东西。他的办公室里从来是谁都不让进来独自呆着的。"

程菁走时把门关上了。落日像红纱绣在浩大办公室的窗玻璃上。这是明辉第一次走进成了市长二哥的办公室。他在办公室里没有看到有啥儿让人惊异意外的摆设和物品,阔宽的红色办公桌——三哥明耀那儿也有的;两盆四季开花的植物树——三哥的办公室里比他这儿还多两盆,其余的沙发、报纸、电话、文件、饮水机、书架和书架上学问如海的大厚书。还有什么呢?还有红木书架对面外国客人来访时送的各种精巧的工艺礼品展示柜,再就是二哥窗上挂的窗帘不太一样着。那窗帘厚得很。重得很。里外都是上好的料布和滚边。还有在那外国礼品展示柜的边旁上,有着一间房,钥匙就插在锁孔没有拿下来。

明辉在那屋里转着看一会儿,开门进了那房里。

那房是市长的办公休息房。程菁说不要乱翻市长的屋子和东西,大约也就是不让走进这间房。可明辉犹豫一会儿还是进了这间房。他是市长的亲弟弟,他进房里时,就像一个人迟疑一下开门进了一个朋友的房里样。床铺、壁纸、台灯、涂白的房顶和堆着报纸、文件的办公桌,还有地上的深色毛地毯。明辉不知道那地毯全是由十六岁的少女秀发经过处理织成的,灯一开,闪着一层柔亮的肌肤光。他觉得地上有些滑,想铺那地毯还不如铺上浴室的浴巾在地上。他打开浴室看了看,除了白洁柔美的浴盆和镶了金边的便池外,还有镀金水龙头以及纯金的肥皂盒,别的没有让他惊着的。卫生间里的灯光是纯白色,各种零碎的洗漱用具又都全是纯金制成的,每一样都重到让他几乎拿不动,这让他有些晕眼和走错地方的感觉了。又一次想到程菁说的不要乱翻乱动市长的东西那话了。可想要从那些纯色金黄中收回目光时,他又看见便池旁的镀金垃圾篓里扔着男女事后的脏东西,让他的胃里哗一声,有东西要翻着吐到嘴外边,猛地想要朝外退回时,又看到门外挂浴巾的地方还有一个门,门口挂着一个方木牌，牌上写着"任何人不得入内"一行字。且在那字后边，和嫂在二哥那些照片下写着"死是我的人"那类字上一模样，都是打着三个"！！！"。他知道程菁说的不要乱翻乱动是啥儿意思了，就站在那卫生间，望着那个门，想要退回去，反倒又不自觉地朝前走了走，不自觉地把手握在了那个不知是镀金还是纯金的门把上。他没有想到二哥会一边在门口挂着"任何人不得入内！！！"的明令牌，又一边连这道秘门都不锁，就像一家银行的秘室从来没人进出后，门就懒得再锁了。

犹豫着，明辉把那道秘门推开了。

想着开关就在手边的墙壁上，果然就在手边的墙壁上。

灯亮了。

一片炽白的灯光下，明辉先是模糊不解地随意望在哪，后来就真的解着惊着了。这是几间封了窗子的大房子，如同库房样，四面的白色墙壁下，全都摆着用最稀贵的珍木黄花梨做的货物架。那每个货架都值几十万元或者上百万。可那货架上，摆的都是天下最不值钱的物。明辉走进那库房，站在屋中间，望着那些如宫殿百宝箱样的货物架，看着一格一格分开的架框儿，见架柜架框上有大大小小、呈各种几何图形的柜架口，每一个区域的柜框里，都摆着来自不同宾馆最常见的牙膏、牙刷、拖鞋、毛巾、浴衣和一次性的剃须刀或者吹风机。而且那每样的贱物下，又都写着一个日期和一个宾馆名。在另一个展示区域里，展摆着的是来自各级、各地会议室中的笔筒、笔架、订书机、铅笔刀和各种钢笔以及圆珠笔。这来自天南海北会议室的物品下，又都写着日期和那会议室的单位名。在下一个区域里，摆的多是西方宴会酒桌上的刀、叉和韩国的锡筷、日本的铜色筷，偶尔还有很一般的盆子和碟子。在第四个区域中，展摆的是稍稍有些值钱的物，比如从哪来的一个模样怪怪的电话机和几个手枪式的纯铜打火机。而在最后一个框区内，明辉目光转着落将上去时，一下觉得他找到二哥了，找到二哥的那份温暖血亲了。靠里最暗的物框上，摆的是几块墨煤、焦炭和很劣质的烟与酒，还有只有城郊农民才穿的西装、衣裙和鞋帽。

明辉流水浸润样，渐着明白了二哥还是当年在炸裂村领着人们偷偷摸摸的那个孔明亮。他当镇长时，曾经领人暴打过那些改不掉偷盗恶习的炸裂人，可是他，也从来没有改掉过。当县长、当市长，他在明光处决然不再偷抢了，可顺手拿一样东西的习惯却从没有改掉过。那些物品框上标有日期的来自宾馆的拖鞋或来自飞机上的御冷巾，还有来自某些领导家里或会客厅的装着三寸长火柴的火柴盒，都在说明着二哥当村长时候偷，当镇长时候偷，当了县长、市长还依旧到哪都顺手偷着捎回一件东西来。只不过他不再偷那贵重东西了，只是顺手捎下一件小玩艺儿，就像许多人吃饭后顺手捎走那桌上的牙签和餐巾纸。二哥不仅捎回那些东西来，还都规规整整展摆在这个秘室里。在这秘室里，明辉找到从前的二哥了。心里暖溢暖溢想要退将出去时，他听到了二哥走回来的脚步声。

明辉迎着二哥的脚步声，没有关灯就从那秘室走出来，穿过卫生间，回到了二哥办公室靠东的外国礼品展示柜下，看见很远的办公室的门口上，站着比二哥还要高的一个年轻人，西装俊朗，平头乌发，脸上白得连一星血色都没有，胳膊弯里夹着的公文包，颜色黑到假的间。可那脸上柔灿的笑，却是千真万确的。

"我是孔市长的刘秘书。孔市长为了炸裂市升为超级大都市，又要连夜去首都汇报了。市长登机前，让我回来问问你，家里有啥事让你这么急？"

明辉怔怔地立在门口上，默了一会儿答："家里没有丁点儿事，可我就想见见他。"

有个很柔很飘的笑，如黄叶一样挂在门口那张方脸上，世界就又极度冷寒空落了，所有的温暖都荡然无存了。明辉看见他的二哥又从他的眼前飘走了，像一股细风从一道门缝一吹就不见去哪了。

三、孔明耀

因为心里冷，大街上的地都冻裂了，市中心广场的大理石砖块全都冻成了粉末儿，连路上跑的许多汽车油，都跑着跑着油箱成了冰坨儿，那汽车就趴在了马路上，司机除了在油箱边上往手上哈着热气、跺着双脚，嘴里不停歇地骂："他妈的，他妈的！"再就不能把汽车发动起来了。

经受不起这冷寒，明辉决定去见见三哥孔明耀。

见三哥明耀和见二哥正反着，简单得如随手开门关门般。到矿业总公司的大楼下，对警卫人员说了句我是孔明耀的四弟孔明辉，那警卫就慌忙把电话打到办公大楼上。接下明辉刚到大楼内，三哥就在一楼厅内等着他。无论是老城街的老城区，还是东城、西城和开发区，整个炸裂都被冬雪冰结着。明辉从外面跺脚取暖走进来，看见三哥明耀系着武装带，站在厅内的一盆罗汉竹子前。明明因为冷，那竹子都叶落枯尽了，可在这一会儿，三哥朝那枯竹看了看，顺手把解下的武装带放在那盆竹子旁，那竹子便发出吱吱暖暖的声音来，在吱吱声中泛出了一丝一丝绿颜色。三哥又顺手去那竹上摸一下，就有许多竹芽在那竹节上边吐了出来了。

明辉走过去，看着那竹芽，也看着三哥的脸，要说啥儿时，三哥倒问他：

"外边很冷吧？"

"上边暖和些。"三哥说着把明辉带到了他八楼的沙盘室。那儿除墙上挂的世界地图和美国、英国、法国、德国的地图外,在半间房大的美国地图边,又加挂了和美国地图一样大的阿富汗和伊拉克的大地图。在他办公室靠东的屋中央,除了美国、日本的沙盘外,还又多出了没有完成的阿富汗和伊拉克的沙盘国家地理图——有工匠正在用胶木、泥土塑制着伊拉克的沙盘图,看见明辉和明耀,工匠的泥手僵在了半空间。明耀也就招了一下手,让那工匠继续着他制作一个国家的事,这边他和弟弟一块坐下来,让人进来倒了水,看明辉身上暖和了,不再冷得哆嗦了,就问明辉来到这儿有啥事。

明辉说了他昨儿一天没能见上二哥后,叹口长气感叹道:

"都不像是兄弟了。"

明耀看着明辉的脸,认真想了一会儿:

"美国可能要向伊拉克动手了。"

明辉道:"娘像有病样,每天每时念叨你。"

明耀说:"我压根没想到世界会这么乱,根子都在美国上。"

明辉道:"倒是大哥大嫂现在和好了。"

明耀又沉默一会儿问:"你是想让我把二哥从市长的位置上拿下吗?是想让他回家跟二嫂过日子?"

明辉不知道该说啥,就那么望着三哥明耀的脸。

明耀最后看明辉始终不说话,也就轻声断然说:"兄弟,你走吧,现在拿下二哥太早了。还不到对二哥动武的时候呢——家里的事你先忍让着,等东欧那边的乱局眉目清楚了,三哥把世界收拾太平了,二哥不回家,三哥可以把他押着扭回去,可以组织弟兄们好好坐下吃顿饭,说说家务事。"然后三哥就从凳上站起来,要送明辉出门离开的样。明辉也就站起身,把没有喝完水的茶杯朝桌里推了推,睁着惊恐不安的眼,看着三哥又过去交代那制作沙盘图的匠人把巴格达的城市再放大一倍做出来，最好把每条街巷都清清楚楚建在沙盘上，然后就过来送着明辉下楼了。

四、娘

娘死了。

——暖笑着离开了这脉冷世界。

天它自己都想不到，这年冬天会这么冷。明辉从三哥那儿离开后，是跑着回家的，匆匆到家关上院落门，第一眼看到院里的老榆树，水桶粗的树身被冻裂开几道一指宽的缝，露出白花花的木茬儿。看见忘在院里窗台上的一个吃饭碗，被冻碎成碗片落在窗台和院落间。从外面走进里间屋，看见挂在床里的碗口大圆表，时针分针冻得不走了，红色的秒针被冻得落下来，像一根针刺扎在被子上。

明辉呆住了。

站在门口愣一会儿，他转身就朝上房的里屋跑过去。"娘——娘——"他边跑边叫，声音如被人劈裂开的竹子样。不等他冲出自己的屋，那声音就把上房的屋门推开了。及至他到了上房屋门口——"你没事吧娘——你没事吧娘！"这连续的急叫声，就把娘睡的里屋门帘撩开了。待他一下跳过屋门槛，冲进娘睡的屋中间，看见娘还依然那样仰躺在床铺上，脸色不再是他离开前的红润和光亮，而是有些青紫和灰白。娘侧身面朝里，双眼微睁微闭着，好像她从墙上看见了啥。也好像，穿过那墙壁，正有外面世界的寒冷袭在她脸上。

——"娘今夜要走了，你要对娘说实话——你大哥和大嫂和好了，你二哥和你二嫂见面和好没？"

——"你三哥成家没？他媳妇是咱炸裂老街上的吗？"

——"你已经是老街年龄大的了，不结婚过日子，是娘丢不下的事。"

"明辉啊，"娘最后用微细的声音叫着他，"你就告诉娘这些，说完娘就该走了，该找你父亲了。"

明辉不知道自己为啥在转眼间变得那么镇定和淡然，像娘的死他早就知道样。听完了娘的话，他慢慢朝前走几步，站在屋中央，像竖在娘的床前的一炷香。

"大嫂怀孕了，一男一女是龙凤胎。"

"二哥把二嫂接到了市府园他的家里去住了，每天二哥去上班，二嫂做饭和接送侄儿去上学。"

"三哥结婚了，嫂子是咱炸裂人，在学校教书呢——就教着侄儿小胜利。"

"我也订婚了，就是冬前你坐在门口见的那姑娘，人漂亮，又贤淑，上班在医院，准备今年就结婚。"

说完这些话，娘在床上翻个身，面对明辉，脸上又微微露出粲然的笑，然后那笑持续了几秒钟，她就把眼睛久久远远闭上了。

安葬母亲时，二哥刚好签字下文让炸裂市的天气好起来，于是天便暖和了，太阳在头顶暖得让人想把棉衣脱下来。终于接通二哥的电话后，在电话上通知二哥说娘死了，二哥在电话那头说，炸裂成为超大城市快要批准了。问他你回来奔丧吗？二哥说先说到这儿吧，最重要的汇报马上就开始。去找三哥通知母亲的死讯时，三哥不在矿业总公司，而是在他设在耙耧深处山脉间的军营里。那一天，三哥正穿着军服在给他的队伍开着春暖训练动员会，说日本又有右翼登上了钓鱼岛。台湾地区那边有人立宪台独了。而美国用最先进残暴的现代装备推翻了阿富汗和伊拉克的现政权，现在借了咱那么多钱，又让咱的货币升值逼得咱都想从京城的楼上跳下来。德国原来是说好要卖给咱武器的,现在翻脸不卖了。连邻边细小得如一根草似的越南也在咱的岛上开采石油了。还有一个国家的印刷厂,把咱的岛屿划在了他们的版图上,新的地图就要开机印刷了。那去通知三哥明耀回来奔丧的,回来对孔家说了一句话:

"自古英雄没有忠孝两全的。"

和大哥、大嫂一道给笑着的母亲穿了衣,入了棺,不惊动任何老街人,就把母亲埋在祖坟里。那场少见的大冬雪,在阳坡的朝阳里,已经融化净尽,而背阳的阴坡间,还白雪皑皑,有寒气从那飘散着。远处炸裂的高楼在这只能看到一片顶尖儿,如只能望见峡谷林地的一片林梢样,而背后哪家矿山开采场,隆隆的机器声和炮声却总是不间断地响过来。

将母亲埋在原来父亲的旧坟里,明辉和明光,兄弟两个都累了,坐在那坟前歇一会儿,望着城市的楼顶、矿采的烟尘和对面山坡上的雪,听着山那边火车开过的声响和飞机场降落的轰鸣声,大哥明光对四弟明辉说:"我们回去吧,该吃午饭了。中午我们吃饺子。"

他们就都站起来,扛着铁锹准备走,到这时,大哥又朝四弟明辉身边靠一步,笑着轻声道:"你大嫂怀孕了,是个男孩儿。"

第十七章　輿地大沿革(一)

一、超级大都市（1）

市长孔明亮这天早上不是舒展睡醒的，是被奇静闹醒的。他不想睁开眼，就闭着眼用手指在黄梨木床头敲了敲。门外的听到了市长用指关节在床头的三声敲，就出门用竹竿把卧室窗前晨叫的麻雀赶走了，且还领来几个年轻人，只要有麻雀、乌鸦朝这一排房的窗前、树上飞，便都举着红绸包的竹竿在那空中赶。可后来，静了一会儿，市长还是听有嘈杂在他的耳朵眼里嗡嘤嘤地飞，就又加重声音在床头敲了五六下。

工作人员着急了，调来了在市府大院执勤的三个勤务班，十几米一个小伙子，都举着一柄长竹竿，把那一排房子团团围起来，不让所有的鸟雀从这排房的上空飞过去。市府园里的花草从冬眠中醒过来，无论是摆在石子甬路两边的花，还是在市长卧房前后种的草坪和栽的各种花果树，绿色都浓到有汁液将要涌出来。在玻璃花房养的牡丹率先知时开花了，美如成熟少女和少妇的脸，太阳一出来，就摆在市府园里市长起床上班要经过的路边上。这天早晨花工们在路边摆花时，被举着竹竿的小伙暗示一下指指脚，花工们看到赶鸟的都是脱掉鞋子光着脚，也慌忙脱掉鞋子光脚走路了。往地上摆花时，怕弄出声响来，就都把搬花的手指垫在盆底和地面间，然后再慢慢抽出手指头。

偌大空旷的市府园，像前古的花园寂在离市政府几里路的东边上。没有人，只有高大的仿古围墙和空荡空荡的别墅、楼房和厨师、花工、电工及勤务。这些人散在院落里，像草籽落在荒野上。他们总是轻手轻脚地走着路，小声细细地说着话，彼此见着了，忙三忙四点个头。尤其在市长明亮要睡时，工作人员在他房前是都要脱鞋走路的。贴身的人，进到屋里去，要换上从日本进口的厚底无声软拖鞋。静不是为了睡或闹，都是为了市长养成的习性儿。在他建在名为市府园中间靠后那排青砖瓦屋里，过道七通八拐，房间环环连扣，在那片房子中，设有大的会议堂，小的会议室和大餐厅、小餐厅、茶室、咖啡室，还有连明亮都没有去过的服务人员工作舍。在他的卧室内，有事了他不打电话，也不按电铃。他用手指敲敲桌子或床头，服务人员就知道他有什么事情了。就是他想让哪个姑娘去他屋里睡一夜，也是用手指去敲黄梨床头的，无非那敲里带出一些不同的情爱肉声就行了。工作人员也就心神明洞了。事业让明亮在整天的忙乱中更加喜了静。早晨间，除了太阳出来的照晒声，其余本就没有丝毫的人声和响动，就连工作人员举着竹竿、脱掉鞋子赶鸟也是屏住呼吸的。可却在这静里，明亮还是觉得有声音，最后泼烦着想要大敲床头时，他猛然想起那声音聒燥不是来自市府园里了，而是来自他脑里的奇静和他独居市府园的寂。于是着，要大敲床头的手指僵住了。

昨夜里，从上头来的第九个把炸裂升为超级大都市的调研组的人，给市长饭后说了一桩事。说本月内就会最后讨论炸裂市是否升格为超级大都市。说现在影响炸裂升为超级大都市的不是人口、经济和发展的速度与规模，而是你孔市长能否让定夺炸裂成为超级大都市的专家和领导在讨论这个问题时，觉得话题有兴趣，因为城市升格这类问题都是在讨论国家人事权力之后才轮到讨论的。那时候，不是该吃中饭就是该吃晚饭了，讨论的人对问题已经没有兴趣了，这时所有的问题都如请人吃饭样，不光厨师的厨艺要能烧出天食美味的菜，还要你在饭桌上摆出怎样罕见招人的酒，才能让讨论的人在到了饭点时，还甘愿坐在会议室。他们在说这话时，是在市府园餐厅的会客室，天食美味结束后，只还有调研组的人物们和市政府的几个要人留在餐厅旁的会客厅，大家每人面前摆了一个木盆子，每个盆子里都倒了七八瓶的茅台酒，用酒泡着脚，屋里飘荡满了茅台酒的酱香味，有那些千里挑一的姑娘给他们按摩着。当给调研组长按摩至恰到妙处时，他朝身边的市长看了看，神秘地笑笑说了这番话，然后两只六十岁的脚，在茅台酒里对搓着，说我从来没有用酒泡过脚，这用酒泡脚让我的脚趾都有些酥麻了。

市长那时望着人物的白发和那张连皱褶也都发光的脸，想了一会儿，似问似论地说了三句话：

"没人在乎女人和钱吧？"

又说道："城市高速发展的速度不会没人在意吧？"

再又说："如果我能在一周之内在炸裂建出一百公里的地铁线和扩建出一个亚洲最大的飞机场，不会没人不在意这桩事情吧？"

说到第三句话儿时，调研组所有人物的眼睛都大了，如一排灯笼闪在明亮眼前边。"你真的能在一周七天内，建出一百公里的地铁线？真的七天就能建成一个亚洲最大的飞机场？"组长在酒里泡着对搓的脚，僵在了酱香型的酒液里，反反复复问着这两句话，直到他们准备离开酒桶上飞机，问着这样的话，望着明亮的眼睛都没眨一下。把人物们送上飞机后，孔明亮回来就睡了。整整和他们厮守相陪了十八天，连吃饭的筷子都是明亮亲手拿起递到每个人物的手里去。他累了。陪这第九调研组的十八天，他像当年当村长时亲自带着炸裂村人上下火车卸货样。可今天不是当年了。人到中年了。调理、休养、安静，在他重要得如人要活着的水和空气样。明明睡得透熟到连说过啥儿、做过啥儿都已记不得，可却睡熟时，他的脑里又都还嗡嗡啦啦响着一桩事。响着人物们连连反问他的那句话："你真能一周内在炸裂建出四通八达的地铁吗？"他朝人物们明明几次很肯定地点了头，人物们却还要那样问："你真的一周内能在炸裂建出一个亚洲最大的飞机场？"末了事情就似乎确定在了这个节眼上，只要孔明亮能一周内在炸裂完成上百公里的地铁线和亚洲第一大的飞机场，炸裂升格为超级大都市，也就十拿九稳了，也就必然必然着。孔明亮懒在他空大的床铺上，睁开眼，看见昨夜陪他的哪个女子一个红宝石发卡还落在枕头边。他把那发卡拿起来放在床头柜角上，略略回忆了昨夜陪他睡的那个姑娘的样，觉得脑里嗡嗡的声音小了些，又扭头望了望乳白挂画的墙壁和天花板，从床上坐起来，抓起床头的衣服穿着下床了。

他突然抓住脑里嗡嗡啦啦响的那个东西了——他必须今天去和三弟明耀见一面。那在一周内建好地铁线和飞机场的事，是需要三弟明耀出面帮着的。需要明耀动用他的人马的。下床穿鞋时，明亮轻轻咳一下，有人就把一双从日本艺拖作坊订制购来的绒拖摆在了卧室屋门口儿。到门口又顺手在门框上敲一下，又有人把牙膏在洗漱间里挤好了，把印着炸裂未来大都会样貌的一次性毛巾摆在了龙头边。当洗浴室中的龙头哗哗响出了流水声，小餐厅就开始给明亮往桌上摆着各样齐全的早饮早点了。

匆匆地喝了几口奶，吃了他最爱吃的咸菜和生煎蛋，明亮没有敲桌子，也没和任何人多说一句话。这时候，工作人员就知道市长是要饭后独自在园里走一走。于是就都朝各自该退的地方退回去，让市长在安静中独自随意地走。避退不及的，站在路边、过道边，笑着弯下腰，轻声说句"市长好"，让市长从自己面前走过去。太阳已经很高了，在市府园偏东的半空悬置着，如悬着金水刚刚凝固的一枚球，金亮的边上还有一层毛边儿。沿着市府园葡萄架搭起的长廊由北向南时，明亮看见有许多葡萄棵上越冬的干枝都还枯白着。五月的绿色在那干枝上，只是刚要破枝还未挂出的一包芽绿色。他走到葡萄长廊的中间去，朝外看了看，知道有工作人员就在他的身边或身后，只要他轻轻咳一下，或者站住转个身，朝那边瞅一下，工作人员就会立刻出现在他面前:"孔市长,你有什么事?"他们像在他周围等着问他这句等了上千年,终于等到的兴奋黄灿灿在每一张笑脸上。这些都是和他自幼从炸裂村一道打拼过来的程菁安排的。程菁是市政府的秘书长,照应他全部的生活、工作和讲话,也包括他兴之所至时,怎样和一个女子见见面,和程菁旧情复发一会儿。他知道,程菁就在这市府园里的哪一栋别墅里,只要说一声,三几分钟她就会站到他面前。可他不想见程菁,也不想见任何一个人。他想独自走一会儿,想独自想一会儿见了兄弟明耀怎样商计一周内在炸裂建起地铁和机场的事。

独自就走着。

太阳从半绿的葡萄架上透过来,又圆又大的光环在长廊一个套一个,像奥运会的标志样。从边上草坪地里的松树下,跑来一只松鼠站在一棵葡萄树腰上,看着市长眼里有种笑吟吟的光。这松鼠是去年他让工作人员从山上抓来养着的,数百只,经常出现在路边和树上。一年前他在院里散步时,随口说这园里有些松鼠该多好,这园里不久就有松鼠了。去年夏,有个月夜他在院里走着没有听到蟋蟀的叫,"怎么会没有蟋蟀呢?"这一问,市政府就动员全市市民到山野捉了十万只蟋蟀养在园里了。现在这松鼠跑到市长面前像有事儿,眼里的光亮清白无辜,有些哀求着。明亮朝它走过去,它不跑,反而朝明亮走来站在长廊边坐上。边座都是松木板,涂了红漆很有宫园的味,像是北京的颐和园。可北京那园里人多得如蚂蚁搬家要到庙会去,而这和颐和园大小差不太多的市府园,这时就只有明亮、松鼠和长廊。到松鼠面前明亮站住了。那松鼠朝他轻声叽叽叫几下,明亮就在松鼠面前蹲下来,松鼠便又朝他摇头晃脑叽叽叫了叫。

明亮知道松鼠找他的意思了。站起身,把目光投到外面草地和一片树林里。他朝那儿招招手,看除了阳光和风多了些,没有别的动静后,就对着长廊外草坪间的一片树林在心里念念说:"还有松鼠吗?

都出来和它玩,它有些寂寞了。"就看见有几只松鼠在那林里探着头,目光里的不安如寒夜里的星。他也就对那探头的几只松鼠不再客气了,大声道:"我是孔市长,叫你们都过来你们听见没?"也就在他的吼叫里,一块跑出来几十只的灰松鼠。长廊椅座上的松鼠看见松鼠群,朝明亮摇摇尾巴跳着跑进了松鼠群。

看着那重又跑走的一群松鼠们,明亮心里喜一下。市府园的静,如落在水里的倒影打死都发不出一丝声息和响音,只还那群松鼠在草地、林里跑着戏着的脚步声,还有从市里传来的似有似无的汽车声和头顶云的流动声。站在那静里,他忽然很想如孩子样随地撒泡尿。也就自嘲地笑一下,左右看了看,站在长廊凳子上,人如悬在半空般,很自在地取出他的器物朝着天空撒了一泡尿。

撒了一泡市长的尿。

尿很短。他有些后悔早上被人侍奉着去了卫生间。他很想让他的尿如当村长、镇长时,都是金黄色,可是自当了市长后,医生把他调理得一点毛病都没有,连尿水都是清白淡淡的。他望着自己那清白色的一股尿,从空中弧一下,落在草地里,有只蟋蟀被他的尿水冲将出来了,在日光下的草叶上,抖着身子甩着翅膀上的水。

明亮望着那只老蟋蟀,忽然绷着脸,大孩子似的对那蟋蟀说:"让它们都出来。"那蟋蟀看看他,从一棵草上跳下了。"让所有的昆虫、鸟雀都出来——"明亮又大唤,"春天到了你们都给我钻出来——都给我钻出来!"

——"我是孔市长,你们都给我钻出来!"

——"我是孔市长,你们都给我钻出来!"

很快的,从长廊的拐角、假山的背后,一片竹林的中间和不远处,他的五进四合院的平房里,一下站出来了几十个秘书、花工、电工、水工及保安和工作人员们。大家惊恐地望着站在半空的孔市长,没有人明白发生了啥儿事。不知道这时是该朝市长跑过去,还是弄明白市长要干啥儿后,再决定自己该去还是不该去,于是就都僵在原地里,脸上布满了不安和慌恐。这时的太阳已经近着顶,发着黄亮透明的光。五月的温暖有些和初夏样,周边楼屋的墙壁都是慵懒缩缩的,像一团蹲在阳处晒暖的懒汉般,直至听到了市长愤怒吼吼的叫,才显出了惊异和兴奋,觉得这市府园里终于有了唤声了。有了人气了。有喜鹊从很远的地方飞过来,落在树上嘎嘎地叫着如同召唤般,不一刻,园里的麻雀也都不知从哪钻出来,落在草地和树枝上,叽叽喳喳欢叫着。松鼠们也都又从林地深处跑将出来了,在市长面前树上树下蹿动着,蓬开的尾巴比它的身子还要粗。蟋蟀也被市长的暴怒和春暖召唤回来了,成千上万只,在草坪的草尖上站着和卧着,有几只伸开翅膀咯咯咯地叫了叫,跟着就有数百、数千只蟋蟀同时叫起来。整个市府园的大院内,都充满了蟋蟀、鸟雀的欢叫声。看不见蝈蝈在哪儿,可它的歌声却夹在蟋蟀的叫声中,如一群合唱中时高时低的领唱般。

蝴蝶也在那春日的叫声里,飞舞起落了。

那些秘书和工作人员都又退下了。市长明亮站在市府园的一块景观石头上,望着眼前的一切有些感动了。他脸上有了笑,可泪却止不住地横流竖挂着淌。这炸裂是他的。世界是他的。连昆虫鸟雀都听他市长的。笑着含着泪,又朝着周围连连摆了几下手,让所有钻出来的秘书、保安和工作人员都退回到找不到的地方去,无论他唤说啥儿都不能走出来,之后就从那景观石上跳下去,看了看围着他市长飞舞转动的鸟雀昆虫们,他又像孩子样坐在草地上,看着爬在他脚上、腿上咯咯唱着的几只黑亮大蟋蟀,看看在他面前一棵车轮菊上的咯咕咕、咯咕咕对唱着的一对青色大蝈蝈,还有一直都在他周围飞着叫着的黄莺鸟,草馨和花香如温水样浸泡着他的鼻息和身子,使他这时感到从未有过的轻松和舒坦。他知道不仅这两千亩地的市府园是他的,市政府和整个炸裂也是他的了。"我是市长你们知道吗?"望着站在他皮鞋顶上亮翅咯咯的蟋蟀悄声问,"炸裂快成为超大都市了你们听说没?"问着话,看见草尖上的那几只蟋蟀、蝈蝈和树枝与长廊上的喜鹊都忽然停了嗓,用喜悦的目光盯着他,他便很慢很柔地晃晃脚,让鞋上、腿上的蟋蟀、蝈蝈全都搬个家,然后从草地上站起来,把身上的衣服拉了拉,又咳了一下清清嗓,对面前的各类昆虫们说:

"你们都退下,我要安静一会儿。"

对麻雀、喜鹊和灰白鸽子们唤:

"你们都走吧,我要安静一会儿。"

对面前的松鼠和从哪跑到园里的刺猬和獾狐们大声道:"躲开吧,我要在这园里试着建出地铁和机场建设的工程指挥部,亲自指挥机场、地铁在一周内建起来,十天后就有世界上最大型的飞机起落在炸裂机场上,让领导人坐第一架大型航班到炸裂,再坐地铁到为他们专门建的宾馆内。"市长对着天空和大地唤:"该躲的虫雀野兽都走吧,过一会儿这院里就要轰轰隆隆了!"在明亮的唤声里,市府园里又立刻静下来,回到原初静寂的模样里。大群的麻雀、喜鹊飞走了,只还有笨呆的落在这儿或那儿。松鼠、蟋蟀、蝈蝈们,也都不知哪去了,留下丝丝股股的清凉在明亮的脑里和耳朵眼里细细嗡鸣着。静是铺天盖地的。空旷也是铺天盖地的。园里除了他,没有一个人,移至头顶的太阳从黄亮变成了炭红色,有汗在明亮的额头和后背上,这让他的心里越发充满了舒适和温暖,像疲冷的身子慢慢浸入温水样。

站在空寥无人的草坪间,市长又瞅一眼四下奇静的楼屋和房舍,朝远处的一片水塘走过去。那儿离红色长廊三百米远,人工草坪没有铺到那儿去,是一片为着野趣不加修饰的低塘和草荒,几十亩大的椭圆塘里积存的雨水有三尺么深。新的芦苇半人多高了,有水鸟、野鱼和花蛇在那塘子里。住在这府园，可他只在初成时节来过这塘边，那时工人们正要把这坑塘填平种上草，是他说了句留着吧，野塘也就留下了。有了一片野的风光了。现在市长想在这儿盖他的机场、地铁建设指挥部，想让如虫来雀至样从塘里立刻拔地而起一栋楼。楼的样子是他在京城见过的圆蛋形，青白色，如巨型的鹅蛋一模样。那楼里的装潢他也想好了，和他见过的一栋京城的部委办公大楼一模样，室内全是乳白墙面纸，但那纸上都发着青玉色的光。在心里计设着，明亮在塘边选了一块平硬的地方站下来，面对日光，朝空野的苇塘中间看了看，看好大楼的最终地址后，慢慢闭上眼，深深吸了一口气，嘴里默念着：

"我是炸裂市的孔市长，我要在这儿建起一栋楼！"

默念着："现在就要建，我是市长说了算！"

又问道："难道还要我下一份文件吗？我亲自站在这儿不行吗？你们就认不出我是市长吗？"

说着问着把眼睛闭得更紧些，等待着脚下慢慢有些微摇微晃的动，接着会有一股大风或火山喷发那样啸啸闹闹剧烈的响，水草和泥浆满天飞，然后睁开眼，面前就有一栋蛋形高楼兀自立在地面上。

市长在等着这一刻。

他已经在心里准备好地动山摇和一场飓风到来后，把他掀翻在地上，撞在那儿，头破血流，衣服扯烂，站起来时满脸满身都是黄土和泥巴。只要在这一瞬间，空塘里能崛起一栋楼，他就不用去找弟弟明耀谈那建设机场、地铁的事。他就可以自己把炸裂的机场、地铁建起来。"炸裂是我的。我是一手把炸裂带大的孔市长，我不能在一周内建起机场和地铁，谁还会有这能力呢？"在心里这样自问着，等待着地动山摇的到来时，明亮紧闭的双眼前面出现了一片飞舞凝动的金星儿，脚下也有了微摇微摇的晃。他以为山崩地裂和风呼海啸该来了。

他该被龙卷风卷倒吹跑了，本能地咬了咬牙，用脚趾在地上抓得更紧些，弯腰前倾抗着那飓风，可他等待着，等待着，却发现脚下不再摇晃了，眼前的金星似乎也少了。

有一种不祥的预感来到明亮的心头烦乱着。

他有些担心地慢慢睁开眼，事情和他料想的一模一样，世界上啥儿事情都没发生。市府园还是原来的市府园。眼前的苇塘也还是原初那苇塘，半人高的苇棵绿在水面上，有蜻蜓在苇棵的顶上飞，而水蜉们在暗红暗黑的水里箭来箭去着。连脚下原来的一蓬草，都还是原初的样儿开着小黄花。明亮觉得头上有些晕，心里落空的那感觉，像有人在他胸口猛地打了一拳样，肠胃心肺都在里边挂着空摇空晃了。他盯着苇塘中的一簇苇棵轻轻说：

"我是孔市长，我要立马在这儿建起一栋楼房你们听到没？"

他又把声音提高一倍儿："我是炸裂市的孔市长，我说的话你们没有听见吗？！"

最后他彻底把声音放大到一个市府园的各墙各角都能听到的唤："老子是孔市长，你们到底听到我的话没有？！"

再最后，明亮望着他的唤话从水面荡过去，把几只水鸟都从苇塘吓飞后，沉默一会儿，咬咬自己的下嘴唇，脸上挂了苍白色，还有泪从眼角流下来，便像老人、孩子样，压着哭腔那样问："你们不想让炸裂成为南都、北都那样的城市吗？"

"你们不想让炸裂成为超级大都市了吗？"

而躲在各个树后、墙角、长廊拐弯处的那些秘书和保安们，这时全都钻出来，远远地望着市长站在那儿，不知道该朝市长走去还是不该去，每个人的脸上都是浓烈烈的惘然和不安。

二、大宏图

明亮去找了弟弟孔明耀。

离开市府园和炸裂时,有一种悲凉在他心里漫浸着。他没有带秘书,只带了秘书长程菁上了豪华越野车。程菁见了市长孔明亮,在他脸上望了一下说:"孔市长,你昨夜没有睡好吧。"明亮回她说:"你和我去一下。"然后开门上车,他坐在车后边,让程菁坐在车驾边。车子驶出市区前,是有急令电话通知下去的,说市长要用一下人民路,那条路便就戒严了,说要用一下公德路,那路上便无车辆行人了,让一切车辆和市民绕道了。半闭了眼,市长明亮靠在后座上,让车像船荡在海里样,快速地漂着从城里出来了,直到离开已经有两千万人口的炸裂后,明亮和程菁在车上问问答答只有两句话。

程菁问:"去哪儿?"

明亮道:"炸裂升格为超级大都市到了关键时候了。"

"你脸色黄得和纸一样,"程菁笑着道,"你不是那个年纪了,不该那么贪夜了。"

明亮看着程菁后颈上不觉间的环皱纹,拿手去她的脖上、肩上摸了摸,待程菁脸上闪着红光转过头来时,明亮却问她:"你说离开孔明耀,我一周内能建起亚洲最大的机场和最少一百公里的地铁吗?"

"能。"有一股暗色的失落漂在程菁的脸上后,她冷冷冰冰说,"那要看炸裂成了超大都市时,你安排我去干啥儿,能不能让我当上副市长。"然后间,车就离开炸裂市,到了往西去的山脉间——原来计划在那儿修建机场的那脉山岭上,世界在那儿骤然变得浩瀚了,落在山下向远处荡去的炸裂城,像画在山脉外的一幅实色画,灰的白的凌乱秩序着。原来在火车上卸货的铁轨不知哪去了。前年在这儿还可以看到的炸裂老城也都不见了，只有一丛丛新红的高楼落在远处的这儿和那儿。车走了一程后，让司机把车停在山岭的水泥道面上，孔明亮从车上走下来，到道边的荒野草地站在那儿，样子是要躲开车子和程菁小便去，可他到了一面荒坡间，朝身后瞅了瞅，又朝远处走过去，直到一面缓平的坡地上，站在长满蒿草、白草和酸枣棵的一面野荒里，放眼了前后左右的空旷后，面对一条平直远伸的山脊背，取出一叠盖了各种红印的文件、批示拿在手里边，递给旷野看看后，他闭着眼睛说：

"能先建出一条跑道吗？我是孔市长，我把机场建设的文件和资金来源的批文全都带来了。"

求着说："出现一条跑道吧，我是孔市长，我真的不想去求那孔明耀。"

闭着眼，等一会儿，听到了风吹着手里那叠文件的沙啦声。可除了这种碎细声音外，身前身后和脚下，再也没有别的声音了。像坟地静是一堆一堆的。终于也就再次睁开眼，看看面前的荒草、石头和伸荡到远处的山脊背，很想为自己是市长的无能哭一场，又觉得伤悲没有到那儿，也就有些委屈地把文件收起来，装进黑皮公文袋，转身要走时，看见程菁站在身后边，如是看见听见了他刚才所有做的和说的，便有股暗火升上来，以为一切的不成都是因为她在身后边。可正要为她大动肝火时，程菁却把额前的一绺头发撩一下，轻声硬气说了风凉风韵的话。

——"你有三个月没有碰我了。"

——"没有碰我你就欠着我。"

——"欠我身子了，就得拿别的还给我。"

——"我别无他求，炸裂成为超级大都市，你得让我当上副市长。最不景气也把我调到外省弄个副省长。"

回到豪车上，仍是一前一后坐，如吵架的夫妻那样冷淡着，彼此不说话，让车子箭在通往西山脉的公路上，像一下子要把车子开进西沉的太阳里。待路两边的树林和庄稼地、村庄和小城镇，还有连市长明亮都说不清为何要建在山里的企业、工业园，都退到车后消失时，巨大的荒凉在车前铺开了。这儿离炸裂大约百余公里远，杂树林在路的两边把公路挤窄掩着了。路像绕在山野林地的一根无头无尾的布带儿。五月的日暖在山里成了黄爽爽的冷。程菁摇下玻璃望着外边问："这是哪？"明亮对司机交代说："沿路朝前走，翻过前边那座山。"然后惊奇和神秘就在车里堆着了，压得越野车盘路爬山时，不得不慢到如老人喘着走路般。可也终于盘到了山顶上。终于让越野车从林丛挣出来，停在山顶的一片草地停车场。

另外一番天地出现了。

谁都不可料，到了山这边，会有巨大一片草原摊在山脚下。因着落日的满照都是蓝绿和暗红，那海面似的草原上，正有着明耀的水军在草原的海面演习着。站在山顶朝着山下的草原海面望，被编成各种船队、舰队的水军在草原水面上动着凝固着，进攻防守着。隆隆攻击的炮声和烟雾，剧和诗画样。因为远，望着山下草原上大大小小的船，像看见了海里大大小小浮在水面上的鱼。水兵们在那船上的呐喊声，如波浪一样卷过来。成千上万的人，两个师或者三个师，都穿着水军服，平顶水军帽后的白飘带，在汪洋的草海像飞翔着的白色鸟。

程菁从车上下来惊着了。

"明耀要做大事了。"明亮没有把目光从海上收回来，自言自语着，又像是回答程菁惊着的问。他站在夕阳下的山上朝山下的草海凝望着，脸上的讶异是种缺血的黄，可也还有兴奋和笑在那黄的讶异里。把司机留在车子边，带着程菁朝山的下面走，就看见路两边列队欢迎的队伍了。一个营，或者两个营，分站在山野的路两边。所有士兵的水军服,都是新的笔挺的,在白光中闪着海水面的光。鼓掌的声音先凌乱,后节奏,末了整齐得如被刀切过的声音样。明亮在前边,程菁在后边。举在半空的大红横幅上的字:"热烈欢迎市长检阅和视察!"哐哐当当醒目在空空寥寥的半天里。当明亮看清那横幅上的大字时,有位五十几岁的水军军官——他是明耀当兵时的老连长高旗义——从横幅下面抱拳跑过来,到明亮面前几米后,突然立定、敬礼,用撕裂喉咙的嗓音报告道:

"报告孔市长,炸裂水军基地全体官兵正在进行越海登陆作战大演习。参加演习人数,两个水军师和一个水上导弹团——报告人——第二水军师师长高旗义!——请指示!"

明亮在那突来的报告声中怔了怔,竖在那儿听完了高师长一字一顿的报告后,本想学着朝师长还个礼,说几句抑扬顿挫的话,可结果,却只是抬起右手在腰间僵了僵,说了句委实无力的话:

"带我去找明耀吧。"

师长却仍然用极有力度的嗓音唤着答:

"司令在舰上等着哪!"

听到师长说"司令"两个字,明亮的心里冷疼一下子,再次朝山下的海面和无数模糊的船只和军队望了望,没有说话儿,跟着朝夹队欢迎的水军走去了。到了水军士兵面前时,从那掌声中,爆出的"首长好!""首长好!"的口号如礼炮一样炸在半空里。太阳已经近着西沉了,红光喷在天空间。空旷中的热烈如冬日山野盛开出的山茶花。明亮是知道听到士兵连连齐唤"首长好!"时,他该回话大唤"同志们好——你们辛苦啦!"这时欢迎的队伍会共同高呼"首长辛苦啦!"就在这种彼此机械高呼的问候中,欢迎仪式才算进入了高潮期。可是这一会儿,听说明耀被称为司令时,他在回唤中叫不出"同志们好——你们辛苦啦!"那样有力兴奋的回答来,就只好带着程菁左右看看点着头，从那夹队欢迎的士兵队伍中，急急地走将出去了。

离开欢迎的队伍后，他回头看了看，见身后的程菁秘书长，脸上兴奋出一层汗，红得会有颜色掉下来。而身后的高旗义，则和程菁并着肩，指着山下的水军和军舰们，口吐白沫地说着话，嘴里不断有"美国"、"英国"、"奥巴马"和"日本首相"那样的词语溅过来。而在正前边，沿着被黄沙铺就的一条下坡土道上，汽车拖了什么货物过去的轮痕一条挨一条。就在那坡道拐弯处，稍往路边站一站，能看见弯道的坡下草原大海的岸附近，有巨大的一艘舰艇出现在海面上。明耀和他的参谋军官们，正在那舰艇船头的甲板上，围着桌子沙盘研究什么事，又不断抬头指指草原海里成百上千只的大船和小船，还有远处有些模糊组成的几个倒"人"字的舰队们。就在这快要到了海边的山腰上，太阳在西边把光亮返照到东边来，有风在草原无边无际荡动着，那辽辽阔阔的草原竟真如浩浩瀚瀚的大海了。草面上卷荡着草原的波涛和浪花。有一种叶如杨柳正青背白的只有炸裂的山间才会有的针叶草，在那风中不断把叶背一片片地翻过来，叶背上的白，和海面打起落下、落下打起的浪花一模样。

明亮被这片瀚海和演习惊吓着，他料定明耀要在炸裂做下大事情，心里的不安油然升上来，脸上有层雾似的迷惘掠过去。立在路的拐弯处，看看三步一岗、五步一哨的士兵们，等着身后的高旗义和程菁走上来，问师长说这儿原属炸裂的远郊县，他曾经来过视察过，可没看见和听说山里有这草原呀。高旗义对明亮笑了笑，说司令三年前就发现这边山脉间有百公里宽的平原了。三年前就在这平原种草、养草了，就把这平原种养成了草原海，也就每年在这里训练水军了。

"能行吗？"明亮问。

"有把握战胜太平洋上的日本海军了。"高旗义说着捏了一下拳，"我们的目标是打败美国的航母舰队，随时登陆到美国西海岸。"然后指了指最远处一排几十艘的大船说:"孔市长你往远处看,那最远最远的,时隐时现在水面上巨大的棒槌或者漂在水面像保龄球的船,那是最新研制出的核潜艇,每一艘可以沉入海底潜行八个月,他们只要往美国航母上碰一下,那航母就在海面上消失了,烟消云散了。"说着往前走,路上的哨兵不断向师长和市长、程菁敬着礼。哨兵敬礼时,明亮只是朝那士兵点点头,而师长却是要朝每个哨兵还礼的。就这样边说边走在下山的路道上,一直近着海面和海岸,终于从海上飞荡过来了草原浓烈的清气和青草在一天日照中的暖甜味。

"闻到海味没?"高旗义笑着问程菁。

程菁朝他点了头,又冷丁问一句:

"没有女兵啊?"

他笑一笑:"已经有招兵计划了。"

就到了山下岸边上,看见莽莽草原在五月的旺景和草原上到处盛开的红花、白花和黄花。还有在水军演习中无家可归的鸟如海燕飞在天空上。而被明耀作为指挥部的那艘大舰船,钢铁的船身上,全是新涂的海洋漆,荡着搁在离山脚岸边有三千米远的海洋草原间。这三千米的草原陆地是不能有人行走的。有人行走就视为落水溺死而毙命。他们到这岸边时,师长和指挥船上的明耀通了无线报话器,之后等一会儿,就从那大船边来了船形的草原摩托如快速小艇样,把他们接到指挥船上了。

被人扶着从那高有五层楼房的大船前边拉着舷梯登上大船时,明亮才真正被那船的阔大惊得呆在了船边上,脑子空白了很久一会儿,才看见那两个篮球场大的船头甲板上,用白色的帐布罩出了十间房大的阴凉处,帐布下是摆满一片桌子的东半球和西半球的实景沙盘图,沙盘图上插满了二寸高的红旗和白旗,还有一张张泛着绿色、标满了红白箭头和船只的海洋图。因为明亮和程菁到来了,沙盘边那些军容整洁、年壮年少的水军军官们，集体朝市长敬了礼，看看站在沙盘中间的司令孔明耀，明耀朝他们点头后，他们就都拿着指挥尺和望远镜，退到指挥船的指挥舰舱了。

船上只还有明亮、明耀弟兄和程菁秘书长，直到这时明耀才脱掉他雪白可身的水军将军服，顺手搭在沙盘上的美国海岸上，亲手去给哥哥和程菁各倒一杯水，放在沙盘边的白色塑料圆桌上，拉过来三把同样颜色的白椅围桌放下来，很遗憾地对哥哥明亮说：

"你要上午来，就能看到我们是怎么干掉日本舰队让他们水军投降的。"

又扭头到程菁这边看了看，最后很郑重也很担忧地说："后天是潜艇群围战美国航母群，胜败就此一举了。"然后再把目光搁到远处夕阳下的大船小舰上，因为对未来战争还没有决定的把握性，明耀的脸上有着黄色的愁容和忧心，尤其在那落日中，他脸上的担忧含着病色和死色，如大病一场后，还未真正见好就从病榻下来的人。原来那脸上的刚毅和对什么都充满自信的内力现在几乎没有了，人也累到精疲力竭着，眼里有厚极一层红血丝。

"你瘦了。"程菁望着明耀说。

"大战在即，总是失眠。"明耀笑一下，把两杯水推到程菁和哥面前，"听说超大都市快要批下了？"

明亮朝弟弟点了一下头。

"批下来你就是部级干部了，"明耀说，"比省长、省委书记还要大。"

脸上闪过一层喜悦的光，明亮看看弟弟，又看看大海和海上的演习没说话。有厮杀的声音和隆隆的炮声从很远的海面传过来。十几公里外，从一个海岛的那边升起了很多烟雾和火光。

明亮把原来抿着的嘴唇咬住了，弟兄两个也就彼此盯着看看，同时笑一笑，把紧张的空气缓下来，明耀又把目光落到程菁脸上去，看见程菁的脸是一层苍白色，有层受了啥儿惊吓的薄汗挂在那脸上，也就对她笑笑道：

"你也该上了。想当副市长还是副省长？"

"问你哥。"程菁把目光从明耀身上移到明亮的脸上去，"只要他能记住那些没有功劳也有苦劳的人。"

到这儿，就都忽然静下来。黄昏前的寥寂在草原的海面上，如落日塌陷在海洋中。荡动不止的夕阳里，漂浮着不定的海涛青和黄昏红。有空旷的担忧从海面生出来，像恐惧样爬到船面上，爬到甲板上，爬到他们三个人的脸上去。他们就那么在海面宁静的船头甲板上，彼此望了望，又都把目光落到远处的海里边，都望着那些如飞鸟凝在空中的大船和小船，还有那船上正按演习计划你攻我打的水军官兵们，谁也不说话，让静和静中的炮声、烟火从远处荡起来，直到最后落日在西边要沉入海底时，把草原上的海面全都燃成一片焰腾腾的火，明亮才把目光收回来，咳一下，再次落到弟弟脸上去。

——"明耀，哥要找你帮个忙。"

——"这个忙除了你，天下没人帮得上。"

——"必须一周内在炸裂建起亚洲第一，乃至世界第一第二的超大飞机场。必须一周内在炸裂的地下建起一百公里长的地铁线，不然炸裂就别想成为大都市，别想成为超级大都市。"

这样说着时，明亮的目光一直搁在弟弟的脸上没有动。他在看着明耀是会拒绝他，还是会借故推诿他。他已经把如何解释必须一周内建起这些的理由全部想好了，只要明耀张口问，他就和盘条理地说出来，让他没有拒绝的理由和推卸的可能来。

可是明亮想错了。弟弟明耀连一点想要推卸的意思都没有。他一直认真地听着哥哥的话，看着哥哥苦苦求他的脸，直到明亮说完住了嘴，明耀朝海面上演习结束、收兵靠岸的船只远远瞟一眼，才用很轻、很疑怀的语气问明亮：

——"你是我亲哥，对我说实话，你真的把炸裂变为超级大都市后没有更大的想法吗？"

明耀又一次淡笑一下说：

——"我不仅可以一周内在炸裂建起世界上最大最大的飞机场和一二百公里的地铁线，还可以再给你建二百至五百栋五十到八十层的高楼来。"

落日中，把目光朝海面和有序靠岸的船只及船上的队伍看了一阵儿，最后明耀才说出自己的条件来：

——"想要把这些建起来，你得给我弄来五千条假腿和一万个假手指头。"

——"不断掉这么多腿，不折这么多的手指头，不付出代价，你觉得这些工程能突击出来吗？"

——"把这些建起来，我的队伍就人困马乏了，会失去很多作战力。孔市长，我没别的要求说，我只希望你在庆祝炸裂升为超级大都市放假庆贺的三天里——那时你肯定会给全市市民放假三天吧——在那三天里，你把你的市民借给我。我只借你的市民用三天。三天后，我把你的市民全部还给你，一个都不少。"

在久恒漫漫的沉默里，天便暗下来。最后的一抹落日从草原的海面收去后，明亮和明耀在甲板上用杯水做酒在空中碰一下，太阳彻底沉入了西海面，像是因为他们那么一碰杯，太阳沉下了，夜晚到来了。

三、超级大都市（2）

在炸裂城郊建成的超大飞机场，几乎是三朝两日间的事。炸裂在不知不觉中，郊外几十公里的山脉上就有了可供世界上最大飞机起降的跑道了。有人看到了那宽缓的耙耧山脉处，有了苇席、竹席和帆布高高扎搭起来的围墙圈，把整整几面山坡围将起来着，看见有很多队伍坐着卡车朝那围起来的山地开进去，以为是开矿或演练，并不知道明耀要带着人马在那山上建机场。

可机场却在几天之间建将起来了。

面对山野上的杂草和荆刺，只要士兵们在那荆地扔下几个、几十个假的带血的手指头——由队伍从那草荆和假手指上走过去，脚步就把荆刺、野草踏平了，让它们消失不见了。先依着图纸将第一条跑道用白色石灰划在山坡上，把高出道面的山包用士兵围起来，所有士兵的枪里都压上了子弹瞄准那山包，做好准备开枪的扫射后，把一百、二百个假手指、脚趾和断腿埋在那山包上，那山包就软软塌陷了，像大气包中放完了气，和跑道路面保持水平了。长在坡野、崖边的树，派上军事素质最好的士兵到那树下边，在树根的下边根据树的大小埋下或多或少的假指头，把枪上的刺刀拔出来，对准那树随着"杀！"、"杀！"的口令把刺刀捅过去，那树就纷纷落叶倒下了。当山上的沙石黄土有了跑道物形时，将队伍以营、团为单位，组成庞大的方块队，都穿军用牛皮鞋，在嘹亮的军歌声中，方块队踩着铺了满地假腿骨，以最为有力的正步刷刷走过去，在山地和天空间响出"啪——啪——啪！"正步走的脚音后，那跑道上就有了一尺五寸厚、被钢筋网扎的混凝土铺就的飞机跑道了。

一个师的兵力就这么在撒满假趾骨的山野荷枪实弹地端着、走着、瞄准着，用掉两千个假的大小指（趾）骨肉，几条跑道就出现在了勘探设计好的山坡上。然后把一个最大的山头围起来，将高炮、机枪和一些重型火炮架在山头的周边儿，再用掉两千五百段假腿，让假骨在那地上铺一层，那山头在部队准备开火时，就移至沟壑了，把那山脉间填出了巨大一块平地来。再把那所有的部队调过来，手拉手围着那数百亩的平地僵持着，地面没有动静时，再在那地上追加三到五千个假骨头，如那儿是夕阳下的一面湖，然后士兵们全都端枪瞄准，推弹上膛，机场候机楼的地基就在地裂地响的晃动中，慢慢出现在了那块平地上。把队伍换个队形围着地基伏在地面上，把一些从未露过面的最精尖的武器拉过来，在那地基面前把精尖武器的遮蔽外衣一层一层脱下去，每露出精尖武器的一部分，那候机楼墙壁的高度就上长一层楼的高。直到精尖武器全部裸在天空下，黑洞洞的炮口一管管地瞄准候机楼的工地和所有配套设施的基建工程不到一小时，整个机场的建设就初具规模了。

因为机场不宜有高空建筑竖起来，那儿最高的楼房也不过五六层。就是被一个连围起来端枪瞄了一个半小时才建筑完毕的信号塔，不过也才八层楼屋高。飞机场的建设从午时队伍开进去，到第二天黄昏就规模大成了，真正缓慢细碎的，是整个飞机场设施的装饰和机仪配备的安装和测试，这需要队伍最为平静的威慑和用心。在整个机场的基础建设中，明耀都没有在工地出现过，他只是和他的参谋部在一个山顶的帆布帐屋里，看着飞机场的建设图纸，指挥着一团干什么，二团干什么，三团怎样把精尖武器一点点地揭开露出来，在哪个地方丢下多少假骨头，而不是突兀地把武器拉到工地上，像莽汉一样猛然竖在那儿。

但基建完成后，明耀在工地上走了一圈儿，接着就让这支队伍在飞机升降指挥楼的前边擦武器，让那支队伍到跑道中央坐下来，拿着当天发下来的《国家日报》和《国家现代科技报》坐在那儿学习和朗诵，还让一些工程技术兵们在机场仪器配备楼内讨论来自美国、日本、德国、英国的技术信息和情报。队伍完全从全副武装的临战状态放松下来后，把拆开擦净的各类武器重新上油装配起来时，机场的各种机器、仪器也跟着装配起来了。把收起的武器穿好衣服遮掩后，一万个假手指头和五千个假断腿趾骨用完了，整个机场的装饰工程也就完工了，可以交付使用了。当把读报、学习、朗诵、唱歌的声音从候机楼前响到跑道、响满山野后，所有机场的电讯工程也就安装起来了。

需要在机场的各处涂漆刷出各种颜色时，明耀让队伍把庆功时必用的以红旗为主的各种彩旗在空中摆了摆，机场所需的各种漆色就有了。

需要有一条高速公路从机场通往市内和环城的高速连接起来时，明耀派了数辆坦克车，并肩从机场朝着城里开，一路从坦克车上朝下洒些红水儿，之后那高速公路也就如飘带一样飘在了坦克车的后。

前后五天的时间内，机场和地铁也就修好了。当炸裂有了世界上最大的飞机场，有了地下四通八达的地铁线，并又凭空多出一百多栋数十层的高楼后，炸裂就没有理由不成为全国的超级大都市了。成为全国的超级大都市，也就是了朝日间的事。

第十八章　　輿地大沿革(二)

一、沿革前奏

朱颖一生都没有这段时日忙，仿佛她毕生的努力都是为了这几天的事。她已经连续三天没有回过家，没有离开过她的女子技校了。技校在西城区的城乡接合部，脱开村庄也脱开城市的繁烦与热闹，在一片杨柳围就掩隐的正中间。而被杨柳围隐的院子里，每幢楼下、每排房前的马尾松和尖塔柏，一年四季都开着火红的玫瑰和凤凰花，像一年四季都是云霞烧在校区里，而从那远处的路道、田野往这看，除了柳枝、杨叶和时隐时现的围墙外，还有就是从三弟明辉那儿派来的端端站在门口的保安们，和写着大字"炸裂技校"的校招牌。而那总是被面包车和小型客车拉着进出的学生们，没有人知道她们在这儿技校学了啥，是谁在讲课，都讲了什么课。但她们进来时，都是十六岁到二十岁的女孩儿，周身和头脑空白洁净，如是一张雪白的纸，可她们在这儿待够三个月或者五个月，多也不过半年或一年，她们就不再空白了，口袋就有喜人的存折和银行的金卡、银卡了，头脑里就有世事万物了，就成了各大城市极受欢迎的保姆了。

保姆们已经从这儿毕业到有十三期，拢共一千五百六十八名女学生，她们分别被那叫小琴和阿霞的大姐带到南都、北都许多美景城市里，点豆种瓜般，分布在各个行业和选就的那些家庭里，然后阿霞和小琴，就在她们做了经理、总经理的公司里，每天通电话，登记花名册和诅咒那些没有找到好的人家和有用男人的姑娘们。登记那些有了工作的保姆房东的职业、级别、收入和他们的关系网，再把这些房东和他们的关系蛛网一样连起来，登记造册，写好寄回到炸裂朱颖手里去。

下个月，京城那儿就要有上千的经济专家、城建大师、国家未来发展委员会的重要人物们，来讨论评定和投票决定炸裂是否应该升格为超级大都市。孔明亮和他全市所有有用的干部们，都已经住到了京城宾馆里，像他的市政府搬到了京城办公样，日日夜夜都在修着做着让炸裂通往为超级大都市的路道和桥梁。

朱颖已经三天三夜滴食不进，枕床不沾，把自己关在技校的三间办公室，亲自整理勾连和盘算那些和保姆有染的男人们，他们哪些在京城，哪些在京城外，哪些保姆家里的男主人是国家机关或公司里的要人和有钱人，哪些是领导的秘书或司机。那些被年轻保姆侍奉和拿下的男人、老人和孩子们，都是怎样的身世和背景，地位和经历，凡是有用和可能有用的，朱颖都把他们的名字、电话和照片，重新归类分级，有用的放到桌子上，没用的就都随手扔到桌下边。桌上那些再次被归类分级的，每个人根据她们睡拿的男人的工作和地位，都在那些名下画上一朵花、两朵花，如果哪个被保姆侍奉的男人直接是厅长、司长或是部长的父母再或岳父母，她就在那个保姆的名下画上四朵花或者五朵花，最后再依照表册中花的多少把每个保姆们的名字分门别类排在、抄在另外的登记表格上。

那叫粉香的姑娘在一边和秘书一样儿，依照朱颖在名册上画的花朵和数量，把五朵花的姑娘登记在一起，四朵花的姑娘登记在一起。当她抄着登记着，感到手腕酸胀了，就嗅到这办公楼屋里，有来自登记册的淡淡一股梅香和桂花香；当手腕的酸胀成为红肿了，那梅香、桂香不仅变得浓烈和刺鼻，而且眼前的屋里和地下，到处都还有了红的花片和花瓣。她停下手来去看地上的花瓣和花片，却看见几天几夜没有合眼的朱颖趴在那满是表册和照片的桌上睡着了，从那张桌上飞来的鼻息像流过来的水。她沿着那鼻息看了一会儿，又看见朱颖额上、脸上的一缕黑发在慢慢变白着，先是一根几根的白，后来那一缕头发就全是银白了，且似乎还又从银白转为枯干着，如一股白麻挂在她的额头上，一下把她从中年变成了老年的样。

粉香一下从桌前站起来，手里的笔落在地上，砸在满地的花瓣上。

"朱姐，"她猛地唤一下，"你赶快醒醒啊！"

——"你真的老了丑了孔市长还会回到你的身边吗？他不回到你身边，你答应我们的这个、那个还能兑现吗？"粉香先是轻缓、后是焦急，到末了她准备去摇朱颖熟睡的头脸时，朱颖却慢慢睁开了眼，抬头望着粉香和那满屋、满桌的登记册，揉揉眼睛笑一笑，把额前的一缕白发撩到耳后去，望着灯光下的粉香问：

——"我俩几天没有睡觉了？"

——"你知道我们单在京城有五朵花的保姆有多少吗？"

——"粉香啊，孔明亮快要败落了，快要回来跪着求我了。"

说着她从桌前站起来，想要喝口水，想要再和站在她面前的粉香再说几句啥，可把目光落在粉香的身上、脸上时，她的嘴角僵一下，满脸的微笑不见了，有一种惊异回到了她的眼前和身上。她看见粉香跟着她的这些年，替她在这管着这学校的人进人出和财务、账目及所有的开支和培训，年龄应是三十岁，可她脸上却连一丝一线的纹皱都没有。连一星杂雀黑星都没有。仍然是那少女的白嫩和丰润，腰还那么细，胸臀也还那么挺，让人一眼就看出，她衣下的双乳不仅笔直挺拔着，丝毫没有松塌下垮的样，且因为那乳仰，她连兜套乳房的胸罩都没戴。

朱颖问："天，你是咋样保养的？"

粉香说："你真有把握让市长垮下吗？"

——"我的妹，你能告诉姐我怎样才能和你一样不老吗？告诉我了我愿意把我资产的一半送给你。"

——"把资产的三分之二都给你。"

——"这个月或者下个月，我们大功告成了，孔明亮要来死在我的面前了。日后炸裂明里是他孔家的，暗里就是我们朱家、是我朱颖的。那时候，粉香你想要啥儿呢？"

——"要啥儿姐都会给你。只要你对姐说你是咋样让脸上没皱、双乳上仰的，有啥条件姐都答应你。可现在，你一定得告诉姐，女人咋样才能年老不衰，才能让乳房到五十、六十岁、七老八十岁，也是仰着挺着的，脸上是没有皱纹、头上没有白发的。"

然后朱颖过去给粉香倒了一杯水，端去时脚下踢着那些没有用的保姆情况登记表和满地满屋的各种花瓣和香味，把茶杯递到粉香面前后，又把那问话说一遍，等着粉香回答时，粉香却用惊怔、怀疑的目光盯着朱颖的脸。

——"真的可以挡住把炸裂升为超大城市吗？"

——"孔市长回到你身边，你有市长丈夫了，你打算给我啥儿比小琴和阿霞更好、更多的报酬呢？"

——"如果我什么都不要，你真的能设法让我再见一次市长的弟弟明耀吗？能让他和我结婚过到白头到老吗？"

到这儿，一片安静中，窗前的光亮如火一样燃在半空里。这幢五层楼的红绒窗帘上，开满春花，荡满仲春的清香味。从窗缝飞挤过来柳絮杨花在空中浮舞着，落下时能在地上弄出一片沙沙沙的响，如一片雨滴落下一样有力有重量。看着那些轻极的絮花飞一会儿都从空中砸在地板上，落在她们分册登记的四朵、五朵花的保姆和被染拿下来的男人名单上，转眼把那字迹全都浸染模糊了。有一朵柳絮落在一个领导的名字上，那名字墨泪相加，一会儿就没了字迹、没有他的电话号码了。这一刻，朱颖僵在那儿，看着那湿染丢掉的名单和电话号码表，头上的头发哗的一下全都枯白了，再也没有一丝黑的了。

"——出了什么事？出了什么事？"粉香望着朱颖的满头白发连连地问，接着又看见朱颖脸上的皱纹立刻又多了几条十几条，人在一瞬间，彻底老了样，似乎背也微微佝偻弯下来。"炸裂该不该升格为超级大都市，孔明亮已经知道都是哪些人要去投票了，他有把握让半数以上的专家都投炸裂了。"喃喃自语着，朱颖的脸上成了苍黄苍白色，汗从那张脸上汪汪哗哗流下来，直到满屋都池满了她的慌乱和汗水，她也就木在那慌里，让目光落在脚下和桌上那还没有被淹湿的保姆和那些男人的名册上，过一会儿，待脸上的汗珠少些时，朱颖用舌尖舔舔自己皱干的唇，过去拉开几天没有打开的绒窗帘，让窗外的光亮进来照在屋里的慌乱和满屋的水汁上。

——"今天是几号？"

——"是上午还是下午呀？"

——"去往京城的火车是晚间八点十分还是九点半？"

回头问了这些话，朱颖又把目光扭回去，投到窗外边。窗外技校的草坪上，仲春的阳光，文火一样在烧着，正顶的日色像一层遇物贼形的薄金晒在草坪和草坪四围的楼顶上。草坪有球场那么大，从欧洲进口的碧草正在吱吱生长着，一片厚绿绒毡在那儿，有许多鸽子、孔雀很悠闲地在那草上走着晃动着。那些暂时还没有被派出的姑娘们，她们从屋里走出来，有的在草地铺一张竹床晒太阳，有的铺一张床单在那草上慵懒着，还有的正在描眉和化妆。一片的眉笔、妆盒、镜子在草地闪着光。还有两个专在姑娘们的胸上、背上、腕上或小肚和隐私的两侧文身的美容师，她们四十几岁，身着白裥，因为日光充裕，就把文身手术床从屋里搬到草坪正中间，在那床上铺了雪白雪白的卫生单，让那要文身的姑娘们，全裸着躺在那床上或趴在那床上，床边挂着她们的文身器械箱，把专门供姑娘文身忍疼——也没有那么疼——的毛巾卷成胳膊一卷儿,让那文身的姑娘咬着仰着头,看着她们面前挂的各种各样的文身照片图。

要文身的姑娘不是一个或两个,而是十几、二十个,她们懒在那文身床下边,全都脱了衣服晒着太阳等在那儿,如海滩上的一片美裸样。朱颖推开窗,望着那草坪上个个年轻貌美的姑娘们,望着那些半裸、全裸等着文身的保姆们,她看见有个从窗下走过的姑娘脱了上衣,穿着运动短裤和一双网球鞋,走过去像一股龙卷风。而在她戴了乳罩的后背罩带间,没有如一般女生那样文只蝴蝶或者一朵什么花,而是文着一本书,且那书名让朱颖看得清晰如看见描在自己指甲上的指甲花。

书名是莫名其妙的五个字:新华大字典。

不知道她为何要把一本字典文在自己的后背上。望着她从窗下走过去,朱颖看见从那文身字典上掉下来的一个个的字,如一粒一粒的黑豆般。她闻到了少女们的美香味,也闻到了一股股的黑豆腥鲜味。待那姑娘从她窗下过去后,草坪上的鸽子、孔雀、黄鹂、天鹅、大雁和小燕,全都飞来跟在她身后,啄那豆子和从她文身字典上掉下来的方块字,直到那姑娘走远也走进那头的草坪间,直到朱颖看着那些孔雀、天鹅们,也半飞半走地跳到草坪那头的草上路边上,她才转过身,咬了嘴唇想了一会儿后,用很低很重的声音说:

——"粉香妹,我们没路可走了。你带着这八百个姑娘进京城吧。把今晚八点半的火车全部座位包下来。"

——"这八百个姑娘哪也不要用,全部用在第二本花名册上的那些院士、教授和专家的身上去。对她们说,谁染拿下一个专家或教授,奖她们五十万块或者八十万,把一个权威人士染拿弄到床上了,最少奖给她一百万块或者一百二十万。如果这个权威人士刚好是投票人的组织者,染了他最少奖她二百万。"

——"姐不能离开这炸裂,"朱颖解释说,"只要有人见我离开炸裂到了京城去,孔明亮就知道我们要干啥儿了。"

——"算是姐求你。也真是姐求你。你带着这八百个姑娘今晚就出发,人不够了把那烧饭、扫院的姑娘全都带出去,只要年龄没有超过三十岁,有几分姿色和水色,全都把她们撒到京城的大街小巷里。"

——"你要信姐一句话,天下男人最难应对的是那些当官的。而最好应对的,是那些读书读成教授、专家的人,哪怕你给他一个四十岁的徐娘他都会娇娇贵贵捧在手心里。你要信姐的——姐信你一到京城,不用几天你们就能把那名单上的一半男人拿下来。"

——"姐求你,需要你失身了你也去失身,只要把那名册上的一半男人染拿下,孔明亮就是姐的了,炸裂就是姐的就是我们女人的,到那时,姐不光把姐现在全部的财产都给你,姐还保证安排你去见我兄弟孔明耀,还保证穿针引线让他喜你、爱上你,这样你们就可以结婚过日子,白头偕老一辈子。"

——"我说粉香啊,姐求你你要信姐一次哪怕就信这一句话,姐真的保证你能见上孔明耀,能让明耀喜你、爱上你,能让你们结婚过日子,白头偕老一辈子。"

二、沿革中曲

· 1 ·

粉香带着众姑娘和需要用姑娘去染拿的名册到京城去了半月后,在京城西郊的宾馆里,由一千二百三十人组成的专家开始第一轮的论证投票了。是由北方的炸裂升格为全国的又一个超级大都市，还是由南方沿海的那个城市升格为超级大都市，最后的决断落在了这些专家手里边。原来所有到了京城的炸裂工作团的人，都以为投票结果会是百分之八十的专家把票投给炸裂市，可结果，投给炸裂的只有三成的票，而投给南方沿海城市的倒有四成票，另外三成的票权既没有投给南方城，也没有投给北方城。

他们像扔掉一张用过的手纸一样弃权了。

明亮在投票的前一天，从京城回到了炸裂市。因为该见的所有领导和专家一应全都见着了，该送的不可人知的豪礼也都送去了，那些专家出于公心与民族之公义，仅仅就是为了国家发展之前程，也都一边倒地认为该把炸裂升格繁荣为超级大都市——毕竟整个国家今后几十年，要改变和扭转南富北贫那局面——要让北方富起来，就要以炸裂为龙头，把炸裂建成超级大都市。明亮知道炸裂升格已成定局了，专家投票只是履行程序的合法而水到渠成着。

在最后一次要去一位领导家里坐坐感谢时，那可能左右哪个城市升格为超级大都市的老人在宁静的四合院里说：

——"你不守在炸裂，你跑到京城干什么？"

——"你不知道你身为一市之长，这时守在京城是最大忌讳吗？"

——"你孔明亮现在最该呆的地方是炸裂，是炸裂的基层、农村或山区，最好哪儿有灾了，比如炸裂有了让全国震惊的洪水、地震了，你就呆在灾区的前线指挥部。"

因此间，在万事俱备只欠东风后，明亮留下几个副市长和他的一干人马们，自己带着几个秘书从京城回来了。他没有在这个时候里，为了让自己呆在灾区而下发文件在炸裂弄出洪水、地震的灾情来。他担心在这专家要投票的节眼上，因为地震、洪水、飓风等突发性自然灾害，而使那些投票的专家认为炸裂的地理位置和自然条件不宜升格为超级大都市。他以为他哪也不去只待在他的市府园，等着专家们的投票结果就行了。也就在"六一"儿童节的这一天，让工作人员把一张茶桌从市府园的茶室搬出来，摆在市府园院内最大的一棵葡萄藤架下，在茶桌边上摆了他爱坐的藤蔓椅，把直通京城心脏的红色电话扯来放在茶桌上，把两部很少有人知道号码的手机放在茶桌下的茶盒上，然后让所有的秘书和工作人员都退去后，泡了一杯并不喝的龙井茶，半闭着眼睛等那部红色电话响起来，或者茶盒上只有个别人知道号码的手机响起来。

就响了。

他上午十点独自坐在那儿等，十一点一号手机响起来，比他预计的响铃早了半小时。去接拿一号手机时，他身子没有站起来，而是用屁股拖着藤椅朝前挪了挪，可从接听电话到听完那电话，他的脸色从兴奋红很快转到了望着远处的铁青镇静里。电话是一个副市长从京城的五星级酒店打来的，说的第一句话是："市长，你千万别生气……"挂电话前的最后一句话是，"我马上把船湾在哪儿的原因查出来，你放心，我一定找到路从哪儿出岔拐弯了。"接听完了手机后，明亮想的是把手机摔到地面上，做出的却是慢慢把那手机放在了茶桌上。接下来，他想的是二号手机该响了，果然二号手机就响了。他想一定是秘书长程菁打来的，果然就是程菁打来的。她的声音喑哑神秘，像她边上有人她怕被听了去，不仅把手机贴死在耳朵上，还用另一只手捂在嘴前那样儿，使电话的声音有种神秘轻轻的刺鸣声。

——"知道吧，专家同意炸裂升格的只有四百一十票，而他娘的反对的竟有八百二十票。"

——"这赞成和反对的票数和你当年同朱颖争当村长时是一模一样——现在你该相信轮回命运吧？该知道问题出在哪儿吧？当初你当断不断，现在事情全都毁在你那破女人、黄脸婆的身上了！"

——"你敢相信吗？今天投票的那些男人专家们，有一半家里的保姆都是婊子、都是炸裂人，都是从炸裂那个你我都没听说过的特殊技校培训出来的婊子们。"

——"孔市长——我的炸裂两千万人民的孔市长——你知道那个特殊技校的校长是谁吗？就是你们家的那个老婊子——那个黄脸婆！那些从炸裂来的婊子保姆们，她们接触不到要害的高级干部时，就和他们的司机、秘书和厨师有染了。把那些专家、教授、院士拿下了！"

程菁在电话上说到最后是有一丝哭腔哀求的："孔市长，现在你听我一句话，今天、明天就和你老婆离婚吧。你不用和我结婚，我已经不想这件事情了。可为了炸裂，为了炸裂的人民，我求你马上就派人把离婚证送到你老婆的手里去，让她断了想念，再也不用想着你和炸裂的未来了。"

这次挂了电话时，孔明亮想的是镇静，可他却把手机用力扔掉了。掷在了面前路边的一盆月季上。那盆正盛的月季花，开得火烈暗红，仿佛一个女人在月经期中不顾一切和人做爱而流出来的血。他盯着那盆花，心里有股恶念升上来，想要一脚上去把红花揉着踩在脚下时，原来那盆里只有一朵花，其余全是绿的叶，可在他过去抬脚要踩时，那盆里转眼没有绿叶了，全都在眨眼间大盛大开了，一堆一团数十朵，重重叠叠如一团堆起来的火。

再往别处看，路边和葡萄架下每几米一盆的月季也全都没有绿叶了，都在一瞬间开成熟盛熟盛的火，连刚刚扔掉的二号手机也在烧瓦花盆里成了一朵花。

市长不知道为何他的一道恶念会让所有的月季都开花，且开盛到每盆花里没有一片叶。他就那么盯着那一片片的月季看，直到茶桌上的那部和京城心脏相通的红色电话响起来，铃声如抽风倒地的羊角风病人吐在嘴外的沫。他慌忙上前去抓那跳着颤抖的耳机时，又把手按在耳机上，让急躁稳了稳，礼貌热情地"喂！"一下，等待着那来自京城的哪个要人或领导的声音传过来，可从那耳机中传将过来的，却是三弟孔明耀那铁硬铁硬的声音来。

"二哥，我什么都知道了。如果依家事而论，我们应该让二嫂灭掉消失掉。可为了炸裂事，不光要留着二嫂子，你还要回家去对二嫂好。"

明耀说："我的二哥孔市长，你一生都会毁在女人手里了。"

还又说："只要炸裂能在下一轮投票升格中过半数，你就是回去给二嫂跪下也值得。只要二嫂有要求，让有的人死掉都值得！"

——"你领着全市干部去给二嫂跪下吧。二嫂让谁死你就让那人蹲监死掉吧，只要二嫂不再阻拦炸裂升为超级大都市。"

——"下文件让全市人民都给二嫂跪下吧，为了炸裂为了两千万的炸裂市民们！"

放下明耀打来的电话后，明亮把面前的茶桌掀翻了，把那部通往京城心脏的红色电话线扯断，把电话摔在了掀翻的桌腿上，还莫名地朝向他跑来的秘书脸上掴了几耳光，把脚下瞪着眼睛看他的松鼠一下踩在脚上边，拧着把它踩死在草地上，让从松鼠嘴里流出的血，喷在地上、喷在他的脚面上，待那松鼠尖叫一声不再吭气了，他还拧着脚尖儿，像粗汉一样嘶着嗓子对着市府园的天空唤：

"朱颖你这畜生你这婊子你这一辈子害我的臭婆娘，我孔明亮如果不把你送进监狱，我就不是市长不是孔明亮！"

他唤道："市府园所有的人员、树木、花草你们都听着，待炸裂改为超级大都市，我不弄死她朱颖，你们就把我弄死在这市府园，就让我这市府园成为我的陵园、墓地和坟场！"

又唤道："你们听见没？到了不是她死就是我死的时候了，你们都睁大眼睛看着我为了你们，为了炸裂，我是怎样善待、处置这个婊子的，是怎样让她死了都还朝我磕头朝着政府感激和感恩！"

唤完了这些话，孔明亮站在那儿，嘴角流着咬破嘴唇的血，可他的眼上却不知是爱是恨地挂着两滴浑浊的泪。

• 2 •

到午后，孔市长决定要回去向妻子哀求了。

他知道，如果真的有八百个保姆被撒到了京城的大街小巷里，穿针引线进到了那些投票专家的家里去，那朱颖就能阻住炸裂最后升为超级大都市。在市府园的葡萄藤架下，等自己最终镇静后，除下打了数十个电话到京城，指挥人马进行各种游说活动外，他还是决定要亲自回去面见他的妻子朱颖了。因为差派了三个秘书带车去朱颖家要接她到市府园里来，去的人都回来告诉市长说，朱颖连大门都没给他们开。最后市长明亮知道自己不能不亲自去朱颖家里了，像很多年前，他要当村长时亲自到朱颖家里去一样。那时候，村委会就在朱家隔壁不远处，明亮几十步也就走到了。可现在，从市府园到炸裂的老城街，有几十公里远，他需要坐车四十分钟后，才能到老城街的街口上。且他没想到，炸裂升格为超级大都市在京城受阻还没批下来，街上就有很多人的手里都举着一面小旗，拿着一枝木槿花，在大街上说着、忙着、游动着。还有很多年轻人，集会在广场、街角和市中心花园空地上，他们轮流站在石头或桌子上演讲和呼口号，庆祝国家的巨大发展和进步，庆祝炸裂在发展中即将成为又一个超级大都市。口号的声音像雷声一样在市里卷动着，彩旗和到处都挂着的横幅让整个城市都成了煮沸的水。有的汽车还停在公路边上鸣着喇叭，像庆祝节日一模样。

为了躲开那来往庆祝和声援的人群及热闹，他从车上下来，绕着小路步行朝着老城的方向去，沿着人行道逆着人群朝前走。六月一日的阳光，像一层透明的薄金镀在街上的高楼、桥梁和远处明耀替他建的最高的双子星座大楼上。他从成为县长后，十余年没有在他的城市这样独自走过了。这个城市是他的。人民是他的。高楼大厦和立交桥，十字街的街心花园和路边的每盆花与每棵草，都是他的归他管属的。他下一份文件说句话，所有的柳树都会开出槐花来；知道他出门去哪了，所有的汽车自行车，都会为他让路停在路边上。为了不让有人认出他，他还随手从哪弄来一面小旗举在手里边，像普通上街庆贺的市民一模样。脸上有汗了，就用手里的小旗擦一把。待从大街到了那叫德仁路的胡同时，他把那小旗扔在了路边上。德仁胡同是从炸裂主街伸向老城街的一条道，当年修这胡同小道时，路名是他亲自给起的。因为路是伸向老城街，繁华热闹都在新城区，在这胡同里，他稍稍喘口气，还在路边的龙头上喝了几口水，才又朝着炸裂老街急急慌慌走。

当他终于走到老城街的街口上，偏西的太阳又倒退回来到了街口顶，把红亮的光色倾泻流到老城街，让老城街的房上、墙上、地上都是红光，都是红的、黄的、蓝的彩色标语和横幅。标语和横幅一律都是写着"欢迎孔市长归来！"那样的话。他不知道那些标语是树上、墙上和半空如秋末果到那样自然生成的，还是有人提前安排写下挂上的。前一段路上安静如野，仿佛各家各户和各幢居民楼上的百姓和市民们，都到人民路、广场和市政府门前游行庆贺了，街上没有一人一动静，可等他走完德仁胡同后，豁然到了老城街，这儿就又红天红地了、热闹异常了。红地毯早就从街口铺到了朱颖家门口，远远望着那儿的红山红海洋，明亮看见那儿的树叶是红的，老房的蓝色旧砖是红的，天空飞过的麻雀、斑鸠、乌鸦也是红颜色。老城街上的居民们，很多已经不再是当年出生在炸裂村和炸裂镇的人。他们是外地移民拥进炸裂的人。因为孔市长青少年时期曾经住在这条老城街，他们就高价买房住在了老城街。站在老街的地毯两边上，人们看见市长出现时，开始自发地鼓着掌，"欢迎孔市长归回老城街！"的口号有节奏地响在他们的掌声中，且还有佩戴着红领巾的男孩、女孩们，在道路两边高举着花环，唱着一首又一首的欢迎歌，然后就有预先安排的两个小学生，迎着孔市长跑过来，给他献了花，戴了红领巾。在市长脸上没有显出兴奋时，随行人员就及时过来趴在他的耳朵上说，让他们停下吧，前边就是朱阿姨的家里了。这时候，明亮哼一下，点个头，工作人员就在半空用右手食指顶着左手心，做了一个让人们安静的手势儿。欢迎的人群立刻鸦静无声了。大家站在路两边，像做了错事样，手里的花束、花环全都叶落花败了，有的从空中拿下垂在手里边，有的不知所措地僵在半空中，如举着一把枯败的草。孔明亮就在这说来就来的鸦静中，踩着地毯朝朱颖家大门走过去。他很快重新记起了那大门原是啥样儿，朱家的围墙是啥样，还想起多少年前那围墙砖缝中生的什么草。看见当年朱家那两扇高大的油漆红铁门，现在红漆已经不在了，呈着锈污的黑灰和暗红，且有很多的铁锈斑块结在门面上，仿佛那两扇铁门不是三十年前的门，而是三百年前哪个朝代留下的。

到那门前市长站住了。他看看那门楼、院墙和前后左右退到远处的人群们，确认了那门外没有锁，而是在门里闩锁着。也就知道现在朱颖一定不在屋子里，而是站在院里门后听着、盯着门外的动静和声音，然后他就把一只手按在了门口右边的一个石狮子的头顶上。

有一股凉气从石狮子的头上传到他手上，他借着那凉气，让自己的情绪稳了稳，咳一下，清清嗓，轻声对着那门说："朱颖，开一下门——我是咱们炸裂市的孔市长。"然后竖着耳朵听一会儿，见没有动静就走上台阶站在门前边,用手轻轻在那门上拍敲着。

远处围观在老城街的居民们,都把呼吸卡死在了喉咙口,生怕弄出一点响动惊了市长和门里的朱颖让他们心烦不高兴。从天空飞过的一只小燕儿,落下一根羽毛像一根木棒一样砸在大街上,当的一响,所有围观的人都把手捂在了嘴巴上。都循着声音盯着那一根羽毛看,直到那羽毛在大街上弹两下又安静下来后,才又把目光落到市长敲门的手指上。

市长又敲了几下门,随着敲声把说话的声音提高了。

——"我是咱们炸裂市的孔市长!"

声音再高些:

——"我是你男人孔市长!"

声音扯到最高处:

——"你连你男人市长的声音都听不出来吗?"

有人给孔市长搬来一个凳,市长就站在门前那凳上,拉长脖子、扯着嗓子大喝着:

"朱颖——我说朱颖啊——你可以不给我开门,但我必须以市长的身份把话给你说清楚——炸裂在今天上午投票定夺是否升格为超级大都市时,有四百一十票赞成,八百二十票反对和弃权。为什么不是八百二十票赞成,四百一十票反对呢?为什么这个票数和很多年前你我争当村长时赞成你和反对我的票数一模一样呢?现在我心里明白了——是因为你要告诉我,我们夫妻才是创造历史、创造城市的功臣呢。你是这个城市的母亲孕育者,我是这个城市的父亲创造者。这个城市的高楼、道路、机场、车站、商业大街和开发区,外国居民区和为数还不多的几个驻炸裂领事馆和办事处,还有这炸裂市所有的花草和树木,人民和动物园,他们都是你的儿女、我们的后代和继承者。现在炸裂要升格为超级大都市了,可你却把那整整八百个姑娘、保姆和技校的特殊女生撒到京城的特殊家庭和特殊岗位上，让她们以保姆的身份染拿下有投票权的专家、教授和院士——我说朱颖你想过没，你改变了专家投票的结果，可阻拦的却是炸裂的高速发展和繁荣。阻拦的是炸裂两千万人民理想、愿望和美景。你要成为炸裂的罪人你知道不知道？！"

——"朱颖啊，我以市长的名誉请求你，赶快通知你的那些姑娘们，让她们告诉她们染拿下来的那些男人、专家们，明天上午九点钟，第二轮的投票都投我们炸裂的赞成票。再不通知就来不及了呢。来不及你就真的成了炸裂和人民的罪人了。炸裂和人民会因此把你碎尸万段的结果你想没想？"

——"我说朱颖啊，你把门开开。开开门我俩好好谈一谈，为了炸裂，为了人民，为了历史和未来，你有什么条件我都答应你。"

——"开开门吧，算我市长求你了。"

——"把门打开吧，我虽然是你丈夫，可我毕竟还是一市之长啊！"

——"把门打开吧，为了炸裂，为了人民，为了历史，你打开门我可以朝你跪下来！"

——"我可以跪在你面前，任你打，任你骂，任你朝我脸上吐痰捆耳光！"

——"为了历史，为了人民，我一切都在所不惜了。"

——"朱颖啊，你到底希望我做些什么呢？我不仅可以给你跪下来，还可以组织成千上万炸裂市民给你跪下来。只要你支持炸裂升级成为超级大都市，我可以把你讨厌的任何人从炸裂重要的位置上撤下来，甚至把他们送进监狱去……"

天将黄昏时，市长在那凳上站着唤话嗓子唤出了血，使整个炸裂的城街上，都布满了市长嗓子的血伤味，且他因为唤得过久，嗓子越来越哑，到最后几乎唤不出任何声音时，市长从那凳上扶着站下来，在朱家门前果真跪下了，用低沉的声音对着门里说：

——"朱颖哦，我是你的男人呀，你的男人回到你的面前了。"

——"把门开开吧。你开门看一看，你门外跪的不光是我明亮一个人，还有整个炸裂老城街的人。还有多少炸裂的居民。"

就在这时候，门外所有的老人、孩子、男人、女人都跟着市长跪在朱家门前时，朝门里朱颖唤话都唤到哑嗓时，把那句"为了炸裂，为了人民，你把门开开，让市长和你好好谈一谈"的话，像风来叶落一样堆满老城街，又漫过朱家院墙，把朱家淹着时，那朱家大门还没开，只是这期间有很奇妙的响动传过来，人们都以为这时门要打开了，朱颖要出现在门口了，可结果，那个声音又没了。从门里走近门口的脚步又朝院内的远处走去了。这样三次两次后，人们相信朱颖不会再打开那双扇大门了。她要到死同市长和人民作对了。她就是宁可成为炸裂的罪人也不愿炸裂成为超级大都市，不愿孔明亮成为超级大都市的市长了。到这儿，太阳最终不耐烦地西去了，最后一抹红光在街上和跪着的成千上万的人头上，将要成为一种发亮的黑色时，人群中有了一股强烈的抱怨和愤懑。不断有低语和纸条从人群传到市长的手里和耳朵里。"砸开门，把她拖出来！"的话如一道地下河样在人群涌动着。已经有人从跪着的人群悄悄站起来，找到了棍棒、石头准备到朱家门前去砸门，而这时，有一个还不到十岁的孩子在那跪着的人群出现了，他单瘦、方脸，头发是指节长的小平头，背着的书包上，画有巧克力树和橄榄树，走一路都从那书包往外掉着巧克力和橄榄糖豆儿。他不知道这儿正在发生着啥儿事，这儿看看，那儿望望，最后来到市长面前时，望着市长先是看一个不相识的人，后又像看一个似曾相识的人，到末了，他朝那人面前走两步，用很轻、很嗳嚅的声音问：

"你是我爸吗？"

市长看见这孩子，先是惊一下，后是脸上显出一种惊喜的苍白色，最后当他听到那孩子试着叫了他一声"爸！"，脸上腾起一层血浆似的红，过去拉着孩子的手，就把孩子抱在怀里了。随后又把孩子架在了自己的脖子上，然后他就那么架着孩子，在最后的夕阳里，又朝那关死的铁门走过去。

站在那铁门前，市长用惊喜哆嗦的声音对着铁门里唤：

——"朱颖，我和孩子一块回来了。"

——"没想到孩子长得和我一模样，瘦身子，四方脸，一说话脸上就有小酒窝。"

待这唤话一落下，那双扇大门哗地一下就开了。

夕阳从那门里朝着门外灌过来，照在穿戴齐整、梳妆漂亮的朱颖后背上。她面对着架着儿子的孔明亮，看着他面前一街两岸都是跪着求她开门的炸裂人，先是双手哆嗦着横拦在门框上，及至看到儿子和无数炸裂老街的孩子样，背着书包，坐在父亲孔明亮的脖子上，她的眼泪哗地一下就从眼里流出来，叮叮咣咣落在门楼下。

门前跪着的人们，都在这时从地上站将起来了，都为眼前这一幕纷纷鼓着掌，大唤着"炸裂可以成为超级大都市了！炸裂可以成为超级大都市了！"

这时候，当儿子从父亲的肩上伸着胳膊去抱母亲时，太阳还未彻底落下去，而月亮已经升起来。整个炸裂、整个世界都又日月同辉了。

三、超级大都市（3）

• 1 •

那天从黄昏到天明，朱颖为了给所有在外地有过染拿经历的姑娘打电话，让她们无论如何要做通那些被染拿的专家、教授在来日都投炸裂升格的票，她用坏了两个座机，三部手机，还累断了几根电话线。

第二天中午一点钟，第二轮的投票结果出来了，和孔明亮当年和朱颖争当村长时一模样，共有八百二十票赞成炸裂成为新的超级大都市，而南方沿海的那座和炸裂一样著名的城，只有炸裂的半数四百一十票。消息传回炸裂后，这个城市彻底沸腾了。每一个市民都为这份荣耀亢奋得不停地说话和走动。为了庆祝炸裂成为新的超级大都市，炸裂的大街小巷都是游行的队伍和高呼口号的人群们。学校停了课，工厂停了产，公司放了假。连市里所有的外国人，都在大街上举着彩旗，喝着啤酒，谈论着这个国家的发展是世界的奇迹，而炸裂又是这个国家奇迹中的奇迹这件事。凡是那些不愿意或不相信炸裂升格为超大城市的市民和年轻人，会被相信和支持的绝大多数把口水吐到脸上去。如果再为此争吵和辩论，为炸裂不该升格说出理由一、二、三的人，会在争吵中被对方打一顿。为此掉了门牙和断了胳膊的，在那几天不是什么新鲜和了不得的事。

东城区为此打死了一个年轻教师。

城南有个中年学者问了一句话："成为超级大都市，我们百姓就不过百姓的日子了？"这一问，在一场质疑的辩论中，有人往他后脑勺上打了一棒子，从此他就永远闭嘴了，一生没有疑问的可能了。

街巷上的树,法国桐和杨柳们,六月初是刚好泛绿到青旺的,可那时却已旺到如盛夏一模样,绿至青黑和深蓝。往年的槐树在四月开花一周就成熟落谢了,可这年六月间,槐树、榆树、杏树、桃树都第二次开了花。使城市的大街和小巷,都成花的河流花的海洋了。且在这年的季节里,白槐花又大又红,红桃花每片瓣儿都是金黄色。这些花儿最大的花朵可以大到和海碗、篮子样,挂在路边和郊野,整整一个月还牢牢长着不肯落下一片儿。榆钱儿和铜元、金币一模样,一叠一层地串着把所有的榆枝都压弯压折着。应该在七月、九月成熟的杏和桃,五月底就在市里开始卖售了。所有的花都比往年开得早、花朵大和花期长。所有的时令水果都从听到炸裂得了三分之二的赞成票,即将成为超级大都市开始迅速成熟胀大着。苹果树几乎是没有来得及开花就直接挂了果,当大街上有苹果一样大的杏子卖着时,不几日,樱桃、芒果和梨子,也都上市了。

葡萄大得和核桃样,透明发亮如是火龙果。

每天的炸裂大街上,都充满着春天的清新和夏天、秋天的果香味。喜鹊、鸽子也比往年多得多。没有人知道那些鸽子是从哪儿飞来的,仿佛全世界的鸽子都迁徙飞到了炸裂来,有时鸽群从炸裂的上空飞过去,会遮天蔽日让地面成为一层云黑的凉。

朱颖是在打完电话、狠狠睡了一觉醒来后,知道京城的那个投票结果的。那时候,男人已经离开她,回到市府准备应对炸裂成为超级大都市更多的工作和荣耀,而她醒来时,听着门前门后、大街小巷的鞭炮和欢呼,有一种兴奋后加倍的孤单朝她袭过来。为了逃开这孤单,加入到庆贺的热闹里,她起床洗了一把脸,从家里走出来,漫无目的地走在街街巷巷的人群里。在路过一家学校的门口时,她看见那原来在门口卖铅笔和作业本的小推车,开始专卖被人礼来送去的鲜花了,且在夏秋才有的玫瑰花,这时就水淋淋地摆在摊位上,每一枝花，都能卖出学生一学期的学费价。再一回身朝学校门里的花池看，那为偷懒种在池中不修不剪的冬青树，这时树棵野到房子那么高，树上结满了细碎的丁香花，散发着刺鼻烈烈的桂花味，有很多人从树下走过都会被花香刺得打喷嚏，她也就相信炸裂是真的要成为超级大都市了。因为她男人明亮大功告成了。于是就匆匆离开学校朝前走，且还边走边偶尔跑几步。她不知道她这么忙匆到底为啥儿。就那么急脚快步地走，穿过胡同，走过炸裂纪念馆，从十字路口转弯时，竟还错了路，直到看见那被列为一级文物的孔家老宅院，这才明白她这么匆忙走来走去着，其实是想找到孔家和谁说说话。

到老宅家门口，太阳已经高挂到炸裂东区的楼顶上，斜过来的明亮里，树影、人影、楼影都长得比原物多出一倍多。有遛狗的一个老人从街面走过来，朱颖看一下，认出他是当年往父亲身上吐痰最多的孔二狗，她没想到他会变得那么老，有些惊异地站下来，拦住老人问：

"你不认识我？"

老人淡脚望着她。

"我是朱颖呀。"

那老人站着想一会儿，没说一句话，就朝另外一条胡同拐过去，只有那朱颖说不出名字的黄色宠物狗，朝她望一望，吠叫几声显出了热情和好奇。也就只好盯着狗和老人走远后，哗地推开她已经很少进出的孔家老宅门，一下看见四弟明辉坐在院里阳光下，正伏在一张小桌旁。在那桌上摆了一盏酒精灯，灯上是个小铝锅，然后那锅上放了一块大玻璃，玻璃上摆着那还没有彻底一页一页揭完的旧历书，又在书上再压一块玻璃板，下边是酒灶热蒸汽，上边是强光的太阳照，可蒸汽又不能穿过玻璃透进书页内——这热润正可以把最后几页模糊粘连的万年历书润开来——明辉专注地坐在那儿，盯住油炉火，盯着两块玻璃间的润哈气，听到嫂子把大门推开后，只是抬头朝门口看了看，就又把他的目光僵在了他那将要全部揭开的最后几页历书上，像没有听见门响没有看见朱颖样。

"你二哥成功了，是我帮他让炸裂成为了新的超级大都市。"朱颖站在那小桌前，惊喜的声音和鞭炮一模样，"现在满城人都在庆贺炸裂成了新的超级大都市，你不出去看一看？"

明辉又一次抬起目光来。

"大街上所有的树木都开着各种各样的花，你不出去看一看？"

明辉又低头去扭着酒精灯的火苗大小钮，让灯火变得小一些。

"听说最近几天炸裂升格为超级大都市的文件就会批下来，你们孔家应该好好为你二哥庆贺庆贺呀。"

明辉把万年历书上的玻璃端下来，用一张餐巾纸去那历页上吸卷落在上边的玻璃汗，开始慢慢试着去揭那一页润湿了的纸。前后他唯一嘟囔着给嫂子说的一句话，就是"你等我一会儿"，后来就再也没有抬头看嫂子。他左手按在旧历上，右手的食指和拇指揭着那一页的书角儿，慢得像要把黑夜拉长到一个季节或是一整年，后来就彻底忘记嫂子了。忘记了他的面前还站着一个人。

朱颖在明辉面前没站多久她就出来了。她在他的死心专注里，最后对他说了一句话。

——"明辉，孔家就你好，也就你呆痴知道不知道？！"

她从孔家老宅走出来，发现老城平静得如一潭死水般，而新城的开发区，和东城区与西城区，那儿的天空飞起的烟花像流星一模样。盯着那热闹的天空和高楼，朱颖忽然明白自己现在该做什么了。那些进京做染拿事情的姑娘们，有一部分今天该要从京城回来了，她最应该去做的，是到市府找到自己的丈夫孔明亮，让他和自己一道去车站接她们，是到城郊的技校看她们。就急急打了车，让司机朝城中心她已经可以进出的市府园里开过去。

· 2 ·

到了七月的一天,炸裂被正式批复升格为又一全国的超级大都市,孔明亮被任命成了新市长了。起于这一天,炸裂市给他的全市市民和所辖各县、区的人民放假整一周,以庆贺炸裂的迁升和巨变。从都市到乡村,自高楼砖再到耙楼草,那些天的鞭炮声,一刻一秒都未歇息过,满天下的树上和墙上,贴满了庆贺炸裂成为超级大都市的红色横幅与标语。所有影院、剧院滚动的放映与演出,日日夜夜都如甜糖葫芦一样串演着。来自民间的地方锣鼓戏,在街头昼夜不停地上演和敲打,使成千上万的炸裂人,都在庆贺中没有瞌睡、不知饥饱了。成了超级大都市市长的孔明亮,签发了一份文件后,超级大都市的街巷、花草、果木都被染成了龙红和龙黄。所有的树种和植物,全都开着深红、浅红、紫红和粉红色的花。所有的墙壁上,都结着红苹果、黄橘子和橙色、橘红的石榴与紫色的大葡萄。明亮又写了一个便条签上自己的名,天气预报中的阴天变成晴天了。七月将来的雷阵雨,都又挪移到了八月九月份。那些天,市里的数家日报都出特号和专号,并且每天出两份,成为半日报,全部刊载数十年来炸裂的发展与巨变。被改为周刊的月刊和双月刊,全都连载着明亮市长带领人民把炸裂从一个数百人口的小村变为两千万人口的都市的事迹和传记。电视上所有的频道都在日夜不停地播出市长、副市长的电视讲话和来自全国各地以及各省的庆贺信与国外上百个国家的贺电和特意派人送来的各种贺物纪念品。可就在庆贺到了最高潮,连大街上的厕所和垃圾桶上都开满鲜花,挤满了唱歌跳舞的人们那一刻,多日不见的明耀出现在了各家各户、日夜不关的电视屏幕上。他身穿将军服,脸上挂满了汗水和被镇定压下去的暗黄色，站在一个麦克风前，告诉炸裂的人们说，一个月前他独自划船出海了。经过黄海进了太平洋，途经几个岛屿到了大西洋。这期间先后去了中国台湾、日本、韩国、朝鲜、印度和越南、菲律宾和柬埔寨。之后又从美国的西海岸登上去，到了纽约和华盛顿、旧金山和盐湖城，接着从迈阿密划船到了英国伦敦的东港口，在英国滞留几天后，把所有欧洲的大小国家走了一个遍。他说他见到了美国总统奥巴马和英国首相卡梅伦，德国总理默克尔和法国新任总统奥朗德，在和美欧的三十七国家领导人的谈话中，证实了为什么台湾地区想要独立、日本如此嚣张，连越南、菲律宾这样的小小邻国都敢在咱的头上拉屎撒尿之根源——那就是美国和欧洲对我们的傲慢与偏见。是他妈的美国在为他们撑腰和打气，是欧洲在暗地为他们摇旗和呐喊。明耀在电视上端庄严正地站立着，没有念稿子，就那么脱口滔滔不绝着，几分钟他脸上被镇静压下去的暗黄没有了，完全成了激动、激奋和激情。他就这么在激情的燃烧下，没有念稿子，脱口滔滔不绝着，一口气讲了两个小时二十分，最后用有些沙哑的嗓音呼吁道：

"现在纠正美国和欧洲傲慢的时机到来了——新炸裂市的人民们——我只借用你们三天时间就够了。只要这三天，你们听我的，跟我走，国家就不再是今天这个样。世界就不再是今天这个样。我们炸裂的每一个人，也不是今天这个样！"

讲到这儿，明耀在麦克风前顿了顿，把他军服的脖扣解开来，壮年的脸上闪着青年人的光，然后用几乎流血的嗓子唤：

"同胞们——兄弟姐妹们——我亲爱的人民们——世界不会赋予我们太多的时间和机遇，而在今天美国又一次陷入无可挽救的经济衰退时，统一的欧洲各国又将要解体分崩离析时，请你们跟我走。我们用三天时间去助他们一臂之力，从此他们在世界上就不再傲慢与偏见,不再蛮横与无理!

"三天时间,解决了美国就把欧洲解决了。解决了美欧就把所有的世界问题全部解决了。这是上天赋予我们的机遇,世界历史赋予我们的责任。那么就让我和我们炸裂人,把这个世界担在肩上吧。让我们从新炸裂挺起胸膛出发吧!!"

之后电视屏幕上又有了明耀和他的队伍演习胜利的画面与场景。而整个的炸裂市,便从那一刻安静起来了,直到那一天的黄昏到来时,整个城市都是朝机场、车站和郊外奔跑集合的脚步声。整个城市都不知道这一刻这个城市发生了什么事,无法知道市长孔明亮这时候是如何死在了他市府园的办公室。而他的妻子朱颖赶来把车停在市府园的门口时,落日正从天空泻下来,那如凯旋门样新造的仿古门楼上,布满了血红和寂静。那时候,有两个连或一个营正从市府园中跑出来,他们的脚步声一顿一顿砸在地面上。就是这一刻,朱颖预感到有什么事情发生了,她沿着每天丈夫都要经过的葡萄架下的木廊和甬路,冲进市府园孔明亮的办公室里时,丈夫已经死在他那张红木阔大的办公桌子上。他死前被强制签发的最后一份"同意孔明耀将军借用人民使用三天"的文件被孔明耀的队伍拿走了。而他在签发了这份文件后,他们担心他再签发一份文件把人到中途的人民收回来,还为了收拾了世界局势后,回来重新收拾炸裂这个城市,有一把并无什么特殊的匕首从他的后背刺进去,从他的前胸又露出一个指甲样的匕首尖。匕首的尖上还凝着一滴血,他就那样如同瞌睡样趴在他办公桌的桌沿上,而从前胸沿着匕尖流出来的血,都是乌黑乌黑的墨汁色,没有一滴流在桌子上,全都流着滴到他的左膝裤腿上,又流进他的皮鞋里,漫出来后摊在桌下地板上。

市长在死前,用他的右手食指蘸着他内心的血渍在大办公桌上歪歪扭扭写了一行字:

"我的人民，我对不起你们了！"

朱颖冲进市长的办公室里，在男人的身边僵住呆站片刻后，慌汗像雨样挂在她的额门上。她看了看桌上的那行字，搬起丈夫的肩头看了一眼他因为疼痛而扭曲的脸，之后她在那一片死寂中呆了一会儿，从办公室里走出来，又看了看成千上万只从草地、林地出来的松鼠和鸟雀，它们全都站在市府园的草坪、果树和花木枝丫上，看着朱颖没有一点一滴的叫声和声息，所有的目光都是不安和慌恐，如同它们知道将要到来的是什么灾难样。

朱颖从那松鼠、鸟雀的目光中趟着寂静出去了。

她没有回到自己家，而是再次径直跑到孔家的老宅里。那时候，明辉刚好也从家里开门出来站在老街上，手里拿着他终于全部从模糊粘连中揭开弄清的万年历，站在门口，望着炸裂的城区，脸上是一层不知所措的惊慌和忙乱，像他也知道炸裂发生了什么事情样。就这时，他看见二嫂风风火火从胡同那头快步走过来，立在他面前，说了如下几句话：

——"你二哥死掉了，是你三哥派人下的手。"

——"你三哥现在正把他的队伍和全市的人民朝机场、车站、港口集合哪，我会带几百上千的姑娘和他一块走。"

——"他的队伍需要这些姑娘们。为了你二哥，我会让你三哥不死在我手里，就死在这些姑娘手里边。"

——"我把你侄儿胜利托付给你了。他是我和你二哥唯一的血脉，也是你们孔家的一条根。"

说完这些话，朱颖就急急返身走掉了。可她走了几步后，又返身走回来，抱着站在那儿发呆的四弟孔明辉，用冰冷的嘴唇在他脸上亲一下。"你二嫂这辈子经了无数的男人，可你二嫂一生没有主动亲过任何一个人——也包括你二哥。"二嫂说，"今天你是二嫂这辈子主动亲的第一个。二嫂求你把你侄儿带好长大后，不要对他说他爸他妈这辈子都干过什么事，就说他爸妈是突然遇到车祸死掉了，死后连完整的死尸都没留下来。"

二嫂就走了。

那一夜她整整招募了一千个姑娘姐妹们，她们以女兵女将的名义加入了明耀的队伍里。那一夜，明耀带着他的人马和炸裂所有能带走的人民离开了，在乱糟糟的一片脚步和车轮的响声中，到处都隐隐约约响着明辉嘶哑的唤声和哀求：

"三哥——你在哪？把老人和孩子留下吧！"

"三哥——你在哪？把老人、孩子和妇女留下吧！"

"三哥——兄弟一场我求你——就把老人、孩子、妇女和有残疾的人都留下吧！"

随着这唤声，那些朝车站、机场和公路上运动着的队伍、市民们，没有谁停下脚步来，但有老人、孩子和妇女被从那人群推了出来了。且所有的队伍，在路过市府园前的马路时，都依照明耀的命令正步走，朝着市府园死去的"城市之父"二哥默哀三分钟，庄重地致了沉默礼。

那一夜，朱颖带着她所有能带走的姑娘也随着队伍离开了，还有数百个姑娘是刚从京城回来，没有出站就从这列火车上了那列火车上。之后的一段日子里，炸裂的街街巷巷中，商店关门，公司歇业，一个城和死城一模样。偶尔出现在街上走动的人，都是留下的老人和孩子，病弱和残疾，目光中都是惊恐的惶惑和询问的光。

一个城市的繁华就此结束了。

一段辉煌的历史告一段落了。

一个月后的清晨间，首先出现在市中心广场、街道上的不是炸裂人。而是不知道先从谁家扔出来的不再走动的破钟表。接下来，大街上的垃圾箱、长野了的花坛边和随便哪儿的地上和台阶上，到处都扔着突然坏掉、无法修复走动的各种各样的钟表和不值钱的坏手表。整个炸裂城，所有的钟表、手表上的时针、秒针都在一夜之间不走了，有多半钟表的时针、分针、秒针都从表上、钟上掉下来。一个城市就像一个坏钟表的垃圾场，老人、孩子都因为大街上堆满了坏钟、坏表路都无法走。一个城市就这样被坏钟坏表淹没了。

在所有留在炸裂的人们用几天时间收拾、清理了满城满地的破钟坏表后，明辉扯着他过完十岁生日的侄儿胜利朝新城的大哥家里走去了。那时大哥孔明光，正在照顾媳妇生孩子，第二胎。头胎是男孩，二胎是一对龙凤胎，刚巧嫂子顺产把龙凤胎生下来，大哥正端着一个盆子要把从儿女身上剪下的脐带和留在盆里的羊水出门掩埋掉。弟兄俩就站在一片空静的楼下边，彼此相望着，说了如下的话：

明光大声道："儿女双全了，我们孔家有自己的后代了。"

明辉说："二哥、二嫂和三哥，他们一块开车出门，遇上车祸他们都已经不在了，孔家只有我们了。"

明光问："今天是几号？我得记住儿子的时日啊。"

明辉答："是该去坟上哭哭啦，从炸裂村子改为镇，直到镇成县，县成市，市又成为超级大都市，至今炸裂人都忘了哭坟的习俗了。"

也就在这天的黄昏间，留在炸裂的老人们，他们想起他们几十年没有去坟上诉说他们的欢乐苦难了。就有人在日落月升时，哭着朝自家的坟地走过去。到了月亮真正升起时，先是从谁家坟地传回来了断断续续的哭诉声，接着就哭声连连，一片一片，整个空寂死去的炸裂的老城和新城，东区和西区，都呜咽泱泱，连天扯地，一个世界都是诉说苦难的眼泪了。留下来的炸裂人，也就都从家里走出门，跪着哭着朝自家祖先的坟地挪过去，边哭边诉着他们的悲苦和命运，呼唤着他们逝去的亲人的大名和昵称。也就在那络绎不绝的哭队里，借着月光,有人看见了从老城老街和老宅中哭着出门的孔家人。老大孔明光、老四孔明辉,还有刚生完儿子的老大媳妇和已经个头很高的朱颖的儿子孔胜利,他们团团围围、互相搀扶,跪着哭着从炸裂老街的博物馆那儿走出来,朝郊外的坟地哭过去。而在他们跪着走过的街道和土路上,留下了一路磨破了膝盖浸出的血。

到来日,太阳应该依时东悬时,人们发现太阳没有走出来,天空中布满了炸裂从来没见过的黑雾霾,大白天三五几米就什么也看不清楚了。在那雾霾中,所有的鸟雀如凤凰、孔雀、鸽子、黄鹂等,都被雾霾毒死了,而人在那雾霾中,个个都咳成了肺病、哮喘病。当几十年不散的雾霾散去后,炸裂再也没有鸟雀、昆虫了。但那些活着的人们看见几十年前他们跪着走过的路面上,那些跪出的膝血和泪水打湿的泥,等日光落在那些血渍和泥浆上,又生出了艳丽的牡丹、芍药、玫瑰来。而孔家跪流过的血路上,几十年后不光开出了各样的花,还又长出了各品各样的树。

第十九章　　**主笔导言**(尾声)

亲爱的读者们,《炸裂志》终于写完了,我就像一头老牛拉着一列火车终于爬上了山顶样。

第二天,打印装订,携着几本似书成册的打印稿,我兴奋异常地乘坐头等舱(是炸裂市政府帮我买的票),直飞到炸裂飞机场。走出机舱门,看见炸裂市政府的人员就等在飞机下。他们和我握手寒暄,献了鲜花,把我接上专车,就在三辆警车的鸣笛开道中,把我拉到了炸裂市政府对面的炸裂迎宾馆,住进了由许多要人和名人、巨商住过的总统套间里。晚饭炸裂市的孔市长亲自设宴接待了我。自然他和我在《炸裂志》中写的一模样,五十几岁,中等身材,方盘儿脸。虽然话不多,却是每一句话都落地有声到当啷当啷响。那餐晚宴的饭菜之好若说两个字,就是罕见了。若要说句话,就是在我的终生已经注定空前绝后了。吃饭间,我把打印好的志书交给主座正位上的孔市长,他欣喜地匆匆翻几下,交给秘书说了一句话:

"阎作家有什么困难都给他解决掉,需要多少钱,就给他多少钱。"

然后市长给我敬了酒,碰了杯,到另一个房间去照应比我早到一天的重要客人了。

饭后无事。

一夜无语。

第二天上午十一点,孔市长的秘书到宾馆把我叫到了市长办公室。市长的办公室里也和我写的一模样,在市政府办公大楼后边的"市府园"。市府园内全部是近年新建的由葡萄长廊连接的一座一座的四合院。四合院有大有小,有的两进,有的五进,但每座四合院的檐下都用黑、红、黄、绿画了古画和中国佛教中的传说与故事。我跟着市长的秘书从长廊和佛教故事中走过去，几拐几绕到了一座五进四合院。市长的办公室，就在第三进的堂房里。而那四合院的堂房和各座进院因为功能之不同，装修、装饰也不同。在那第三进的主堂里，因是市长的办公室，从外看窗子并不大，到了屋里才发现，光线足到要从那屋里溢出来。秘书把我带进市长办公室，就从市长奇大无比的办公桌边消失了。而我站在那张大约有六平方米的红色办公桌子边，扫了一眼办公室里的书架、沙发和盆景，想对孔市长恭维几句这办公室的浩大与豪华，却发现市长从我进门到站到他面前，始终冷眼看着我，没有张口对我说一句话。他的脸是铁青色，双唇因为紧闭让嘴唇成了乌紫的黑，而那一册寸厚的《炸裂志》，则规规整整摆在他的面前桌子上。

"看完了？"我嗫嚅着说，"是初稿，还可以改。"

"不用改了。"这么说一句，孔市长动动身子，从桌边拿过一个打火机，打着火后拿起那册《炸裂志》，提着一角抖一下，就从下边把那书稿点着了。待越来越大的书火将要烧着他的手，他把着火的书稿扔在脚边上，又用脚踢着让书稿直到书纸全部烧完只还有书脊和火烬，才抬头对我说了两句话：

——"有我和炸裂在，你就别想出版这本书。"

——"今天你就给我离开炸裂市。不离开我不知道我会对你做出什么事情来！"

那时候，是正午十二点，当空的日光从红格木窗的玻璃透进来。在那明亮的日光中，望着市长紫青色的脸，我对他笑笑说："谢谢你，孔市长，你是这本书的第一个读者，你的话让我知道我写了一本还不错的书。"然后我就从市长的办公室里退将出来了。

从市府园里退将出来了。

当天下午从炸裂机场退将回到了京城后，我从机场刚下机，黄昏的暴雨从头顶倾下来，一口气下了四个半小时，使这个城市水漫金山，交通瘫痪，让我和无数的旅人在机场整整滞留十个多小时。来日从机场回到家，打开电视才知道，这场雨是京城六百年来最大的一场雨，淹死了三十七个人，塌陷了无计其数的房屋和人心。一个都城繁华的尖锐也就从此变得迟钝委靡了。

2012 年 3 月 15 日至 5 月 28 日于香港

2012 年 6 月至 8 月于北京，初稿

2013 年 1 月至 6 月改定